# 敬以知微

凤凰树下
随笔集

——李无未随笔集

李无未 著

厦门大学出版社
XIAMEN UNIVERSITY PRESS
国家一级出版社
全国百佳图书出版单位

**图书在版编目(CIP)数据**

敬以知微:李无未随笔录/李无未著. —厦门:厦门大学出版社,2018.10
(凤凰树下随笔集)
ISBN 978-7-5615-6954-2

Ⅰ.①敬…　Ⅱ.①李…　Ⅲ.①随笔—作品集—中国—当代　Ⅳ.①I267.1

中国版本图书馆 CIP 数据核字(2018)第 102608 号

| | |
|---|---|
| 出 版 人 | 郑文礼 |
| 责任编辑 | 牛跃天 |
| 装帧设计 | 李夏凌 |
| 技术编辑 | 朱 楷 |

出版发行　厦门大学出版社

| | |
|---|---|
| 社　　　址 | 厦门市软件园二期望海路 39 号 |
| 邮政编码 | 361008 |
| 总 编 办 | 0592-2182177　0592-2181406(传真) |
| 营销中心 | 0592-2184458　0592-2181365 |
| 网　　　址 | http://www.xmupress.com |
| 邮　　　箱 | xmup@xmupress.com |
| 印　　　刷 | 厦门集大印刷厂 |

| | |
|---|---|
| 开本 | 720 mm×1 000 mm　1/16 |
| 印张 | 23.75 |
| 插页 | 2 |
| 字数 | 394 千字 |
| 版次 | 2018 年 10 月第 1 版 |
| 印次 | 2018 年 10 月第 1 次印刷 |
| 定价 | 69.00 元 |

本书如有印装质量问题请直接寄承印厂调换

厦门大学出版社
微信二维码

厦门大学出版社
微博二维码

# 编者的话

　　厦门大学，一所闻名遐迩的高等学府，经过近百年的岁月洗礼，她根深叶茂，茁壮成长。厦大校园背山面海、拥湖抱水，早年由南洋引入的凤凰木遍布校园的各个角落，于是，一级又一级的海内外求知学子满怀憧憬地相聚在凤凰树下；一届又一届的毕业生依依惜别于凤凰树下。"凤凰花开"成了学子们对母校的青春记忆，"凤凰树下"成了厦大人共同的生活空间。

　　建校近百年的厦门大学现已成为学科门类齐全的国家"211"、"985"工程重点大学。厦大人秉承"自强不息，止于至善"的校训，铭记校主陈嘉庚建设一流大学的嘱托，在较少政治喧闹、较多自由思考的相对安静环境中，做着相对纯粹的真学问，培育着一代代莘莘学子。一大批厦大人在不同的学术领域里成果卓著，他们除了发表论文、出版专著，贡献自己高深的科研成果之外，亦时有充满灵性的学术感悟文字、感时悯世的政治评论短札，时有思索道德人生的启示益智言语、情感迸发的直抒胸臆篇什。这些学术随笔其文字之精练,语言之优美,内容之丰富,思想之深刻,不仅体现了厦大学人深厚的学术积淀,而且也是值得传承的丰富文化宝藏和宝贵的出版传播资源。

厦门大学出版社秉承"蕴大学精神,铸学术精品"的出版理念,注重挖掘厦门大学的学术内涵。我们将以"凤凰树下随笔集"的形式,编辑出版厦大学人的学术随笔、学术短札,在凤凰树下营造弥漫学术芬芳的书香氛围,让厦大校园充满求真思辨的探索情怀。年轻学子阅读这些书札,或能获得体悟,受到激励,走向深邃的学术殿堂;社会大众阅读这些书札,或能更加切实地品读我们这所大学的真实内涵,而不至于停留在"厦门大学是个大花园"的粗浅旅游观感层次。

我们更期待《凤凰树下随笔集》走出校园,吸引全球更多的学者走入这片凤凰树下,让读者感受到这些学者除了不断有高精尖的科研成果问世外,还有深沉的文化艺术脉搏在跳动,还有浓郁的人文精神、科学精神在流淌。

厦门大学出版社

# 自 序

　　大学时代，我读《庄子·养生主》中"吾生也有涯，而知也无涯，以有涯随无涯，殆已"一段话，曾直言庄子先生是不是太颓废了？难道就因为人生有限，知识无限，就停止"求知"了吗？那个时候，中国最流行的一句话就是"人定胜天"。以此理来推断，知识是无限的，但只要努力，就会在有限的人生里驾驭它，掌握它，为我所用。随着时间的流逝，读书和阅历的不断增加，知识蓄积量也在不断加大，尤其是随着我们进入了互联网时代，"知识大爆炸"惊天动地，这才认识到，我过去的观念肯定是不合时宜的，世界上任何一个人，都无法做到"无所不知"，由此，就带来了我越来越多的"知也无涯"的感叹。且不说多学科知识，就是连一门狭窄小学科的知识和技能，想要全面把握，也是何其难也？"魔由心生"，即产生"有涯随无涯，殆已"的感慨。庄子之困惑，是再自然不过的了，这才不由得不佩服庄子的"先知"与圣明来了。所以，"效法自然，顺应天地"，"天地位焉，万物育焉"，以至"中和"秩序而以折中为处世哲学，渐渐成了我的一种人生态度。

　　话虽如此说，我们又不能一味地一整年一整年地默然神伤，坐而待终。要生存，要吃饭，要有精神地活着，只好"知其不可为而为之"，不得不与命运抗争，这就是人生的矛盾性之所在。在所"为之"的万千事情里，我常常问自己，我又能做什么呢？是不是该把万千事情捋一捋头绪？但如何捋头绪，每个人的做法并不相同，比如，有人就把人生所做之事分为三个等级，像《旧唐书·刑法志》，就对刑法之事分为大事、中事、小事。由此断案，也要区别对待："天下刑狱，苦于淹滞，请立程限。大事，大理寺限三十五日详断毕，申刑部，限三十日闻奏。中事，大理寺三十日，刑部二十五日。小事，大理寺二十五日，刑部二十日。"我也在衡量着，我的大事、中事、小事是什么呢？当然也有自己的划界。我知道，我命中注定做不了轰轰烈烈的国家级"大事""中事""小事"，亦不能染指省市级"大事""中事""小事"，就连大学级的"大事""中事""小事"也够不着，它们并不需要我这个"小民"大操心。当老师，我也只能将眼睛盯在一些微不足道的自己目力所及的琐碎"小事"上，比如读书，与博士后合作研究，带博士生、硕士生、本科生，以及做课题、写论文等。这就是我的基本工作，也是我的"饭碗"。我明白，我若是不想砸了自己的"饭碗"，就要时刻以"战战兢兢，如临深渊，如履薄冰"之心对待之。我把自己能做的小事视为"知微"。之所以称之为"知微"，而不称之为"为微"，是因为我觉得自己永远都处于"求知"的"知微"状态，因为自卑，很不自信，所以就不敢称之为"为微"。

但"求知"而真正做到"知微"也不是很容易的事儿，如果仅仅停留在一般性"知微"而不达到"入微"的地步，则将永远陷于浮光掠影的虚表层面上，所以，对"知微"的期待与深入研究就显得十分重要。古人对"知微"的分析就鞭辟入里，比如："敬以知微"，《国语•晋语二》说："絜敏且知礼，敬以知微"；"预知微"，《史记•扁鹊仓公列传》有"使圣人预知微，能使良医得蚤从事，则疾可已，身可活也"之语；"应变知微"，袁宏《三国名臣序赞》："应变知微，探赜赏要"；"见微知萌"，《韩非子•说林上》："圣人见微以知萌，见端以知末，故见象箸而怖，知天下不足也"；"知微知彰"，《周易•系辞下》："君子知微知彰，知柔知刚，万夫之望"；"见微知著"，袁康《越绝书•越绝德序外传》："故圣人见微知著，睹始知终"，苏洵《辨奸论》："惟天下之静者乃能见微而知著"；等等。

由此可以看出，古人是把如何"知微"作为一个哲学命题来对待的。"敬以知微"，蕴含着国家政治结构中礼仪"等级"关系的哲学观念；"预知微"，则提示重视调查研究实践批判的哲学，与唯心论无关；"应变知微"，是不是对《周易》"穷则变，变则通，通则久""变与不变"哲学的深刻阐释？而"见微知萌"与"知微知彰""见微知著"，则与胡塞尔以理性对待现象而观察其"异曲同工"的思维模式有关？

我的专业不是以哲学问题为基本研究范畴的，但哲学思考于我须臾不离身。我的思考方式受制于哲学观念束缚，因而，我的"知微"程度与我的哲学观念的更替、新旧、宽窄、深浅、固散有着十分密切的关系。我没有能力精深"知微"，却十分渴望尽全力"知微"，因此在期待与行动中不间断地"知微"。回想起50年多来的人生"知微"经历，当然感慨万千。进入青年时代以后，每一个阶段，都希望自己专注于一个学术领域，而对每一个学术领域的专注，都谨慎地从些微小题目的研究做起，久而久之，就积累了一大堆小问题，一大堆小问题汇集在一起肯定就不是小问题了，很可能变成本学术领域的中问题、大问题。有的小问题，我穷究所由，获得了一些收获，也就形之于笔端，写成了小文章示之于人；而有的小问题，我则交给自己名下的学生去研究，学生们的心得以论文或专著的形式发表了，又促进我的思考，相得益彰，教学相长。还有一些问题，我觉得自己没有能力去探究，就"广而告之"，希望能者多劳而不耻求教，"空谷传音，虚堂习听"的效果就达到了。当然，也有的问题我有意搁置在抽屉间，期待着有朝一日能"雄声泉涌，逸气风亮"，然而，那个时刻却始终也没有能等来。

学术上的"知微"与"人际""天际"的"知微"密不可分。我参加过上百次学术与非学术会议，其中有很大一部分就是"务虚"而不"务实"的会议，当然，与人打交道，混个"脸熟"的成分则更多。我这里所选的散记，有的就讲述了与会的琐碎小事，学术意义不大，却有些趣味。我学有师承，但"转益多师"，更多的时间是像鲁迅说的那样，在"随便翻翻"上用功自学，也是属于"博采众长"而"根基不稳"的一类。我读《李方桂口述史》，就十分感叹，我们命中注定成不了世界级、国家级"学术领军"人物，学术素养先天不足，无论"中"的知识体系，还是"西"的知识体系，25岁之前不可能，也没有条件去构筑。因此，我就从来不敢站在巨人的肩膀上眺望远方，因为没有能力跳上巨人的肩膀，只能在学识渊博的学者后面亦步亦趋，蹒跚学步。我这里也选了几篇讲述了我"蹒跚学步"经历的散记。我走过30个国家，大多数是欧美国家，但对于绝美景致谈不上观赏，只是浮光掠影地看看而已，过后，仍然对这些国家懵懂无知，印象不深，记得更多的还是在图书馆和旧书摊的闲泡时光。在许多人看来，我列出的冗长书单都是多余的，可我在当时，的确是兴奋异常，顾不了惯常仪节而雀跃欢呼。我有25年时间与父母不在同一个城市生活，身在异乡为异客，但在精神上与父母却始终"灵犀相通"。我思念父母，依恋父母，这占据了我情感波涛的大部分。我思滞、木讷、口拙、笔涩，所写的小文章在许多人看来了无趣味，但那的确是我内心"知微"的真实写照。

"知微"尽管不易，但我永远都希望自己怀揣着期待与幻想，时刻准备着临"微"而敬惧，这说明，我的心境并不如止水，而是略有"微澜"波动。韩愈《南山诗》说："微澜动水面，踊跃躁猱狖。"说到此，我还没有停止妄想，不时地心痒抓狂,跃跃欲试:在期待与敬惧"知微"的过程中,我是不是也能如猱狖之躁动而踊跃前行呢?

用"敬以知微"来给我的随笔集命名,取的就是这个意思,希望我在进入花甲之年也会如此用心"知彰知微"而"睹始知己"!

**2016 年 10 月 10 日于厦门五缘湾知微居**

# Contents

# 目　录

## 一、履痕

# 四、碎语

## 五、温馨

# 一、履痕

凤凰树下随笔集

# 桂林行纪实

　　早就有去桂林游玩之意,因为相信了"桂林山水甲天下"这句套话,只是没有找到合适的机会和时间。恰好最近接到广西师范大学文学院孙建元、高列过两位教授的邀请,总算是实现了自己的这个愿望。

　　5月29日中午从厦门高崎机场出发,仅仅用了1小时20分钟就到达桂林两江机场。孙建元和高列过两位教授亲自来接机。孙建元教授,21年前就在北京古汉语高级讲习班和我是同学,老相识,不必多说,故人相见分外亲。虽然是第一次见到高列过教授,一看她就是个年轻有为、活力四射的人,属于非常要强的女学者。她介绍自己是浙江大学方一新教授的学生。方一新教授是国内外知名教授,培养了许多人才,我们比较熟悉。高列过教授受到方一新教授的严格训练,学术上当然差不了。

　　汽车行驶在通往桂林的路上。透过车窗,看到突兀而起的山峦,不大不小,星罗棋布,使我产生了一种异样的感觉,有人称之为标准的山水水墨画,一点也不假。进入市区,更是感受到这座著名旅游城市的勃勃生机。

　　下榻在广西师范大学国际交流中心后,在饭店里与文学院汉语言文字学的几位著名教授,如刘兴均、陈小燕、白云、杨世文等相见,也是十分温馨。看出来了,这是一个十分团结的集体。他们在汉语音韵学、方言学、少数民族语言、现代汉语、古代文献语言等方面基础雄厚,已经蜚声海内外。

　　晚饭后,他们安排我乘游艇观赏桂林市漓江夜色。徜徉在市内景区,直接体验到"两江四湖"的秀美,朦朦胧胧中仿佛真的置身于仙境之中。

　　第二天,我由小姚同学陪同,又乘船游览漓江,目标是心仪已久的阳朔。去阳朔,要先在黄婉秋女士的"刘三姐购物中心"驻足。导游早就告诉我们,扮演刘三姐的黄婉秋女士会在里面恭候大家,我也是半信半疑。但真的进入"刘三姐购物中心"里面,果然看到一个与黄婉秋十分相像的女士笑脸相迎,是真是假,怀疑是肯定有的。我没有看到人们争相与她合影的场面,大家似乎很木然,淡然处之。实际上,没有多少人因为有"刘三姐"在这里而真正购物，谁心里都明白，这只不过是商家的一种促销手段罢了。

从磨盘山码头乘船，开始游览百里画廊——漓江。虽然是雨天，但雨中游览漓江也是诗意朦胧。正如有的人所描绘的那样，果然是沿途奇峰倒影、碧水青山、牧童悠歌、渔翁闲钓、农人耕作。河流依山而转，奇峡异谷，景致迷人，真可谓是"船在江中走，人在画中留"。

下午2点左右船到阳朔。让我感到吃惊的是，阳朔的西街，"西化"得十分有个性，世界各国游客云集此地，让人感觉仿佛是在欧洲，不，是在南美，反正是个典型的"地球村"。500米的小街如此精致，古色古香，充满诱人的气息。据说，它已经有1400多年的历史了。

小姚说，今天不凑巧，张艺谋导演的《映象·刘三姐》大型表演由于水大停演了，觉得遗憾。我倒不那么看，"阳朔山水甲桂林"，自然的最美，享受到这一点就足够了。

回到桂林，又是孙建元和高列过两位教授接风。我知道，就要开始办正事了，只好丢掉雅兴，顾不得一路的劳顿，准备第三天的讲演材料。

讲演是在文学院的会议室举行的，连学生带老师足有四五十人。孙建元和高列过两位教授主持会议。我就自己感兴趣的日本教科书语言研究问题谈了一些想法。不承想，效果格外好，师生们情绪高涨，争相提问，十分热烈。与学生和老师的互动，自然调动了我的情绪，不管是争论也好，还是耐心回答也好，我对自己的表现算是满意。我对广西师范大学文学院语言学硕士生们的好感顿时增加了许多。

第四天的工作才是此行的重心。在吉林大学和厦门大学，硕士研究生答辩似乎并没有这样兴师动众。广西师范大学规定，硕士研究生答辩一定要有外校（重点大学）知名专家参加，而且在全国范围内遴选，我有幸忝列其中。这些事，是在第四天早上遇到南京大学文学院副院长汪维辉教授时才知道的。

因为是方言和音韵方向硕士研究生答辩，一共是13个，就由我来当答辩委员会的主席。在答辩进行时，我发现了一个细节，就是广西师范大学文学院规定，学生的导师在答辩时，一定要回避，离开现场。我倒挺赞同这一点的，因为导师在现场，等于活遭罪，很像一次严肃的审判，师生捆绑在一起，那滋味真不好受。我想起吉林大学古籍研究所已故教授陈维礼的形象比喻,那一刻,真的像被扒光了衣服让人挑剔一样,哪有尊严可言?

第五天是词汇和语法方向硕士研究生答辩,一共是 14 个,就由汪维辉教授来当答辩委员会的主席。我好像轻松了不少,但被安排为第一个发言,也是不容易,因为,你得优缺点一起说,"外来的和尚好念经",无论是老师还是学生都十分在意你的意见。参加各类博硕士生答辩也 15 年了,我发觉我的棱角渐渐地被磨没了。从前是发表意见时滔滔不绝,真个是"有一说一",决不含糊。现在似乎"圆滑"了,知道了点委婉,有意从学生的角度考虑问题,不过,也是"绵里藏针",不回避矛盾。

最让人感动的是答辩结束的场面。根据孙建元的提议,让在座的毕业生用一句话来说一下自己最想说的话。大家感情充沛,学生们说得最多的是感谢恩师培养的话,说到动情处,不少人泪眼盈盈。那一刻,我忽然想起了散落在全国各地的自己的博硕士学生,一个个熟悉的面庞顿时在眼前晃动,愈来愈清晰。当然,更会记忆起几十次这种答辩的场景。再也控制不住自己的感情闸门,眼泪也簌簌滴落了下来。

到了晚上 10 点钟,飞机缓缓移动,渐渐升到高空中。我似乎还沉浸在那种激动之中,忘记了时间,忘记了自己已经离开了广西师范大学。直到广播里传来了飞机将要落地的讯息,我才猛然惊醒,我已经回到厦门了。我突然间明白,无论走到哪里,我都是我的学生的老师,我是永远也离不开自己的学生的。

2008 年 5 月 29 日

# "刘长江"厦金行素描

"刘长江"何许人也？复旦大学博士生导师刘教授是也。为何叫"刘长江"？是因为他最近获得教育部长江学者(100人)称号，且又是这一年复旦文科唯一一个，引起了国内外同行学者的注意。为了有意区别从前的刘教授，所以，我当面给他取名"刘长江"。

"刘长江"与我原为吉林大学同事，又是朋友，所以，相处比较融洽。他后来应聘到了厦门大学，又任某系主任。去年，复旦大学某中心主任一职出现空缺，"猎头"们属意于刘教授，一位知名老先生十分了解他，极力加以推荐，顺理成章，他成了最佳人选。

重点综合性大学系主任在任期间"跳槽"非常罕见，厦大的"尴尬"与引进平民学者谢泳先生的"蔡元培效应"形成鲜明对比，轰动一时也是很自然的。我了解到，刘教授执意去复旦，并非其他因素，主要还是出于对专业学术环境需求的考虑。

此次回厦大，是为自己在厦大的博士研究生答辩而来。三个博士生的论文答辩进行得十分顺利，笔者忝列答辩委员会成员，当然得"点评"几句，批评与褒扬兼而有之。按常规刘教授必须回避，但看得出来，忐忑不安全写在他的脸上。答辩一结束，听得三个博士生的论文全得了优秀，他才露出得意的笑容，那意思是说，我的学生就是我的学生，不会有差错的。

随"刘长江"而行的还有复旦著名的古文字学家、玺印研究家施教授，看得出来，他是来助阵的。我与施教授相识十几年，如此近距离、长时间接触还是第一次，印象是属于艺术个性突出、才华横溢的那种。

我在厦门快两年多了，光听说厦门有"厦金海上游"，但没有想过亲自去体验一下。借刘教授的光，与施教授、福建师大林教授等乘豪华游船在海上兜了一圈儿。

船行驶到小金门的旁边停住了。经人提醒才知道，前面的岛屿就是小金门。马上走向船舷，手扶船舷向小金门望去，果然看到人们常提起的"三民主义,统一中国"巨型标语。据说,它是台湾当局为了和对岸厦门岛上的"一国两制,统一中国"巨型标语对着干而设立的。政治对立的年代,出于宣传的需要,完全可以想象得到,它肯定是一种独特的政治符号。看着小金门那巨型标语,我当然感慨良多:1958 年的金门炮击,震撼世界! 一晃 50 年过去,两岸众多学者却倡议建立"厦金特别市",完全是另类的思维。时易世异,让人觉得变化太快,真的不可思议。

来不及多想,刘教授就忙着给我们拍照。听船上的广播讲,得抓紧时间留影,不然,两岸和好,恐怕要拆掉了标语,到那时候你想看也看不到了。我听后只能一笑了之,因为,商家的宣传不可当真。我在想,要是到时候两岸都保留着标语呢? 也许商家该是另一番宣传吧!

5 分钟过后,游船掉头返回码头。我算了一下时间,2 小时多一点。我悄悄地问了一下陪同的小刘老师此行的价格,他一再说不贵,每个人才 120 元。我不懂得行情,也不知道是不是价格高,已经习惯了旅游不问价格。但听到这个价格,还是有一种上当的感觉。不过,一想到亲眼看见了"三民主义,统一中国"巨型标语,还是觉得不虚此行。

刘教授在厦门生活了 7 年,和我一样也是第一次享受"厦金海上游"。他用浓重的东北口音调侃道:"被忽悠了,被忽悠了!"他说这话时候的样子还是把大家给逗乐了。

"刘长江"就是"刘长江",达观、自信、幽默,铸就了他东北人的天然个性。我们再次相逢,犹如又回到了十六七年前,在吉林大学附属小学的操场,傍晚漫步,享受着温馨,畅想着未来。

他来厦门的几天,被他的博硕士生包围着,占据着,幸福着。我戏称他"繁衍能力强",在东北大力"繁衍"博硕士生不说,短短 7 年,在厦门不顾一切地"繁衍"着,在八闽大地又留下了十几个"古文字的种子",于老的"传人"在这里扎根发芽,"于韵刘生"名副其实。现在,他又到大上海去"播种"了,相信不久,一群"于韵刘生"的桃李肯定还会溢芬吐芳。

看着他"幸福得像花一样",我在想我自己,会不会具备他那样的"繁衍能力",也在厦门"繁衍"一群,也幸福着我的幸福呢?

我一点儿也不怀疑自己的能力,因为"刘长江"已经做出了表率!

2008 年 6 月 9 日于厦门

# 在北大清华做语言学讲座

今年 3 月份,有幸到北大、清华和同行们进行了语言学学术交流,并做了两场讲座。

只要打开 2009 年 3 月 5 日清华大学中文系网,你会在"语言学讲座"的信息栏上发现一则醒目公告:

厦门大学人文学院中文系汉语言文字学专业博士生导师李无未教授讲座。

中心议题:日本汉语研究概况——日本明治时期北京官话课本语言研究的基本问题

听讲对象:中文系本科生、语言专业的研究生和博士生;时间:3 月 9 日(周一晚 7:00);地点:中文系新斋 304 室。欢迎全系师生积极参加。

说起我去清华园做这个讲座,颇有点戏剧性,根本没有思想准备。2 月 28 日我到中央党校参加第 25 期全国哲学社会科学骨干班学习。有一天上网,忽然看到清华大学中文系张美兰教授发给我的一封信,说是好容易找到我的邮箱,有急事麻烦我,让我在福建如何如何帮忙,云云。我告诉她,我人就在京城。

她一接到回信,马上给我打来电话,说,真是踏破铁鞋无觅处,原来你却在北京,近在咫尺。好了,抓住你,你一定要给我们中文系搞一场讲座!那语气似乎不容你有一点儿的推辞,不由你不答应。讲什么呢?她又给你来了个命题作文:就讲日本明治时期北京官话课本语言研究,也是很多人关心的课题。好!好!好!我一连几个好,答应了下来。到了那天晚上,我如约去了清华园。张美兰教授很自然要领着我在校园里转一转。

我最早一次到清华园,是在 1980 年,还是我当本科生的时候,恭敬之心可想而知。1988 年的夏天,我在北京大学进修,又带着我的儿子到清华园来,那意思很明确,教育他好好学习,将来无论如何也要进入清华之类的学校学习,如何如何,对他充满了无限的期待。后来,由于学术上的关系,我也来过几次清华园,由此,我对清华园的历史并不陌生。

也许是和所学的人文学科专业有关系,我最钟情的还是清华国学院的往事。从1925年9月成立,到1929年撤销,清华国学院存在只有4年,却在梁启超、王国维、赵元任、陈寅恪四大导师力挺,以及讲师李济和助理教授赵万里、浦江清等人的襄助下,铸就了现代中国大学最为称奇的人文精神。人们津津乐道的是,国学研究院开办的4年中,毕业生共四届计70人,绝大多数人却在后来成为国内外知名人文大师,在文、史、哲等学科领域做出了卓越贡献,比如王力、刘盼遂、刘节、高亨、谢国桢、吴其昌、姚名达、朱芳圃、徐中舒、姜亮夫等,群星闪耀,充满了无限传奇色彩。时至今日,国内外学术界还在讨论清华国学院的精神实质,比如,陈寅恪先生为王国维先生纪念碑而起草的碑文有"士之读书治学,盖将以脱心志于俗谛之桎梏,真理因得以发扬"之语。清华大学历史系教授张岂之的解释是,超越世俗事务,安心治学,执着地追求学术和真理,即它的非功利性的、极其执着的学术追求精神,与今天许多人重学位不重学问的"实用学术"形成了鲜明的对比。我们看到,今天的学者难逃功利化之网束缚,为世俗功名所累,难得十年磨一剑,所以,垃圾论著比比皆是,与国学研究院的"板凳要坐十年冷,文章不著一字空"的潇洒风度和严肃从容不可同日而语。现在的学者大多终其一生也只是一个狭小领域的名家,专业空间极其有限,当然与国学研究院大师在众多学科尽显风流不可相提并论。现在学者望尘莫及汗颜不已也是司空见惯的现象。

晚上的讲座由张教授主持。让我意想不到的是,原定一个半小时的讲座竟然进行了3小时,清华中文系的语言学师生们却是如此执着,就我所讲的有关"日本明治时期中国语课本研究问题"进行了十分热烈的讨论,我也真正感受到了今天清华中文系的学术风格。

一位老师问,你是研究汉语音韵学的,为什么想要研究日本明治时期中国语课本?我则回答道:"受人之托。"大家愕然。我只好把在日本和早稻田大学六角恒广教授的交往过程说了一遍。六角恒广教授有感于中国和日本学者不重视日本明治时期中国语课本语言研究,所以,希望我能够在这方面有所作为,还大力提供资料和信息。可惜,和我建立密切联系不久他就离开了人世。我不愿意违背一个已经故去的老人的意愿,承诺了的事儿当然要落实,所以,我开始关注日本明治时期中国语课本语言,不但自己研究,而且还发动自己的博士硕士生进行研究,以学位论文形式介入该课题,形成了一个小小的学术热点。5 年的时间过去了,国内外许多学者开始关注我们的研究,我们的研究还在 2008 年国家社科基金评选中获得立项。我们觉得,取得这些成果首先还是应该感谢六角恒广教授。

其他学生们就我所讲的日本明治时期中国语课本语言意识,语言要素的"同一性"关系,课本之间的继承与创新关系,日本学者编撰北京官话教科书旨在进行文化侵略的目的性的认识,从教材体现的编写"类别"语言特点出发认识其价值,日本北京官话教科书本土化的语言研究历史进程,日本学者对课本口语与书面语的关系的认识,特定专门化领域北京官话教科书的编写,比如商业、军事等方面,散见在中国各地的日本明治时期北京官话教科书还有待于进一步收集与整理等问题也纷纷提出自己的看法和疑惑。应该说,他们的提问非常深刻,有水平,让人觉得很有挑战性。我当然得一一认真作答。

看到学生们那一双双诚挚又追知若渴的眼睛,我一次次地被感动。我平时不大善言辞,但这一次却例外,真的敞开思想门扉,口若悬河,滔滔不绝地讲了起来。连我自己都觉得诧异,我这是怎么了?时间很快地就溜走了,一看表,已经是 22 点整了,不得不就此打住。

结束了清华园的讲座,我忽然对清华园恋恋不舍起来。清华学子的风范,让我又一次感受到了清华国学院人文精神的真实存在。

我在北大的讲座早就由中文系安排好了,去年 12 月底就有学者让我做一些准备。北大中文系古汉语学者们认定我在日本汉语音韵学研究方面发表了一些文章,所以,希望我就这个问题谈谈想法。孙玉文教授受中文系和古汉语教研室的委托,多次与我商议日程和题目。

3 月 12 日下午,孙玉文教授陪同我一起来到了北大五院。一进门,就能看到写有"厦门大学中文系李无未教授讲座"的牌匾,牌匾上印有"日本汉语音韵学展读"的字样,很正规。讲座在 3 楼的系报告厅进行,古汉语教研室的老师们几乎都来了,其他系的老师我不认识,不算小的报告厅几乎坐满

了人。我的感觉是,对这项内容感兴趣的人还不算少,很自然,心里面热乎乎的。

我没有做PPT,只是把U盘带上,把所要讲的内容打在了屏幕上。孙玉文教授照例对我进行了一番介绍。我的开场白应该是发自肺腑的:到这里来做讲座,很激动! 22年前,我到北大进修求学,受到了好多老师们的言传身教,由此,开始了我更高目标的学术人生。感谢北大让我学会了如何研究高深学问,感谢北大让我懂得了如何做一个真正的学术人!

在"日本汉语音韵学展读"题目之下,我主要谈了诸如"我是如何阅读日本汉语音韵学论著的","我在日本汉语音韵学论著中读到了什么","我读日本汉语音韵学论著想到了什么"等问题。

其中我在"我读日本汉语音韵学论著想到了什么"中谈到的几点还是应该记述下来:第一,我们对日本汉语音韵学研究过去并不了解。由此利用日本学者成果很有限,和日本学者了解我们刚好形成对比。我们应该在这方面奋起直追,"知彼知己"。第二,我们对日本汉语音韵学研究的价值和局限缺乏一个正确估计。站在世界范围内的汉语音韵学史上考察,需要弄清楚日本汉语音韵学研究贡献和局限,就要科学判定,不应带有个人主观色彩,所得出的结论才是可信的。第三,我们对日本汉语音韵学发达的原因和背景还缺乏足够的认识。日本汉语音韵学很发达,超出我们的想象,这是事实,但为什么如此?其原因和背景还需要我们弄清楚。第四,日本汉语音韵学研究的东方式的"比较"研究传统色彩很浓,和我们的"小学"传统有很大的区别,我们最应该理解它的精神实质。第五,日本汉语音韵学研究的实证性和文献材料的实在性,留给我们十分深刻的印象。因此,我认为,今后需要我们做的工作是:第一,还应该进一步加强中日同行之间合作,把日本汉语音韵学史研究列入我们的视野中,而不仅仅是几个人在做这项工作,从而达到对它进行深入探讨的目的。这其中,包括日本汉语音韵学文献整理、学术焦点、人物、学术流派等研究。第二,日本汉语音韵学和中国汉语音韵学的关系研究。第三,日本汉语音韵学和欧美语言学理论的关系研究。第四,日本汉语音韵学在世界汉语音韵学史中的意义的研究。第五,日本汉语音韵学的影响和发展趋势研究。

讲座持续了一个半小时,我一看时间不算短了,就留下一些时间供大家提问互动。北大就是北大,听者不会轻易放过你,不然要你来这里做什么?要我回答的问题一大堆。诸如对文雄的三音如何评价;日本的《韵镜》《切韵》研究情况;中日汉语音韵学研究有哪些不同;中国学者谁在日本影响最大;日本学者汉语上古音研究的特点;日本学者如何评价高本汉的研究;日本学者如何认识重纽现象;等等。有些问题的难度是非常大的,如果没有做充分准备,讲座现场那肯定是会露丑的。我略加思考就一一做了回答。有的博士生不止一次提问,还有的博士生发表了自己的看法,认识问题比较深刻。他们无一例外地争抢着发言,十分热闹。看得出来,大多数同学是有备而来的,他们对我的文章和书很熟悉,动辄讲,李老师在哪篇文章哪部书说过什么,比我自己的学生还了解我的研究,此情此景,不由得我不暗暗称奇。

临结束时,站起来两位日本留学生要求提问,我后来知道他们在耿教授处攻读博士学位。他们向我提了一个似乎与主题无关的问题:"为什么中国学者不重视日本学者的汉语音韵学成果?"又说,很惭愧,作为日本学者,却对自家的汉语音韵学研究历史不了解,如何如何。日本人那股性格内向的劲儿表露无遗。

这个问题其实我 2004 年 2 月在早稻田大学文学院的讲座上也已经做了解释。我认为,原因主要在于:信息不对应,日本学者是知彼知己,而我们是知己不知彼;中日长期战争导致中国学者受非学术情绪影响很深;中国许多学者不懂日语难以阅读原文;等等。我现在面对着中国学者和日本留学生,还是避不开这个问题,当然把上述观点罗列出来,算是做了解答。听完我的话,我看到,两个日本留学生仍然是一脸狐疑,看来,他们一时难以理解其中的真味。

夜幕降临了,主持人只好就此打断讨论,宣布讲座到此为止。看得出来,大家余兴未尽,迟迟不肯离去。那架势,要不是主持人及时掌握时间,讲座还真不知道什么时候才能结束。主持人告诉我,即使是在北大中文系,像这样的语言学讲座引起如此热烈的讨论并不多见,看来还是很有效果的。我愿意听这样的话,感到很舒服,一颗忐忑不安的心总算平稳下来了。我知道,在北大,你的讲座没有被冷场,就是对你的最大褒扬,这就是北大! 北大人见多识广,不会轻易抬举你,更是吝啬掌声。"外人"出场能够赢得这样的结果,我还有什么不知足的?

2009 年 5 月 16 日

# 远行日本东京散记

今天，我又一次远行，第二次赴日本访学。大清早，在离开位于厦门岛五缘湾畔五缘东三里小区大门前，我回头望望 4 号圆形大厦里的 604 室住宅，忽然间，忆起了许多往事，一番感慨是免不了的。

2004 年 1 月，我由日本关西地区兵库县的关西学院大学一路奔波，特意去东京几所大学，比如东京大学、早稻田大学、庆应义塾大学、东京都立大学等查阅资料，所幸的是，有好友创价大学水谷诚教授引导，并代为联系，非常顺利。

当时，水谷诚教授知道我没有去过箱根，不辞辛苦，亲自安排，让我有机会饱览了箱根美景，更让我有心情感叹冬季箱根之美。一方面，我对日本保护环境所取得的成绩很羡慕；另一方面，也在费心思考着中国环境保护亟待解决的问题，并认为，日本环境保护的经验和教训是值得我们借鉴的。

往返于箱根到东京的路上，我在与水谷诚教授交谈中，流露出再次来日本查阅资料的想法。水谷诚教授很委婉地谈了他对此事的建议，即应该和吉林大学外事办商量，利用吉林大学和创价大学的校际交流关系，可以实现再次来日本查阅资料的愿望。我当时觉得这似乎不大现实，因为，吉林大学不会在短时间内安排一个人两次去日本交流。僧多粥少，学校的老师都不愿轻易错过机会。

不承想，2005 年调入厦门大学后，还是获得了赴日本查资料的机会。2009 年 10 月的一天，我在厦门大学人事处网站上看到了一则招聘告示，就是招聘日本创价大学 2010 年度交流学者，期限为半年。我心里怦然一动，我有没有入选的可能？我想起了 2004 年 1 月和水谷诚教授的谈话，一种预感袭上心头，莫不是 6 年前的愿望就要兑现？

我没有任何犹豫，就下载了应聘申请表格填上，交给了厦门大学人事处。没过多久，学校有关部门根据我的基本条件，批准了我的申请。当我从人事处的网站公示栏上看到我的名字列在其中时，我的情绪又一次激荡起

来,我感到幸运之神再一次降临到了我的身上,开始期待着赴日本访学的日子早些到来。

按照厦门大学国际交流处与日本创价大学国际交流处的约定,我应该在 2010 年 5 月 1 日前赴创价大学报到。但 2010 年 2 月开学之际,我却肩负上了一个不可推卸的重任,作为系主任,必须组织厦门大学中文学科各方面人员填写材料,申报中文学科一级博士学位授权点。厦门大学中文学科建立于 1921 年,是当时学校仅有的几个学科部门之一。1986 年,当黄典诚先生领衔申报成功汉语言文字学二级学科博士点之后,中文系各个时期的领导没少为此事而殚精竭虑,陆续申报成功戏剧戏曲学、文艺学二级学科博士点。2002 年、2005 年两次申报中文学科一级博士学位授权点失败,据说,没有成功的原因,不在于中文学科学术实力是否达到标准,而是在于内部人事关系存在问题,即"内耗"十分严重,最终导致已经列入合格名单内的厦门大学中文学科被拿掉。

两次与中文学科一级博士学位授权点擦肩而过,尽管厦门大学中文学科大部分教师十分郁闷,但又无可奈何。没有中文学科一级博士学位授权点是厦门大学许多中文系教师永远的伤痛,无论是在校内,还是在校外,总觉得低人一等,抬不起头来。历经漫长的 5 年等待,这次终于又盼来了申报的机会,无论如何不能错过。但一提起上两次的教训,许多厦门大学中文人犹如惊弓之鸟,十分敏感。厦大中文人再也输不起了,这次只能成功,不能失败。当然,申报的历史重任,责无旁贷地落到了我的肩上,我当然知道它的分量。我的压力很大,只好向学校国际交流处托出实情。国际交流处的小刘十分通情达理,马上与创价大学国际交流处联系,说明延迟赴日的具体时间和理由,并恳切希望得到他们的谅解。创价大学国际交流处应厦门大学国际交流处的请求,于是把我赴日的具体时间改在了 11 月中旬。

国务院学位委员会改变了以往的一些做法,允许"985 工程"大学限额自行审定一级学科博士学位授权点。如此,申报者竞争,多了一道关卡,校内拼搏变得"白热化",而到国务院学位委员会学科组竞争更为关键。好在我一点也不敢掉以轻心,与周宁院长密切沟通,并争得学校各位评委的关注。我认为我在学校的申报陈述是出色的,从我所观察到的各位评委表情上看,颔首同意的似乎居多,我的心理负担顿时减轻了许多。不出我所料,学校这一关非常顺利地通过了。尽管还是不敢大意,但我们认为,希望之光开始向我们中文学科照射了。由此,我开始有空闲时间顾及自己学术上的事儿,紧锣密鼓地办理赴日访学手续。天遂人愿,手续办得很顺利,经过一段时间的准备,今天终于启程了。

早上 7 点钟,我拖着箱包准时出发。因为在五缘东三里住宅小区大门前很难打到出租车,就登上 6 路公共汽车,坐了几站到金山站下车。紧接着,就打上一辆出租车,很快来到了高崎机场。可是,在 9 点 35 分准时从 6 号登机口登上东方航空公司 MU5662 次飞机时,却得到通知,由于空中管制起飞延时,一等就是一个半小时。尽管乘客十分不满意,尤其是和我一样要转机飞行的,但还是无可奈何。

好容易到了 11 点 30 分,飞机起飞。估计还来得及转机,烦躁的情绪略略平稳下来。12 点 50 分,飞机降落在上海虹桥机场。我打听到,坐地铁还来得及赶上 17 点在上海浦东国际机场起飞的飞机时,几乎是小跑着上了地铁 2 号线。不想,乘地铁也需要一个半小时时间,真的是急死人。还好,总算是没有耽误时间,按时通过 1 号航站楼的国际口安检。在 23 号登机口坐下来时,身体已经是疲惫不堪了。我原想,这国际航班肯定是准时的,可是到了 17 点却听到广播通知,由于机舱内的卫生没有打扫好,还是延迟了 30分钟。

经过几个小时的飞行,飞机终于在东京时间 21 点到达东京成田机场。走出安检门,迎上前来的是高举着"欢迎厦门大学李无未先生"纸制条幅的创价大学国际交流处久木田先生。久木田先生约莫 30 岁以内,年轻而热情,刚刚从美国留学获得硕士学位归来。他用十分流利的汉语和我交谈着,并引导我坐上了学校的面包车,车子穿过灯火阑珊的街市向位于东京八王子市的创价大学中心校区驶去。

尽管由于长途奔波,我已经全身疲惫,但还是没有丝毫睡意。又一次踏上了熟悉而又陌生的日本国土,我显得很兴奋。

两个小时后,即东京时间 23 点 20 分,面包车在创价大学贵宾宿舍门前停了下来。创价大学国际交流处川上先生和小泷女士早已在那里迎候。走进位于贵宾宿舍二楼我居住的 201 室,我惊呆了:在宽敞的会客厅正中,一个淡茶色的玻璃茶几上,摆放着一大篓新鲜水果和一个鲜艳花篮。小泷女士立刻递上创价大学创办者池田先生亲笔书写的欢迎贺卡。我被这种场面深深地感动了,激动地伸出双手接了过来,展读着。池田先生的友好情谊立刻印在了我的心上。我相信,它将和今天这个特殊的日子一同,永远驻留在我的记忆中。

2010 年 10 月 19 日

# 兔年春节"泡汤"记

在厦门"泡汤",印象最深的莫过于 2007 年 3 月下旬一个阴雨绵绵的日子,和朋友去东孚镇日月谷温泉的体验。那 72 个露天泡池,具有 35 种温泉特色,营造了浓郁的东南亚异国风情氛围,着实让我们流连忘返。

有人考证说,日月谷温泉在元代既已名声在外,不过,海内外贤达光顾这里还是以明代为盛。明隆庆年间,户部大员丁一中就曾亲临日月谷温泉体验"泡汤",感到奇妙无比,兴之所至,当即运笔挥就《温泉铭》,极力推崇日月谷温泉,成就了一段至今仍然传诵不衰的佳话。

我在日本已经有过三次"泡汤"的经历。第一次是在 2003 年 5 月,关西学院大学组织中国教师和日本合作教师去位于岐阜县的飞禅高山市,整整 3 天,其白川乡的"合掌造"住宅、温泉、地方美食令人惊叹,带给我们的初步印象是,日本古代文化自有其深奥之处。第二次是在 2004 年 2 月,我们几位在关西学院大学的中国教师自行组织,到了位于兵库县神户市北区有马町的有马温泉。有马温泉是日本古代三大名泉(有马温泉、下吕温泉、草津温泉)之一。据说,有马温泉历史悠久,在公元 8 世纪,即有佛教僧人建造温泉疗养设施。但使有马温泉名声大振的还是丰臣秀吉。丰臣秀吉多次来到有马町不说,还改建温泉场,不断地举行茶会,聚集人气,有马温泉遂名声大振。有学者研究表明,有马温泉水含有 2 倍于海水浓度的铁盐,以泉色似铁锈红的"金泉"和无色透明的碳酸泉"银泉"尤为著名,对风湿病和神经痛等疾病具有一定疗效。第三次是在 2010 年 11 月底,创价大学组织中国教师到伊豆半岛旅游,在著名的石廊崎灯台温泉旅馆小住,体验了日式的"泡汤"过程,也别有一番情趣。但印象最深的还是在返回东京途中的箱根活火山之旅,富士山在眼前雄起,惊险而壮观。

水谷教授半年前得知我将要来日本创价大学当交换教授的信息,马上就和前桥国际大学的张渭涛老师策划我的第四次日本"泡汤"之旅。似乎不安排一次中国客人的"泡汤"行动,就大有冷落中国客人之嫌,可见,在日本,"泡汤"行为不是简单的洗温泉,而是与接待客人关系十分密切的礼仪习俗。

水谷教授早在1月10日就给我发来了有关此次出游安排的电子邮件,非常细致,其中时间安排的原文如下:

> 约定2月4日7点45分在JR八王子车站检票处附近见面。
>
> 08:01,从八王子上电车。08:47,到高丽川。09:06,从高丽川上车。10:38,到高崎;10:49,从高崎上车。渭涛在这儿乘车同往;11:43,到中之条。在这儿吃午饭,然后坐汽车去四万温泉。

按照原定计划,7点45分见面,我和夫人大清早就奔赴JR八王子车站检票大厅等候水谷教授,可谁知,水谷教授足足提前了20分已经先期到达了。在水谷教授的带领下,我们按计划开始行动。10点49分,我们果然见到了早已经等候在高崎站的张渭涛老师。张渭涛老师,1975年出生,2003年3月来日本打拼。他结结实实,一个典型的西北汉子;操着一口流利的日语,一会儿用流利的日语和水谷教授交谈,一会儿用标准的汉语向我们介绍日本的风土人情。渭涛老师活泼、幽默、健谈、智慧,顿时使气氛变得活跃起来了。

在中之条町(镇)有一个小时的停留时间。经水谷教授提议,我们找到一个叫"吾妻路"的餐馆吃午饭。张渭涛老师介绍说,在这一带敢称为"路"的,都不是一般的地方,肯定是历史悠久而且具有相当实力的大富人家的家产之一。标志之一就是屋墙基十分厚实,那都是过去大户人家贮藏财宝的位置。我们仔细勘察,墙基厚实极其明显。我们在"吾妻路"点了最为著名的"荞麦乌冬面",品味"荞麦乌冬面",最大的感受是精细和口感柔韧,配上特有的佐料,鲜美无比。

离开"吾妻路",我们走上5分钟,就来到了具有700年历史并属于曹洞宗的林昌寺。林昌寺本堂原来不在这里,由南北朝时期(1333—1392年)僧人长馨创建,后来,从河原町,再经长冈,于1639年移建在此地。日本大阪也有一座林昌寺,建于日本天平年间(729—748年),属于真言宗之寺,和中之条町林昌寺有区别。走进林昌寺,一眼先看到的是山门,巍峨古朴。拾阶而上,一株高大、被称为吊樱的樱树擎天而立。水谷教授抚树仰望,感叹道:

很少看到这么大的樱树！我们又进入本堂、座禅堂（观音堂）、钟楼参观，每个人都默默地许了心愿，才缓缓地离开。

我们在中之条町车站乘上汽车，沿着皑皑白雪覆盖的山谷行进约莫20分钟，便到达了"泡汤"第一站"四万温泉"。

尽管四万温泉四周大大小小旅馆星罗棋布，但其中最有名的还是被日本指定为"县重要文化财产"的"积善馆"。

"积善馆"为什么会被指定为"县重要文化财产"？根据一些材料介绍，主要因为：一是历史悠久。关善兵卫于元禄年间（1688—1703年）创建"积善馆"，不久即已形成规模，历经300多年而不衰，迄今仍保存了不少江户明治时期建筑遗址。二是名人汇集。比如日本政治人物后藤新平、岸信介、中曾根康弘、东条英机、片山哲等；日本文艺、文学界人物田崎草云、中村不折、七代松本幸四郎、小室翠云、佐藤红绿、柳原白莲、土屋文明、里见弴、小野佐世男、榎本健一、丹羽文雄、宫崎骏等，都留下了雪泥鸿爪。三是"影视原型效应"。日本国宝级动画巨匠宫崎骏勇夺奥斯卡杰作《千与千寻之神隐少女》，创造了日本影视作品在全球范围内上映的票房奇迹。该动画的场景设计灵感就来自于宫崎骏对"积善馆"江户明治时期建筑奇妙构架的深刻体验。四是"积善馆"泉水的水质优秀。其所含元素丰富，极有利于颐养肠胃，且功效显著。五是"积善馆"与周围环境适谐。"积善馆"位于群马县西北，视野所及，起伏群山尽收眼底。此地四季分明，变化有序，与"积善馆"谐调搭配，十分富于感染力。

了解了这些因素，我也就悟得水谷教授和张渭涛老师如此安排"积善馆""泡汤"的一番深刻用意。

"积善馆"主要由庆云桥、本馆、山庄、佳松亭四大部分组成。我们沿着四万温泉旧街向西北行走，左拐，眼前就是一座系联"积善馆"与四万温泉旧街并横跨山谷中潺潺溪流的红色木桥，被称为庆云桥。踏上木桥，一眼就能望见面向东南依山而建，层次清晰叠加的八层高大主体建筑。走过庆云桥，正面是本馆三层。本馆第一层，由情调寝室、客室、历史资料展示室、元禄之汤、岩风吕（浴场）等部分构成。第二层、第三层是客室，最有特色的是第二层浪漫隧道，米黄色灯光闪耀，深邃、幽密，让人遐想无限。山庄包括第三层既属于本馆，又属于客室、第四层。第三层客室之外，还有小宴会场、山庄之汤。第四层有客室和"镜之廊下"景致。佳松亭包括了第五层、第六层、第七层、第八层。第七层、第八层是客室,可以俯瞰山川美景。第五层为综合办事之处及超市所在地,还有小宴会场、杜之汤、露天浴场。第六层有大宴会场。我们则被安排在第四层"琉璃222室",属于和式房间,非常优雅。

体验了舒畅无比的"元禄之汤"后,当天晚上5点,由"关家"十九代传人、68岁的女主人亲自接待,把我们4个人引入和式宴会小厅,享食闻名于世的"怀石料理"。

有机会享受"怀石料理",可以说是表明到日本旅行的外国客人受到了最为尊贵待遇的一种传统礼仪。价格不菲(据说,我们此次也是每个人17 000日元)是肯定的,但一般人认为,它体现了主人对客人的重视程度。

由水谷教授和张渭涛老师介绍得知,"怀石料理"起源于京都寺院,得名于僧人为抵御饥饿而怀抱烤热的石头暖腹之举,其追求清淡的原本的食物之味。后来发展到追求美食的禅意境界,从而使人获得超脱的心境空间,被赋予十分丰富的哲学内涵。由此,在日本各类传统料理中,"怀石料理"以其品质、价格、地位、意境而被认定为最高等级,称之为日本料理的"神髓"。

在享受这一"怀石料理"的过程中,我们真正体味到了"怀石料理"的材料、技术、程序、环境、服务的复杂性。生鱼片、大酱汤、白米饭、煮菜、烤食、清酒、"洗筷"、"汤斗"、茶席等,构成物质与精神、时间与空间的交错。"不以香气诱人,更以神思为境","静心料理"达到了意想不到的绝美效果。

按照接待程序,晚上8点钟我们又应邀来到了一间和式放映室。男主人——松佳亭第十九代亭主——非常热情地亲自给我们放映"积善馆"的介绍影片。我们一边吃着富于"积善馆"特色的甜点美食,一边倾听主人详细而认真的说明。最引人注意的是,他把动画片《千与千寻之神隐少女》的场景与"积善馆"建筑式样进行详尽对比,还领我们到庆云桥、障子户、情调寝室进行实地考察,以便加深对动画片场景与"积善馆"建筑密切关系的理解。男主人说,这个项目以前没有,今年才增加,希望引起我们的兴趣。

已经体验了"元禄之汤",水谷教授推荐说,第五层的露天浴场也别有意境。第二天早上5点30分,我悄悄起床,来到"积善馆"第五层,只见露天浴场已经热气腾腾,却空无一人,十分静谧。我不顾寒冷,索性赤条条地跳入露天"汤池"。乳白色"热汤"烫得浑身如过电般抖动,但过了一会儿,就渐渐恢复常态。我仰卧于池水中,合上双眼,心态平和起来,似乎进入到了无我境界。"净心之浴",如此之神,我知道,我的"泡汤"获得了一种超脱的"禅意"。

2月5日上午9点整,我们一行4人准时乘汽车离开四万温泉的"积善馆",然后,在中之条车站乘电车又踏上去草津温泉之路。

水谷教授的意图十分明显,作为外国人仅仅体味了四万温泉的"积善馆"的寂静并不够,还应该经历一下草津温泉的热闹。

40分钟后,我们走出草津车站。果然如水谷教授所预料那样,窄窄的街道上,游客熙熙攘攘,东西方各种面孔频频闪过,看得出来,草津温泉旅游"热度"明显超过四万温泉。

草津温泉位于群马县境内,传说1 800年前即已被人发现。这里引述网上资料说明,与日本其他温泉相比,独特之处有三:一是草津温泉的自然涌出量在整个日本占据第一位,草津地区的温泉每分钟涌出量为36 839升。二是旅馆所使用的都是自源泉流出的纯天然泉水,通过7根导管自然冷却。三是草津温泉属于高温泉,而且带高酸性刺激,是特殊的酸性泉。在这样高的温度下,大肠杆菌等细菌10分钟左右就会死亡。温泉对慢性皮肤病及妇女病、刀伤、糖尿病、高血压等均具有疗效。草津温泉以最适合于美容而著称,通过促进全身的新陈代谢,达到保健和美容的功效。正因为如此,古往今来,无数达人名人,诸如源赖朝、丰臣秀吉、德川吉宗等,均争相来此地享受。草津温泉多次获得"日本温泉百选"中的第一位,可见其品质之优。

我们先是停留在标有捐助名人名字的水泥墙环绕的"汤畑",观赏温泉喷发的奇异景致,并亲自感受浓烈呛鼻的硫黄气味。"汤畑"旁边有个叫"汤烟亭"的场所,供路过的游客免费泡脚,领略用肌肤感受刚涌出来"新鲜滚热"的汤泉之乐,也是让游客愿意捕捉的草津小镇具有代表性的"街景"之一。水谷教授让张渭涛老师四处寻找生鸡蛋,想让我们吃顿自己做的"泉汤煮熟鸡蛋"。尽管张渭涛老师到处转悠,还是没有人卖生鸡蛋,我们只好到"汤畑"旁边的"中华料理店"里买了现成的"泉汤煮熟鸡蛋"品尝。这现成的"泉汤煮熟鸡蛋"的确味道鲜美,直让我们吃过了还想吃。

　　还不等我们琢磨清楚鲜美的"泉汤煮熟鸡蛋"窍门在哪儿,水谷教授就催促我们按预先定好的草津温泉体验路线急步前行,花 5 分钟时间赶到"大泷乃汤"温泉旅馆。"大泷乃汤"设施虽然很现代化,但还是保留了许多传统的体验方式,比如分"室内汤"和"露天汤"两种。我先是在"室内汤"预热,然后在"露天汤"体味。我的第一个感觉是,"大泷乃汤"果然不同凡响,乳白的颜色,伴着热蒸汽,泉水滚滚涌出,浓重而猛烈,喷涌到身上,灼热如电击。不消十分钟,通身上下,亮光闪闪,酥酥麻麻,人如酒醉一般,颇有成了神仙的感觉。我情不自禁地对水谷教授和渭涛老师大呼道,被迷幻药麻翻了,麻翻了! 迟迟不愿跳出这恍惚"五界"。

　　水谷教授是地地道道的东京人,出生地距离此地就是这么近,也没有来过草津温泉。如此深沉之音韵学者,也不禁喜笑颜开,连连赞叹。尽管如此,他也不忘记紧迫的时间安排,马上提醒我们,还有下一个节目等着我们看呢!

　　我们 4 个人,紧赶慢赶,返回"汤畑",观看"草津名物汤之舞"。到了"草津名物汤之舞"会场,一看就知道,"舞会"是个"汤祭"场所,上下两层,简陋的木条椅子上人挤得满满的,我们好容易挤个地儿坐下。"草津名物汤之舞"开始了,是 8 个中老年妇女手持写有假名"草津"字样的木板,左右翻动场内"汤池"之水,足之蹈之,歌之舞之,不时伴有欢快的"吼叫"。这一节目一结束,又搞了个表演者和游人的互动节目,游人下到场内,在表演者指导下,也伴随着音乐节奏,左右翻动场内"汤池"之水,足之蹈之,歌之舞之。会场一片欢呼,煞是热闹。张渭涛老师兴奋异常,想让我也参与其中,他提着相机,带着我左突右突,就是挤不上"槽儿",干着急,眼看着到了"尾声",只得悻悻而归。

　　"泡汤"结束,我们在开往东京列车的半途中,一个叫前桥的小站上与张渭涛老师依依惜别。张渭涛老师难得有时间如此"奢侈"与快活一次,更别说与祖国的亲人如此朝夕相处"泡汤"近密。"海外游子"的短暂相聚,勾起了他如许多的乡愁。我们在车里车外,频频挥手,竟无语凝噎。我们相约,有机会还聚,相信为期不远。

　　水谷教授坚持陪同我们乘坐"新干线",因为可以抢回一个小时时间。接着,又换车到东京八王子站。天色漆黑,不知不觉已经是深夜,我们也到了说声"再见"的时候了。他精心安排的"泡汤"之旅,非常圆满,所以,他回家无牵无挂。

此次"泡汤",是个难忘的海外之旅。我们感谢水谷教授和张渭涛老师,不仅仅是因为他们寻求机会,精心安排活动,让我们直接感受深刻的人与自然的"互协"过程,更为重要的是,他们和我们一起经历了一种生命升华的"入静"境界过程。"入静"使我们内省,"入静"使我们"净心",由此,深化了我们对世间万事万物的理解和认识,这却是最为难得的。

2011 年 2 月 6 日于东京八王子创价大学丹木町寓所

# 是琉球？还是冲绳？亦真亦幻

　　曾经多次盘算着去冲绳岛看一看，主要是想追寻琉球故迹和体验海天一色风光，但始终未能如愿。

　　此次借春节闲暇之际，去了八王子"生命大楼"一家旅游公司报名，选择"冲绳旅游基本路线"，每位 62 800 日元，加入了"冲绳旅游团"。

　　2 月 15 日清早，大雪纷飞，灰蒙蒙的云雾遮蔽了东京的天空。7 点钟，我们准时从创价大学乘公共汽车出发。到了 JR 八王子车站，转乘电车，一个小时后在新宿站下车，找到山手线（涩谷行），登上去浜松町的列车。25 分钟后，我们在浜松町站找到私铁东京モルル空港快速线。17 分钟后，到达羽田空港第 1 候机大楼。

　　与国内旅游不同，我们要自己去第 1 候机大楼 2 楼找到 16 号日本航空旅行受付口取"航空券"（机票）。旅行社一位男服务员非常客气，服务周到。日本的国内安检不像我们国内机场那样对旅客进行周身"探测"，而是很简单地让人走过一个安检门接受检查。11 点 20 分，我们乘坐的日本航空公司（JAL）913 次波音 747 飞机准时起飞，于下午 2 点 10 分到达冲绳本岛那霸空港。

　　走出那霸候机大楼，我们的第一个印象就是，这里空港设施非常完备。我与厦门高崎机场进行了比较，很显然，外观要比高崎机场大气得多。候机大楼周围郁郁葱葱，鲜花盛开，其中最为明显的是到处都栽有南国特有的棕榈树、槟榔树，我们像是来到了春天的厦门。

　　2 点 50 分，我们在预定的集合地点，见到了两位年龄在 35 岁左右的日本"导游"（添乘员），他们操着一口富于"琉球"特色的日语，非常客气地把我们带到了一辆旅游客车上。我们上了车后看到的是，司机旁边悬挂着冲绳本岛地图，地图上标有我们今天下午行程的路线，非常清楚。

　　旅游客车行驶在那霸市狭窄的街道上。车窗外，匆匆一掠而过的街景，让我最直接的感受是，街道两旁的建筑，与在日本其他地方看到的有所不同,仿佛不是在日本,而是在东南亚的某一个国家的都市。到处矗立着现代化的灰白色建筑,还包括横贯南北的悬空水泥高速电车架桥,间而杂有"闽式"风格的大展遮雨前檐小楼,明显具有"闽南风"外形。我注意到,许多高楼的一层为避开潮湿,或聚集地气全是放空的,只见支撑大楼的几根粗壮水泥柱立在那里,和厦门许多高层建筑的做法一模一样。

冲绳岛位于琉球群岛中央,是群岛中最大岛屿。北距九州约 340 海里,南北长 105 公里,最宽处为 31 公里,面积约 1182.5 平方公里,大约有 9 个厦门岛那么大,人口有 120 万左右。

按照计划,我们旅行的第一站就是首里城公园。首里城建造于 14 世纪中叶,是当时琉球王国的宫殿群。当时国王处理国家事务、接见使节和举行重要庆典都在这里,它融合中国及琉球自身的建筑特色。它曾四度被毁,最近一次被毁是在第二次世界大战期间。修复后的宫殿群已于 1992 年重新开放。

我们看到的第一道正门——中山门,又称为"国门",1908 年被毁坏,后复建。紧接着是具有中国风格的牌楼式建筑守礼门,它让我们顿时眼睛一亮,全身心激动起来。它建造年代比中山门晚约 100 年,建于第二尚氏王朝国王尚清在位时期。门上最为显赫的牌匾题额是"守礼之邦"四个汉字,由中国皇帝册封琉球国王时赐予。它仿佛向世人宣告,琉球王国一直秉持中华"礼仪之邦"的大仪大德。导游强调说,守礼门于 1933 年被日本政府指定为国宝,可惜的是,在二战期间被美军炸毁,1958 年当地政府才筹集资金把它修复起来。

我们看到的如同许多资料已经介绍的那样,从守礼门向东,依壁而建的是欢会门、瑞泉门。瑞泉门内有龙樋(泉水名),有"中山第一甘露",还有中国使臣所书的"中山第一""云根石髓""阳谷灵源""活泼泼地""源远流长""飞泉漱玉""灵脉流芬"七块碑刻。瑞泉门之内为漏刻门,有日晷、漏刻、报时鼓、"万国津梁"钟。漏刻门内为木结构的广福门(中御门)和下之御庭。下之御庭南是"京之内",被人们视为琉球王国的宗教圣地,因为它是首里城的发祥地。经下之御庭的奉神门,可到达首里城正殿。

尽管首里城正殿正在翻修,我们还是想方设法挤进去看个究竟。它有三层,有人计算过,宽 29 米,进深 17 米,高约 16 米,11 间 7 进,前面有 5 间

1 进的抱厦，重檐歇山顶中央为唐破风。一层内部国王御座上方的牌匾为清朝康熙帝所赐，上面书写"中山世土"四个大字。正殿的基石是从中国进口的大青石。王宫正殿一层"下库里"是国王日常理政之处。正中央是国王御座。二层"大库里"，是禁止国王之外的男子入内的房间。这里是专门举行为琉球国以及王族祈福仪式的地方。中央房间是国王的寝室，设有宝座和御床，右侧小间为王妃寝室。三层"小屋里部屋"，供日常通风之用。

首里城正殿朝向不是背北朝南，而是朝西，这是为什么？导游解释说，琉球的宗主国——中国在琉球的西面，所以采取正殿向西的方式来表现自己的"事大"诚意。施行"事大"国策是为求得中国的保护，可是，后来的中国政府未能有效地予以"庇护"，留下了诸多遗憾。琉球国王的御座也面向西方，这样，琉球国大臣早朝朝拜时，可以看见太阳从正殿的方向升起，因此，面向西方就具有了肃穆的恭敬之意。

最让人感兴趣的是，首里王宫的建筑上雕有许多龙。它的龙形象，与我们国内的龙形象不同，是龙的变形——蟒的形象。蟒有四爪，仅次于皇帝的五爪龙。这就和日本的一些著名建筑差别很大，比如大阪城、姬路城。表明它与中国的直接"血缘"关系。

资料显示，首里城外西南一侧是于 1501 年由琉球王尚真修建的王族墓。在墓穴中安葬有当时国王、王妃等历代王室成员的遗骨。首里城南还有一个建于 1799 年的识名园，面积为 7038 坪(23225 平方米)，是琉球王室游赏和招待中国使臣用的园林，别名"南苑"。另外，在首里城周边还有王家园林龙潭、王家寺庙圆觉寺、国学孔子庙、弁财天堂等古迹。可惜的是，导游为了抢时间，没有安排这个参观项目，让我们感到十分遗憾。

下午 4 点整，我们又驱车来到了他们称为"ビオス丘"的地方。"ビオス"是个外来语，具有"生命"之义。实际上，这是个植物园。这个"生命丘园"的植物具有明显的东南亚热带植物特色。参观的过程有一个细节让我们难忘，就是大家正在观赏而愉悦自得之时，忽然一阵凌空飞过的美军军用飞机的轰鸣声搅得大家心绪烦乱。几位日本观光客仰望着天空远去的飞机，大声嘟囔着。可以明显看出，他们为军用飞机的"无礼"而愤愤不平。我们过去常听人说，冲绳岛居民饱受美军军用飞机搅扰之苦，今天我们得到了证实。

在"生命丘园",有一个游湖项目。我们登上船不久,一个身着和服的年轻女子笑盈盈地敲铜锣鸣道。我们不禁一笑,这不是我们中国人熟知的"鸣锣开道"景象吗?又是一个"中国风俗",肯定是"琉球遗俗"。在园区的"风物园",我们再一次感受"中国风俗",就是园中放有一辆车身雕龙的水牛车供人们观赏,我们亲切地把它称为"中国老牛车"。

晚上,导游安排我们住进了位于冲绳岛东北部港湾有名的读谷村冲绳残波岬大酒店。它足足有几十层之高,相当豪华。引人注意的是,大酒店门前以及楼顶琉璃瓦上坐有许多像是狮子的怪物。我认定它不是狮子,主要是它的耳朵与我们常见的凶猛狮子不同,有些温柔气,还有就是它的体毛少一些。不过,我们打听到,它还是叫狮子,是从中国传过去的,但有些变形,可以说是中国狮子的"变种"。它引起我的浓厚兴趣。

我在来冲绳之前,就听说,冲绳人饮食习惯也和日本人不一样,就是爱吃猪耳朵、猪蹄子,和中国饮食习俗一样。我们果然在大宾馆的超市中看到各种猪耳朵、猪蹄子制品。让人更为称奇的是,冲绳人还爱吃一种叫"猪面"的肉食。我们展开"猪面",看到的竟是一张猪脸,不由得忍俊不禁。

晚上8点30分,在残波岬大宾馆一层广场舞台,一个身着琉球传统服装的年轻女歌手,缓缓走到前台,边弹着琉球传统乐器,边放声歌唱琉球民俗歌谣。那曲调,凄凄婉婉,如泣如诉,很像我们厦门的"南音"一样动人心魄,但也似乎有一点儿日本民谣韵味儿。我问身边的一位日本旅客,是否明白了其中的蕴意,他回答道,根本听不懂歌词中的琉球方言,更弄不清楚"咿咿呀呀"是用了什么曲调。我忽然明白,琉球民俗歌谣的源头与日本本土关系并不大,一般日本人不晓得它的音乐特性完全可以理解了。

第二天上午9点钟,我们游览的第一站是琉球村。琉球村位于那霸以北约30公里的恩纳村。村内保存着一些闻名中外、具有琉球特色的传统建筑物,比如仲宗根家族旧居、花城家族旧居、大成家族旧居等。在这里,游客还可以通过蓝染、陶艺,以及以水牛为动力压榨甘蔗的工房等,去体会琉球风俗习惯和传统工艺,并能够欣赏到冲绳传统歌舞等表演。尽管如此,我还是存有很深的疑问:仲宗根、花城、大成等家族旧居建设时间是19世纪末,如果称它们和琉球古国有关是不是有嫌晚了很多?他们是真正的14世纪琉球人的后裔吗?他们还能代表琉球的文化吗?是不是"日本化"成分更重？"琉球日本化"仍然是有人有意而为之？

　　游过琉球村之后就是游万座毛景点。万座毛是冲绳中部海边一座断崖之上的青草地。一些人解释说，"万座"就是"万人坐下"的意思，"毛"用了冲绳方言，指杂草丛生的空阔之地。我们这些游人坐在崖边空阔之地颇有兴致地眺望远方，可以见到海天一色，十分壮观，当然心情无比畅快。

　　中午旅游团在琉璃宫就餐，有一件事让我们很难忘。一位高中女生忽然晕倒，只短短几分钟时间，大家放下碗筷，纷纷上前去抢救。这时，琉璃宫医务人员也赶到。15分钟后，几位带着抢救器具并穿着标有"本·今消防"字样衣服的人员也赶到了，过了一会儿，患者脱离危险，大家松了一口气儿。我这才有时间向对面一对日本夫妇问道：他们为何不叫急救中心人员，却叫消防人员？答曰：日本消防人员主要职责为处理应急事务，当然也包括急救病人。我这才知道，日本消防人员与中国消防人员的职责是有区别的。接着，就是去蝶蝶园、海洋水族馆、免税店等地游览。

　　晚上，我们被安排在冲绳都大酒店。在琉球大学任教的早稻田大学文学博士绀野达也前来拜访我们。老朋友见面格外高兴。绀野博士介绍说，琉球大学属于县立大学，有60多年历史，但因为日美"冲绳之战"等原因，好多有关琉球问题的研究资料被战火毁掉，所以，研究琉球问题条件局限性很大。这是他感到最不满意的地方。

　　第三天上午，参观当年日美"冲绳本岛之战"的战场。在濒临太平洋的万丈悬崖之上，冲绳人建立了"祈求和平纪念之碑""和平之础""和平之火""冲绳本岛之战资料馆"等和"冲绳本岛之战"有关的设施。"冲绳本岛之战"发生在1945年4月，美军进攻守岛日军，战事异常惨烈，历时92天之多。据统计，这次战争，双方死亡总数达到27万。其中，冲绳本岛居民10万，日军9万，美军8万。1995年，为避免"冲绳本岛之战"惨剧重演，各界人士积极筹款建设"祈求和平纪念之碑""和平之础"。在"和平之础"上刻上每一个死者的姓名，既有冲绳本岛平民、日本军人，也有美国军人。我们在"和平之础"上还见了中国台湾、韩国、朝鲜等国家和地区战死者的名字，也有上千人之多。冲绳人在此建一座不分国籍、不论军民的纪念碑群，力图对那场战争进行反思，目的还是警示后人，祈求地球永久和平，永不再战。

　　观看这些，我的心情无疑是沉重的，战争带给人类的大灾难让人不堪回首。琉球国古文明也因此而被毁灭,后人无论如何"重建",也是无法复原历史原貌的。冲绳不再是原汁原味的"琉球",它带给我们的永远都是想象中的琉球国。战争曾发生过是真的,琉球文明日本化后的"冲绳"是真的。琉球古国风俗中的"中华"元素已经渐行渐远,充满了人为的"痕迹"。真正的"琉球人"在哪里?恐怕只能是在"梦幻"之中吧!痛耶?泣耶?血与火的交织带给人们的思考是极其深刻的。

12点50分,我们登上了飞往东京的全日空(ANA)公司所属波音747-400客机,它非常大,可以载客人540个。过了一会儿,客机缓缓离开冲绳岛地面,掠过茫茫无际的大海,升上了深邃湛蓝的天空。

我知道,我们已经完成了一次亦真亦幻的琉球故迹之游。没有过多的兴奋和激动,只有嘘唏之叹,怅然若失,情绪不高是可想而知的。

2011年2月18日于八王子寓所

# 亲历东京大地震（三则）

## 地震发生之际

2011年3月11日下午2点左右，我正在宾馆房间看电视。忽然间，我感到整幢楼在摇摆，我的身体也跟着摇摆，白炽灯也左右晃荡砰砰作响。我猛然间醒悟到，地震发生了。一种生存的本能告诉我，必须马上离开危险的地方。于是，就快步跑到窗户外的阳台上，紧紧抓住铁栏杆，任凭整幢楼在剧烈晃动而不敢撒手。几分钟后，我觉得大楼停止了摇动，于是，就向楼外冲去。

才跑到楼门口，不承想，大地又在上下抖动，我跟跟跄跄地好容易来到楼前的停车场空地上。停车场空地上已经聚集了一群惊魂未定的学生和老师，大家纷纷述说着刚才发生的情况。

过了20分钟，有人说，地震停止了，可以回去了，我们就又回到了房间。可是，还未坐稳当，又感觉到整个楼在剧烈摇摆。我立刻冲出楼门，再一次来到了停车场空地。可是，余震不断，大地又在上下抖动，人们大声惊叫着。创价大学国际科的堀口先生几乎是跑着过来的，追问着我们的情况，问是否有受伤的，并说，手机已经不能打通，看来，通讯已经中断。他说，已经了解到，此次大地震，东京级别是超过了7级，而震中一定是超过8级。

房间是不能回去了，我们就只好沿着河边走，打发着时间，直到下午5点多钟才回到房间。幸运的是电视还能看，有关日本大地震的新闻各个频道都在滚动播出。我们这才知道，这次地震，震中心级别已经超过了8级，是8.4级，整个日本都有震感，地震造成的损失十分惨重。

我试着打开电脑，还好，能上网，我的邮箱里已经收到十几位国内学生、老师和亲友关心的邮件。我的大学同学在QQ群里使劲"呼"我赶紧报平安。他们真心希望我平安。我的眼睛湿润了。我并不孤独,在关键的时候,总会有人记得我。

## 大震之后真正困难到来了

今天是大震后的第三天,即 2011 年 3 月 13 日。

上午 10 点钟,大余震又光临了,我们的大楼又在摇摆,后来知道是遇上了超过 6 级的地震,东京地区有明显的震感。人们还担心,这几天核辐射随时会降临。

据说,食品抢购已经开始,我有点不信,于是,下午,我们几位中国老师来到最近的一家超市,看到的景象确实感到传言不虚。超市前车水马龙,超市里人流涌动。矿泉水早已无踪影;熟食,也已经被抢购一空,比如面包架上早已空空如也。我赶紧去粮食货架,看到的是,只剩下 4 袋 2.5 公斤重的大米。我刚要去拿,一位中年妇女好像手比我更快,怕我"包圆了",就迅速地抢了两袋,还好,给我留下两袋。排在后面的人眼看着粮食没得买了,悻悻离开。同行一位老师拎了一大包卫生纸,嘴里叨咕着"就剩下这些了",卫生纸也被抢购一空。日用品短缺,比我想象的严重,看来,大震之后的困难真的到来了,我们的心里有点慌啊!

晚上看电视才知道,东京自动取款机已经被取空了,预先知道信息的人迅速行动起来,银行"钱荒"已是事实。电视还预告,明天开始限时供电,受此影响,已经恢复运行的许多条主干地铁、城铁将处于停顿状态。电力紧张,必须如此。重灾区的人们更是困难,每个人一天只供应一个面包、一瓶矿泉水。天气又冷,无处安身,什么时候结束这种状况还遥遥无期。

大震之后,饥寒交迫,真的是雪上加霜,面临着重大危机,我们必须有一定的心理准备。

## 回乡的路,漫长而悠远

一、憧憬系庆

2010 年 11 月初,即将赴日本访学之前,我就和厦大中文系的同事们约定,一定要在90周年系庆,即4月5日那天出现在大家面前。有一位老师戏谑地说,系主任不到场,系庆或多或少会有一点缺憾的,至少是不完美的,他们还是很期待我能到场参与。

今年3月8日,眼看着系庆的日子悄悄临近,我真的有点迫不及待要回国了,就提笔给创价大学国际科小泷老师写了一封信:

小泷老师:

我参加3月21日(月曜日)午后在创价大学池田纪念讲堂举办的第37回毕业式。

但是,4月2日(土曜日)午后,在池田纪念讲堂的创价大学第41回入学式我就不能参加了,请谅解!

原因是,我在3月30日—4月8日回到中国厦门大学。我是厦门大学中文系系主任,厦门大学中文系90年系庆,大家要求我参加。另外,正赶上博硕士研究生招生、答辩,有很多的事情需要我处理,所以,我特向您请假,谢谢!

小泷老师很快就回信了,还提醒我去东京都所属的立川市入国管理局办理"再入国手续",我照办了,并且还筹划着如何从八王子车站顺利地到达成田机场:

小泷老师:

谢谢您!我为不能参加开学典礼感到很遗憾,真的很不好意思!

我已经办理了再入国签证,谢谢!

3月30日我乘坐的飞机是日本航空公司飞机,时间是上午9点30分,要去成田机场,很远。我想在早晨4点之前坐出租车(タクシ)去八王子车站,然后坐电车,经日暮里去成田机场坐飞机。

您能否为我预订3月30日早晨3点50分出租车(タクシ)?我在3月30日早晨3点50分在创价大学ゲストハウス等待出租车(タクシ)去八王子车站。给您添麻烦了。

一切看起来是那么自然,没有任何悬念,我开始憧憬着回国以后的生活:和家人团聚,和老师同学畅叙,和系友们相识,参加系庆系列活动。还有就是,我有点想家了,想我的长春雪国"三居室"和厦门的南国"蜗居"。回国会是多么让人心情愉快啊！我陶醉在回国后的幸福想象之中了。

可是，一场突如其来的日本大地震打破了我的美梦，让我饱尝了大自然对人类发威之苦。

### 二、灾难从天而降

3月11日下午2点46分，我正在看电视，一阵剧烈的地动山摇把我带到了9级大地震的痛苦深渊，从此，我好些天都在无限惊恐中艰难挨过。地震引发了日本东北部大海啸，无数生灵被瞬间涌起的、势不可挡的巨浪疯狂卷走，家园被夷为平地，满目疮痍，全世界为之震惊，当然也让二百里以外的我整日揪心不已。3月14日，福岛第一核电站因地震引发了核泄漏，又是让全世界的目光齐聚，为之惊恐万分，仅仅几天的时间，仿佛世界末日就要来临，在大自然的巨大神威面前，我们人类显得多么渺小，多么无能，多么柔弱，多么不堪一击！

十天里，我经历了日本千年不遇的大灾难，充分感受到了什么是无助，什么是无常，什么是精神折磨！

国内亲友、老师、同学、学生在第一时间发来了慰问信，有几位还打来越洋电话。日本的大地震牵动了一颗颗期盼我平安的心，我的安危系于他们的全部神经，让他们的情绪为之起起伏伏，波动不已。他们从媒体上了解灾情每时每刻的变化，然后，第一反应就是，呼吁我立刻离开日本，回到国内，只要离开了日本国土，他们认为，我就会逃离灾难，逃离了精神牢狱，一切就平安了。

我身边的中国老师，一个个拼着"通天本事"，托人买机票，不论价格多少（有的机票炒到了接近两万元人民币），急匆匆地拖着行李箱，冒着随时都会发生余震的危险，涌向成田机场，相继离开了日本。吉大小王、北大小力走了，中大小陈、延（安）大小范走了，清华大陆走了，就连韩国成均馆大学的小朴老师也走了，只有老黄两口子不动摇，坚持留下来。每当有一位中国老师离开我们的创大招待所，我们就在招待所门前为他们"壮烈"送别，那气氛不同寻常，我忽然想起小时候经常看到的中国电影里的场景：他们正在奔向光明，而我们……

### 三、为逃难而精心准备

"核辐射"越来越严重，国内亲人的呼唤也越来越强烈，不能不让我动心,就忍不住和航空公司取得联系,希望把预订的 3 月 30 日机票"改签",但航空公司方面的答复让我非常失望,说是无法提前改签。购买"日航"或"全日空"直飞厦门,要 17 000 元人民币。我又向其他航空公司打探,能否经其他城市转飞厦门,"借道"回国,但飞机票也是价高得极其"离谱",而且还要等很多天。

我没有别的门路,只好和妻商量。妻那边也是急火攻心,满嘴起大泡。她接连联系了好多家公司,也是没有飞往厦门的机票,万般无奈下,我只好又一次托出"转道东北"的想法。妻尽管联系了多家公司,机票仍无着落。此时此刻,我真的对能否回国已经失去了信心,做好了"打持久战"的准备,那颗急切飞往国内的热情高涨的心渐渐冷却了下来,拔凉拔凉的。

就在"山重水复疑无路"的时候,16 日下午,妻打来电话说,翻遍了所有学生家长的通讯录,终于找到一个航空公司的"老总",花 10 000 多元人民币买到了一张"经首尔飞往长春"的机票。嗬,听到这个消息,我顿时有了一种"柳暗花明又一村"的感觉,心中马上升腾起回乡希望的热火!

先想到,要按程序办事,就给小泷老师写信请假。

小泷老师:

我在 3 月 11 日大地震之前,曾和您说过,我要在 3 月 30 日到 4 月 8 日之间回国一次,并向您请假了。

但现在日本大地震之后,核辐射已经十分严重,波及东京。我继续在这里也会给你们添麻烦。另外,在中国的亲友十分焦急。我只好重新预定了 3 月 21 日的机票,行程是:3 月 21 日乘坐 KE2708 航班,当地时间 11:20 从东京羽田机场起飞,下午 14:40 到达首尔金浦机场。3 月 22 日乘坐 CZ688 航班,当地时间 13:20 从首尔仁川机场起飞,中国时间 14:10 到达长春。

回中国后,我打算在 4 月 8 日回到日本,因为许多研究工作还没有做完;再说,我当交换教授的期限是 5 月 19 日。敬请谅解!

请向国际科老师说明一下,特请假!

很快,小泷老师回信说,创价大学国际科考虑到当前灾难情势,同意了我回国的请求。

但静下心来仔细考虑行程，又觉得为难，因为"经首尔飞往长春"的线路也不是那么好走，从日本东京羽田机场飞往韩国的是首尔金浦机场，出了金浦机场还要在首尔住一宿，第二天上午又要赶往首尔的仁川机场。这里有两个问题：一是我手持的护照是日本的签证，金浦机场方面能否允许我入境？虽然曾经两次到过韩国首尔，这方面我还是没有经验。二是即便金浦机场方面能允许我入境，可我入境后又要到哪里投宿呢？我对首尔一点也不熟，贸然去了还不是像无头苍蝇似的瞎撞？我有点害怕"经韩国首尔飞往长春"的行程了。

我的一个学生为我联系她在韩国的学生，试图解决我的难题，但始终联系不上。我忽然间想起了我的同事小金，她正好在韩国首尔汉阳大学任汉语老师，就立刻用 QQ 给她发信息求助。小金很快就回信了，她一口答应，并说，要让学生去机场接我，并安排我和一位来自南京的男教授在教师宿舍一起住，就此可以省点费用。我得到这个消息，十分高兴，一颗悬着的心终于放下来了。

过了两天，小金又来信，说我住宿的事不用她操心了，因为，汉阳大学知名的严教授知道我将要在韩国停留的消息，马上提出，由他们负责接待，但也有一个"请求"，就是顺便给他们的老师和同学作一场学术报告。这个"请求"又是出乎我的意料。尽管因为日本大地震，我一直生活在惊恐之中，缺乏这样的心情，但想到他们的一番诚意，还是爽快地答应了下来，因为"客随主便"，他们做如此安排，肯定有自己的考虑。

接下来的几天，我为如何顺利地去羽田机场乘飞机而谋划着。3 月 11 日的大地震、海啸、核辐射，已经完全改变了日本人的生活习惯。东京都各个属地区市轮流停电，就使得公交电车系统几近瘫痪，只有少数线路开通；出租车也因为"油荒"，难得载客。创价大学国际科村上科长，已经告诉每一个准备"逃离"的老师，他们也搞不到汽油和柴油，所以无法用车送各位到机场。东京都交通大网已经"乱套"了，这让我们如何到达 100 多里以外的羽田机场？可真是愁坏了我们这些靠两条腿步行的人。即便如此，我还是硬着头皮给村上科长打电话讲了我的困难，希望他能帮忙。

20 日那天下午，我接到了村上科长用汉语打来的电话，说是问题解决了，他们联系到一个"老关系户"，他答应在我出发的那天送我到八王子车站。这其实也只是解决了从创价大学到八王子车站 8 里远的路程问题,其余的路程怎么办?

我也顾不了那么多了,抱着走一步看一步的心态,同意了这个方案。

四、转机首尔金浦机场

3 月 21 日早晨 3 点 50 分,天色还黑,我拖着十分沉重的旅行箱按时走出了创价大学招待所大门,果然见到了停在门口的一辆出租车。出租车司机很有礼貌地邀我上车,不到 10 分钟,就把我送到了八王子车站,计价器显示的出租车"料金"金额为 2 890 日元。

还算运气,我刚好遇上了恢复运行的中央线"国铁""特急东京行"。在浜松町站下车后很快就换乘上了"东京モノレール空港快速"电车,90 分钟后,就到了羽田空港国际航站大楼。总计花费 1 360 日元,非常便宜。

羽田空港国际航站大楼挤满了准备返回中国的人,人潮涌动,犹如一个大市场一般,但看起来仍然很有秩序。好多中国留学生加入志愿者行列,热情地帮忙旅客提拿行李。办登机手续的候机大厅里也到处是中国人,人声鼎沸,听到的都是汉语各地方言。你如果不加注意,还以为是在北京首都国际机场候机大厅呢!

尽管如此,还是有不少人虽然手里拿着飞机票,但也往往挤不上飞机,我就是害怕赶上这种情况才选择提前到达这里的。

因为时间还早,我瞅见了"外币兑换处",马上兑换了 1 万日元,换回的韩币是 12 万元,我这是怕到了韩国用钱时闹尴尬。

还有 3 个小时才办手续,可是,在办理去往韩国登机手续的柜台前已经挤满了人。无奈,尽管一身疲惫,还是挤进办登机手续的队列中。我一分一秒地数着,好容易挨过了 3 个小时,9 点正,几位靓丽的日本女工作人员齐刷刷地向大家行鞠躬礼后,开始进入各自柜台工作。

到了我办理登机手续时,5 号台女工作人员翻看了我的护照后,用日语向我要机票行程单。意思是,电脑系统显示我可以飞金浦机场,但没有由仁川机场飞往长春的信息,更没有"票号"。按航空公司规定,没有"票号"是不能登机的。

不能登机?这下我可着急了,脑袋顿时一片空白,急忙中不知道用日语如何表达了。女工作人员笑吟吟地安慰我,又叫上另一位女工作人员陪我到"问讯处",找到一位中国籍女工作人员和我沟通。那位中国籍女工作人员来自哈尔滨,是东北老乡。东北老乡格外热情,操着流利的日语和仁川机场联系。20分钟后终于联系上了,确认了我的预订名单和"票号"。我重新回到韩国登机柜台,还是5号台女工作人员为我办理了登机手续。此时,因为又急又累,我已经是大汗淋漓了。

KE2708航班飞机是波音747-400大型客机,宽敞明亮,再加上靓丽的韩国空姐周到而热情的服务,两个小时的行程十分温馨,正点到达金浦机场。

踏上韩国的土地,似乎远离了日本的大地震和核辐射的威胁,我的一颗悬着的心才算安定下来,我可以放松心情去随想了。

沿着去通关的通道走着,我一眼就发现,通关柜台前还设置了"核辐射测检门",我的心顿时又被高高地悬起来,生怕被检测出身上带有"核辐射物质",如果那样的话,我是不是又要被"软禁"在韩国而受精神折磨?还好,在我经过"核辐射检测门"时,红灯没有亮,就是说,没有发现异样情况。实际上,我的担心有点多余,因为我"过关"后发现,所立的提示牌上明明写着"自愿检测"。但我也有疑问,就是,如果我身上带着严重的核辐射物质,又不"自愿检测",是不是后果更为严重呢?看来,"自愿检测"也存在着管理上的漏洞。

当我按次序"通关"时,我又遇到了一个大麻烦,机场"通关"柜台上一个男工作人员翻看了我的护照后,马上用汉语说要我的机票。无论是在国内还是在日本,我们已经习惯了不用机票办手续,只要一个身份证或者是护照签证就可以了,在这里他们却一反常态,这可让我大不理解,又一次陷入了尴尬境地。我虽然据理争辩着,但那个男工作人员态度并不友好,根本不听你的争辩,马上叫来了另一个工作人员带我离开柜台。

我像是一名"嫌疑犯"一样被带到了一个"特别通道"柜台。"特别通道"柜台一位像是"管事的"女工作人员用汉语温和地询问着我的情况后,又是操起电话和仁川机场方面联系。不一会儿,她略带歉意地告诉我,22日中国南方航空公司飞往长春飞机的预订名单里有我,并说,你可以"入境",我的紧张心情又一次舒展开来。

走出"入境通道",就是接机通道大门。我看见一个年轻韩国女子双手

捧着写有"欢迎李无未先生"字样的大幅接机牌朝我这边打量着，我立刻招手示意。她是严教授的博士生小李，奉师命驾车接我。

我坐在她右边副驾驶位置上，车轮在飞转，汉江大桥等首尔标志性韩式建筑匆匆掠过。仅仅两个小时前，我才从充满"核辐射"严峻气氛的日本慌忙"逃出"，而现在又兴致勃勃地饱览韩国首尔温馨的初春风光，顿时觉得人世间的事情真的非常神奇，忽然间，似乎有了一点儿"空中国际飞人"的飘飘然的感觉，心里格外敞亮。

五、在汉阳大学做学术报告

严教授早已经在他的汉阳大学办公室等候，我们寒暄一番之后，立刻进入主题。他故作轻松地用熟练的汉语说："就这样请你来做报告，我还省了请你的往返路费呢！我们不能就这么让你白白地待在首尔一回，你总得留下点什么吧！"

下午 4 点 30 分，汉阳大学人文学院报告厅挤满了对报告感兴趣的老师和学生。严教授做主持人，向在座的各位介绍了我的基本情况。我的讲座内容当然离不开"日本明治北京官话教科书语言研究"。不过，这次我又添加了一些新发现的材料，也有了一些新的想法。

由于连续两天晚上极度失眠，加上旅途奔波的劳累，我感觉到自己语言表达糊里糊涂的，语无伦次，不知所云，讲座的效果如何，可想而知。

好容易熬到结尾，到了提问环节，严教授抢先问道："为什么日本明治时期中国语教科书中称朝鲜为韩国？'中国'一词是如何来的？中国语中的外来词语大多是从日语借来的吗？"

对前两个问题我没有深入研究，只知道点皮毛，所以，回答很简短。后一个问题我也只是谈一下学术界的研究情况，比如日本学者荒川清秀和中国旅日学者沈国威的一些看法。

还有一位中年男学者，看长相就可以知道是欧美学者无疑。他操着一口流利的汉语问道："你注意到日本人用片假名拼错欧美外来语的问题吗？"

"我当然注意到了。"我也就自己知道的情况做说明。可是在我期待着有人继续提问之时，严教授却站起来宣布，报告结束了。

报告仅仅持续了一个半小时，看得出来，许多听报告的人有一种意犹未尽的感觉。

在晚宴上,汉阳大学人文学院李院长、严教授、小金老师、高教授,以及来自南京的孙教授等,提议为我压惊。他们的真情感动了我,我觉得自己不再孤独,无论走到哪里,总会有人惦记我。关心我的人如此之多,我还有何求?

在汉阳大学会馆那一夜,我似乎回到了国内的家中,多日的紧张情绪和由地震引发核辐射带来的恐惧,全都抛到九霄云外。我太累了,竟然一觉睡到了天亮。直到小金老师叫吃早饭的电话铃声响起,我才从梦中醒来。我已经恢复了往日的乐观情绪!

我提议在汉阳大学学生食堂吃早饭,小金老师嘴上说不妥当,说是价格太便宜了,她不好意思。但她拗不过我,只好答应。我去学生食堂的目的很明确,就是要回味一下去年韩国汉阳大学方言会议的情景,不然,我此次来韩国肯定会有遗憾的。

高教授受严教授的委托(因为他有课抽不出身来送我),从60里以外的家中赶到汉阳大学会馆接我,把我送上了开往仁川机场的巴士,并坚持付上1万韩元车费才离开。目送着他开车的背影,我心里激荡起一阵阵波涛,我明白,于情于理他都照顾到了,这就是今天韩国年轻一代学者的风格,我从内心里佩服他的处世为人。

## 六、第一次坐头等舱

13点20分,中国南方航空公司CZ688航班飞机准时从首尔仁川机场起飞。我刚刚在一般公务舱自己的座位上坐定,就听得飞机上的广播里传来一个声音:"请李无未旅客到前舱来一下!"

听到广播提到我的名字,我以为自己又遇到麻烦了,一颗放松的心又提起来,虽然有一些疑惑,但我还是快步走了过去。到了飞机前舱,几位乘务人员面带微笑地打量着我,其中一位个头不高的中年女性亲切地对我说:"你是从日本回来的吧?我们安排你坐头等舱。请在头等舱左侧第一排座位坐下!"

我简直不敢相信自己的耳朵,以为是听错了,因为我相信,天上不会有掉馅饼的事儿。不过,看着他们那真诚而可以信赖的目光,我忽然间明白,天上确实会有掉馅饼的事儿发生。

我的眼睛湿润了,我才醒悟到,我坐的是我们国内的飞机。在危难之

际,总会有国内的人想着我们这些"游子"的。想到此,我的心里面充满了感激。我坐在头等舱左侧第一排座位上,尽情享受着这个特殊的待遇。

一个小时后,飞机已经抵临国内上空,我拉开机上舷窗遮阳板,远眺波涛起伏的云空,我动情地轻轻说,我终于回来了!

七、近乡情怯,鲜花簇拥着我

唐代宋之问《汉江》诗云:"岭外音书断,经冬复历春,近乡情更怯,不敢问来人。"近乡情怯,很能概括我此时的心情。

飞机抵近龙嘉机场上空,透过舷窗,我看见大地白茫茫的一片,"千里冰封,万里雪飘",找不到一点儿绿色。尽管如此,我对它依然情深意切。雪国,是我的热土,无论走到天涯海角,无论我处于何种境地,它永远是我的精神家园。

我拖着行李箱刚刚走出接机出口,就被迅速涌上来的一大群人围住了,他们是我熟识的学生、同事、朋友,有好几位是特意远道而来的,拥抱、握手、鲜花簇拥,让我应接不暇。那一刻,我激动,我幸福,我充分感受到了家乡亲人滚烫滚烫的热情。

浓浓的乡情包围了我,再一次融化了我。回乡的路,虽然漫长而遥远,但我依然执着而不懈地追求它,这不,已经实现了回乡的夙愿了!虽然过程有点曲折,但还是回来了。

当我遇到不幸的时候,我第一个想到的就是回家,只有家才是最安全的。

家,家乡,永远都是我的心中依赖,永远都是我的遥远的避风港湾!

2011 年 3 月 24 日

# 樱花浪漫知音希

2003年3月27日下午,我在关西学院大学9号馆刚安排好住处,就迫不及待地跑到校园内观赏樱花。"关学"校园内樱花树并不多,只有在去图书馆的蜿蜒小路两旁有一些,并且,处于"落英缤纷"的状态,我看过后,很是失望,感叹自己没有"樱花运"。

不过,当我向南走出校园后,却见到了另一番景象,雪白、血红的樱花大道向远方伸展着,激起我的无限遐想。樱花艳丽,象征着大自然的美好与多情,让我兴奋不已,庆幸自己并没有错过樱花"满开"的季节。但过不了一会儿,天上悄悄落下了毛毛细雨,每一棵樱花树上的每一片樱花瓣儿缀满了泪珠,我开始感到,樱花有些伤感。她们为何伤感我却不知道。

第二天早上,我又来到了樱花大道,却再也见不到樱花"满开"了,而是"落英缤纷",大片大片樱花花瓣儿像雪片似的在半空中飞舞着,好像舍不得落地,但最终还是没有逃脱"化作春泥"的命运。我忽然明白她们昨天下午伤感的缘由了,她们已经预知自己未来的命运,在和我这个异国"情圣"无声道别呢,可我却全然不知道她们的愁苦。

我好长时间都在为这次"赏樱"而郁郁寡欢。

这个星期一,即2011年4月11日,我又一次由厦门飞往东京,当我拖着行李箱在成田机场换乘开往东京市区的地铁时,看到在地铁的显示屏上不断地提示着因地震而停运的线路的情况。我下意识地认为,这是前几天大地震造成的结果,没有在意。

在东京站,我很顺利地换乘开往八王子的电车。一个小时后,我在八王子站下车,坐上户吹方向(途经富士东京美术馆、创价大学正门)的公共汽车。

到了创价大学正门,已经是晚上11点了。我拖着行李箱,刚一迈进大门内,不经意间抬头看看,却被眼前的景象惊呆了:朦朦胧胧的月色映照下,鳞次栉比的大片樱花树顶戴着硕大的花蓬,雪白雪白地"满开"着,遮天蔽

月。树丛下方,两条笔直的小路缓缓地向上伸展着,坡斜犹如美女的后背,柔媚而曲线突兀翘起。

继续向前走,就在池田会堂前面的开阔地上,更是花蓬相连,构成了顶天立地的樱花大厦,十分壮观。

我忘却了旅途的疲劳,更是不再理会大地震、核辐射的威胁,驻足在那里,解读着花语,迟迟不愿移步离开。

回到了ゲストハウス201室,打开电视,从新闻播报里知道,当我在飞往成田机场的途中,即17点左右,千叶一带又发生了7级地震,东京震感强烈,不亚于"3·11"的破坏力。我恍然大悟,那些停运的线路,是由此次地震引起的,我真糊涂!

第二天早上,我和同楼的小王商议好,无论是否地震,我们一定不要错过"赏樱"的机会。

8点钟,我们相约,一同来到了创价大学校园。在"本部栋"、"A栋"、"周樱"、池田会堂樱花大道、创价大学正门樱花大道等处,都留下了我们的足迹。此时,正是赏樱季节,据说,创价大学校园内有2000多棵樱树,品种有几百种,真的可以称得上"樱的博物馆"。一般的游人只知道去东京上野公园赏樱,却不知道,上野公园的樱树数量和品种不及创价大学校园的一半。尽管创价大学校园樱花烂漫,但我们或多或少感到有些寂寞,因为,有此闲心来自由赏樱的人寥寥无几,大有"樱花浪漫知音希"的遗憾。

这个星期三,即4月13日,水谷老师也约我赏樱。不过,水谷老师另有见解,他说,创价大学校园樱树"人为"的成分很浓,况且,樱树大都矮小,没有气势。他提议,我们去泷山公园赏樱。

我带着疑惑,跟着他步行,不出半小时,我们便来到了距离创价大学1公里的泷山公园。泷山公园是日本战国时代的古城遗址。进入泷山公园,可见护城河蜿蜒曲折,绕城而过,但护城河早已经没有了水,干涸着。

走过护城河,随着水谷老师的指向,我看见了足以令人惊呆的景象,远处好似轻轻飘逸过来一朵朵"樱花云",遮蔽了整个天空,让人觉得就好像是被"樱花云"包裹了似的。我仔细看去,这里的樱树果然与创价大学校园的不同,无论处于何种地势,都显示了一种气势,就是直冲云天,十分高大而自傲。我忽然明白,难怪水谷老师对创价大学校园樱树不以为然,原来,他是被泷山公园樱树的气质所迷了啊!

　　泷山公园樱树的气质确实独特,我不否认,赏识之间,我也深感水谷老师说得有道理。不过,我也看到了另一种景象,就是和我在创价大学校园看到的一样,赏樱的人零零散散,十分稀少。

　　水谷老师不无遗憾地说,今年的樱花"满开"格外鲜艳,是多年来少有的。本来预计,今年樱花"满开"季节,来日本赏樱的人会纷至沓来,仅中国人就会达到 100 万,但因为日本东北大地震,尤其是福岛"核辐射危机",人们没有心情来赏樱,赏樱的旅游业遭到了毁灭性的打击,何时恢复,尚不得而知。他每年这个季节都会来这里赏樱,年年尽兴而来,满载而归,今年却不同,他似乎在为樱花"满开"被过分冷落而鸣不平。

　　我理解他的心情,只好安慰他,这种情形不会持续太久,"年年岁岁花相似,岁岁年年人不同",明年就会不一样了,"樱花浪漫知音多"是肯定的。

　　他面无表情,似乎看不出对我的劝慰同意与否,但我相信,他肯定是在期待着,期待本身实际上就是对我的最完满回答。

2011 年 4 月 14 日

# 参观日本内阁文库和大东文化大学图书馆

今天参观了著名的内阁文库。内阁文库,正式的名称是国立公文书馆,它位于东京"皇居"以北,东京国立近代美术馆的左侧,乘地铁东西线在竹桥站下车向左拐即是。国立公文书馆,以收藏日本公文书著名,存有76万册,比较重要的是:《御署名原本》《大政类典》《公文类聚》《公文杂纂》《内阁公文》等,是日本国家公文的典藏和研究中心。百度百科介绍说:

> 明治六年(1873年)在太政官属下设置了"文库挂"(即图书馆股),明治十七年(1884年)改为"太政官文库",明治十八年(1885年)废太政官,立内阁,遂改称为"内阁文库"。明治十七至二十四年(1884—1891年),内阁下属各官厅的藏书都集中到内阁文库,其中主要有:江户幕府建立的红叶山文库的藏书(约10万册,汉籍占7.3万余册,多为明版的府县志、医书、随笔、诗文集、戏曲小说等);昌平坂学问所的藏书(约11万册,其中汉籍5.9万余册,史地资料也很丰富);和学讲谈所的藏书(大部分是日本古典文献);医学馆的藏书(中国明清两代医书的精华)等。

内阁文库还收藏东大寺、兴福寺大乘院及贵族、武士诸家的档案资料,江户幕府的日记、法令,明治初期收集的西方图书等。至1986年3月31日,藏书总量为54万册,其中日文书31万多册、汉籍18万多册、西文书4.5万多册。一些书,如宋版《庐山记》等,被指定为重点保护文物。我比较关心的是内阁文库"小学类"书。在目录中,我找到了《钜宋广韵》宋版书。我把它和上海古籍出版社影印的宋孝宗乾道五年(1169年)闽中建宁府黄三八郎书铺所刊《钜宋广韵》本对比,感到基本一致,但上海古籍出版社影印的黄三八郎书铺所刊《钜宋广韵》缺去声一卷,而此藏则是全帙,非常珍贵,与通行的张氏泽存堂本《广韵》相比,更为精致。让我感到十分振奋。

我还看到了自己感兴趣的明治十年日本刊本《大清文典》,这其实是美国传教士高第丕与清人张儒珍同著的《文学书官话》的日本整理本,由日本人金谷昭训点。与大槻文彦《中国文典》还不同,但学术界对它同样是重视程度很高,可见,《文学书官话》在日本影响之大。

在位于东京北部板桥的大东文化大学图书馆,丁锋教授为我们借来了"国宝"级文物《玉篇》残卷的唐写本。用手抚摩着《玉篇》写本,让我们感到异常兴奋,仿佛在和古人默默对话。此外,日本贵重典籍《磨光韵镜口授记》,是日本江户时期手抄本,对日僧文雄名著《磨光韵镜》进行解说,条理清楚,却很少有人注意。无独有偶,在大东文化大学图书馆,我也找到了佐藤仁之助的《韵镜研究法大意》,这是 20 世纪 20 年代末期日本学者研究《韵镜》的重要著作,它对文雄名著《磨光韵镜》也比较推崇,讲起汉音、吴音、华音,也以文雄拟音为依据,不过,有所修订。《磨光韵镜口授记》既可以和文雄名著《磨光韵镜》参读,也可以和《韵镜法研究大意》对读,三者关系十分密切。

参观图书馆之余,丁锋教授就近领我们参观了东京大佛。东京大佛与我所看到的镰仓大佛不同,落成才二十几年,也是神韵尤佳。东京大佛旁边还摆放着一些具有日本特色的石雕像,特有趣味。我不懂日本民俗,但却可以从中窥见一二。

2011 年 5 月 13 日

# 东京大学东洋文化研究所藏中国珍贵典籍

　　昨天,由东京大学东洋文化研究所尾崎文昭教授(20 世纪 70 年代末曾在北京大学留学)亲自带领,我们一行五人参观了东洋文化研究所图书馆,经允许,我们进入图书馆内部参观阅览。

　　图书馆现藏亚洲各地图书资料约 66 万册,杂志约 1 万种。其中,汉文典籍,也包括和刻本、朝鲜刻本 11 万部,大部分属于珍贵图书,在日本国内屈指可数。所以,研究中国传统文化和汉字文化圈文化关系的学者到日本访学,不可不到东京大学东洋文化研究所一览。

　　我第一次到东洋文化研究所是 2004 年 1 月,接待的教授是大木康博士。对我来说,最应该注意的是:

　　1.大木文库。曾经在北京居住的大木干先生捐献了中国法制方面的汉文典籍 45 452 册,应该说,研究明、清、民国前期的中国法制史,一定要关注这批材料。有许多是海内外仅存孤本。从研究汉语史角度来说,那些法制文书应该是第一手的可信资料。

　　2.双红堂文库。日本著名中国文献学家长泽规矩旧藏,主要是明清时期的戏剧、小说类文献,3 150 册,海内外仅存孤本甚多,让人惊叹,只可惜,有许多未加整理出版。其中子弟书资料,长泽规矩有过整理,也是研究明清北方官话的好资料。

　　3.仓石文库。日本著名语言学家仓石武四郎先生旧藏,汉文典籍 5 200多册。我最关心的是小学类和教科书类。小学类有一些非常珍贵,尤其是清人研究上古音的著作。

　　4.殷代甲骨。共计 2 103 片。非常罕见。

　　5.东方文化学院旧藏。有汉文典籍等 10 万多册。

　　6.松本忠雄旧藏。主要是现代中日关系文书杂志等。

　　水谷诚教授为我们此次东洋文化研究所之旅付出了辛勤的劳动!

                                            2011 年 4 月 29 日

# 日本池田大作先生赠我诗集和"嵌字诗"

5月19日,我在创价大学的交换教授生活即将结束,池田大作先生知道后,于4月13日上午,委托创价大学理事长田代先生在创价大学"本部栋"小会议室举行仪式,将他的礼物郑重地转交给我。此时,正赶上地震发生,5级,晃动很厉害,我们挺立着,彼此微笑。我郑重地用双手接过包装十分精美的礼物。礼物是一本装帧十分考究的诗集和他亲自用毛笔签名的两句"嵌字诗"。诗集的名字是《胜利之舞》;"嵌字诗"内容是:

> 樱梅未开已入梦,
>
> 桃李无言自成蹊。

很显然,它表达了日本一位84岁世界知名政治家、思想家、作家、教育家对我的期望和深情厚谊。

2011年5月20日

# 基隆、余光中、乡愁

　　11年前,我有幸与大陆音韵学者一行六人赴台湾辅仁大学参加汉语音韵学学术会议。在李添富教授的精心安排下,我们从台北到台南、高雄,一路顺风,观光、交流,十分惬意,让我终生难忘。

　　这次赴台湾,更是别有一番滋味在心头。我们一行四人,从厦门高崎机场乘台湾航空公司飞机,径直掠过台湾海峡,飞到了台北松山机场,只用了一个多小时时间。我深深体会到,大海已经不再是障碍,台湾与祖国大陆之间的海峡,仅仅是一泓浅浅的海湾,再也没有更多的阻隔,我们到台湾,真的便利得很。

　　台湾海洋大学人文学院的老师们对我们的安排十分周到,一位接机的老师早已迎候在那里。30分钟后,我们所乘坐的汽车穿过著名港口城市基隆市区,来到了位于基隆火车站与基隆市政府附近忠二路的华帅海景饭店,我被安排住在301房间。

　　当晚7点,我们在距华帅海景饭店不远的柯达饭店,与来自中国海洋大学、上海海洋大学等大学的七位老师,以及来自韩国仁川大学、日本关西大学的两位教授,还有台湾海洋大学的安嘉芳、卞凤奎等教授相聚在一起,大有一见如故的感觉,无拘无束,酒酣情热,不过一会儿,俨然就是多年的老朋友了。

　　2011年12月1日上午9点,"2011海洋文化国际学术研讨会",以"亚太地区的海洋书写、社会变迁、地域传播、国际互动"为主题,在台湾海洋大学人文学院二楼远程教室举行了颇为简短的开幕式,台湾海洋大学林三贤副校长、人文学院罗纶新院长致辞。

　　紧接着,就是大会主题演讲。第一位发言的是厦门大学人文与艺术学部主任陈支平教授,他曾是厦门大学人文学院院长,演讲的题目是:《从世界文化史的视野审视海洋文学的历史地位》。陈教授善于演讲,见解深刻,很自然,赢得阵阵掌声。

10点整，会场一阵轻微躁动，只见从前门健步走来了一位精神矍铄的银发老人。我一眼就认出，他是大家所熟知的著名诗人、学者、台湾中山大学教授余光中先生。我立即站起来，迎上前去，与余光中先生握手。余光中先生向我点头致意，就顺势坐在了我的身边。我们相互介绍着，悄声攀谈。

过了一会儿，大会主持人宣布，由余光中先生演讲。大家不约而同地使劲儿鼓掌欢迎。

余光中先生虽然已经年过八旬，但以"海洋与文学"为主题的演讲，声若洪钟，底气十足。余光中先生从孔子所说的"四海之内皆兄弟也"及"道不行，乘桴浮于海"讲起，将中国历史上许多诗人的著名海洋诗作——检出，大声朗诵。40分钟过去，一部线条清楚的"中国海洋诗史"，可触可摸，呼之欲出，在座的学者，无不为之惊叹。

余光中先生演讲完毕，还没有走下讲台，就被众多学者簇拥着，或签名，或留影，难得逃脱出来。即便如此，余光中先生没有忘记我这个来自厦门大学的"校友"，执意向大家说道，一定要和我这个"校友"合影留念。留日博士、中国海洋大学的修斌老师热情帮忙。看得出来，他没有忘记60多年前在厦门大学所"种"下的诗心情怀，我忽然间明白，他这是内心里再一次涌动了"乡愁"啊！这种"乡愁"，不再是小时候的"一枚小小的邮票"，而"是一湾浅浅的海峡"，"他在这头，大陆在那头"。我被他的"乡愁"感染着，包围着，很自然也涌起了自己的"乡愁"：远在万里之遥的大东北，有我白发苍苍的妈妈，还有我的其他的亲人故人。想到这儿，我的泪水也禁不住流了下来。天同此理，人同此心，每个人都有自己的"乡愁"啊！

接下来的学术报告会，我似乎听得心不在焉，即便是到了我做报告时，我也是恍恍惚惚，不知所云。我讲述和日本《韵镜》研究相关的课题。评议人是个留学日本的博士，但对音韵并不熟悉，所以，我没有什么收获，仅仅是自娱自乐而已。下午，我做主持人，但我还是打不起精神，勉强对四位学者的论文进行了点评。直到晚上，台湾海洋大学在长荣彭园举行宴会招待我们一行，我的阴郁情绪才有所改变，"阴转晴"。

第二天，台湾海洋大学安排我们到著名的金瓜石黄金博物馆、海功号舰艇、台北故宫、庙口夜市参观。第三天，台湾海洋大学又安排我们到淡水老

街、台北火车站前图书一条街、台北 101 大楼等地游览。

　　这让我们又一次感受到了厚实的台湾，奇妙的台湾，我们对台湾又一次有了自己的理解。

　　　　　　　　　　　　　　　　　　　　　2011 年 12 月 10 日

# 在台北"淘书"

2013 年 8 月 24 日下午,主持"古籍保护和传播学术研讨会"的林登昱先生亲自接机后,又派人开车把我和浙江大学的陈教授从桃园机场送到了位于研究院路二段 128 号台湾"中研院"的学术活动中心(5035 室)住下。收拾完行李,我们就瞄准了地下一层 B1 的四分溪书坊,进去"淘书"。到这里"淘书"的基本上是与学术有关的人员,因此,按照需要,这个书店各类学术书占了绝大部分。因为所研究专业的关系,我更注意汉语语言学与历史文献方面的书籍。还好,在东面的书架上摆放着历史语言研究所出版的各类学术书籍,有许多我已经在厦门的台湾书店淘到过,但有一些我却没有淘到手。比如陈垣先生的《元秘史译音用字考》(1934 年出版,重印,210 新台币)、李家瑞的《北平俗曲略》和《北平风俗类征》(1933 年出版,分别为 270 和 450 新台币),都是精装的,我过去总想淘到手,可惜没有机会,此次遇到,自然不会放过。

第二天会务组没有什么安排,提供了自由活动时间。我和北京的冯教授、苏州的顾教授约好,并由小王带领,开始了第二次"淘书"活动。此次目的很明确,就是到旧书店淘旧书,新书店一概不进,不买新书。

小王很辛苦,带我们来到了一家商场 4 楼,时间有点儿早,商场店铺基本上没有开门,就只好等在那里。9 点钟,一家店面很小的书店开业。书店也就十多平方米,却摆放着好多学术书籍。冯教授是淘书的老手儿,眼睛一亮,就一把拎到手 4 大册《"国语"辞典》,经过一再讨价还价,1 000 元新台币成交。冯教授说,在大陆,这套书就是用翻番的价钱也是买不到的啊!我们路过一个老先生的店面,里面已经"塞"满了旧书旧刊,根本没有"下脚"的地儿。同样 4 大册《"国语"辞典》,他开口就是 2 000 元新台币才卖,不还价。价格差别就这么大。我们也问过一个店主,为何旧书售价差别如此大,得到的答案是,台湾旧书销售没有统一的定价,自然是各家有各家的规矩了。

在一家旧书店,我发现了藤堂明保的《新订中国语概论》,内容和大修馆

1979 年出版的有些不一样，我毫不犹豫地买下来。正要离开这家书店，我忽然发现书架上摆有很旧的台湾几十年前的《军用术语》丛书，海陆空都有。一问价格，很贵，7 本书要 14 000 新台币。照老规矩，我和店主讨价还价，就是讲不下来，最多一本书也就便宜个 100 元价钱。他声称，这是一个退休的老将军送到这家书店卖的，很稀有。我想了想，还是买下来吧！冯教授戏称我马上又成了"台湾军用语言研究"的专家，别无分店，只此一家。

寻找那家有名的"总书记"旧书店比较麻烦，绕了好大一圈儿，才在台湾大学附近的罗斯福路三段 302 号找到。上到了 2 层楼，就看到玻璃门写着："北京有位总书记，台北有家总书记。"让人觉得好像这是在卖"噱头"，用滑稽和花招招揽顾客。尽管如此，我们还是进去看了看。老板是一位 50 多岁的老者，他介绍说，书店是新开的，"记"用了过去表示生意的"记"。书店生意还不错，但他还是表示了担忧，现在台湾旧书市场行情不好，也和许多实体书店一样，受网络"购书"及现代阅读方式的冲击，倒闭了很多。尽管如此，他还是觉得旧书市场有赚头儿，因为旧书就那么多，只能是越卖越少，价格也逐渐攀升。风水轮流转，大陆到台湾买旧书的人越来越多，开句玩笑，是不是将来卖旧书要到大陆去卖？大陆人越来越有钱，台湾旧书流向大陆是不可避免的趋势。我不否认他的看法，但总觉得大陆旧书市场是不是"疯了"？被炒家炒起来了，书太贵，买不起，也不正常。

离开了"总书记"旧书店，又跑了几家，忽然觉得身上的台币不够了。正发愁之际，小王告诉我，可以用"银联卡"到一种取款机上取台币。我觉得很新奇，就试了一试，果然，我在取款机上输入的是人民币数目，取出的是按当日牌价汇率兑换的新台币。这项服务，大陆似乎还没有，真的是很便利。

夕阳西下，在回"中研院"学术活动中心之前，我盘点了一下今天的收获，花了 4 万新台币，买了许多在大陆看不到的音韵、语法、词汇等方面的书，主要有：《声韵学大纲》（叶光球）、《集韵研究》《许世瑛先生论文集》（4 册）、《昭明文选通假文字考》《华夷译语》《高邮王氏父子学之研究》《字样学研究》《高明小学论丛》等几十本，实在是拎不动，五六十斤重。当天晚上，我大肆购书的举动立刻在参会的学者中间传开了，有的更为夸张，说我消费了 10 万元新台币，我也不去辩解。

第二天，到"中研院"邮局邮书，是借了学术活动中心独轮车送去的，足足 30 公斤,也让邮局办理的人员吓了一大跳。

8 月 29 日,我和冯教授应约来到了台湾师范大学,经李添富教授的介绍,中文系钟主任、黄教授、姚教授非常热情地接待了我们。我们迫不及待地要求看一看图书馆的赵荫棠藏书,总算如愿。但看原书越来越不容易,出于保护的需要,那些藏书是不允许随意翻阅的,只能是近看而赏心悦目而已。

姚教授在台湾师范大学附近的"北平稻香村"招待我们之后,大家就到了"茉莉二手书店师大店"淘书。姚教授告诉我,他在这里买到了我主编的《对外汉语教学论著指要与总目》下册。也许是价格比较贵的原因,上册,我看到,还躺在书店里。我在这里买了《"国语"辞典》4 册,才 500 新台币。此外,胡楚生《训诂学概要》,51 新台币。还有《红楼梦中的建筑》《曲学概要》等,都想不到的便宜。

姚教授执意把我们送到了附近的金山南路二段 138 号的乐学书局。走上 10 楼的乐学书局,乐学书局的黄新新女士迎了上来。中国大陆的国学学者,只要到过台湾的没有不知道黄新新女士的,都亲切地称她为"黄小姐",其实她已经年过六旬了。海峡两岸的国学学者感念黄小姐的事情很多,她对国学的那份赤诚之心,对国学推广的执着之情,对国学者的真诚帮助,让无数学者感动。有的学者说,应该写一本《乐学书局黄新新女士传》,因为她的故事太感动人了,她对国学推广的贡献实在是大。我个人就经历过一件事儿,去年我去台湾"中央大学"参加会议,第一次到乐学书局购书,因为台币带得少,而购书又多,一时无法交款。黄新新女士说可以赊着,她可以找去大陆的人顺便取回,后来,果然她是请到大陆办事儿的王秋桂先生来厦门大学取的。我和王秋桂先生并不相识,觉得这事很不好意思,劳他这个剑桥大学博士的大驾。

乐学书局果然是全台湾国学书籍最全的书店。我悠然地在这里选书,部分书目如下:《周法高上古音表》《声韵学 16 课堂》《汉语词汇学》(竺家宁著)、《文选类诂》《形声兼会意考》《魏晋南北朝韵部之演变》《吕静韵集研究》《清文虚字指南解读》《董同龢先生语言学论文选集》《从汉藏比较论上古汉语内部构拟》《广韵切语今读表》《姚文田生平及其古音学研究》《两周金文通假字研究》《以广韵谐声证江氏元部独立说》《答呼尔方言与满蒙语之异同比

较》《广韵版本考》《中国宝卷研究论文集》《明清西学中源争议》《重文汇集》《根据〈华裔学志〉认识西方汉学家》《海港、海难、海盗、海洋文化论集》等,计53 本书,187 325 元新台币,这已经是 8 折优惠了。

等黄新新女士打好包,我又发现了日本京都大学校长羽田亨的《满和辞典》,不到 500 元,赶紧买了下来。

林登昱先生派来的吴枚燕小姐开始催促了,因为晚上还有台湾大学洪国梁教授、"中研院"蒋秋华等教授的宴请在等着我们呢! 在晚上的宴会上,台湾大学的名教授曾永义教授也来了,也是让人惊喜不已。

2013 年 9 月 4 日

# 参加马来亚大学中文系 50 周年国际研讨会

2013 年 10 月 4 日到 10 月 9 日，我应马来亚大学中文系的邀请参加马来亚大学中文系 50 周年国际学术研讨会。

10 月 4 日下午 6 点，乘坐厦航 0875 次航班，经过 4 个小时的航程到达了 KLIA 国际机场。走下飞机，进入国际航站楼，让人感到与厦门高崎机场明显不同，各类肤色面孔的人来来往往，川流不息，各种免税店异常多。我是第一次到马来西亚，不熟悉国际航站楼情形，就和到厦门旅游的一个当地华侨结伴走出。KLIA 机场面积超常大，有好多个航站楼。从国际航站楼到办理入境手续大楼，需要搭乘免费轻轨列车。到了办理入境手续的航站大楼，原来说需要填写入境卡，但似乎没有人这样做，很快办理完入境手续，提走托运的行李，很容易就从出口走了出来。马来亚大学中文系的两位华人研究生，高举迎接牌，早就等候在那里。很快，我们乘坐上了出租车，又用了 40 分钟时间，到达了叫"发展"的五星级酒店，时间已经是 24 点了。

从与两位华人研究生的攀谈中得知，马来亚大学中文系老师并不多，只有七八位，还没有正教授，学生加在一起才 200 人左右。这和 10 年前相比要差了很多，那个时候每届学生都有 100 多，学生数减少了一大半。

第二天的会议开幕式是在马来亚大学中文系 B 讲堂进行的。马来亚大学中文系主任祝家丰博士致欢迎词，接着是马大中文系毕业生协会会长拿督黄东海致辞。原来说好的是马来亚大学文学院院长 Prof. Dato' Dr. Mohammad Redzuan Othman 也要致开幕辞，但他因为有事羁绊就没有来了。

马来亚大学中文系 50 周年纪念特辑推介仪式很温馨，让人感到很特别。还有一个疑问，就是什么是"拿督"？我问了几个人，才知道，"拿督"是类似贵族爵位的东西，是授给有贡献的人的一种荣誉。

合照和茶叙之后，马大中文系毕业生协会副会长王介英先生主持大会报告。大会报告人有两位，即中国的北京大学中文系唐作藩教授和中国安徽大学校长黄德宽教授。唐作藩教授曾任中国音韵学会会长,黄德宽教授任中国文字学会会长,当然都是中国语言学界的顶级学者。这两位和我都有关系,一个是我的老师,一个是吉林大学古籍所博士,老相识。

上午 11 点,分两个会场继续举行报告。我在 B 讲堂,是第一个宣读论文的学者,我介绍了有关研究朝鲜汉字音的问题。我之后是马来西亚博特拉大学外文系的黄灵燕博士做报告,题目是:《〈五方元音〉的音系和〈汉英韵府〉所反映的北方官话》。最后是中国暨南大学外国语学院李香博士做报告,题目是:《〈金光明最胜王经〉卷尾反切考》。

10 月 6 日上午 11 点,是我主持的一场报告,报告人是中国首都师范大学文学院冯蒸教授和越南人文社会科学大学东方学系胡明光博士。冯蒸教授报告的题目是:《〈文海研究〉夏—汉对音字中汉字中古音韵地位标注指误》;胡明光博士报告的题目是:《越南汉越音音韵特点》。

两天会议安排得很紧凑,除了上述学者外,大陆、台湾、香港,以及日本的一些知名学者,也赶来参加会议,比如中国暨南大学中文系詹伯慧教授、中国社会科学院语言研究所姚振武教授、中国台湾中正大学戴浩一教授、日本神户市外国语大学竹越孝教授、中国台湾成功大学中国文学系沈宝春教授、中国清华大学出土文献研究与保护中心赵平安教授、中国香港大学中文系单周尧教授、中国华东师范大学对外汉语学院胡范铸教授等。所以,大会的层次是很高的。

10 月 7 日,马来亚大学中文系安排了两个地方的旅游,一个是古城马六甲,一个是马来西亚的新行政首都太子城。

10 月 8 日,应马来西亚拉曼大学中文系主任郑文泉教授的邀请,我在拉曼大学中文系做了有关音韵学研究的专题报告,拉曼大学中文系许多老师和同学听了这个报告。

与马来西亚各个大学中文同行交流时,大家十分关心的一个话题就是厦门大学在马来西亚办分校的事儿,厦门大学开创了中国大陆高校走出国门办学之先河。这几天,正值习近平主席访问马来西亚,有两件事轰动了全马来西亚:其一,在习近平主席、马来西亚总理纳吉布的共同见证下,中马签订了中国国家开发银行全面支持厦门大学马来西亚分校建设协议;其二,马来西亚首富郭鹤年宣布向厦门大学马来西亚分校捐赠 1 亿马币(合 2 亿人民币)。

据报道,厦门大学马来西亚分校将建在雪兰莪州沙叻丁宜,坐落在马来西亚联邦行政中心布特拉贾亚城和吉隆坡国际机场之间,交通便利,环境优美。校区占地 150 英亩,总建筑面积 30 万平方米。首期建筑面积 15 万至 20 万平方米,将于 2015 年 9 月投入使用。马来西亚政府和新阳光集团表示,将全面配合厦门大学分校建设。厦门大学在马来西亚办分校之后,计划于 2015 年招收首批学生,至 2020 年将实现每年招收 1 万名学生目标,包括 9 000 名本科生和 1 000 名研究生。其中,马来西亚本地生源、中国国内生源以及其他国家(地区)生源各占 1/3。第一阶段将设 5 个学院,下设电子、生物工程、化学工程、医学、资讯通讯科技、商业与经济、中文及中国文学等科系,主要教学语言为英语和中文。

中文系落户马来西亚,肯定会和马来西亚各个大学中文同行形成竞争态势。厦门大学中文系有 60 多名教师,阵容强大,师资力量雄厚,也是马来西亚各个大学中文系不可比拟的。对于马来西亚各个大学中文同行来说,"狼来了",个中滋味不言而喻。我很清楚这一点,所以一再向他们解释,我们不是竞争关系,而是互补关系,各有优势。

同马来西亚华人接触,最深切的感受是,600 万华人在马来西亚生存不易。马来西亚以马来人为主体民族,有 1 800 万人。制定政策更多的是考虑主体民族的利益,这和中国大不一样。中国有 56 个民族,制定政策时一方面十分注意民族和谐,另一方面更充分考虑到少数民族的利益。

马来西亚华人生来具有语言天赋,不但要学习普通话,还要掌握英语、马来语,甚至是闽南方言。"多语"、多文化交融背景,是他们的特色。如果他们研究语言,肯定个个是好手,比我们更有优势。

10 月 9 日早上 5 点钟,天色还很黑,我离开酒店,准备前往机场搭机回国,马来亚大学中文系潘碧丝、潘碧华、崔彦等老师想得非常周到,为我预订的出租车早已经听候在门口。开车的司机是个马来人。因为我不懂马来语,我们彼此只好以手势来沟通。他热心又周到地把我送到了 KLIA 国际机场。

2013 年 10 月 13 日

# 在日本筑波，翻读马渊和夫藏书

2014 年 1 月 27 日到 2 月 10 日，我在日本东京，在筑波，翻读马渊和夫藏书，查阅与之相关的汉语语言学资料，可以说，收获不小。

在日本国立国会图书馆，我找到了更多的日本中国语教学资料。比如"文典"系列：1.冈三庆《新创未有汉文典》(出云寺高，1891 年)；2.猪狩幸之助《汉文典》(金港堂，1898 年)；3.上田稔《中等教育教科用书：汉文典》(甲斐治平，1901 年)；4.儿岛献吉郎《汉文典》(富山房，1903 年)；5.六盟馆编辑所《汉文典表解》(六盟馆，1905 年)；6.通学讲习会《汉文典：表说》(此村钦英堂[ほか]，1907 年)；7.八木竜三郎《汉文典表解：言文一致》(大冢宇三郎，1907 年)；8.森慎一郎《新撰汉文典》(六合馆，1911 年)。可以说，我对"文典"系列的产生及对中国"文典"著作，比如来裕恂《汉文典》(商务印书馆，1906)和章士钊《中等国文典》(商务印书馆，1907 年)的影响有了比较清楚的认识。日本国立国会图书馆的便利之处就是把超过版权保护期的图书几乎全部制成电子版，并放在网上，以资源库的形式展示，供利用者无偿使用，充分显示公共图书馆的文献流通功能，这就避免了公共图书馆资源的"私有"弊端。全世界许多发达国家公共图书馆都在向着公共电子资源库方向发展，网络资源的无限大众化，省时、省事、省钱、省力，有百利而无一害，何乐而不为？这样，不仅做到了学术资源利用的最大化，还有效地保存了文化遗产，体现了先进文明的理念。

在东京大学东洋文化研究所，我看到双红堂本《司马温公切韵》《中原音韵》和仓石藏书张氏泽存堂本《宋本广韵》等。有一些资料是可以在网上搜索到的，有的还没有制成电子版上传。

在庆应义塾大学斯道文库，由传水谷诚、金子弘教授陪同，得到了由高桥智教授的帮助，看到了永岛荣一郎文库藏书，其中有许多是珍藏版，比如影旧钞《五方元音》初刻本，在底页有原北京大学教授赵荫棠的手跋，笔者转录如下：

此近原刻之《五方元音》也。现今流行者多为年希尧之增修本,与本来面目不大相符。又有别弊本,其文支离更甚,惟此本尚存初刻本规模,然不大易得,某月日语森鹿三及永岛君两先生谈及此,后两日即得此本,因以赠永岛先生。装潢后,求余题字作念。余觉其中,若有神助也,故乐书数语。时在民国三十八年六月十七日。韵略堂主人赵荫棠于永岛之宅。

由此可见,赵荫棠与永岛之间,存在着非常亲密的学术关系,两人每周相携而"优游于琉璃厂淘书",不是虚妄之言。研究赵荫棠著作,如果不结合永岛著作进行研究,则是一种缺憾。反之,如果研究永岛著作,不结合赵荫棠著作研究,更是不完整。可惜,学术界有许多学者并没有意识到这一点。其他,比如我们还看到了韵书《渊若韵辨》,是为永岛所独有,翻遍日本韵书目录,还是不见记载。

2月6日,在筑波大学中央图书馆新馆古典资料事务室,我看到了日本著名语言学家马渊和夫文库藏书。马渊和夫曾著有《日本韵学史研究》《韵镜校本和广韵索引》《国语学史》《学习新国语辞典》《日语常用语辞典》等,都是相关领域最为重要的必读书。据说,马渊和夫写作《日本韵学史研究》(三大本)花费了40年的时间,几乎跑遍了日本的寺院,见到了许多秘本珍本。为了了解国外所存资料,他亲自到欧洲各国图书馆翻阅。我国台湾学者郑阿财《潘重规先生与二十世纪敦煌学》一文中曾记述:

> 1967年,(潘重规)先生于巴黎国家图书馆研究时,因见邻座日本马渊和夫教授正以原卷校对姜亮夫《瀛涯敦煌韵辑》,心想姜书中每卷均经临摹、抄写、拍照,回国又重新校对,尤其指出了王国维错误二百五十余条、刘复讹误二千条,应是精密之作。然在好奇之下,尝试地选择该馆所藏最重要之一份《切韵》残卷 P.2129 号卷子,与姜书进行对校,却意外发现原卷"刊谬补缺切韵序,朝议郎衢州信安县尉王仁昫字德温新撰定",姜书不但漏抄,更在序文前擅加"王仁昫序"四字,而将原可解决《切韵》作者问题之最重要证据给抹去,叫人大感吃惊,于是决心通校姜书,直至1969年,写成《瀛涯敦煌韵辑新编》一书,是正姜书错漏不下二千条。

可见，马渊和夫先生收集资料之勤。

筑波大学中央图书馆新馆古典资料事务室工作人员，根据我的需要，服务十分到位。在一间专门用于阅读古籍的工作室，摆放了用特制纸袋装的古籍资料。我小心翼翼地打开纸袋，发现了许多未见于中国图书馆收藏的《韵镜》版本，比如嘉吉本、元和本、佐藤本等。《指微韵鉴略抄》抄本，龟田次郎曾有论及，冈井慎吾、三泽诹治郎等也有过介绍，这次才看到，我的感觉如在梦中一样。有的抄本，并不是原抄本，而是用铅笔工工整整抄写下来的"铅笔抄本"。我以为是马渊和夫亲笔所录。佐藤贡悦教授、大仓浩教授（马渊和夫弟子）招待我喝酒时，特意强调，那不是马渊和夫的笔迹，而是马渊和夫夫人所抄。此时，我才知道，马渊和夫夫人是马渊和夫教授的学术"贤内助"，更是"一等"的秘书，他们俩真的可谓是珠联璧合。

与马渊和夫另一位弟子汤泽质幸教授见面畅谈也是我的一件幸事。汤泽质幸教授出版过《唐音研究》《日本汉字音史论考》《古代日本人和外国语》等著作。读《古代日本人和外国语》，最让我感兴趣的是，唐代东亚各国外交"通语"是汉语，证据确凿，表明汉语曾在唐代具有"国际通语"的地位，至少今天我们还没有做到这一点，应该对我们汉语的国际推广工作有所启发。汤泽质幸教授《唐音研究》《日本汉字音史论考》在日本语汉字音史研究上是独树一帜的，可以说是日本语汉字音史领域最为著名的著作之一。一见面，他就兴致勃勃地同我讨论日本语汉字音史问题。在读过我的《日本汉语音韵学史》后，直言不讳地说，这是一本真正的系统的日本汉语音韵学史著作，连日本也没有。他盼望同我合作，把这本书尽快翻译成日文出版，以便让更多的日本语学者了解我的工作。我虽然同意他的看法，但最希望他作为一名知名学者对《日本汉语音韵学史》多提意见，纠正谬误，好在《日本汉语音韵学史》再版时加以修订。

汤泽质幸教授提及马渊和夫藏书，还是慨叹，有一部分珍藏本就是马渊和夫夫人所抄，并说她为马渊和夫研究日本韵学史贡献了自己的全部力量。汤泽质幸教授的感叹，再一次把我带到了一种遥远的遐思之中。有一句话说："一个学术巨人背后一定站着一位默默无闻的亲人。"大概指的就是如此情况吧！马渊和夫的手抄本文献，其背后的故事，并不只是一般所说的"抄书"那样简单，而是意味深长，非常值得后辈学人再进一步深入发掘。大仓浩教授告诉我,他正在编写《马渊和夫年谱》,希望自己在有关马渊和夫手抄本文献研究上有所作为,当然,对马渊和夫夫人,即他的师母的业绩,一定要多着笔墨的。

马渊和夫教授师从桥本进吉先生,桥本进吉先生是日本东京大学现代语言学之父上田万年的学生。因此,马渊和夫教授学有渊源,出自名门。马渊和夫教授生于 1918 年,2011 年去世,是长寿学者,可谓善始善终。儿子是东京大学教授、女儿是国立博物馆的馆长。不用说,这些成绩的取得肯定是得力于夫人对家务的善于"经营"。

2014 年 2 月 11 日

# 日本关西大学随笔

大阪冬天的天气比起厦门来说,最低气温要冷 7 摄氏度左右,给我的感觉是,很像中国的上海,湿冷湿冷的,让人特别难受。为防感冒,我只好穿上了厚厚的羽绒衣,戴上帽子,捂住嘴和鼻子,只露一双眼睛,想方设法裹得严严实实的。

2015 年 1 月 20 日,我应内田庆市教授之邀,访问日本关西大学东西学术研究所,并作为"委嘱研究员"进行两个月的学术研究工作。

这次访问,我有机会亲自感受东西学术研究所的研究风气之盛和资料之丰富,其不愧为世界范围内有关"东西交涉学"之中心。我与内田庆市、沈国威、奥村佳代子教授的交往,更多的是感受他们的学术视野之宽阔、学术气魄之宏大、学术态度之严谨。他们毫无保留地向我介绍他们的课题研究进展情况,并就相关问题与我,以及相关的学者进行了探讨。

在他们举办的两次"东西学术研究所例会"上,我结识了不少中外有名的专家学者,并分享他们的研究成果。比如 1 月 24 日的讲座,有方维规(北京师范大学教授)《德意志概念史研究的历史——理论和实践的启示》、松田清(京都外国语大学教授)《吉雄权之助编〈英汉对译辞典〉与宗教、本草博物关系词语》、孙建军(北京大学教授)《从〈致富新书〉到〈致富新论译解〉——明治初期汉译西书的翻刻与翻译》、陈力卫(成城大学教授)《各领风骚数百年——"文学"与"教育"的交替》、沈国威(关西大学教授)《"积极"和"消极":从物理学用语到人文科学用语》,孙江教授(南京大学教授)做现场评议。而 1 月 25 日的讲座,有盐山正纯(爱知大学教授)《エドキンズ教科书がに记した官话》、内田庆市(关西大学教授)《卡萨纳特图书馆收藏的一些资料》、奥村佳代子(关西大学教授)《朝鲜问答录中的中国语资料价值——〈备边司眷录〉"问情别单"中"问"的语言》,以及木津佑子(京都大学教授)《唐话训点语资料》等。

冰野善宽博士十分热心,为我介绍了新近编辑的《关西大学东西学术研究所所藏中国语教材目录(1868—1950)》。这个目录,很有特点,比起六角恒广教授的《中国语书志目录》来说,有许多不同,可以互补,使用起来非常方便。

松浦章教授是所长,他的东亚各国关系研究,以"海洋"为中心,在世界范围内得天独厚,影响巨大。他的十几种成果,我在台湾和大陆是见一本买一本,已经快收集齐了。读他的书,我真的是获益不浅,眼界大开。我早就有与他的交往的愿望,此次赴日,有机会交谈几次,感到他果然气度不凡。他与厦门大学许多学者有交往,比如陈支平教授等。

这几天,我天天泡在关西大学图书馆,这里最吸引我的是,知名的鲁迅研究专家增田涉文库、文献学家长泽规矩也文库、历史学家内藤湖南文库。这些文库果然藏书非常丰富,我看到了不少稀罕资料,这很让我兴奋不已。

一定要说几句。令我很难忘的是,我到大阪关西大学那天,受内田庆市教授指派,中国大陆博士生齐灿女士(河北人)不顾天气寒冷,去关西国际机场接我,还带我在所住的关西大学南千里プラザ留学生寮办好了入住手续。第二天,中国台湾硕士生余雅婷女士(台中人)不但领我到了关西大学的以文馆,还为我办好了西日本以大阪关西大学为中心的 JR 电车通用的ICOCA 交通卡,非常方便。

我在这里真的是感受到了浓浓的学术温情。

2015 年 1 月 25 日于日本关西大学

# 悠游于法国巴黎汉学之巅

2015年6月4日,当我从戴高乐机场大厅走出的那一刻,猛然间被巴黎所特有的文化气息强烈地吸引住了。罗浮宫、凡尔赛宫、巴黎圣母院、蒙马特高地圣心大教堂、埃菲尔铁塔、凯旋门,甚或奥赛博物馆、蓬皮杜现代艺术中心等等,异域文明使我感受到了前所未有的心灵撞击,仿佛使我置身于几百年前甚至是几千年前文明的生活之中!

过了一段时间后,我渐渐地恢复了常态,每天已经习惯于被这个古老文明国家的艺术气息尽情熏陶和包围着,乐颠颠地奔波于巴黎如蜘蛛网般密布的地铁中,行走在塞纳河畔,穿梭于古老街巷之间,与世界各地各类肤色的人擦肩而过。连我自己都不相信,我竟然也喜欢起法餐来了,每日习惯性地拿起刀叉吃法式面包,比如长长的"法棍儿";也不再怪罪奶酪各种怪异味道和油腻而娴熟地运用刀工叉法。现在,似乎那些从小相伴于我的勺子筷子与我无关,中餐竟然有些疏远而陌生了。巴黎的天空永远是那么湛蓝湛蓝,如海水般清澈;空气永远是那么温润柔湿,如初春之风般轻轻拂过全身而使我静谧安详。巴黎人说,一年之中,巴黎之夏,气温超过零上30摄氏度的就那么几天,而巴黎之冬,最冷的日子也不过是零下10摄氏度左右。我在想,他们永远也体会不到北京的雾霾和风沙是怎么一回事儿,因为他们生活在最适宜人生存的地方,纯粹是永远在幸福之中泡着而不知愁呢!

说起来,这一个月,可谓是马不停蹄,总也不得闲暇。2015年6月5日到9日,在巴黎第七大学参加法国中文学会"汉语教学与句法"国际学术研讨会,作为主持人,主持了第7阶段学术会议,并在大会上发表了《松下〈标准汉文法〉(1927)词组构句论》学术论文。恰巧在会议上,遇见了熟悉的老朋友曹逢甫、齐沪扬、李铁根教授等,也结识了新朋友安其然、克里斯教授等。来自世界各地的学者研究汉语句法,有基于类型学视野的,有进行汉语和法语比较的,有进行汉语和英语比较的,有进行汉语和泰语比较的,有结合构式理论框架研究汉语的,也有运用语法化理论研究汉语的,不一而足。

　　与法国汉语学者交流是我此次巴黎之行的目的之一。比如 2015 年 6 月 9 日,与法国国立东方语言文化学院中文系王论跃、杨志棠等教授进行座谈,交流汉语和汉学研究信息;2015 年 6 月 10 日,在龚勋博士陪同下,赴法国国家科学院东方语言研究所,拜访了著名的沙加尔、曹茜蕾教授。我与沙加尔教授 20 年前在北京见过面,他对汉语上古音和赣语语音史颇有研究,是欧洲汉藏语及汉语上古音研究的少数几个权威学者之一。曹茜蕾教授对闽语兴趣盎然,是东方语言研究所从澳大利亚引进的学者。2015 年 6 月 26 日,在法国国家科学院东方语言研究所,我又拜会了所长罗端教授和著名的贝罗贝教授。罗端教授与贝罗贝教授也对闽语语法很感兴趣,成果不少。贝罗贝教授还是《中国语文》有数的几个海外编委之一,可见其在中国学者心目中的地位如何。这几天他们与中国社会科学院语言研究所进行全面合作,举办与北方汉语语言接触历时与共时研究有关的国际学术研讨,所涉问题非常复杂,他们也诚邀我与会。与法国汉语同行交往,我最真切的感受是,法国学者的学术视野极其开阔,研究汉语问题的角度与我们迥然有别。究其原因,这肯定与他们所具有的语言优势是分不开的,他们往往在母语之外,至少还要掌握 3 种以上语言。以沙加尔教授而论,他就能熟练运用五六种以上语言。所以,他们的学术信息量是惊人的,这是需要我们引起注意的。

　　当然,在这一段时间,我用力最多的还是去各个图书馆查阅与东亚明清汉语文献研究有关的资料。

　　在来巴黎之前,我曾经与自己的博士生孟广洁、刘名等合作,对巴黎各个图书馆所藏汉语文献进行了检索,初步拟定了查阅书目,但对是否能够顺利地达到猎取资料的目的还是抱着怀疑的态度,因为我毕竟对巴黎的图书馆不熟悉,更何况我是个“法文盲”呢!

　　但很快,我的这个疑虑被打消了。法国国立东方语言文化学院中文系汲哲副教授非常热心,与法兰西远东学院图书馆法籍华人刘达威先生取得了联系。法兰西远东学院是一所专门研究南亚、东南亚和东亚文明的国家机构,涉及很多学科领域。它建立于 1898 年,机构总部原来设在越南河内。1901 年开始出版《法国远东学院学刊》,刊载了大量具有重要意义的学术论文。1950 年法兰西远东学院总部迁到了巴黎,就是现地址。法兰西远东学院的汉学成就是举世公认的,涌现了一大批世界级的汉学大师,比如沙琬、伯希和、马伯乐等。

很快,按照约定的时间,2015 年 6 月 24 日,我与中国留学生龚勋博士来到位于埃菲尔铁塔附近 iena 站的远东学院图书馆,与刘达威先生见了面,并在刘先生的帮助下,查阅了大量与明清汉语文献研究有关的资料。《越南汉喃文献目录提要》,由刘春银、林庆彰等学者编辑,是必须参考的文献目录。此外,台湾"中央研究院"还开发了"越南汉喃文献目录资料库系统",可以进行检索,非常方便,获得的学术认识是过去不曾有过的。这当中,《辑韵提要》《译署纪要》等文献显得尤其重要,是不可多得的研究汉语史的资料,看到它们,我非常兴奋。2015 年 6 月 25 日,我与龚勋博士再一次来到远东学院图书馆,继续就明清汉语文献进行拉网式排查,确认没有遗漏后才离开。

法国国家图书馆是我向往已久的地方。因为,它是世界上图书收藏量最大的现代化图书馆之一,图书和档案收藏已经达到了 2 300 万卷(幅),分别藏在黎塞留分馆、密特朗主馆、阿斯纳分馆;同时,它又是世界上东方文献收藏的最重要的场所之一,比如有名的敦煌文献就保存在法国国家图书馆黎塞留分馆。2015 年 6 月 26 日上午,在龚勋博士陪同下,我赶赴塞纳河畔的巴黎第十三区法国国家图书馆主馆。这个主馆,外观设计实在是奇特,有人形容为像打开的四本巨书,每栋楼以 L 形呈现,四栋楼高高地相对矗立,就像是四本书伫立在那里,但整体上看,四部书又很像集合在一起的一本被人打开的大书,气势恢宏。我们乘露天电梯一直向下,就到达了图书馆的阅览区。进入阅览区要经过图书馆人员严格的安检程序,安检人员翻看你的包,主要是看你是否藏有危险品,然后才和颜悦色地将你放行。我们在阅览区前台办理图书证,办证的男工作人员十分耐心,一边解答我们提出的问题,一边迅速地将我们的证件办好。据说,在巴黎只有法国国家图书馆办证是收费的,办理一年期限的图书证,要收 60 欧元,相当于 400 多元人民币,这个价格并不低。

带着新办的图书证,我们刷卡经过两道封闭的巨型厚重的铁门,才进入阅览区的外围空间。在一台电脑前,我们注册了要阅览的专题书籍区的座位,由此才可以刷卡进入实际的阅览区。放眼望去,整个建筑群内,地下两层,四个分区都被中间浓郁的一大片树丛分割着,因为有玻璃墙相隔,只可远观,而无法触及。我们进入东方文学阅览区,先是查阅了相关的目录书,然后根据目录索引的提示,再调取原书胶片,一一进行筛选,最后,确定了要仔细研究的对象,由此,我们获得了足量的东亚近代汉语资料文献信息。到了下午时间,我们又几经乘坐地铁的折腾,去了向往已久的法国国家图书馆黎塞留分馆。这个黎塞留分馆,可以说是世界上最为豪华的图书馆,其前身是建立于14世纪的法国国王图书馆,于1720年迁入黎塞留大街现址。走进黎塞留分馆阅览大厅,只见整个建筑的内部果然富丽堂皇,从四周的墙上到天棚,全都是壁画,色彩飞扬,金碧辉煌,一如罗浮宫的艺术大厅,让人眼花缭乱。我们在其东方分部阅览大厅,见到了十分珍贵的敦煌手稿。我过去曾经复印过日本学者山本达郎的《越南汉喃典籍目录》,而此时,工作人员又带来了山本达郎《越南汉喃典籍目录》的手写本,其俊秀的字迹,历经90多年,依然清晰可辨,这让我感慨万分。沿着山本达郎先生所提供的线索,又找到了一些我们急需翻阅的典籍,更了解了获取这些文献的一些基本方法。

2015年6月29日,在龚勋博士陪同下,我们来到了位于法兰西学院内的汉学研究所图书馆。此次,毫无疑问,又是汲哲副教授牵线,我们见到了图书馆汉学部主任岑咏芳女士。岑咏芳女士出生于大陆,但成长于香港,后来到了法国就职。岑咏芳女士介绍,法兰西学院是法国最负盛名、世界瞩目的学术机构。其汉学研究所,创立于1920年,第一任所长是保罗·潘勒维。其后,著名学者葛兰言、伯希和、韩百诗等均接任过这个职务。其图书馆,有巴黎大学北京汉学所的特藏,藏书量达30万册,是法国研究汉学的重要宝藏之一。我们在图书馆阅览室,果然见到了十分丰富的藏书及各类东方汉学期刊。其期刊,但凡以东亚各国的汉学典籍研究为主要内容的,一应俱全,可以说,比我所见到的厦门大学图书馆等所藏的齐全得多。

岑咏芳女士又将我们介绍给了一墙之隔的法国亚洲学会图书馆负责人阿米娜女士。阿米娜女士似乎带有阿拉伯人的面相,她的汉语实在是太流利了,让我们忘记了她的法国人身份。阿米娜女士介绍,亚洲学会创立于1833年,但图书馆却在1820年就有了,以管理汉学大师沙琬、马伯乐、戴密微个人捐赠藏书为主。近些年来,到访的中国等国学者甚多,良莠不一。大

部分是以学术研究为目的,很好地利用了这部分古籍文献。但也有少数心术不正之人,企图以金钱为诱惑,购买其贵重书籍,被她严词拒绝。还有的学者,不具备鉴定古籍版本的技术,翻阅时损害了难以再生的文物,十分令人痛心!因此,她以保护古籍为使命,非常谨慎地对待每一个来访者,心中筑起了一道道难以逾越的"防火墙"。其基本宗旨是,宁可不打开古籍,也要尽力使古籍得以延长寿命,对后代子孙负责。另外,整个图书馆就她一个人负责,难以系统整理这些珍贵文献。目前,只和中国复旦大学古籍研究所陈正宏教授有合作。他们合作的项目是就这批文献的目录和提要进行整理。至于何时对这批文献的文本进行复制出版,还没有这方面的计划。对目前这种状况,她也表示无能为力。

阿米娜女士与我们的交谈坦率而真诚,彼此像是心有灵犀,对于汉语古籍文献的保护现状,我们不约而同地嘘唏不已,真的有些无可奈何。应该说,对我们的"不请自来",阿米娜女士不但没有戒备,而且还提供了尽可能的帮助。我们之间的真诚对话如唠家常般,也找到了将来进一步进行学术合作的契合点,这让我们心里充满了无限的期待:未来的学术合作前景一定是十分美好的!

2015 年 6 月 29 日于巴黎

# 越南汉喃研究院的潜力与魅力

  30 多年前,我阅读了王力教授《汉越语研究》(原载《岭南学报》第 9 卷第 1 期,后收入《龙虫并雕斋文集》第二册,中华书局 1980 年出版)一文之后,知道了越南汉字音与汉语语音的密切关系。王力先生曾在越南河内远东学院学习与研究越南语,并收集了不少有关汉语与越南语关系研究的文献,所以,他对越南语与汉语之间的关系非常了解。王力先生如此关心这个课题,我则有些疑问:是不是和他在法国留学期间就注意到这些文献有关?抑或是他从小就生活在广西,广西又与越南接壤,由此,他对越南语怀有另一种"情结"?

  我与越南汉字音研究文献广泛接触则是在 2003 年 7 月,当时我在日本关西学院大学当客座教授,按计划正在撰写"日本汉语音韵学史系列"的越南汉字音部分。我阅读的第一本书就是三根谷彻的《越南汉字音研究》(1972)。三根谷彻是我的合作教授小仓肇的博士学位论文导师,很自然,小仓肇教授与我谈得最多的是三根谷彻教授的学术性格,由此,我对日本的越南汉字音研究产生了浓厚的兴趣。后来,因为参加日本中国语学会会议的关系,在大阪大学佐佐木猛教授的引荐下,我在东京早稻田大学大隈讲堂认识了年轻的清水正明博士。佐佐木猛介绍,清水正明是日本乃至于世界范围内,新的一代越南汉字音研究的领军人物,只是他刚刚从京都大学博士毕业,正为在日本找不到对口工作而发愁呢!

  无论是三根谷彻,还是清水正明,从他们的论著中,我都了解了越南还有如此多的汉喃语音文献,比如三根谷彻提到的 J.Bonet《越佛辞典》(1899—1900),佚名《三千字解译国语》(1908 年重印)、《四书不二字音义撮要》(香港,1910 年二版),陶惟英《汉越词典》(旧版 1932、1936,再版 1957),传道师《汉越法》(1932),佛僧 Thieu-chuu《汉越字典》(1942),以及佚名《五千字》(1939、1940)等。清水正明发掘了不少新文献,比如《护城山碑文》《佛说大报父母恩重经》等。后来,我又从和田正彦等学者那里知道了《东京异词相言集解》《安南国漂流物语》,以及《安南译语》。还从川本邦卫著作中了解到有《传奇漫录》这本书。真的是大开眼界,由此,才写下了《日本学者越南汉字音研究》(《延边大学学报》2006 年第 1 期)一文,引起了许多学者的注意。

2015 年 6—9 月期间,我在法国国家社科院东方语言研究所龚勋博士陪同下,调查了法国巴黎一些图书馆,比如国家图书馆、远东学院图书馆、亚洲学会图书馆等收藏的与越南汉字音研究有关的文献,取得了一些收获。但我总有一个心结,就是,如果没有去越南国家社科翰林院下属的汉喃研究院进行调查,所了解的情况是不是有遗漏,或者是所得出的结论不托底呢?于是,我就向我的越南博士生裴氏清香、阮氏黎容提出请求,请她们代为联系一下,看看是否有机会亲自去看一下?裴氏清香、阮氏黎容立即与汉喃研究院院长阮俊强取得联系,转达了我的意思。不承想,阮俊强院长非常愉快地答应了我的请求,立即发出了邀请函。这让我实在是兴奋,开始筹划到越南汉喃研究院查阅资料之旅。

2016 年 2 月 19 日下午 4 点左右,我从厦门高崎机场乘坐南航飞机很顺利地到达了广州白云机场。还不错,南航很周到地安排了住宿,是一家四星级宾馆。第二天上午 10 点,我又乘坐南航飞机,经过两个小时的飞行,终于到达了越南河内内排国际机场。因为是公务免签,所以,只经过了很简单的过关程序就走出了机场候机大厅。我在裴氏清香、阮氏黎容两人已经等候在一层出口处。驾车接我的是阮氏黎容的丈夫范文近,范文近是个很敦实厚重的中年人。据黎容讲,范文近曾在日本留学并获得了博士学位,原来也是河内某大学的教师,后来下海经商了。我因为没有到过越南,对越南还抱有一种神秘感,所以,坐在轿车里,一双眼睛就不够用了,一直紧紧地盯着窗外,眺望着匆匆掠过的景色。当天晚上,由我的硕士生黎廷山陪同,走出住宿的宾馆,趁着夜色,就近游览了闻名中外的河内文庙。让我感到奇怪的是,文庙中的孔子塑像,身着大红袍,而脑门则是窄窄的。我将照片发到了微信朋友圈,让大家去猜这个人是谁,结果猜得五花八门,大多不靠谱。不过,微信朋友圈里还是有高人呵,比如中华书局秦淑华女士,一猜就中。越南人想象中的孔子形象还是让中国人感到十分新奇,觉得实在是不可思议。

因为 2 月 21 日是星期天,越南的国家机关和学校等事业部门都关门,大家享受着休息日带来的快乐。应阮氏黎容的丈夫范文近的邀请,我与他们一起乘车来到了位于河内东南 60 公里的兴安市。范文近的出生地就是兴安市郊区一个小村庄。等我们赶到那里时,阮氏黎容已经带着两个孩子先期到达,她正在帮助范文近家里人准备午宴饭菜。范文近的父亲已经 72 岁了,他曾是一名机关干部。他的母亲当过多年小学老师,又是小学校长。两位老人十分热情,是以最隆重的礼节接待了我。范文近的哥哥及两个孩子,还有范文近的朋友阮先生也一起从河内赶来,可见,他们一家对我的到来是多么重视。我很喜欢越南的饮食,尤其是菜肴,以清淡为主,不油腻,非常可口。越南人不大喜欢喝中国的烈性白酒,而是喜欢喝自己酿的醇香米酒。越南人饮酒的习惯也很有意思,如果是干杯了,对饮各方,一定还要双手紧握,表示谢意。

2 月 22 日上午,由我的越南硕士生黎廷山陪同,我们到了位于河内栋多郡邓进东路 183 号的汉喃研究院。这是一个非常朴素的院落,前一栋楼有 4 层高,但以办公为主,后一栋才是图书馆。通过网上资料介绍我们才知道,汉喃研究院成立于 1979 年,是越南唯一一个兼具保存和开发汉字与喃字原版文献资料双重职能的研究机构,还担负着培养汉喃专门人才的职责,1994 年就开始招收博士研究生了。

汉喃研究院院长阮俊强身材魁梧,五官方正,一看上去就知道他是一个精明能干的学者型管理人才。在他的办公室,他用流利的汉语向我们介绍了他最近和中国华东师范大学中国文字研究中心臧克和教授,以及韩国庆星大学文字研究所河泳三教授合作举办汉字国际学术会议的基本情况。还拿出他刚刚发表的研究越南汉喃文献中《三字经》等的论文。他对我的情况很熟悉,说是十年前就读过我介绍日本越南汉字音研究的文章了。在中午的宴会上,我直接讲明了访问越南汉喃研究院的一个愿望,就是与他们合作研究与汉语小学相关的汉喃文献。他说,自己上任院长一职不到一年,但一直在推动汉喃研究院的国际合作计划,希望在国际交流中获取发展的机遇。看得出来,阮俊强院长雄心勃勃,学术蓝图十分宏伟。我所提出的要求,正合他们心意。他表示,将全力支持合作计划,争取尽快付诸落实。我则介绍了去年我主持召开的第七届世界汉语教育史学会国际会议盛况,以及厦门大学中文系学术研究近几年的基本行动思路。

汉喃研究院保存的汉喃文献十分丰富。我先从阅读刘春银、王小盾、陈义编写的《越南汉喃文献目录》(台湾"中央研究院"文哲研究所,2002)开始,集中调查与汉语小学相关的汉喃文献。我发现,仅在"经部小学类"去找还是不够的,还应该在"子部蒙学"类等目录中查找,又有一些新的发现。我在圈定了一些书籍目录之后,通过图书管理员,一本一本地阅读,经过4天的时间,初步拟定了一份书目。诸如字书类:《字典节录》(1852)、《字学训蒙》(1877)、《字学四言诗》(1882)、《字学求精歌》(1879)、《检字》(1895)、《难字解音》《幼学文式》(1915)、《习汉字式》(1899)、《华文字汇纂要习图》(1899)等,都是非常难得的第一手文献。在"子部蒙学"类中,还有一些讲史的文献,比如《阳节演义》(1886)、《小学北史略编》《初学问津》(1874)等,非常引人注目。比如《小学北史略编》,年代不详,阮载绩编辑,有序文及凡例,是典型的童蒙教科书。它叙述了伏羲至清代的中国简史,很有趣味。其他像作诗格律一类书籍,亦可以见到越南文人关于中国诗歌理论的一些论述,对于研究中国文学在越南的影响及拓展具有重要意义。

2月26日,由汉喃研究院范文俊博士召集,他的恩师汉喃研究院丁克顺教授、复旦大学文史学院白若思副教授,以及我的几位博士硕士研究生一起就餐。通过介绍,我才知道,丁克顺教授留学于法国,是汉喃碑文的研究大家,蜚声海内外。他和蔼可亲,谦逊而学识渊博。与他用汉语交谈,我知道了一些有关汉喃碑文的常识。白若思副教授用流利的汉语告诉我,他是俄罗斯人,圣彼得堡大学副博士,师从于中国学者熟悉的汉语史大家雅洪托夫先生,以及谢别列科夫教授等。他又是美国宾夕法尼亚大学博士,师从于知名的汉学家梅维恒教授。梅维恒教授以研究敦煌变文、敦煌绘画等为专业,最近几年又切入考古学领域,视野极其宽广。白若思主要研究中国明清宗教与社会史、讲唱文学等,此次来越南,主要是收集"宝卷"文献的。白若思很直率,告诉我说,雅洪托夫没有评上教授的原因是没有按规定发表专著,这让我大为吃惊。唐作藩先生与胡双宝两先生翻译过雅洪托夫的论文,结集为《汉语史论集》(北京大学出版社,1986),由此,使中国学者了解了他的汉语语言学思想。雅洪托夫又是鼎鼎大名的苏联汉学家龙果夫的门生,还曾经在北京大学进修过汉语史。白若思师从于如此多的世界级汉学名师,很自然,起点很高,志向远大也就顺理成章了。

　　2月27日上午,我又与汉喃研究院院长阮俊强进行了商谈。我从他口中知道,汉喃研究院利用资源和人才优势,正在实施一项宏伟的计划,其中就包括国外汉喃文献的收集与整理,汉喃文献分类分专题系统研究工程。越南国家投入经费很大,他们自己也想方设法筹集资金,拓展研究空间。当然,他们也希望和国外学者合作开展研究工作,扩大学术影响力。由此令我感叹的是,他们的学术潜力巨大,正在形成自己的研究体系。我在想,随着各国汉喃文献研究的深入,对汉喃文献的巨大学术价值也就更为清楚了。汉喃研究院的潜力带来了汉喃文献的巨大魅力,用不了多久,世界各国越来越多的学者会汇集到这里来,从而形成一股巨大的学术力量,早晚会"震惊于世",这是完全可以预料得到的。

2016 年 3 月 1 日于越南岘港住处

# 二、胸臆

# 海纳百川的胸怀

在来日本之前,我就听说"关学"是闻名遐迩的百年名校,更知道它为吉林大学培养了 100 多位学术精英,由此,对它充满深深的敬意。

而真正来到"关学",我所理解的"关学"学术文化内涵,就不仅仅是这些了。为期一年的客座研究员生活还有两个月就要结束,如果有人问我,"关学"留给你最宝贵的财富是什么? 我则会毫不犹豫地说:是它那海纳百川的胸怀!

"关学"海纳百川的胸怀具体体现在这几个方面:

一是它的学术文化的兼容性。与世界上许多不同文化背景的大学建立学术交流关系,这本身就意味着它的学术文化的兼容性。世界不同学术文化的共生共存,相互促进,共同发展,符合学术文化建设的世界性潮流。

二是它的学术文化的前瞻性。"关学"倡导学术"创新",就是希望自己走在世界学术文化的前列,而不是紧随人后,亦步亦趋。由此,这里集聚着一批在日本乃至于世界知名的学者。他们的学术眼光十分敏锐,敢于引领学术方向,所以,常常立于不败之地。

三是它的学术文化的精神性。"关学"注重学术文化的传承,重要的不是向学生传授知识,而是塑造学生的精神文化品格与灵魂。从"关学"走出的人,有着不同于一般人的高尚气质。这种高尚气质是各种文化精髓汇聚的结晶,它不但伴随人一生,而且,还影响着周围的人,以及下一代人,共同抵御"低俗"精神文化的侵蚀,这就是"关学"学术文化的顽强生命力之所在。

容纳百川,筑就了大海浩瀚而深广的胸怀,"关学"学术文化培育了一代又一代学人的学术品格。我将带着对"关学"的顾盼与眷恋,祝它永远走在通向未来的光明学术文化坦途上。

2004 年 1 月 12 日于日本兵库县西宫市关西学院大学 9 号馆寓所,应国际部之邀而写

# 向恩师吕绍纲教授作最后的道别

  2008年2月11日是正月初五。9点钟,突然接到我的师妹关晓丽教授的电话,我们的导师吕绍纲教授于2月10日逝世了。那一刹那,我惊呆了,简直不敢相信自己的耳朵,能是真的吗?

  与关晓丽教授一同驱车来到位于长春市东朝阳路的老师家,见到了师母胡老师,方才得知实情。老师患的是脑血栓病,但却受害于急性肺炎。在患病住院期间,吕老师一再叮嘱家人,不要惊动任何人,包括自己的学生,即使去世也不搞任何悼念仪式,所以,我们学生都不知道他住院的情况。大年初一,我们给他家打电话也没有人接,到他家也是找不到任何人。此时才知道,他是不愿意给任何人添麻烦!我实在忍受不住内心的悲痛,顿时泪流满面;我们当学生的在他临终前没能在身边照料,又没有伴随他走完最后的人生旅程,遗憾终生啊!

  2月15日上午,我们来到位于长春市西南郊区的龙峰殡仪馆。我与他的家人、学生布置灵堂,守护着老师的遗体,然后,与来自国内的众多人士,在哀乐声中,缓步瞻仰遗容。目光所及,他的面容还如往常那样安详,只是看到那双慈善的眼睛紧闭,我才意识到,老师的智慧大脑是真的停止了思维。我难以抑制的悲痛泪水又流了下来,我向老师再一次深深鞠躬,作最后的道别。

  老师已经驾鹤西去,作为他的弟子,这几天不断地回忆与老师学习的往昔岁月,一颗感恩的心时时怦动,难以平静下来。

  我正式调入吉林大学古籍研究所是1991年10月。那之前,我就知道吉林大学金景芳教授有一个学术助手,又是著名的儒学家、先秦史学家,名字叫吕绍纲。我买了他与金老合写的《周易全解》和他自己写的《周易阐微》两书阅读,这也是我系统接触《周易》之始。此时能有机会在同一个单位工作,当然希望见到他,向他求教。只是我属于古文献学研究室,主攻汉语音韵学,而他则在先秦两汉历史与文献研究室,主攻先秦文献和历史,学科界限还是有一些的。他是名教授，我是个年轻讲师，"等级森严"，所以，在古籍所资料室见面虽然能聊上几句，我也不时地毕恭毕敬请教一些小问题，他总能耐心解答，但很少深谈。1993 年，经国务院学位委员会批准，他担任中国古代史专业博士生导师，实在是让我们这些后生仰慕不已，觉得这又是古籍所的荣耀。

古籍所教师党支部组织委员在我之前是刘钊老师担任，后来，有我来续任。我的经常性任务是收党费，一些年纪比较大的党员教师的党费就需要到家里收取。比如金景芳教授，九十几岁了，每次到他家去，收取党费后，金老总是拉着我的手说，再坐一会儿，于是，有机会向金老问学。姚孝燧教授不到 70 岁，有比较严重的眼疾，我们也是多次借着我收党费的空儿来聊学术问题。我和姚老师说得最多的是上古音研究以及通假字考订。他最大的特点就是从出土文献角度思考语音关系，给我的启发不小。吕老师刚过 60 岁，每次去都很客气。我和他聊的话题大多离不开金老，他不断地宣传金老的观点和看法，由此，我对"金派"的学术有了一定程度的理解，并萌生了跟"金派"学习的念头，但还是没有拿定和谁学的主意。因为金老以严厉著称，他的严厉多少让我有点惧怕，但金老名气大；吕老师是金老的学生，和蔼而没有架子，让我觉得心里舒坦，但名气比金老小。另外，他们二人是否能够接受我我还是心里没有底。所里的老师也出主意说，应该和他们分别谈谈，再作打算。

大约是 1994 年夏季的一天，我从文科楼的古籍所资料室出来，刚好和吕老师同路。我就向他问起考博士的事儿，不承想，他满口答应，表示他很愿意招收我，我的疑虑顿时打消了，那一天非常高兴。与金老说起考博士的事，金老没有犹豫，也是表示同意。我的心里有谱了，便做起准备来。

但真正到了 1995 年年底报名的时候我犯难了，报考表上导师一栏写谁呢？最后想到，我第一个和吕老师讲这件事，那就按和谁说的先后次序来写吧，于是，写上报考"吕绍纲、金景芳"几个字。考试过去之后，成绩下来了，我已经远远超出录取线，而且先秦文献专业 3 个名额只有我一个人报考。按规定，那一年吕绍纲老师也该招生。我也和金老讲，和吕老师学也就是和金老学，也还是金老的学生，金老也就打消了顾虑，欣然接受这个事实，于是，我自然就成为吕绍纲教授的第二个博士生。

第一学期跟吕绍纲教授学习《诗》《书》《易》必修课,只有我和程奇立(金老的博士生)两个学生。我还选修了陈恩林教授的"《春秋》三传"必修课。第二学期,我和97级博士生到金老家听金老讲先秦史专题必修课,那一年,金老已经96岁了。三位教授讲课,各自特点十分突出,让我受益匪浅。那一年,我在吕老师的指导下阅读了许多先秦典籍和研究性著作,初步打下了研究先秦文献和历史的基础。

吕老师对我的学习采取"无为而治"的策略,任我自己选题。在吕老师和先秦史其他相关老师的帮助下,最终以"周代朝聘制度研究"为博士论文写作范围。我为了写博士论文,熟悉这方面内容,就收集资料写下了《中国历代宾礼》一书,1998年由北京图书馆出版社出版了。后来,又查阅了大量资料,深入思考了许多问题。1997年11月到1998年8月,是我人生道路走得最为艰难的时候,我父亲李守田教授患上了肝癌,我们全家顿时陷入极其困难的境地。我从长春到延吉,往返十三趟,与家里人一道全力为父亲寻医问药,但还是没有挽留住父亲,父亲最终还是离我们而去。那一段时间,我精神似乎要完全崩溃了。还算好,在许多人,也包括吕老师的劝慰下,总算熬了过去。1998年教授职称评定受挫,吕老师虽然为我鸣不平,但也是无济于事。

1999年下半年,学位论文初稿写出来了,送给吕老师看。吕老师说,两个月以后再来取。按和吕老师的约定,两个月后,我去取论文初稿,让我大为惭愧。原来,论文上到处是红笔道道,不仅仅是对一些观点作了修订,就是一些材料的准确与否也有评语,甚至连标点符号也不放过。吕老师没有作过多批评,只是说,我的意见仅供参考,你好好斟酌再确定。我的身上一阵阵发热,感动得不知道该说什么好了,只是喃喃地低声道:"老师太为我操心了!"后来,又拿给其他教授看,比如林沄教授、陈恩林教授、吕文郁教授、张鹤泉教授等,均提供了很好的修改意见。2000年12月,在吉林大学古籍研究所,我顺利地通过了博士论文答辩。

此后一段时间,我可以说一帆风顺,2001年4月评上了古文献学博士生导师,又在所里担任领导职务。2003年4月到2004年4月又赴日本关西学院大学任客座研究员。由于工作很忙,与吕老师联系就少了一些,但逢年过节,我是一定要拜访老师的。每次和吕老师在一起,都非常愉快,总能听到他对我的正确评价，替我的未来着想。

2005年夏，我所处的学术环境渐渐不那么好了，当然也就难以顺心如意了，产生了离开学校的想法。原以为和吕老师谈此事他一定会反对，因为，谁也不愿意自己的学生走得太远。可是，出乎我的意料，他坚决支持我到有利于自己发展的环境去开拓事业空间。吕师的理解让我更加坚定了去意，不再犹豫，我也由此理解了老师爱学生的深刻含义：处处是无私，处处替学生着想。

离开吉林大学前几天，我与吕师小酌，互祝珍重，依依难舍！而我到了新的工作环境后，他又常常挂记！我最担心的是他脑血栓病加重，所以，每次都在电话里劝他要少吸烟，多活动。他则很少谈自己的病，而还是把写东西挂在嘴边儿。去年春节我去探望他，他告诉我，《社会科学战线》刊载了他的第一个博士生杨军教授对他的学术人生的评论文章，他希望我能仔细阅读。现在我理解，他那是让我多解读他，继续延展他的学术思想。谁曾想，这竟然是最后的晤面！他挪动着细步到门前送我的情景，竟然是我记忆中老师的最后形象"定格"！

2001年以后，我又回到了汉语音韵学的传统语言学圈子进行学术活动，离老师的学术范围比较远。我承认，我只得到了老师"礼学"的真传，当然也是金老"礼学"的余绪，但金老传给吕老师，而又由吕老师发扬光大的"周易学"，以及"尚书学"等，我却没有继承下来，确实辜负了老师的期望，这也是我迄今感到遗憾的地方。原以为，我以后有机会跟老师"回炉"，可以弥补，现在老师已经仙逝，这是不是又成了我的一种难以实现的愿望？

吕老师给我的太多，我无以回报。作为吕老师的学生，我会记住他老人家的嘱托，以他的精神为动力，"传道、授业、解惑"。

老师，请您一路走好！

2008年2月18日上午10点46分

# 我的语言学启蒙之师

## ——怀念雷友梧教授

一提到南昌,我很自然地就想起我在大学时代的两位老师:雷友梧与付玉珠。

这几天,在忙于教学之余我做了一些为参加中国音韵学会南昌会议的准备工作。像往常一样,我心里记挂着一件事,那就是到南昌以后要去看我的老师——雷友梧与付玉珠两位教授。

雷友梧教授是我在1977年11月考上延边大学后接触的第一位语言学老师,而付玉珠教授则是我在大学毕业前的班主任,她还曾担任过我们的文艺理论课教师。1986年春天,他们夫妇二人离开延边大学中文系,双双调到江西师范大学中文系。原因很简单,雷老师是江西人,叶落归根,回家乡任教是他们多年的愿望,而我那时在延边大学中文系任教,与雷友梧教授是同一个教研室的同事。

最后一次见到两位老师是在1997年暑假,那时我在南昌大学参加中国语言学会年会。在会议的间隙,我一路打听,终于在江西师范大学的校园内找到了老师家。一进门,所看到的情景使我感到突然:雷老师躺卧在床上,一脸苍老之态。一见我进来他显得非常高兴,勉强挺起身子要与我说话。见到我很惊讶的样子,付玉珠老师忙解释说,他瘫痪在床已经三年了,见到你来非常激动!我的鼻子一酸,泪水忍不住掉下来了。雷老师像是在安慰我,一再说:"我这不是挺好的吗?"于是,我故意表现出很轻松的样子,和他们聊聊家常,谈谈往事,还是觉得十分难得……

一晃十一年过去,我心里想起来就觉得有些歉意,觉得总是忙自己的事,关心老师不够,忽略了及时问候,此次去南昌就是要了却一桩心事。

手里没有他们现在的电话,就向江西师范大学离退休处打听,还好,他们很热情,告诉了我。我想,冒昧地打扰他们很不好,还是先打个电话问候一下较为妥当,于是,就拨通了电话。接电话的是雷老师的女儿,听我自报家门,她的反应很敏捷,一听就知道我是谁,马上就让付老师接电话。付老师一听是我,马上问我的情况,还问了在日本大阪的徐国玉、在吉林大学的张福贵等同学的情况。可是,说了半天就是不提雷老师,我实在忍不住,就问了一句:"雷老师还好吧?"电话那头停顿了一会儿,只听得付老师平静地说:"雷老师不在了。""啊?"我只觉得头晕目眩,还没有等我反应过来,付老师补充一句:"是去年12月份没的,谁也没有惊动!"我的心里好像被一块十分坚硬的东西堵住了似的,十分难过。后来,付老师再说什么我已经听不见了,不知道我是如何挂断电话的。

我愣愣地站在那里,过了好久才醒悟过来:我的雷老师已经离开了人世,这是真的!

我关上门,独自一人坐在办公室,回想着往昔岁月,品味着人生的变幻无常!

时间,1978年3月;地点,延边大学汪清仲坪分校。当时,我们刚刚迈入延边大学校门,报到后仅仅在学校唯一的学生食堂吃了一顿饭,还没有来得及熟悉一下延边大学校园,就被学校用大客车送到距延吉市100多里路远的汪清县仲坪公社,这里有延边大学的农场,延边大学的分校也建在这里。现在想来,大学在偏远的农村建立分校,那其实是"文革"期间时髦的产物。我们是"文革"后恢复高考的第一批大学生,面临着"百废待兴",读书的方式当然也免不了带有"文革"的印记。

仲坪分校位于仲坪公社以北七八里路的地方。背靠着一座小山丘,一块平整的开阔地上,坐落着三四栋红色砖瓦平房。那几栋平房的正南方向有一条弯弯曲曲、清亮亮的小河绕过,河的名字叫嘎牙河。沿着分校山丘旁有一条宽阔的大路,一直伸向远方,尤其是傍晚看到它,伴随着夕阳西下,落日余晖,似乎总能引起我们的无限遐想。

入学后的第一件事就是学校对我们进行入学教育。记得会议是在食堂举行的,参加入学仪式的除了任课教师,以及我们中文、汉语、数学、政治四个专业学生外,还有专程从延吉赶来的学校领导,比如作大会报告的就是副校长张德江和教务长许华应。二位老师都给我们任过课,比如张德江老师从朝鲜留学回来给我们讲政治经济学,许华应老师则讲当代文学课。后来,他们俩都从政了,一个当上了国务院副总理,一个当上了吉林省新闻出版局局长。

雷友梧教授是最早给我们上课的老师之一。第一次见到他,记得是 3 月中旬第一周的第二天上午。他当时刚刚 40 多岁,个儿不高,大概 1.65 米;头戴着一顶深蓝色的帽子,上身穿的是深蓝色的制服,下身穿的是灰黄色的裤子,肚子挺挺的,一看就是一个富有派头、学富五车的学者。

虽然雷老师讲课带有明显的南昌口音,但普通话说得还是比较标准的,因此,他的语言学概论课我们是能听得懂的。同学们的普遍反映是,他讲课逻辑性很强,条理清楚,知识渊博,易于接受。但因为过于严肃,让人觉得难以接近,故而同学们敬而远之。

我当时虽然考上了大学中文系,但因为受"文革"过分"学工学农学军"的影响,没有上过真正的高中语文课,和班级那些"文革"前的"老高三"同学相比,基础明显要差一些,学习语言学概论课显得有点儿吃力。

有一天,雷老师讲完课,径直走到我的面前,很认真地对我说:"晚饭后有空儿到我的寝室来坐一下,我有话和你说!"

我那时因为年龄小的关系,很惧怕老师,从不主动去和老师联系。听雷老师这么一讲,我以为犯了什么错误了,就有点战战兢兢的,答应的声音很小。

晚上,我如约来到雷老师的寝室。只见雷老师一反平常上课的严肃样子,非常和蔼地端过一杯水递给我,边让我喝水边给我拿过椅子,让我坐下。看到我情绪稳定以后,笑吟吟地说道:"我听说你是我们班年纪最小的学生,没有别的事儿,就是想找你聊聊!"

我见雷老师不是来让我接受批评的,心里一块石头落了地,没有顾虑,就把自己的学习语言学概论课的实际情况如实地跟他讲了。出乎我的意料,雷老师听后没有就这件事发表议论,而是对我进行一番鼓励。迄今我还能记得大概。

雷老师讲,他是 1957 年从北京师范大学中文系毕业的,是当时的教育部为了充实边疆少数民族大学师资力量而统一分配到延边大学来的。他也是同学中年纪最小的之一。他鼓励我说,年纪小很有好处,记忆力好,精力充沛,后劲足。要相信自己,肯定会把语言学概论课学好的,说不定将来你还会从事这方面研究呢!

和雷老师谈话之后,我好像对语言学概论课产生了兴趣,渐渐地不觉得它枯燥、乏味,而是觉得它很有意思。到了期末考试,我果然没有辜负雷老师的期望,考试成绩不错,我的自信心大大增强了,从此,我对语言学课不但不再惧怕,而且越来越喜欢它了。

1978 年 8 月末,我们搬回到延吉市延边大学总校,语言学课程又增加了不少,比如刘明章与王忠良老师的语音学、张德明老师的修辞学、王复光老师的音韵学和文字学、金中岐老师的训诂学、吴葆棠老师的语法学等等,我也没有觉得有什么更大的困难。今天想来,也许就是当时雷老师的那一番话才开启了我对语言学研究的智力,使我后来对语言学研究如醉如痴,一干就是 25 年,直至今天。从这个意义上讲,雷老师的的确确是我在语言学上的第一个领路人。我也不得不佩服雷老师的先见之明,用一句时髦的东北话讲,缘分啊!一次谈话竟然决定了我一辈子从事语言学研究的命运!

1984 年以后,我和雷老师有幸在延边大学语文系中文专业同一个教研室共事,我才渐渐地真正了解了雷老师的学术和创作成就。雷老师的主要成果有:一是普通语言学方面,发表了《语言控制论原理》等系列论文,至今仍然属于前沿性的研究课题。他还主编华东地区省、市属师范大学语言学教材——《语言理论纲要》。二是心理语言学方面,发表了《语义的心理构成及其在话语的生成与理解中的作用与意义》[收入《语法研究与探索》(第三辑),北京大学出版社出版]、《语言的起源和语言的心理构成》等系列论文。三是编纂字、词典,参与了《中国语言大辞典》编纂工作,任顾问兼审定;发明检字法四种,编实验字典四部、字典检索器一种、字典索引四种,发表有关论文三篇。除此之外,他还童心盎然,进行了儿童文学创作。比如著有童话《一个外国大兵的奇遇》《纺织娘》等多篇,还写有寓言《马灯与霓虹灯》等十数篇。他思维敏捷,多才多艺,兴趣广泛,我们这些学生真的难以望其项背。

离开延边大学之后的 1989 年,雷老师以其在语言学上的骄人成就而获得了江西师范大学中文系教授职称,又继续带领江西师范大学中文系的语言学开拓前进,开创了江西师范大学语言学研究的新局面,这是有目共睹的。我们虽然不在一起工作,但在有关刊物上拜读了他的一篇篇力作之后,我感到我们的心灵是息息相通的,也从中获得了不少的教益,更为他取得的令国内外同行瞩目的成绩而感到骄傲。

可是,谁能想到,在他正要大展宏图之际竟一病不起呢?是命运不济,还是有什么无形之手在作弄他?我真的替自己的恩师抱不平。

30年后恩师离我而去,我竟然在他瞑目之前未能服侍于身边尽弟子的义务,这是不是又让我抱憾终身呢?只要一想起这些,我是无论如何也难以让自己释怀。

2007年12月雷师去世,2008年2月吕师又离开了我们,接二连三的打击,让我真的难以承受。呜呼哀哉!曷其怆极?

逝者已矣,不能复生。活着的人还要继续往前走。8月20日,我将要赶赴南昌,面对着付玉珠老师,该说些什么呢?是吊问还是节哀顺便?我不知道如何选择,我只有顺其自然而已!

无论以什么方式,感念恩师雷友梧教授对我的启蒙,怀念恩师雷友梧教授的风范,继续雷友梧教授的语言学事业则是永远的,因为责任使然。

2008年7月19日

# 两岸韵路,大师足音

## ——追悼陈新雄教授

2012 年 8 月 23 日,中国音韵学暨黄典诚学术思想国际学术研讨会、中国音韵学研究会第十七届年会暨第十二次国际学术研讨会开幕式在厦门大学科学艺术中心举行,我作为会议筹办人主持开幕式,坐在主席台上。刚好轮到台湾政治大学竺家宁教授在主席台上致辞。在对会议进行一番祝贺之后,他带着十分沉重的语气报告,台湾声韵学会、台湾训诂学会创始人,著名国学大师陈新雄教授在美国逝世了。

我毫无心理准备,听到这个消息十分震惊。惊愕之后,便是极度悲痛。我强抑制住泪水,勉强主持后边的发言。会议茶歇之际,我一个人躲到一个角落,独自伤痛,眼前回忆起向陈先生请教的点点滴滴。

由于人为阻隔,直到 20 世纪 90 年代,两岸音韵学人才开始交往。1991 年的香港会议、1992 年的威海会议,陈先生都亲自带队,极力促成两岸音韵学人的理解和沟通。那个时候,彼此间思维方式、学术理论与方法、学术论文叙述方式、研究问题的角度、信息的掌握程度都存在着很大的差别,但有几点是共同的,就是都操普通话,都在研究共同祖先遗留下的"小学"遗产,都在传承着中华文化。

在威海会议上,我第一次见到了陈新雄先生。他的威严、他的学识、他的睿智,给我留下了十分深刻的印象。我与他交谈有限,但他的直率,却让我感到非常吃惊。我记得很清楚,他说,你们对台湾情况不了解,希望你们有机会到台湾看看。话语中,对两岸音韵学的未来充满着无限希望。在这次会议上,我也感受到了陈新雄先生弟子们的风采,比如竺家宁教授、姚荣松教授、李添富教授、孔仲温教授等。他们谈吐文雅、知识渊博,果然与我们所想象的台湾学者风度不同。

1993 年 10 月,我接到了竺家宁教授的邀请函,希望我去台湾进行学术交流。我的心中充满了无限的期待,也发挥想象,认为,此次台湾之行一定会所获甚多,感受到的是一个全然陌生的环境,并有机会和陈新雄先生讨教。因为,我已经阅读过先生的一些音韵学著作,比如《古音发微》《等韵述要》等,我有许多疑难问题需要当面请教。可是,当我把邀请函交到学校外事处一位负责人的手里时,却听到了这样一个答复:"吉林大学没有这个先例,不能办!"这让我感到很失望,那么多的热切盼望一下子烟消云散,心里冰凉凉的。

此后几年,在三次音韵学会议上我与陈先生及其弟子的交往更多了,对陈先生就有了近距离的接触。我印象最深的,还是 1998 年 8 月初在长春举办的汉语音韵学会议。此次会议由宁继福先生主持,我则予以协助。吉林省社会科学院虽然全力安排,但还是感到人手缺乏。我则动员我的硕士生林革华参与,做些力所能及的会务工作。

记得有一次,我做向导带领与会学者乘坐观光车沿着长春新民大街游览,大家兴致勃勃地品评伪满总理府、八大部遗址。恰好我与唐作藩先生、陈新雄先生为邻。在与唐先生交谈之余,我回转身,向后排的陈新雄教授问了一个很唐突的问题:"台湾的师生关系如何?"陈新雄教授似乎对这个问题非常感兴趣,回答道:"台湾大学里的师生关系很融洽,但界线清楚,还是重视师道尊严!"唐作藩先生则补充说道:"大陆'文革'期间,老师曾被学生揪斗,无尊严可言。似乎现在很平等,但也不正常啊!"虽然有唐先生的感慨,不过,陈新雄教授还是对大陆恢复正常的师生关系抱有信心。私下里,我就此事向陈先生的弟子打听,还是了解到陈新雄先生"师道尊严"的一面,对弟子无限关心和爱护,但对弟子的懒惰决不姑息。据说,有一次,清晨 2 点钟还在打电话让学生背诵《文选》中的某一篇作品,可见对弟子学业督促之勤。

2000 年 5 月,李添富教授在台湾辅仁大学举办声韵学会会议。为了能让大陆学者有机会参与,陈先生亲自与李添富教授商议人选,我这个年轻后辈也有幸忝列其中。由于众所周知的原因,我们的申请迟迟不能批复下来,陈先生与李添富教授非常着急,四处托人说情。据说,陈先生为此事还亲自写信给全国人大常委会副委员长许嘉璐教授,他也是古汉语同行,希望他襄助。在众多先生的斡旋下,我们一行 6 人历经波折,总算是到达了台北。我们没有赶上当天下午的开幕式,第二天上午,便匆匆投入了大会发言。我记得是何大安先生主持会议，林平和先生是我的评议人。到了论文评议阶段，我看到了陈新雄教授对音韵学术一丝不苟的另一面，他针对某一位大陆学者有关《老子》用韵问题的"新奇"观点，提出自己的看法，严厉之中又不失温和，随口举出大量证据加以说明，理据充分，赢得了在场学者们的阵阵掌声。

当天晚上，辅仁大学文学院设宴款待。陈新雄先生略迟一点到达宴会厅，我们站起身迎接。只见陈新雄先生手提着一大包书，嘴里连连说道："抱歉，我家离这里太远。"我们接过陈新雄先生的赠书，看到其中就有我在大陆很难见到的经典名著《古音研究》。感激之余，我心下不安起来，那么大部头的书，沉甸甸的，让一个65岁的老人远道送来，太难为他了。那一晚上，陈先生异常高兴，破例多喝了一点儿白酒，打开话匣子，侃侃而谈，涉及汉语音韵学的许多方面问题，看法不少，让我们受益匪浅，我们由此对台湾音韵学界的许多情况有了进一步的了解。

那之后，我在很多重要的学术场合都能见到陈先生。陈先生的形象永远都定格在一个鲜明的画面上，那就是，他被一大群弟子及再传弟子簇拥着走来，他精神矍铄，一脸微笑，威严而睿智。每次会议上，陈先生都作大会发言，呼吁两岸学者携手并肩，共谋音韵学术大业。看得出来，他心中有一个宏伟蓝图，就是一定实现中国学者主导世界音韵学术大潮的梦想。恕我孤陋寡闻，在我国台湾音韵学界的老一辈大学者中，我还没有见到第二位如此执着和热心于两岸音韵学交流事业的人。这也是我们对陈先生最为感激的，也是我们后辈音韵学人最为受益的事情。

这几年，我没有再见到陈先生，只要有机会，我就向陈先生弟子打听他的情况，才知道他身体不好，在美国治病。我每次听后都很着急，挂记不已，于是，默默为他祈祷，盼望着他早日恢复健康，一展旧日驰骋学术疆场的大师雄风，再为两岸音韵学事业呼号奔走，再让两岸音韵学者心潮激荡。

谁能想到，此次厦门会议，我得到的消息却是，先生已经骤返道山。陈先生何其如此急切驾鹤西归？我们难以理解。哀痛之余，不禁失声痛哭。陈先生的离去，使我们两岸音韵学界失去了一位真正大气度的领袖人物。我们担心，未来还会有谁会像陈先生那样足迹遍及天下，开拓两岸音韵融合之路？还会有谁能继续他的事业而成为释解两岸音韵后辈学人疑惑的共同导师？

　　逝者已矣，来者是否可追？带着无限疑问，我怅惘不已，由此，我们更加怀念陈先生！我不由得再次面向东南方向，叩首祭拜！

2012 年 8 月 30 日于长春长影世纪村寓所

# 罗继祖先生劝我改名字

我因为名字问题而闹笑话的事儿多着了。十几年前,有一次,我接到一张汇款单,是稿酬,由于正好救急,我当然高兴得不得了,随便瞅了一眼后就马上到邮局去取款。可邮局的人说,钱不能给你,你看看,你的身份证上写着"李无未",可汇款单上明明写着"李无末",一字之差,给你肯定是违反规定的。我争辩着,说我是这个单位的人,只有我叫这个名字。最后,邮局的人妥协了,同意我回单位开一张证明便算完事。

还有一次,我在外地的一个学生,毕业了还想着我生日的事儿,就寄来了当地的特产。可我接到的学校收发室通知单上却是写着"李天来",让我哭笑不得。好在包裹单上还写着我的名字"李无未",所以,我去邮局取包裹的时候,算是顺利。

说到这儿,我不得不提及我和著名历史文献学家罗继祖教授交往的一段往事儿。1991 年 10 月,我调到吉林大学古籍研究所的时候,罗先生已经离休回大连儿子家住了。有关罗先生的故事,我大都是从一些前辈学者以及罗先生的弟子们那儿听到的。罗先生 1913 年 4 月出生于日本京都,今年刚好 100 周年诞辰。他从小就跟着祖父罗振玉学习,接受严格的"庭训"教育。罗振玉十分看重罗继祖先生的天赋,就有意识地培养罗继祖先生。他不让罗继祖先生上新式学堂,而是每天亲自给孙子上课,让走一条"从小学到经学,再由经学到史学"传统学问家的路子。罗继祖先生果然不负众望,才学出众,成为一代历史文献学大师。他曾在日本京都大学当过讲师,是罗振玉委托日本著名学者黑田先生办理的,目的是让他取得一个"出身"。20世纪 50 年代中期,匡亚明校长亲自礼聘他到东北人民大学(吉林大学前身)历史系工作。他由一个没有任何"学历"的书生,成为一代宗师,所走过的道路非常艰辛,十分不容易。

吉林大学古籍研究所 1983 年"创所"有"三老",即于省吾、金景芳、罗继祖三教授。罗先生最年轻,也是唯一一个没有"学历"的人,但他却是历史文献学研究室的创始人,任我们研究室第一任室主任。

陈维礼先生是罗先生 20 世纪 60 年代的学生,和罗先生的感情最好,侍奉之如亲生父母。罗先生离休以后,在长春的一应大小事情都交由他来办理,从来没有被耽搁过。陈维礼先生与罗先生为何如此"情同父子"？据陈维礼先生说,在陈维礼先生"遇难"的关键时刻,是罗先生"大义"搭手相救,成全了陈维礼先生后来的学术事业。

我与陈维礼先生的情缘由来已久,他是我父亲 20 世纪 50 年代末到 60 年代初的学生。我父亲与他亦师亦友,课余,让他"吃小灶"的事儿时常可以见到,就连他高中毕业考大学的报考志愿表也是我父亲亲手帮助填写的。陈维礼先生 1978 年报考吉林大学读金景芳教授硕士研究生之前,在家乡敦化,我亲眼看到,他和我父亲讨论《庄子·逍遥游》的一些疑难问题。1981年末,他从吉林大学毕业留校任教。我后来调入吉林大学,就是由他一手牵线促成的。

20 世纪 90 年代以后,我和陈维礼先生,以及历史文献学研究室同事,还有罗先生早期的学生,曾几乎每年都一起到大连去看望罗先生。

我每一次和大家一起去大连白云山罗先生儿子住处看望罗先生,都向罗先生当面请教一些学术问题。罗先生因为耳朵有些"背",就都是用"笔谈"的方式和我聊。罗先生对中国历史文献的精熟是举世公认的。我也是见识过第一流大家的人,我敢说,我所请教的大学者(可能我的见识有限)中,还没有一个人所具有的中国历史文献学知识面儿能和罗先生相提并论,他几乎就是个"中国历史文献学活电脑",只要你能问得到,他就能答出来,无所不知,无所不详。在他那一代人中,一般读书人都以背诵"十三经"或者"十三经注疏"为能事,而他则早就超越了"十三经"范畴,"二十四史"不在话下,更多的"集部"、"子部"书也能够大段大段地背诵下来,我们不由得不打心眼里佩服,他真乃奇人也,我当时是真的见识了什么叫学问大家。

罗先生的经典性著作是他在 26 岁时写成的《辽史校勘记》,以辽代墓志碑刻等核校辽史,从而奠定了他在辽金史研究上的权威学术地位。他还有大量的学术札记十分有名,比如《枫窗三录》,就有很多学者称之为"当代的《容斋随笔》",我们读过之后,感到这个称谓一点也不为过。

罗先生是书画大家,但却从来不"卖书画",这就是出身"大家"的"贵族气"。中国近代历史上的政治、文化大家,不知有多少和他的家庭有渊源关系,所以,他的见识也非一般人所能比拟。虽然如此,他对有情有义的人却从不吝啬送书画,我在陈维礼先生那儿看过一册罗先生亲自书写的"画配诗册",非常精美,陈维礼先生视为传家之宝,从不肯轻易示人。我手里也有他老人家送给我的一幅书法条幅,录写的是唐代一位诗人的诗,笔锋遒劲,自成一家,我迄今仍当作最为珍贵的礼物珍藏着。

在我的记忆中,每一次和罗先生"笔聊"都很开心。只是有一件事儿,我倒是觉得有点儿奇怪。就是有一次,他突然间问我为何叫"李无未"?我如实地回答道,我一生下来,父亲就给我起了个名字叫"李无畏",我爸爸给自己的孩子起名儿,名字中间都有一个"无"字,比如哥哥叫李无忌,姐姐叫李无娇,妹妹叫李无媚。这不是按家谱应该"犯的字"起名。如果按"犯字排行",我这一辈应该叫"李其什么"的,那么,我叫"李其畏"更合适。2008 年 8 月,我到辽宁省宽甸县八河川镇老家探亲。才知道,我爷爷的爷爷在那儿繁衍了成百上千后代,我沾了爷爷的光儿,辈分特大,连重孙子辈都有了。一问不要紧,凡是和我同辈的果然都叫"李其什么"的。可是,在我十多岁时,父亲很严肃地对我说:"你名字叫李无畏,将来太容易重名了,不如把畏字改成未字,音不变,叫李无未更好。"但不知为什么,那之后父亲似乎忘记了这件事儿,就一直没有再提出改名这一茬儿。父亲忘记了这事儿,我却牢牢地记在了心里,没有忘记改名。毕业两年后,也就是 1984 年初,我自己做主,没有犹豫,就到派出所把名字改了,很简单,一点儿都没费事儿。我是"先斩后奏",给父亲讲了此事后,父亲也没有说什么,就算是认可了,自那以后,我就叫现在这个名字,没有再用过去的名字。

罗先生听后,半天没吭声,过了一会儿,就在宣纸上认认真真地写了三个大字:"没讲儿。"看到这三个字,我很是疑惑,问这是为什么?罗先生好半天也没有回答。

回到长春后,我早就把这事儿忘记了。可是,有一天,陈维礼先生拿给我一封信看,那是罗先生写给陈维礼先生的。我打开后看到,中间的一段文字却和我有关,那就是,罗先生让陈维礼先生转告给我,一定要把名字改回去,还是叫"李无畏"为好。至于原因嘛,就还是三个字:"没讲儿。"看过罗先生的信,我不知道该如何回答,这回我是认真了,真的感到很为难。

又过了一段时间，陈维礼先生拿过一本《社会科学战线》刊物递给我。我接过一看，里面刊载了罗先生的一篇短文。题目我忘记了，就是和"起名字"有关的。其中，有一段话儿，大意是，起名字是有学问的，我的同事李无未，原来叫李无畏，却改为李无未，这个名字起得不恰当，建议还是改回来。

我当时真的很诧异，这就是，罗先生真的很执着，为了我改名字的事儿，一直不依不饶，竟然写文章去讨论。我不禁在心里嘀咕：这是不是罗先生这个真正学问家的本色？

其实，不仅罗先生对我的名字感兴趣，就是后来的许多学术界同人也在费脑筋想这个问题。比如浙江大学有名的汉语词汇学家王云路教授，有一次在会议的间隙，和我讲，你的名字有意思，很有哲学意味，比如否定之否定，是不是如此啊！

还有一位学者说，无，是没有的意思；未，也是否定副词，没有没有，就是"有"的意思。

甚至还有一位学者建议我将名字改为"无为"。意思是说，老子不就说过"我无为，而民自化"吗？《论语·卫灵公》中孔子也有说过："无为而治者，其为舜与？夫何为哉？恭己正南面而已矣。"反正"无为"是有出处的，依照这个来源起名肯定有根据。

围绕着我的名字问题，有这么多的学者操心，让我实在羞愧难当！我后来不时地点击百度网搜索引擎，有好多次看到的情形果然是，极少有人与我现在的名字重名，而叫原来名字的确实不少，不得不佩服父亲的远见来了，但是不是"有讲儿"就不好说了。一想到这个问题，我的头脑就有点儿发晕，还是弄不清楚到底是父亲的意见对呢，还是罗先生的意见对呢？

2002年5月，罗先生在大连去世，享年90岁。我和研究室的同事们都去大连参加了他的葬礼，大家肯定又都是一再感叹，一代大师的驾鹤西去，意味着一个灿烂辉煌的大师时代结束了。三年后，陈维礼先生也离开了我们，走得太突然，让人感叹"好人不长寿"，悲痛不已。

俱往矣！每当有人问起我的名字有啥讲究的时候，我就不由得想起了罗先生，更想起了向罗先生请教的往事，还是一如既往地感到非常温馨。

2013年6月7日于厦门五缘湾五缘公寓

另,最近读日本著名中国语言学家仓石武四郎《日本中国学之发展》(杜轶文译,北京大学出版社,2013 年),第 209 页有"仓石延请傅芸子、罗继祖为顾问,对中文的语言教授法进行了改革,出版了标注注音符号的诸多教材,还撰写了《汉语教育的理论与实践》"的记载。罗继祖先生当于 1942 年2 月至 1944 年 7 月在日本京都帝国大学讲学[《日本中国学之发展》注:见《京都大学文学部五十年史》之"文学科"部分(1956)],这期间,他进行了不少的日本中国语教学理论研究工作。罗继祖先生在日汉语教学上的成绩世人很少知道,今天也是需要有人挖掘的。

2013 年 6 月 8 日又及

# 空余恨悠悠

## ——怀念陈维礼先生

只要一提起陈维礼先生，我心中便犹如锥子刺似的好一阵子的痛！痛过之后亦如何？痛过之后，则常常扪心自问，维礼先生驾鹤西归已经十年之久了，我为何如还此伤情哀戚？难道是因为阴阳相隔而无法再共站立举杯邀明月？还是由于明晓知音不可再觅而顾影自怜？也许这两种情况都有，也许这两种情况都不存在，我一时很难理清楚头绪。

无论如何，与维礼先生相对揖别十年，我心潮难平，伤情别恨郁积，久久不得疏解。我南下福建，命运悬于海岛厦门，犹如遁入空门一般，是不是"十年猛醒鹭岛梦"了呢？是不是在"鹭岛之梦"猛醒之后，方才拾起了遗忘在北国的"人间草木"，方才重返滚滚红尘？

我与维礼先生之肝胆相照非他人可比。为何如此说？我们的关系可以用一句话概括，即亦师亦友亦兄弟。

说维礼先生与我是"亦师"关系，是指他于我有知遇与救急之恩。我本非将相虎子、豪富贵门之后，只是起于长白山草莽之间。也搭上过知青末班车，延边大学本科毕业之后，在延边大学中文系当上了古代汉语教师。1987年师从北京大学中文系唐作藩教授进修汉语音韵学之后，搞起了汉语音韵学教学这个行当。我记得很清楚，1989年末，我与维礼先生通信，向他提出报考吉林大学研究生之事，他欣然支持。不久之后，他在信中传递了一个信息，就是吉林大学古籍研究所要引进一位研究汉语音韵学的教师，问我是否有意应聘？到吉林大学去工作以前我从未敢想过，觉得这就是天方夜谭？得知这个消息，虽然认为天赐良机，但转而又忧虑万分，我能行吗？很显然，底气不足。维礼先生没有正面回答我行或不行的问题，而是让我把简历邮去。维礼先生如何向研究室主任王同策教授提出人选，林沄所长、陈恩林副所长如何欣然同意，并给社科处打报告，张善存副所长去人事处如何争取名额，我当时并不知道具体情况。但这期间，办此事历经许多波折是肯定的，比如学校党委副书记、社科处处长李文焕教授坚持按吉林大学应聘者须具备硕士研究生学历的要求进人,而这恰与林沄所长等人的意见相左,两下相持时间很久。李文焕教授则在看过我的成果后,以我达到博士毕业实际学术水平才同意"破格"进人,这才峰回路转、柳暗花明。维礼先生举荐我"不避亲",而王同策教授、林沄所长、陈恩林副所长、李文焕教授、张善存副所长等打破常规,不以学历"用人",取得了最终共识,前后历经 10 个月之久。这在今天看来,也是不可思议的。据说,当时和我同时竞争的还有北京大学中文系的一个博士生,而林沄所长等坚持从发展的眼光看人,认为那个博士成果不多,而且年龄偏大,就只要我而没有要那个人。这种"不拘一格选人"的意识,就是在今天也确实"难如上青天"! 维礼先生为此花费了多少心思,度过了多少个不眠之夜,只有他知道。必须说,自我调入吉林大学古籍研究所后,我的学术命运发生了巨大的转变,由此我开始踏上了一个新的学术起点。在我 55 年的人生历程中,如果说还算取得一点点学术成绩的话,这个经历就是一个极其关键的助力环节。维礼先生在这其中所发挥的作用是决定性的,说他于我有知遇之恩,从容而毫无偏见地举拔我于草莽之中,一点儿也不为过。

1992 年 3 月的一天,我忽然遇到了人生的一大劫难,就是在吉林大学 6 号楼住处上卫生间时,由于起身太急,后脑勺撞上了水暖管子,导致脑颅内出血,顿时晕倒在地,十分危险。后来,夫人回来后,及时地喊来维礼先生帮忙,搭上出租车到白求恩医科大学第一医院脑外科进行抢救,值班的朱廷吉教授医术十分高明,果断实施开颅手术,清除瘀血,如此,才把我从死亡线上救了回来。现在,我只要一想起这件事,就会下意识地摸一摸前额和后脑勺上长长的手术疤痕,并马上联想到维礼先生迅速出现的身影,他气喘吁吁地抬着我费力爬上了楼梯,直到我顺利地进了手术室。对当时的我而言,维礼先生身影的出现,意义是多么重大! 这种救急之恩,是不是会让人感激一辈子?

说维礼先生与我是"亦友"关系,是指他于我有"琴瑟和鸣"的知音之通感。我自从调入吉林大学之后,与维礼先生隔三岔五就要小酌一杯,或在他的寓所,或在同志街附近的"鸡毛小店"。维礼先生偶尔也点上一根烟,吞云吐雾,细细品味,但很有节制,并没有成为嗜好。他喜欢饮酒,尤其是高度数白酒,酒量超出一般人。他喝酒时的特点是,常常是进入微醺佳境,才打开话匣子,偶尔也发发牢骚,惊人之语不绝于耳。比如对高校评职称,以"一群瘦狗疯抢那个只有星蹦儿肉的骨头棒子,没有多少实惠"喻之,形象而贴切,所以,他对参评教授的事儿从来都不放在心上,十分洒脱。这在当时高校中是十分罕见的,亦可见其独立个性和人格之特征。他独立或与其他人合作编写了大量的普及中国古代历史文化知识的著作,比如《历代名臣奇谋妙计全书》《中国皇宫五千年秘史》《中国历代笑话集成》《蒙学全书》《中外神话传说》《宋元生活掠影》等,其史料运用之严肃、立论之谨慎,功力之深厚,亦为学界所公认,其中有不少作品产生过不俗的反响,比如《历代名臣奇谋妙计全书》就发行了几十万册之多,如果加上被人盗版印刷的就更是难以计数。王利器曾编有《历代笑话集》,但规模偏小,且收集文献视野较为狭窄,而维礼先生与郭俊峰等主编的《中国历代笑话集成》,五巨册,无论是质量、篇幅,还是所涉及内容的范围,都远远超过前者,果然学界好评如潮。我们曾经一起合作翻译过《韩非子》和《后汉书》。在翻译过程中,遇到了不少训诂难题,就常常聚在一起讨论解决问题的办法,在这个过程中,维礼先生是极其严肃认真的,一再强调要用材料说话,以理服人,不可以空论泛论。

我刚到吉林大学古籍所讲授硕士研究生汉语音韵学课时,他亲自坐镇听课,给我打气鼓劲儿。还派了他的两个研究生张固也、高淑清重修这门课,以壮大我的声势。1997年,王同策教授升任吉林大学图书馆馆长,照理说,维礼先生继任历史文献学教研室主任是顺理成章的,但他却极力推荐我,想方设法为我争取,提携后生之心可见一斑。

吉林大学古籍所学派林立,学术观点不一致而导致矛盾殃及后辈学者的情况时有发生。1996年4月,尽管维礼先生与古籍所某些学者的关系并不十分融洽,但出于对年轻人前途的考虑,以及历史文献学没有博士学位点而不能招博士生的实际,还是同意我在职报考另一个研究室的先秦文献与先秦史博士生,并予以最大限度的理解。其胸怀之宽广、气量之阔大,以及与我心心相印之"灵犀",都使得我感激涕零。

说维礼先生与我是"亦兄弟"关系,是指他于我非同一血脉却超越同一血脉的亲情之缘。维礼先生曾经在《悼守田师》(《延吉晚报》1998年11月26日)中提到,他与我们一家至近亲情关系的渊源十分悠长。我父亲李守

田教授很早就与维礼先生的父亲相识,相处融洽。1956 年,维礼先生在吉林省敦化县第一中学就学,我父亲当时任维礼先生的语文老师。教学之中,我父亲就发现维礼先生十分好学,而且对中国古代历史十分感兴趣,就有意点拨他阅读相关书籍。此外,还注意发掘他的写作能力,常常将他的作文在课堂上当范文讲读,由此,激发了他的学习兴趣和热情。到了 1962 年,他们二人的关系已经成为"不是父子却胜似父子"的师生关系。临近高中毕业,我父亲就"越俎代庖",亲自为他选定学校和专业,还帮助他填表。他的第一志愿是吉林大学历史系,那就是我父亲帮他选的。他十分幸运,当年就得以顺利考入吉林大学历史系就读。

维礼先生是看着我长大的。他说过,我刚出生不久,他就见到过我。1967 年夏天,我和父亲去长春游玩,就住在吉林大学数学楼,那是维礼先生等待毕业分配时暂住的地方。他领着我观看吉林大学校医院小楼(同志街)"武斗"场面的情景历历在目。很奇怪,那么血腥的场面我一点儿都不知道害怕。维礼先生毕业后被分配至黑龙江省北大荒军垦农场。1970 年后调回家乡敦化,在县委宣传部当笔杆子。他的家就在敦化城南南关小楼旁边,他家与我们家仅一道之隔,斜对面,非常近。每年年三十晚上,维礼先生必到我家给我父亲提前拜年。父亲在炕上摆一个小饭桌,弄两个小土菜,二人就可以喝酒了。父亲常常是话匣子一打开,久久难停,说个没完,而他则微笑不语静静倾听,很少讲话。我父亲背后称他"老蔫儿",就是话不多、老实的意思。到了晚上 10 点钟,他就急急忙忙地赶回家过年了。1977 年 11 月,我从当知青的地儿大蒲柴河赶回敦化县城复习功课,准备参加"文革"后的第一次高考,就在家里见到过父亲给他讲解《庄子·逍遥游》的情景。我这才知道,他已经接到吉林大学金景芳教授的来信,同意他参加"文革"后第一次研究生考试,希望他考回吉林大学,这是对他的莫大信任。此后,随着父亲调入延边教育学院任教,我们家搬到了延吉市,我与维礼先生见面就越来越少了。不过,有关他的消息还是不断地传来,我知道他硕士研究生毕业后,幸运地留在了吉林大学任教。

关于如何界定我们之间的关系,还有一段小插曲。记得我七八岁的时候,有一次,我当着父亲的面管他叫陈叔,父亲微笑着未置可否,可维礼先生面红耳赤,显得诚惶诚恐,连忙说,你父亲是我的亲老师,一日为师,终身为父，我怎么能当你的叔叔呢？我们俩是一代人，你就管我叫大哥吧，从那以后，我只要遇见他，就管他叫大哥。当得知他在吉林大学任教后，我又觉得管他叫大哥还是有些不妥，因为他是1941年出生的，毕竟年长我19周岁，我觉得最便利的称呼就是称他为老师，所以，后来见到他，就改口叫他陈老师。到了吉林大学后，他指导我的学业之处甚多，我则以他的私淑弟子自居，所以，执以弟子之礼，称他为维礼师。

说起与维礼先生一家的关系，还有一些不为他人所知的事，即他的家里人和我们一家还有另外的渊源关系，这也应该提起。比如维礼先生有一个弟弟叫陈维林，是我父亲在"文革"时教的学生。那时，我父亲在敦化县第四中学当班主任。后来，陈维林在敦化林业局中学任教，是出了名的地理教师，他与我父亲来往也很密切。恰巧，当时维礼先生的妹妹在敦化第三小学任教，和我的母亲是同事。因为有这层关系，两人相处得十分融洽。1977年，维礼师的儿子陈醒，上了敦化县第三小学一年级，我母亲知道后，就点名把他要到了自己当班主任的班级培养，所以，我母亲又成了陈醒的启蒙老师。我的哥哥李无忌，1970年赶上了"四个面向"，被选拔到长春冶金建筑学校工民建专业学习。1972年毕业后，才16岁，就被分配到吉林省磐石县红旗岭镍矿区工作。爸爸曾经到红旗岭镍矿区探望哥哥，看到镍矿的工作条件，十分心疼哥哥，就产生了把他调回到自己身边工作的想法。维礼先生知道后，帮助我们家解决了这个问题。这也就遂了父亲的心愿。哥哥因此对维礼先生感激不尽，与维礼先生结下了一辈子的情谊。

1994年6月，由于李文焕、林沄、吴振武、王同策、陈恩林、陈维礼等学者的努力，我被吉林大学破格提拔为历史文献学副教授，开始独立招收历史文献学古代语言文献方向硕士研究生。头两届招收的是吉林人民出版社编辑谷艳秋和吉林文史出版社编辑林革华，她们都是在职攻读硕士学位的。到了第三年，所里领导希望我招收脱产的硕士研究生，刚好这时，报考者中就有维礼先生的女儿陈乔。陈乔受其父亲影响，在吉林大学读本科时就喜欢阅读历史文献，并且对汉语音韵学情有独钟。维礼先生非常宠爱小女儿陈乔，人所共知。尽管维礼先生并不希望女承父业，但还是尊重陈乔个人的选择，同意她报考。其实我心里明白，这是维礼先生很放心地把女儿交给我培养呢！由于考试成绩优异，陈乔顺利地成为我的硕士研究生。陈乔毕业论文为《清代等韵图〈黄钟通韵〉语音研究》。将这本《黄钟通韵》等韵图语音与清代东北方音相结合来研究,很有新意。2001年,当她硕士毕业时,刚好赶上北京中华书局招录汉语音韵学编辑。中华书局对她进行面试后,十分满意,她就很顺利地应聘到中华书局工作。十几年来,她编辑了大量的古文字、出土文献,以及汉语音韵学、古典文学著作,屡屡获国家大奖。人们都说,维礼先生的事业后继有人了。

维礼先生本来身体很好,他几十年如一日,每天坚持早晚各洗一次冷水浴,即便是数九寒冬也从未中断过。此外,只要有空闲时间,他就用手搓脚、搓脸、搓全身,尽力收到舒筋活血的功效。所以,他身轻体健,体型适中,五官端正,尽显年轻。60多岁,脸上连一点褶儿都没有,头发浓密,是天生的卷毛,看上去只有40岁左右年纪。有人说,他是古籍所的第二个金老,活上个100岁肯定不成问题。我们也都是这样认为的,因此,心里暗暗为他高兴,为他祝福!

可谁能料到,天妒英才,事先没有任何征兆,他竟突然患上了脊椎神经损伤的绝症,而发病仅仅一个月,就撒手人寰,匆忙离我们而去,命运对他何其不公!爱戴维礼先生的人又怎能接受这个残酷的现实!

十年来,每当我想起那个风雨如晦的夜晚,就心如刀绞,痛心不已!但我当时即将离开故土吉林而寄身他乡,又如何有能力消解此恨。维礼先生离我而去,我也就再没有寻觅知音的愿望,更不敢有与谁"义结金兰"的妄想。离开了故土吉林,那厦门又是远山远海万里之遥,我竟然到了无人可做别的地步,何其凄凄惨惨?清人孙枝蔚《饮酒廿首和陶韵》说:"壮年忽已去,焉复知前途?"当时45岁的我,前途"难测",对未来凄惶不安,免不了孤独寂寥。那时的心境何其糟糕。我认为,如此心境只有已成天上星座的维礼先生知道。白居易《长恨歌》说:"自古多情空余恨,此恨绵绵无绝期。"十年之后,当我来来回回搜索每一个过往细节,静下心来回忆维礼先生时,又寄身法国巴黎。仰望异域那寂寥星空,这种绵绵"空余恨"的感觉则更加强烈。我认为用"空余恨悠悠"一句作为题目,恰好可以概括我此时的心境,并以此作结语,但未知是否可以达意。是不是这样,就只好恳请陈乔去做判断了。

2015年6月30日于法国巴黎第十三区寓所

# 我与竺家宁教授

今年适逢我国台湾著名语言学家竺家宁教授六十诞辰,我不但为竺先生几十年来在语言学众多领域所取得的重要成就而由衷地感到高兴,更为他培养了大批卓越的汉语研究人才而对他深深敬佩。同时,也为我们之间的真诚忘年学术交往而感到无比自豪。

最初见到竺先生的名字是在香港汉语音韵学国际学术研讨会(1990)上,知道他发表了《上古汉语"塞音+流音"的重声母》一文,但由于海峡两岸多年的阻隔,当时我与大陆大多数汉语音韵学者一样,对竺先生的学术成就并不知晓。

1992年2月,一个偶然的机会,我与吕文郁教授去北京琉璃厂古籍书店为吉林大学古籍研究所资料室购书,在一个旧书架上见到了《丛书集成初编》本《明本排字九经直音》一册,考虑到它是一本音注著作,推测对语音研究有一定的用途,我当时没有任何犹豫就把它买了下来。

回到吉林大学后不久,由于过度劳累,加上不慎头部撞到室内暖气管,受了重伤,导致颅内出血,危及生命,幸亏夫人孙琳琳与同事陈维礼教授及时把我送到白求恩医科大学第一附属医院神经外科手术,我才幸运地逃离了死神的召唤。我永远也不会忘记那位把我从死亡线上救回来的神经外科专家朱廷吉教授。

从医院回到寓所静养身体,闲暇之余,还是忘不了把在北京新买的书拿来翻翻,这才真正注意到《明本排字九经直音》音注。在读该书的过程中,感到它的音注果然如陆心源《重刊叙》所说,"以直音易反切,取便童蒙",同时,也发现了它不同于中古音的一些现象,比如"清浊相混""知庄章相混"等,这使我大为兴奋,自以为发现了一个语音宝库。没过几天,我便到著名语言学家许绍早教授家请教,并拿出《明本排字九经直音》向先生讨教。先生认定此书对研究宋代语音非常有价值,建议我可以专门立项研究。

得到许先生这样大学者的鼓励,我立时信心倍增。过了一段时间,又去古籍所所长、著名古文字学家林沄教授家请教,还是免不了谈谈我的"发现"。林先生的性格是不断地提问题,启发你思考,他又提出了一堆让我始料不及的难题。我惶恐之余,还是强辩一番,其实心里虚得很。林先生的建议更是具体,鼓励我申报吉林大学社科规划资助项目。我眼前一亮,预感到一个机会来了,于是,回去查材料论证一番,在手头国内学者编写的索引中真的没有找到与《九经直音》语音研究相关的论著。由此,暗自欣喜,在申报表写上了"迄今没有人研究",云云,就这样报了上去。不久,经过学校学术委员会研究决定,批准立项资助。钱不多,只有3 000元人民币,但在当时却是雪中送炭,我也着实兴奋了一阵儿,钻研《九经直音》音注的劲头十足。

1992年夏天,中国音韵学国际学术研讨会在山东威海召开,我注意到与会学者中日本、韩国以及中国台湾、香港地区学者明显增多。我与台湾学者第一次接触,感到他们与大陆学者气质明显不同,而且宣读的论文学术风格也是差异很大。台湾学者,如陈新雄、李添富、姚荣松等知名教授的学术气度给我留下了非常深刻的印象。在那次会议上,我与竺先生未有直接交往,但聆听了他的学术报告,记得他当时发表的论文是《宋元韵图入声探索》。我对竺先生的演讲风度非常仰慕,他讲话时,那种不紧不慢的语速,儒雅的手势,让人感到有一种内在的学术气势,不可抵挡。向身边的某位台湾学者询问,才知道,他师从于海内外知名音韵学家陈新雄教授,著作等身。会议安排学术交往的时间很短,没有找到与竺先生深谈的空闲时间,应该说,我错过了一次向竺家宁先生求教的机会。

回到长春后,我即埋头于《九经直音》音注反切音系的整理之中,与直音相比而言,反切音注的数量还是少了许多。有一天,我到著名音韵学家宁继福先生家拜访,与宁继福先生交谈,自然要涉及我正在进行的研究课题。我很自然地要说到"迄今没有人研究"的话题,不料,宁先生的几句话,却搅得我心神不宁,这才感到所知甚少。宁先生很坦诚地对我说:"不是没有人研究,台湾学者竺家宁先生早就系统地研究过《九经直音》,你应该找来读读,应该受到启发的。"

听了宁先生的话,我感到自己是多么无知,实在羞愧难当。不过,我还是很镇定地表示了自己的担心:"向竺家宁先生求助,现在两岸邮政往来这么不方便,竺先生会不会拒绝我的请求呢?"宁先生很有把握地说:"不会的,真正的学者不会拒绝后辈求教的！"

从宁先生家走回来，步履是那么沉重，我是既激动又不安。激动的是终于找到了《九经直音》研究新的线索，通过寻找研究线索，可以好好向著名学者学习。不安的是，万一竺先生研究得十分完善，我岂不是白费工夫了吗？尽管如此，我还是硬着头皮提起笔来给竺先生写信，向他求助。

实在没有想到，没过多久，我就接到了竺先生寄自台湾的包裹。啊，我真的很激动，这哪里是沉甸甸的包裹啊，分明是他从海峡对岸寄来的一颗诚挚的学者的心！

读了竺先生的论著，我的确受益匪浅，一是他那一丝不苟的学术态度，二是他那肯于开拓进取的创新精神，给我留下了深刻印象。同时，也启迪了我的思路，给我以新的拓展空间，由此，开始了我的《九经直音》真正研究之旅。

我研究《九经直音》大体走过了从一个文献考订、方音认定到宋元方音史与宋元时音史结合的路子。研读竺先生《九经直音》论著，我最大的收获是：竺先生是第一个充分肯定《九经直音》语音科学价值的学者，他无疑是第一个敢于吃螃蟹的人，他的系列成果已经将《九经直音》语音系统揭示得非常清楚，无疑是我们后辈学者研究的基础。既然如此，我也只好硬着头皮另寻路径，于是，就有了与竺先生对《九经直音》版本的考订，以及对《九经直音》语音系统性质的认识不尽相同的地方。我不但对竺先生提到的"明本"一系《九经直音》进行了对勘，还对勘了竺先生没有机会看到的"北图"一系《九经直音》，并且将两系版本进行了全面的比较，得出了一些结论。对《九经直音》语音系统性质，我则是从宋元吉安方音史与宋元时音史的角度，努力找出历史与现实的踪迹。在方法上，注意借助移民与方言在《九经直音》研究上的作用。进入 21 世纪，计算机技术应用于汉语音韵学研究愈来愈受到重视，我在我的博士生李红的帮助下，利用计算机对《九经直音》加以处理，所得出的数据结果又是让人惊喜，不断有意外收获。

1995 年，我的"《九经直音》整理与研究"项目获全国高校古委会资助。在此基础上，我又增加了孙奕《示儿编》音注以及宋元吉安籍诗人古体诗用韵等材料，研究的范围又有所扩大。1999 年，以《宋元吉安方音研究》为题目申报，获得了中华社科基金的资助，这在当时的全国音韵学界着实引起了一些人的注意。项目进行得十分艰苦,历经 6 年,最终成果终于 2005 年 3 月通过了专家鉴定,算是了却了我 13 年来最大的一个心愿。

实在地讲,竺先生最让我敬佩的还是他那宽广的学术胸怀。比如,照理说,他的《九经直音》研究做得很细致了,许多结论已经比较清楚,可是当知道我有研究《九经直音》语音这个愿望时,还是极力加以鼓励,并提供线索。尤其是当我的一些学术观点与竺先生明显不同的时候,竺先生更是表现了名家的气度,不仅表示理解,甚至予以支持。比如,竺先生认为《九经直音》声调入声变成喉塞尾,并没有消失,而我则认为入声已经消失;还有,我认为《九经直音》声调"平分阴阳",而竺先生认为"平声未分阴阳"。这正是我所感激不尽的。

1994 年前后,海峡两岸音韵学界同人十分渴望冲破樊篱,相互之间进行沟通,并增进了解。有一天,资料室秘书交给我一封信,说是从台湾寄来的。我打开一看,是竺先生寄来的邀请函。这一年,正赶上他主持台湾声韵学会会议,所以,他希望我此次能成行。竺先生的深情厚谊着实让我感动,我非常想去台湾看看。我打幼年起就对台湾这块土地充满着兴趣,它太神秘了,如果能揭开它神秘的面纱该有多好啊!

我带着邀请函找到了当时的吉大外事处的一位负责人,他的一席话让我从头顶凉到脚跟:"吉林大学没有这样的先例,你根本不可能去!"我实在不甘心就这样放弃,于是就托人说情,但还是不行。就这样,我被挡在了台湾之外,第一次希望就这么破灭了,直到现在我都不知道当时未能成行的真正原因是什么。

虽然没能去成台湾,但我对竺先生还是倍加感激,我们的心更加贴近了。我也相信,总有一天我会实现自己的愿望。

以后与竺先生的交往似乎更加频繁了。两年一次的中国音韵学会会议,无论在大陆哪里召开,我们总是能够见到,每一次相处,我们都是那么和谐,那么融洽,竺先生的长者风范,让我仿佛觉得海峡两岸已经相拥得紧紧的,难以再分开。1998 年 8 月,我协助宁继福先生主办中国音韵学会第 9 次学术研讨会。在游览长白山的路上,竺先生问我的祖籍在哪里。我说,听我祖父讲,我们老家在"小云南","小云南"就是今天的大理,有可能我们的祖先是白族。我们祖先在清初经过安徽到达了山东的海阳,然后,又渡海到了辽东半岛，在今天的宽甸县八河川乡蜂蜜沟村落脚定居。我父亲名讳李守田，大学毕业后被分配到吉林省东部长白山地区敦化县第一中学当语文教员，后为延边教育学院教授、副院长。所以，我生在敦化，长在敦化，一共17年，那就是真正的敦化人了。但我至今还不明白，为什么祖先要万里迢迢迁移到东北呢？竺先生以他对明清云南历史的了解，推定说，我的祖先肯定是白族，而且，大概是大理王的后代。迁移到东北，一定与当时的清政府实施的政策有关。这件事给我印象很深，我宁愿相信竺家宁先生的考订是真实可信的，至少到现在我还没有更有力的证据来质疑他的说法。

2000年5月，在陈新雄、李添富等先生的精心安排下，冲破重重阻碍，转道香港，我与杨亦鸣、虞万里、叶宝奎、孙雍长、施向东六位大陆学者有幸赴台参加台湾声韵学会第十八次学术研讨会，会议由辅仁大学中文系承办。我们一行六人由于众所周知的原因，在会议召开的第二天才赶到辅仁大学野声楼谷欣厅会场。来不及与熟悉的同行专家打招呼，就进入了会议议程。我是当天上午第二个作大会发言的，题目是《南宋孙奕俗读"平分阴阳"存在的基础》（刊于《声韵论丛》第10辑），主持人是何大安教授，评议人是林平和教授。我的论文观点又和竺先生的结论有出入。当我作大会报告的时候，我隐约感觉到台下坐着竺先生。我发言结束之后，主持人说，还有十分钟的讨论时间。我真的生怕出丑，不知道竺先生会不会提一个很难的问题……我第一次在大会发言席上面对着这么多的台湾音韵学者，实在有点紧张。还好，我看到竺先生微笑着，像是在勉励我。林平和教授说的大多是肯定的话，也没有使我陷入窘境。讨论间隙，有十分钟休息时间，竺先生向我走来，第一句话就是祝贺，让我感到十分温暖，那由衷的话语至今还回响在耳边。

2001年以后，我忙于行政事务，再加上到日本关西学院大学做合作研究一年，几乎没有与竺先生再见过面。不过，我始终相信这句话：路的距离不等于心的距离，不见面不等于不惦记，不联系不等于不关怀。今年5月，我的论文自选集《音韵文献与音韵学史》出版，很自然要寄给远在海峡彼岸的竺先生。在编辑《音韵文献与音韵学史》第二编"宋元时音与吉安方音"时，我想得最多的是与竺先生的学术交往，以及竺先生对我的指导与帮助的往事。13年的往昔岁月，见证着我们的忘年情谊。海峡两岸音韵同人毕竟携手走过来了，同宗同祖，同根同一血脉，相互促进，难道这样的历史会间断吗？我始终相信是不会发生的。

今年的春天，一个乍暖还寒的日子，我与长春大学的一位教授闲来散步，走到了 1998 年举办汉语音韵学会议的吉林省社会科学院报告厅。环顾报告厅四周，我很自然想起了与会的学者们，当然也想起了竺先生。那时，竺先生的额头上已经飘着些许白发，熠熠闪光，气度不凡。我在想，时光过去了 7 年，现在他的白发又增加了多少呢？我真想让人给他数一数！

六十一个甲子，转眼间，竺先生已经 60 岁了。从前，60 岁是大寿，一定举家隆重相庆。为人师表的教授们，弟子更是齐集一堂恭贺，多么令人神往啊！我没有条件亲赴台湾去祝贺著名语言学家竺先生大寿，却可以以自己的方式在心中默默祈祷，衷心祝愿竺先生：寿比南山，福如东海；领军风骚，杏坛俊杰；桃李争辉，语学齐家。是为纪念！

2005 年 5 月 20 日

# 鹭岛人的延大中文情愫

有人说,厦门大学坐落于大海环抱的鹭岛最南端,是南中国最美丽的大学。有纵横险峻的万石山,有波光潋滟的芙蓉湖、情人谷,有曲折蜿蜒的海岸木栈道、洁净浪漫的海边沙滩,还有一簇簇火红火红的凤凰花、争奇竞艳的三角梅,与绿叶相映成趣,红砖绿瓦的嘉庚式建筑掩映其中。山水相依,山海环抱,构成了闽南特有的东西结合的校园风格。

大师的遗迹随处可寻,陈衍、鲁迅、林语堂、顾颉刚、罗常培、戴密微、卢嘉锡、陈景润、余光中……仿佛与你近在咫尺。深厚的学术传统和文化底蕴让人肃然起敬。尽管如此,我还是有些不满足。

前几天,延边大学中文系孙德彪主任来电话,希望我回母校参加系庆60年庆典,很自然,我对延边大学的种种记忆立刻浮现在眼前。我忽然明白,今生今世,可能磨灭的记忆有许多许多,但延边大学中文系的记忆是难以磨灭的。因为,那是我的学术生命之始,我的人脉"圈"意识总会纽结在延边大学。无论走到天涯海角,延边大学的记忆和延边大学的印记总是伴随着我,属于我生命历程中最重要的一个组成部分。

1978年3月11日,满怀着青春的梦想,17周岁的我和35名延边大学中文系的同学来到延大校园报到。在总校校园食堂吃了一顿小米和大米掺和的"二米饭"之后,就乘车去了延边大学汪清仲坪分校。一同去的还有政治、汉语、数学等专业的140多名同届同学。

仲坪分校位于仲坪公社以北七八里路的地方。背靠着一座小山丘,一块平整的开阔地上,坐落着三四栋红色砖瓦平房。平房的正南有一条弯弯曲曲、清亮亮的小河流绕过,河的名字叫嘎牙河。沿着分校山丘旁有一条宽阔的大路,一直伸向远方,尤其是傍晚看到它,伴随着夕阳西下,落日余晖,似乎总能引起我们的无限遐想。

我记得开学典礼是在食堂召开的,在开学典礼上讲话的有专程从延吉总校赶来的副校长张德江、教务长许华应等老师,参加开学典礼的还有雷友梧、刘明章、贾瑞、张景忠等各系老师和同学。

恢复高考后的延边大学第一届300多名大学生的学习生活是丰富多彩的,来自农村、工厂、部队、机关、学校的同学们,经历各异,年龄最大和最小的相差十几岁,但大家在各种活动中各不相让,竞相展示自己的才能。贾瑞老师是我们的班主任,可以说,他管理学生很有方法。

在学习上,我们非常刻苦,用当时流行的话说,都有"把'四人帮'给耽误的时间夺回来的"气势。有的老师被平反,或者结束"下放"生活,刚刚回到学校,也是从头开始学习,因此,与同学来往非常密切,相处非常融洽。现代汉语课上雷友梧老师的渊博严谨,语音学课上刘明章老师的幽默活泼,陈毅诗词课上张景忠老师的辞藻华丽,写作课上许华应老师的严肃健谈,都给我们留下了非常深刻的印象。

半年以后,我们带着对仲坪分校生活的依依不舍回到了延大总校。我和其他七位男同学——高林波、徐国玉、陈家桢、王晓峰、刘碧、徐宝成、纪少华被安排在老宿舍楼312号寝室;另外八位男同学宋效全、王德礼、张福贵、陶诚芳、汪明华、金一、成龙哲、李多俊、刘景坤被安排在308号寝室;范庆华、于连喜等几位男同学则被安插在其他寝室。1947年1月出生的李玉林是两个孩子的爸爸,走读。女同学则全部住在4号楼。食堂只有一所,我记得因为食堂伙食不好,中文系学生还发起过全校性的"罢食"活动,要求学校改善伙食,最终,学校伙食从1978年冬季开始由"死伙"变为"活伙"。

在我的印象中,给我们上现当代文学课的是"文革"前东北师范大学毕业的陈琼芝老师、于寒老师、李多文老师、刘菊香老师、郑淑慧老师。陈琼芝老师研究鲁迅、巴金、茅盾非常有名,曾在20世纪70年代因为参加注释《鲁迅全集》中的《二心集》,和新留校的章新民老师一起,几乎遍访过现当代文学的知名大家,比如巴金、茅盾、曹禺等,视野极其开阔,很让我们羡慕。于寒老师是建系元老,以研究现当代文学思潮而著名,后来又是大陆最早系统研究港台文学的学者之一。李多文老师当时在《文学评论》上发表过两篇研究巴金小说的论文,轰动一时。郑淑慧老师研究钱锺书,连续在《文艺研究》上发表了三篇论文,颇有影响力。外国文学老师有留学苏联莫斯科大学的副博士郑判龙教授,一代名师,主要讲授东方文学,尤其是朝鲜和日本文学。欧美文学课是于力老师讲的,俄苏文学是殷继海老师讲的,当时他俩只有

30 岁左右,朝气蓬勃。比较文学课是杨乃臣老师讲的,他也毕业于东北师范大学。古典文学课,先是由新中国成立前四川大学毕业的陈化新老先生讲先秦部分,中间两汉魏晋南北朝部分是南京大学毕业的王克韶老师讲的,唐宋部分是"文革"前东北师范大学毕业的窦英才老师讲的,元明清部分是东北师范大学毕业的王文彬老师讲的。文艺理论课是由 20 世纪 50 年代吉林大学毕业的戴恩允老师讲的,中国气派理论意识很浓,他还和任范松老师共同发起十四院校《文艺理论基础》的编写工作,这是打倒"四人帮"以后第一部全国性的文艺理论课教科书。还有我们毕业时的班主任傅玉珠老师,东北师范大学毕业,讲文学概论课。任范松老师"文革"前从东北师范大学毕业后留校,是有名的美学家,当时有《论金银美》等论文在《文艺研究》《复旦学报》上发表,轰动一时。写作课是孙裕文老师讲的,他是《延边大学学报》副主编,思维超前,授课灵动性很强。吴景和老师,东北师范大学毕业,抽象理论思维能力很强,论文频见于著名刊物,在古代文论课上,《文心雕龙》是他讲述的重点。古代汉语课是新留校的金中岐老师讲的,以四大本工力《古代汉语》为教材,特点是字字落实,科学准确,条理非常清晰。音韵文字训诂课是 20 世纪 50 年代河南大学毕业的王复光老师讲的,大家觉得这课很难,但认为很重要。雷友梧老师,20 世纪 50 年代北京师范大学毕业的,讲语法专题,非常系统。吴葆棠老师师从北大中文系名教授岑麒祥,给中文 78 级学生讲语流语法,我也旁听过。张德明老师,东北师范大学毕业,修辞学在国内自成一家,让我们知道了不少的修辞格。刘明章、王忠良老师讲语音课,以罗常培《普通语音学》为教材,在当时很大胆。公共课中印象比较深的是由李基纯老师讲的日语课,盛玉田老师讲的党史课,张德江老师讲的政治经济学课。张德江老师刚从朝鲜金日成综合大学留学回来,意气风发,常常带着卡片授课。

　　就当时的延大中文系教师学术阵容和实力来说,并不亚于国内许多重点大学的中文系。应该说,我们是很幸运的,接受了许多名师的谆谆教诲,为我们一些同学后来走上学术道路奠定了坚实的基础。

　　毕业以后,我当了两年延吉市技工学校语文教师,还在延吉市政协文史办当干事一年。总是为没有能够按中文系计划直接留校而苦恼,回到延大中文系当教师的愿望始终没有放弃。一个偶然的机会,我在延吉的大街上遇到了我的古汉语老师金中岐先生,他希望我回到延大中文系当古汉语老师。由他极力举荐,系领导很快表示同意,经过考核,很幸运,我于1984年底又回到了延大中文系(当时称为语文系,朝语、汉语、朝文、中文几个专业合在一起)。

我们语文系古汉语教研室主任是金海守老师、副主任是金中岐老师。其他还有温良、王复光、朱松植、朴太衡、李振玺、崔太吉等老师,涉及音韵、文字、训诂、语法、朝汉对比,学科配置齐全,学术阵容强大,特点突出。现代汉语和语言理论的老师人数就更多了,以朝汉语言对比见长,蜚声海内外。

我因为在教研室中年龄最小,所以,就被安排给84级中文专业本科生和文秘班、委托班专科学生讲授古代汉语课,还兼任84级中文专业本科生班主任。那时,年轻教师生活条件极其艰苦,我带着不到半岁的孩子住进阴冷潮湿的"贫民窟"(学校食堂二楼)北面面积不足13平方米的小屋。前几年我回到延大,特意去看看"贫民窟",可是,它已经不见踪影,早就被拆掉了,见此情景,心中有些怅然,那可是我们当年的生活记忆啊!从"贫民窟"走出了多少蜚声海内外的延大学子,上演了多少动人的故事,又有谁数过呢?

1986年10月,学校根据学科发展布局要求,把语文系一分为三,即中文系、朝文系、汉语系。语文系副主任于寒老师被任命为中文系主任。

我们现代汉语、古代汉语、语言学概论老师合并在一个教研室,称为汉语教研室。成员有林牡华、范庆华、高林波,以及刚刚留校的刘卓和我,人数不多,但很精干。不久,王克平老师从延边电台调过来,1988年,董淑华老师从东北师范大学中文系毕业后也加盟汉语教研室。我们这些青年人自我奋斗,承担了全系所有语言类课程的教学和科研任务。我当时参加了吉林省八院校的《古代汉语》教材编写工作,虽然是所有编写人员中年龄最小的一个,只有26岁,但很好地完成了所承担的文选和训诂部分的任务,受到了主编程希岚教授的几番表扬。

担任两年多的古汉语教学工作之后,我明显感觉到了古汉语等方面的知识储备不足。于是,我向系里提出去北京大学中文系旁听语言学课。当时的系主任于寒老师、副主任任范松老师对我们的申请积极支持。于是,我和王文宏老师(大学同班同学,教文艺理论)在1987年8月到北京大学报到。报到后才知道,北大有一个不成文的规定,旁听生不能进图书馆,当然相应的其他待遇也就没有了。我和王文宏老师一看这种情况对我们的深造十分不利,就马上给主管教师进修的系副主任任范松老师写信求助。任范松老师和于寒老师以高度负责的精神,立刻向学校有关部门汇报,给我们每个人汇寄了 1 200 元的进修经费,我们如愿以偿地获得了进修生资格。我幸运地被分在了中文系著名音韵学家唐作藩教授门下。一年的时间很短,我可以说是只争朝夕,听了 18 门课,弥补了许多知识上的缺憾,还写了几篇论文,并收集到了许多十分难得的资料。

如果说,延大中文系给了我一个学术平台,使我有机会去履行大学中文系古汉语教师职责的话,那么,到北大中文系进修,则是延大中文系为我打开的另一扇通向外部世界的知识门窗,我从此真正步入了学术研究的道路。学术起步从延大开始,而学术跨越也是从延大开始的,延大中文系给我提供了最为难得的学术机遇。

回到延大后,我立刻给中文 86 级本科生开设音韵学基础课,并担任他们的班主任,然后又给中文 85 级本科生开设汉语语法史课,给 87 级本科生开设音韵学、汉语语法史、唐诗语言研究三门必修课。与学生一起学习,一起成长,使我获得了无穷的快乐。

1991 年 10 月,我离开了延大中文系,调到了吉林大学古籍研究所工作,在那里又继续研究古文献,升职和深造。2005 年,又应聘到了厦门大学中文系,继续教书育人。

20 年来,无论我走到哪里,从来也没有忘记自己是从延大中文系起步的。随着光阴的流逝,我也已经步入知天命之年,开始回想自己所走过的人生之路,对延大中文的情愫愈久弥深。延边是我的故乡,延大中文系是我的母系。我没有能力回报它们的滋养之恩,却对它们永远怀有一颗恭敬的感恩之心。在我的情怀里,延大的一草一木、一砖一瓦,还有那里的人,比如老师和学生,都是最为亲切的,最让人想念的。

延大中文的老故事数也数不清,需要一代代的人口口相传地讲述下去。它对延大中文人是最有意义的,它构成了鲜活的历史和文化传承系统,我认为,现在是该追寻和整理它的时候了。延大中文有自己的名师,有自己的辉煌,最为重要的是,已逝的、在世的老师们和系友们,经过几代人的奋斗,铸

就了延大中文学人最为高尚的精神风貌和高贵的学术灵魂。

延大中文系的未来将会更加辉煌,学术血脉肯定绵延久长,对此,我是深信不疑的。

2010 年 10 月 3 日于厦门大学南光 1 号楼 306 室

# 速写唯美之师任范松教授

2010年10月16日上午9时整,延边大学中文系建系60周年庆祝大会在延边大学礼堂隆重开幕。我不顾由厦门到长春,由长春奔延吉的旅途疲劳,按时赶到会场。不用说,一见到许多老师、同学、学生,就非常兴奋,真正感受到了浓浓的师生情、亲情和友情。不过,心里还是觉得缺少了一些内容,忽然想起临走时定下的一个计划,就是一定要和恩师任范松教授聊聊。但环顾四周,人群中却不见恩师的踪影,心里暗暗着急起来。

正在这时,中文系邹志远教授悄悄走近我,说任师心脏病突发被送到医院手术,现在危险期已经过去,执意要见见我和吴绍九教授。惊悸之余,不容分说,我和吴绍九、邹志远两位教授马上离开了会场,直奔延大校医院二楼病房。

我面前的恩师,手术后的病意和疲倦都写在了脸上。他坚持要坐起来和我们说话,谈到动情处,我们不禁都潸然泪下。我忽然有一种岁月无情的凄凉之感,很自然,眼前马上闪现出了我向恩师问学的往昔岁月。

我是1978年3月考入延边大学中文系的,即人们所说的"77级学生"。大学一年级就知道,我们系有一位和戴恩允老师一同发起编写1976年后国内第一部文艺理论教科书《文艺理论基础》的中年朝鲜族美学家任范松教授。但因为任范松老师去复旦大学跟从蒋孔阳教授进修一年,我们一直没有机会识见任范松老师的风采。美学课安排在第三学年上半年,终于在1980年秋季在课堂上见识到了任师的学术风采。听任师课,我们最大的感受是信息量大,视野非常开阔,古今中外美学重大问题,无不论及。还有就是,他依据自己的研究所得,构建了民族美学的理论体系,思想异常活跃,但又非常严谨而扎实。就当时来说,我们国家处于"百废待兴"之际,能够具有如此远见卓识,确属不易。

私下里,同学们最乐意传播的有关他的学术信息就是,他在《复旦学报》1980年第5期上发表的《论金银的"自然美"》论文,敢于和著名美学家蔡仪先生论战,自成一家之言。我们都很佩服他,为任师具有如此学术胆识而感到骄傲和自豪。

大学本科毕业后,我没有直接留校任教。1984年,由读本科时的古汉语老师金中歧先生举荐,我调回母校语文系任古汉语老师。1986年3月,学校调整学科布局,语文系一分为三,即中文系、朝文系、汉语系。于寒教授任中文系主任,任师任副系主任。由此,我就有了更多机会向任师近距离问学。

20世纪80年代中后期,国门洞开,许多学者开始走出国门感受外部世界,任师是我们延边大学比较早去日本访学的学者。在日本,他一方面四处收集学术资料,另一方面,与日本学者广泛接触,力图了解日本大学方方面面的情况,比如先进的科研、教学和管理理念。他还将延大中文系的情况加以推介,让日本同行了解延大中文系。回国后,他专门在全系教师大会上加以介绍。我们通过任师的介绍,不仅对日本相关科研、教学和管理情况有了一定的了解,而且,还结合实际,对科研、教学和管理所遇到的问题有所思考。任师当年鼓励我们年轻人的话至今仍回响在耳边,就是,要我们走出国门去见世面,在国内外的学术视野中定位自己,发展自己。如此,这次任师对日本之行的感悟,不但使我们跟着开阔了眼界,而且还对未来事业规划有了一个明晰的思路。

我的感觉是,任师从那个时候开始,把主要精力投在培养青年教师上,而且围绕着人才"聚集和培养"效应问题,进行了十分周密的思考。

延边大学是以朝鲜族为主体的民族性综合大学,大多数系级单位中朝鲜族教师居多,而中文系是少数几个以汉族为主体的系级单位,汉族教师居多,任师反而成了有数的几个少数民族学者之一。20世纪五六十年代,有一大批内地重点大学的学者和毕业生响应党的号召支援边疆建设,陆续来到延边大学,大大地充实了教师队伍。后来他们当中的许多人成长为知名学者,对延边大学的科研和教学工作发展起到了十分重要的推动作用。但到80年代中后期,这部分内地学者又开始"返乡",或者是到北京、上海、广州等大城市的大学工作。"孔雀东南飞"的结果是,延边大学师资匮乏的问题日益突出,中文系的情况更加严重,十年间,居然调走了50多位骨干教师,引发了中文教师"荒",断层问题十分严重,即便是用"加速度"将本校毕业生留下来,也赶不上"人才流失"过快的速度。

任师是分管学科建设的中文系副主任,他心中并无"朝汉之别"的观念,思考问题超越了民族狭隘的界限。他一方面选择坚守"阵地",发表了大量的美学和文论著作,比如《文学理论基础》(1981)、《文学概论》(1981)、《人与美》(1985)、《美学概论》(1986)、《中小学美育》(1987)、《美学》(1988)、《朝鲜族文学研究》(1989)、《中国朝鲜民族艺术论》(1990)、《民族文艺论》(1991)等;另一方面,面对中文系人才短缺的局面十分着急。他认为,汉族教师对延边大学的发展所做出的历史性贡献是不可磨灭的,学校领导要在重视朝鲜族教师队伍建设的同时,有计划地进行汉族教师队伍建设,刻不容缓。为此,他亲自到学校有关部门跑政策,并与相关学校和单位,以及导师个人联系,希望借助他们的学科优势,为中文系培养人才。中文系没有博硕士点,就只好"借鸡下蛋",于是,一批年轻人,有了在职攻读学位或进修学习的机会,解决中青年教师断层问题有了一个初步的思路。

我也正是任师"借鸡下蛋"策略的直接受益者。1987 年 8 月,我和王文宏老师踏上了去北京大学中文系"旁听"的路途,后来住在北京大学西门娄斗桥 16 号延大为进修教师租住的房子。到了北大中文系报到后才知道,"旁听"北京大学中文系课程限制颇多,比如不能进入图书馆借阅图书,等等。我和王文宏老师非常着急,马上写信给任师,反映这个困难,希望"升格"为进修教师,但需要交上 1 200 元进修费才行。就当时来说,学校财政比较困难,另外,也很少有这个先例。对此,我和王文宏老师心里很清楚,做好了继续"旁听"的准备。不承想,我们很快接到了任师回信,任师在信中写的都是鼓励的话语,洋溢着前辈学者的热切期望,同时,我们还收到了学校的进修汇款 1 200 元。当然,我们也就由"旁听教师"变成了"进修教师"身份,我则幸运地成为北大中文系知名教授唐作藩先生的学生。

唐作藩先生对我的学习要求非常严格,建议我每周都到他家里汇报学习情况。我也很努力,一年之中,争分夺秒,居然听了语言和文学等学科的博士、硕士,甚至本科的一些专题课,总共 18 门,并阅读了大量的经典性语言、文学专著,弥补当年知识链条上的缺憾。当时仰慕已久的著名学者,比如唐作藩、蒋绍愚、何九盈、许嘉璐(外聘)、徐通锵、王福堂、陆俭明、谢冕、金申雄(开诚)、郭锡良、叶蜚声等,可以经常见到,并随时求教。我还有意收集资料写汉语音韵学和中国古典文学研究论文,并投稿发表。延边大学中文系这次送我出去学习,带给我的收益是巨大的,不但进一步夯实了学业基础,开阔了学术视野,而且在学术方向定位上更加明确,把汉语音韵学作为研究的突破口,建立属于自己的学术研究空间。

从北大进修结束回到延大,我把自己的想法向中文系主任于寒教授和任师汇报,得到了两位老师的首肯。两位老师希望我马上在延大中文系开设汉语史方面的高年级必修课。任师还特别强调,高年级必修课代表着我们中文系教师的学术水准,只能上好,不能讲砸了。

"汉语音韵学"是中文系诸课程系列中最为基础而且是难度最大的,被称为"绝学"。我又是新手,所以,丝毫不敢懈怠,备课十分认真。1988 年 9 月,我给中文 86 级学生讲这门课,虽然同学们觉得十分难学,但因为与其他课内容大不相同,并且,感到很新奇,教学效果比预想的要好。此后,我则信心更足,又给中文 85 级开设了"汉语语法史"课,给中文 87 级、中文 88 级开设了"汉语音韵学""汉语语法史""唐诗语言研究"等课,和学生一起学习,一同进步,真的是快乐无比!

与此同时,我在《汉语学习》《东疆学刊》《延边大学学报》《烟台大学学报》《吉林教育》等学术刊物上发表了十几篇有关汉语音韵学、汉语词汇学、汉语方言学、古典文学方面的论文,产生了一些影响。任师知道后乐在心里,喜上眉梢,在很多场合予以表扬。尤其是,在我评定讲师职称时,更是主持公道,积极宣传、推荐。看得出来,任师当时对我寄予了非常大的希望。

1990 年冬,吉林大学古籍研究所缺少一名搞汉语音韵学的教师,吉林大学古籍所所长、博士生导师林沄教授于我素不相识,经吉林大学古籍研究所陈维礼教授介绍,并在读了我的论文后,坚决提名我为候选人。但基本材料报到吉林大学学校领导层面讨论时,学校主管领导、党委副书记李文焕教授认为我只是延边大学本科毕业,没有研究生学历,基本条件不符合吉林大学的教师任职规定。当时古籍所教师学历构成确实基本上是博士,博士云集,这在当时人文学科领域的单位中真的是凤毛麟角。与我一起竞争的还有北京大学中文系的博士等人员。

我觉得这是一个发展自己学术的难得好机会,就把这个信息第一时间告诉给了任师。任师一方面认为,我走了很可惜,因为延边大学培养了我,更何况我们这边古汉语老师特别缺，很需要我；但另一方面，又觉得去吉林大学古籍研究所对我未来的学术发展十分有利，机会难得，应该抓住。

有了任师的理解，我就觉得更应该争一口气，就提着自己的一堆论著径直去长春找到李文焕教授，请求李文焕教授看过我的论著后再下结论。李文焕教授被我的真诚所感动，在读了我的论著后，认为我已经达到了博士毕业水平，完全能够胜任吉林大学古籍研究所的教学和研究工作，于是，同意我调入吉林大学古籍研究所。我被李文焕教授的正直、识人、认人，以及莫大的用人勇气所感动，我意识到自己又遇到生命中的"唯美"贵人了。

到了我真的要向系里提出申请调转的时候，系主任于寒教授和任师，以及我的老系书记，时任学校人事处处长的卢东文老师却表示"不放人"。我理解他们的心情，他们是舍不得我走。无奈，我只好软磨硬泡，吉林大学人事处又专门派一位教授来请求放行，最终还是达到了让他们"放人"的目的。

与任师的惜别是我当时最为痛苦的一件事儿。最让我难以忘记的是任师送别我时的眼神，是欣慰？是幽怨？是无奈？还是期待？我当时不能理解，更别说是解读了，很让我难以面对。

到了吉林大学古籍研究所工作后，和任师的往来书信或电话不断，我的每一点些微进步，都使他兴奋不已，比如我考上了博士研究生、博士毕业、2000 年 1 月获得教授职称，以及 2001 年 4 月当上了古籍研究所副所长、博士生导师等消息。他四处通报喜讯儿，逢人便讲，那意思很清楚，我培养的学生有出息了，对学生的一片"唯美"之情溢于言表。

任师对我的期待并没有停留在一般层次上，而是希望我在学术上更加"完美"，快步走上国际舞台。1998 年 12 月，任师参与创建的国际性的东方诗话学会成立，由于他在东方诗话学研究上的权威地位，比如发表了《朝鲜古典诗话研究》（1995 国家社科规划基金重点项目）等重要论著，所以被选为学会副会长。他极力推荐我参加 1999 年 5 月在韩国大田忠南大学举办的该学会第一次国际性会议。我没有迈出过国门，自然是兴奋不已。至今我还能记起乘坐韩亚航空公司飞机降落在韩国汉城（今首尔）金浦国际机场的情景和心境。

即便是在韩国大田会议之后，任师也不忘记为我创造条件和徐罗伐大学赵诚焕教授取得联系，到韩国著名的古都庆州游览。如此，我不但和赵诚焕教授建立了非常密切的友谊，还切身体会到了韩国古代文化和中国古代文化的关系，对我后来学术研究思路的转变起到了非常大的启发作用。

2001 年，我参加了在香港浸会大学举办的东方诗话学会第二次国际性学术会议。任师一如既往，拉着我在会场里转，和国内外许多著名学者，比如和邝健行教授认识，并向他们推荐我。我们"延边大学帮"一行七人，尽是任师的学生，都因为有任师在学术上撑腰和掌舵，显得底气十足，所发表的论文质量也都得到了保证，并且，获得了与会学者的高度评价。

2009 年，延边大学中文系举办东方诗话学会第六次国际性学术会议，任师是主要筹办人之一。任师办会非常辛苦，和许多老师一起四处筹钱，非常有效。借延边大学校庆 60 周年之机，重新振兴延边大学中文系。新上任的系主任孙德彪博士也是任师的学生，办事条理清楚，能力很强。看得出来，任师用心良苦，极力向与会学者展示延边大学的诗话研究实力，让他的学生集体亮相，或者当大会的发言人，或者当小组的主持人，或者推荐为学会理事。我来自厦门大学，是他的学生；王文宏教授来自北京邮电大学，人文学院副院长，是他的学生；刘亚杰教授来自烟台大学，东北师范大学文学博士，是他的学生；孙德彪博士之外，还有获得全国百篇优秀博士学位论文的延边大学徐东日教授(北京大学中文系博士后)和延边大学汉语学院院长马金科教授(博士)、延边大学中文系温兆海教授(博士)、邹志远教授(博士)等。任师真的很让与会的学者羡慕，因为他几十年苦心经营的延边大学东方诗话学学术团队已经壮大起来了，以其雄厚的科研实力震撼学术界，人们不得不佩服他的远见卓识。

如果以任师"唯美"人格标准衡量的话，我隐隐约约地感到，我有一些地方没有达到任师的要求，现在想起来，有点儿愧对恩师。

其一，他希望我"学成"之后，应该对延边大学的精心培养有所回馈，比如回延边大学工作。任师不止一次地设想，李无未已经 50 岁了，从延边大学起步，又是延边人，如果回到延边大学工作，站到一个比较重要的学术岗位上会为延边大学学科建设做出重要的贡献。但我没有能力实现，他老人家多多少少会感到遗憾，这一点我心知肚明。他退休后做的第一件大事就是把一生积攒的几万册心爱图书捐献给了延边大学图书馆，设立"任范松文库"。仅此一举，"尚善如水"，造福后代学人，强烈地震撼了我们延边大学后辈人的心灵,其"唯美"人格实在让我们惊叹,而我们呢?有没有他这样的绝大气魄呢?

其二,他希望我成为博士生导师之后,应该对延边大学师资的培养有所作为。记得他在某年冬季,冒着纷飞的大雪来到长春,亲自为一位年轻教师考博士的事儿奔波,找到了我,希望我出力。可是,在我表示无能为力之后,他是那样的失望。现在想来,我对此事的答复过于草率,还是没有尽心尽力,汗颜至极!

《任范松传》即将出版,我们真的替任师高兴,他可以回顾自己的壮美人生之旅了。任师希望我写几句话。照理说,我没有资格对恩师"唯美"的人生旅程"说三道四"。对任师的学术贡献,也自有行家里手议评,而且,我相信,议评一定会是公正客观的。我所能做到的,就是对我向任师问学的 30 年经历作一个简要回顾,速写我的"唯美"之师。

我认为,理解任师,不仅仅要从其学术著作解读入手,体味他的"唯美"之学,更为重要的是,要从每一个接受他亲自教诲的学生的记忆中去探寻任师"唯美"之德行的点点滴滴,如此,才会完整地理解任师"唯美"的真谛。

任师大半生跋涉于美学王国,看到的都是美的世界,但并不是说,他与"非美"的事物绝缘。其实,任何假丑恶都难以逃脱他的法眼,他要做的就是"去伪存真""去芜取菁"的"唯美"工作,与"假丑恶"势不两立。

由此,我认为,不仅我要感谢任师对我的人生"唯美"之德之行,就是世界上所有的爱美之人都应该感谢我们任师的"唯美"之德之行。因为,我明白,正是由于我们生活中存在太多像任师这样的"唯美"之人,我们的人生才会变得如此之美好。

2010 年 10 月 20 日于厦门大学南光 1 号楼 306 室

# 日本平山久雄先生追念已逝中国语恩师们

  平山久雄先生是当今世界汉语研究界最具有影响力的真正"大师级"学者,今年已经 80 岁了。他的父亲松村谦三先生,是日本著名政治家,1945 年 8 月任日本东久迩宫内阁厚生大臣兼文部大臣,1955 年任日本第二届鸠山内阁文部大臣,是日本自由民主党前顾问,中日友好"兰花外交"的直接推动者。20 世纪 60 年代末,平山久雄先生曾跟随父亲来到中国,受到毛泽东、周恩来等中国要人的接见。曾任东京大学教授,退休后又被聘为早稻田大学教授。得知我即将回国的消息,平山先生执意要为我送行。他刻意选择了位于荻漥地铁站前的一家中国粤菜馆宴请,并让水谷先生作陪。

  平山先生是《中国语文》外请的编委之一。40 多年来,往返于中国和日本之间,为中日汉语学术交流做出了巨大贡献。中国许多知名的汉语学者到东京,一定要拜访他,也得到了他的诸多帮助。比如南京大学鲁国尧先生写有著名的《卢宗迈切韵图研究》一文,其原始材料,就是由平山先生陪同在日本国会图书馆发现的。唐作藩先生到东京大学讲学也是由平山先生主持的。

  我与平山先生相识也有 20 多年时间,多次在学术会议上见面,一直非常敬佩他的学术与为人。平山先生是少数几个能流利地用汉语交流,并经常用汉语写作的日本汉语学者之一。几年前,中国商务印书馆出版汉语学术名家论文集,国外学者只有几位,而平山先生名列其中。《平山久雄语言学论文集》出版后,他委托商务印书馆著名编辑何宛屏女士寄赠予我,着实让我这个后辈学人感动不已。2004 年我在东京早稻田大学参加日本中国语学会大会,平山先生特意抽时间与我倾心谈论学术问题。我从他的言谈中学到了许多东西,只可惜,我辈学者学识鄙陋,难以望其项背。

  与平山先生见面,我最想了解的是日本汉语学界的一些情况。我知道,平山先生师从于日本汉语学界最具有影响力,一生致力于中国语教育,并在

1946 年创建日本中国语学会的仓石武四郎先生,还问学于藤堂明保、河野六郎、赖惟勤等知名汉语语言学家。提起自己的恩师,平山先生异常高兴,仿佛又回到了 20 世纪 40 年代末 50 年代初在东京大学求学时的生活。

仓石武四郎(1897—1975)先生在 20 世纪 30—50 年代是东京大学和京都大学两所学校的教授,经常往返于东京和京都之间,非常辛苦。仓石武四郎先生是日本第一个倡导把汉语作为独立的外语学科研究的学者,创立"中国语学"。20 世纪 30—40 年代,日本军国主义者侵略中国,看重英语、德语、法语,而把汉语混入"汉学"中,等于说,贬低了汉语的地位。仓石武四郎先生不顾自身安危,四处奔波,力主提高汉语的地位,遭到了一些人的嫉恨。他主编有著名的《岩波中国语辞典》等,编译过黎锦熙《新著国语文法》。

仓石先生为何对中国语情有独钟?实际上,与他的家世有关。仓石先生家学渊源深厚,他的父亲仓石昌吉是明治维新时期著名思想家、教育家福泽谕吉的学生,汉学功底深厚。当然,更与仓石先生在 20 世纪 20 年代两次在北京大学、北京师范大学留学有直接的关系。据仓石武四郎先生回忆,他聆听过吴承仕、孙人和、范文澜、赵万里、伦明等学者的课,还在杨锺羲、俞平伯的家中跟从他们学习经史辞章和翻译之学。在上海、南京拜访过章太炎、黄侃,也与陈寅恪有过交往。不过,就他的语言学功底来看,之所以深厚,与他问学的老师也有关系,比如,他的汉语音韵学是跟钱玄同先生学的,在北京大学等学校也受到了许多语言学大师们的熏陶,由此而对汉语语言学感兴趣。平山先生讲,仓石先生告诉他,他也听过鲁迅先生的讲演,但印象中鲁迅先生绍兴口音很重,对外国学生来说,不大容易听明白。

藤堂明保先生(1914—1985),文学博士,当过东京大学、早稻田大学教授、日中学院院长、日中文化交流协会常任理事、"NHK 中国语讲座"讲师、中国语学研究会理事,是日本著名的汉学家、汉语教育家、中国语学、文学研究家,在汉语音韵学、语源学和文字学等方面成就卓著,在战后日本汉语教育史上具有相当高的学术地位。代表作有《中国语音韵论》(1957)、《汉字语源辞典》(1965)、《汉字とその文化圏》(《汉字及其文化圈》,1971)等。

具有很深意味的是,藤堂明保先生在中国生活了很长时间。1921 年,因藤堂明保先生的父亲在"满铁"所属的学校当老师,他就跟从父母到了中国东北,在那里生活了11年。1932年,藤堂明保先生从旅顺中学毕业,考上了东京大学汉学科,东京大学当时叫东京帝国大学。1938年大学毕业后,他就通过日本文部省考试,来到北京留学。王力先生的《中国音韵学》对他影响最大。后来,他在中国服兵役,强烈表示过反对战争,引起上司不满。1966年,他作为日本战后第一个汉语工作者代表团团长率团访华,受到了当时国家领导人的接见。据平山先生介绍,藤堂明保先生很有独立意识,坚持宣传中国文化,反对日本一些教科书歪曲日本侵略中国历史的做法,给他的学生们留下了非常深刻的印象,学生们都很敬佩他。

河野六郎(1912—1998),日本著名语言学家,朝鲜语、汉语专家。是日本学士院会员、日本1993年文化功劳奖获得者。1937年,他从东京帝国大学语言学专业毕业。1940年任京城帝国大学(今韩国首尔大学前身)小仓进平教授的助手,战后曾任东京教育大学教授。《朝鲜汉字音研究》是河野六郎先生的学位论文。平山先生讲,1945年,河野先生回日本之前,委托一位朝鲜学者保存《朝鲜汉字音研究》手稿,但后来与这位学者失去了联系。幸运的是,1970年前后,一位韩国学者在首尔的书摊上发现了《朝鲜汉字音研究》手稿。他到日本后亲自将手稿交给了河野先生,由此,在世界朝鲜语语音研究史上具有重要地位的《朝鲜汉字音研究》一书才得以问世。河野先生给学生们的印象是非常严肃。在学术上,无论是对他人还是对自己,河野先生要求近乎苛刻,所以,一些学生对他是敬而远之。

与以上几位学者相比,赖惟勤先生属于晚生,他1920年前后出生,东京大学毕业,师从仓石武四郎先生。其先人赖山阳(1780—1832)先生,是江户末期有名的历史学家、汉文学家,被称为日本明治维新的精神领袖人物,著有《日本政记》《日本外史》等著作。赖氏家族非常显赫,且多人具有深厚的汉学功底,家世汉学传承关系源远流长。赖惟勤先生是日本最优秀的汉语音韵学家,在上古音喉音韵尾、中古音声调调值问题研究上取得了世界上公认的成就。仓石武四郎先生最器重赖惟勤先生,把爱女许配给他,成为日本中国语学界的佳话之一。我曾经在《吉林大学学报》(2005)上专门介绍过他利用佛教"声明""节博士"材料研究汉语中古音调值的成果,引起了国内外许多音韵学者们的注意,多家刊物予以转载。平山先生讲,赖惟勤先生气质高贵，善于培养学生。

除了他自己的老师，就我所感兴趣的一些中国语学者，比如六角恒广、上田正等先生的情况，平山先生也有所介绍。六角恒广先生是早稻田大学商学部的教授，是平山先生的前辈学者，二人交往较多。平山先生介绍说，六角恒广先生大气、爽快，男子汉气十足。我在 2003 年与六角恒广先生有过交往，并受其帮助与指点，才与日本明治中国语教科书语言研究结下了不解之缘。

平山先生讲，上田正先生没有进过名牌大学，当了大半辈子的中等学校教师，但却在《切韵》研究上取得了举世公认的成就。平山先生说，他非常刻苦，考据严谨。但让人感到遗憾的是，他去世后，他的丰富藏书，其中有许多是珍本善本，包括"王三"影印本（进入日本学术界仅三本）都散落在民间了，其后人没有把这些书捐献给大学图书馆，更没有设立"上田文库"，非常可惜。

平山先生也谈到现代日本师生关系之"松散"与现代中国师生关系之"亲密"的差别，我没有细问造成现代日本师生关系之"松散"变化的原因，但我也告诉平山先生，现代中国师生关系也在朝着"松散"方向发展，"一日为师，终身为父"的模式也在解体，这种潮流不可抗拒。

平山先生兴致极高，与我一同来到了附近的一家古旧书店。这家书店店面虽然不大，但图书品种很多，品位很高。我们各自购买了感兴趣的书。平山先生感慨地说，现在东京这类旧书店越来越少，因为古旧书市场越来越萧条，年轻一代更为青睐新的阅读方式。

经水谷先生提议，我们到了位于善福寺旁的日本著名私立基督教大学即东京女子大学校园游览。东京女子大学于 1918 年建立，1948 年开设大学教育。到了东京女子大学才知道，这个学校校规很严，一般情况下，是不许男性进入校园的。我们虽然说明了来意，但由于没有校内人介绍，门卫还是不答应我们的要求。后来，我们来到正门，说明我们的身份，门卫才答应我们在有限的范围内游览。我们遵照他们的要求，只在被称为"国家有形文化财产"的图书馆等具有代表性的建筑范围内参观。东京女子大学校园果然与众不同，西洋式建筑，颜色呈白色，夹杂紫色，非常淡雅、高贵，具有一种强烈的视觉冲击力，让我们不禁大为感叹。平山先生面露自豪，说道，东京女子大学考试极其严格,竞争十分激烈,但他的女儿却很轻松地考入,非常幸运。看得出来,只要一提起女儿,平山先生就感到非常幸福,父爱之情溢于言表。

中国语恩师,还有他的女儿,在他生活中的位置如此重要,完全在我的料想之内。我今天又一次洞悉了平山先生的内心世界。

2011 年 5 月 4 日

# 厦大中文九十年学术血脉

时序进入 21 世纪后的第 12 个年头,即厦大中文系创立 90 年之际,回顾从厦大中文系创立 80 年到 90 年这十年的发展历程,仍然让我们倍感欣慰,因为这十年是厦大中文学科建设跃上新台阶的关键性十年。集厦大中文人的集体智慧,经过艰苦努力,中文学科建设取得了历史性的突破,比如建立了厦大中文博士后流动站,建立两个一级博士点学科等,又为厦大中文学科发展历史写下极其浓重的一笔,值得我们大书特书。

这十年,厦大中文学术研究的发展的确不平凡,虽然历经风风雨雨,但全系教师仍然不断开拓进取,取得了令世人瞩目的成就,由此人们感叹厦大中文系人才辈出,学术研究积淀深厚,精神境界十分高尚,真的是血脉相承,绵延不绝。

2001—2011 年,这十年所取得的文学艺术研究成就十分显著,杨春时教授发起了"超越实践美学"全国性争论,成为"后实践美学"代表人物,还致力于"文学现代性"与文学主体间性问题研究,并在 2003 年牵头申报文艺理论博士点获得成功。林兴宅教授继续倡导"文艺象征论";贺昌盛教授的国学思潮研究初具规模;黄鸣奋教授开创了电脑艺术学学科、超文本诗学。易中天教授的艺术人类学、易存国教授的中国古代美学、俞兆平教授从"现代性"的角度来研究中国现代文论与思潮等,都产生了很大的影响。周宁教授致力于比较戏剧学研究、西方中国形象研究、"汉学与汉学主义"研究,成为国内这些领域的代表性人物之一;陈世雄教授致力于欧美戏剧思潮的研究,王诺教授致力于生态视角的欧美文学研究等,在外国文学研究领域,均有开创性意义。朱水涌教授准确把握现当代文学关系的生成问题。林丹娅教授,以文学语言叙述和女性文学研究而闻名。王宇教授以性别表述现代认同而著称。高波、王烨教授的"革命文学"研究异军突起。朱双一、李晓红、郑楚、张羽等教授形成我国台湾及东南亚各国华文文学研究的群体规模。吴在庆、王玫、胡旭教授在隋唐五代文学、汉魏六朝文学研究中声名斐然。

郑尚宪教授闽南戏曲文献整理成绩显著。

语言学研究也是不断开拓创新。李如龙教授带领学术团队凝聚力量，在闽、客、赣方言语法比较和东南方言特征词研究方面成果迭出。周长楫、林宝卿教授闽南方言研究独树一帜；叶宝奎教授近代汉语官话语音研究、李国正教授汉语训诂词汇学等交叉学科研究、林寒生教授汉语闽东方言及训诂研究、刘镇发教授客方言及粤语和汉语历史语音研究等很有影响力。曾良教授在佛教与敦煌文献、训诂学、汉语俗字学等领域成果卓著。李无未教授在宋元江西吉安方音、日本汉语音韵学学史、日本北京官话教科书语音等方面的研究居于领先水平。苏新春、郑泽芝教授带领"教育部教育教材分中心"学术团队进行学科交叉研究，衍生新的学术研究方向，在词汇计量学、词汇规范、教材语言研究等方面形成较大规模，成就显著。

经过 90 年的建设，中文系已经形成强大的学术研究阵容，在国内外影响重大，完全具备了博士生培养"国家队"的条件和资格，并有成为国内外一流的中文学术研究中心、教学中心、信息中心的可能，还具备了衍生新的学术增长点的条件，从而带动相关学科的发展和进步。

我们在感叹厦大中文系这十年所取得的辉煌成就的同时，切不可忘记厦大中文系前辈学者们过去 80 年的辛勤开拓、积极进取，为凝成优秀学术研究传统和学术研究群体而进行的艰苦努力工作。是他们为我们今天的发展奠定了雄厚的学术研究基础，对此，我们由衷地对前辈学者表示深深的敬意。

应该说，厦大中文系前 80 年的发展，可谓道路曲折，但学术研究业绩辉煌。我们认为，有必要对厦大中文系前 80 年的学术研究历史进行回顾，如此，才能把厦大中文系 90 年来的学术研究发展脉络连接起来，并清楚地展现出来。

厦门大学创办于 1921 年 4 月 6 日。创办伊始，厦大校长林文庆就格外重视汉语言文学专业。1924 年，聘任陈衍为国文系主任，不久周辨明、毛常等到中文学科任教，这是草创时期的中文系。1926 年，陈嘉庚先生成立了国学研究院，同时，不惜重金礼聘国内第一流教授，鲁迅、林语堂、沈兼士、顾颉刚、张星烺、罗常培、孙伏园等相继任教。厦大国文系一时群星闪耀，学术成果绝对占据一流，这是发展时期的中文系学术研究，也是最为辉煌的学术研究时期,可惜,为时尚短。1927年后,杨树达、李笠、黎锦熙、余謇、缪篆等国学硕儒相继到校任教。一方面他们对学生十分重视国学根基的培养和训练,另一方面他们个人的学术研究成就卓著。至1937年,厦大中文系已经形成了一定的学术研究规模,在国内学术界占有一席之地。

"七七卢沟桥事变"爆发,萨本栋校长受命于危难之际,中文学科与其他学科一样,开始了长汀办学时期,这是中文系发展史上的第二个高峰期。至1946年,在中文学科相继任教的有周辨明、余謇、刘大杰、林庚、黄典诚、郑朝宗、李笠、虞愚、戴锡璋、施蛰存、洪琛、陈朝碧等人。被誉为"东南最高学府""南方之强"的厦大,引起了世界的瞩目,厦门大学中文系,以谋求质量发展为前提,学术研究呈现新的气象。这种辉煌一直保持到厦门大学迁回厦门后的两年。

1949年,尤其是1952年全国大学和院系调整,确立了中文系的学术定位。教师规模不断扩大,由1951年以前的10人左右,发展到1959年的40多人。1966年之前,学术研究曾一度受到"左"的思想冲击,但还是有一批学者取得了突出的成绩,比如郑朝宗、陈朝璧、虞愚、许怀中、陈汝惠、李拓之、黄典诚、洪笃仁、蔡厚示等人。但是,十年"文革"时期中文系的科研工作几乎停顿下来。

1978年到2001年,中文系学术研究发展虽然也历经坎坷,但仍然朝着学术研究制度完善、学术研究实力不断增强的方向发展,各个学科学术研究力量不断充实和提高。文艺理论方面,郑朝宗教授首开钱学之风,林兴宅、俞兆平、黄鸣奋、周宁等教授承其绪,1998年著名美学家杨春时加盟中文系,大家在各自的领域尽显风流。古典文学领域,周祖譔教授出版了国内第一部断代文学史《隋唐五代文学史》,黄炳辉、吴在庆、贾晋华、王玫等教授硕果累累。现当代文学领域,应锦襄、庄钟庆、朱水涌、林丹娅等教授在现当代文学作家、现当代文学关系的生成、海外华文文学、女性文学等方面成就显著。比较文学和世界文学领域,有应锦襄、赖干坚等教授在比较文学理论、英美小说、西方现代文学批评方面的奋力开拓。戏剧戏曲学领域,异军突起,陈世雄、周宁、郑尚宪等教授在欧美戏剧思潮、比较戏剧学、中国古典戏剧和东南地方戏剧研究方面成绩突出,2000年获得博士学位授予权。2000年易中天教授加盟中文系,他在古典文论、艺术人类学等领域的研究获得学术界的一致好评。

汉语言文字学由黄典诚教授领军,于1986年获得博士学位授予权。洪笃仁、何耿丰、许长安、周长楫等教授的努力,以及李如龙教授于1998年的回聘,使得厦门大学中文系在汉语音韵学、方言学、辞书学、文字学、语法学等方面成为特色鲜明的"东南派"学术重镇。苏新春教授于1999年调入中文系,致力于汉语计量词汇学、数据库和语料处理等应用语言学研究。中文系的语言学研究在保持优秀传统的同时,又在学术上创新和开拓,从而迈出了一大步。

回顾厦大中文系所走过的90年的学术研究历史道路,我们看到,厦大中文90年的学术研究发展,既有常态的持续不断的学术推进,也有激荡人心的学术研究大变革。虽然如此,厦大中文系各个时代的学者们都有一个共同的特点,就是始终秉承"止于至善"的校训,在激烈的学术研究竞争中,不断完善自己的学术研究理念和目标,力求作第一流的学术研究,培养第一流的人才。他们虔诚地恭敬学术研究,对学术研究的信念十分执着而坚定。所以,厦大中文系学术研究血脉才会生生不息,"江山代有人才出"而各领风骚,始终占据着国内外同一领域的前沿地位。

有人说,每一个大学著名学科的名气都是由一个个大师级的人物层层累积起来的。实际上,从共时角度讲,每一个学科每一个时期的盛名都不是由哪个教授独立支撑的,而是由一个个鲜活的不同年龄层次的著名教授群体构成的,是集体智慧的结晶。从历时角度讲,每一个学科的每一个时期都有自己的学术研究,都有自己的各个年龄层次,不同学缘和流派的卓越学术研究领军人物,不可能重复出现。但正是这些"不可复制性",成就了每一个学科学术研究群体的鲜活辉煌历史。厦大中文系各个历史时期所涌现的卓越的学术研究领军人物群体,一方面给学术界带来了一阵阵惊喜,另一方面,也铸就了厦大中文高尚的学术研究灵魂,从而激励一代代学人血脉相承,忘我奋斗,创造着动人的学术研究业绩。

探讨厦大中文系的学术研究历史,不仅要看到那些令人艳羡的一批批在校园匆匆走过、风度各异而学术顶尖的教授,以及他们蜚声海内外的学术研究成果和所培养的各类高端人才;更为重要的是要从他们身上去精心提炼出厦大中文人可贵的学术研究精神或者是学术研究灵魂。

　　绵延了 90 年的厦大中文人的学术研究精神或者是学术研究灵魂是什么？我们认为厦大中文人的学术研究精神或者是学术研究灵魂就是，凝结在厦大中文人身上的一种高贵的人文气质，一种负有使命感的内在驱动力，更是一种对自身人生价值实现的人文渴望和追求。

　　就目前来看，知识经济时代带给我们这一代厦大中文人的学术研究挑战是严峻的。我们的中文学术研究内涵已经不同于以往。有人按学科群体知识特征进行分类，分为纯硬科学、纯软科学、应用硬科学、应用软科学。按过去的眼光，中文很显然归在了纯软科学的人文学科里，似乎作为纯软科学的中文就是属于"主观性，受个人价值观影响；对知识的确认标准和知识的陈旧标准存在争议"[（英）托尼·比彻·保罗·特罗勒尔：《学术部落及其领地》第 38 页，唐跃勤等译，北京大学出版社，2008 年 6 月]的那一类。但现在的中文学科在学科交叉和渗透中衍生了许多新的应用研究学科。比如语言学，和纯硬科学的物理学、数学，和应用硬科学的计算机科学、医学，以及和应用软科学的教育学、法学、传播学等都有十分紧密的关联，属于国家战略的对外汉语教学和传播，以及推广普通话、闽台语言关系研究的"软实力"和试验语音学、聋儿康复语音学等的"硬实力"交汇，中文语言学成了学科交叉聚合的领地，中文学科面临着前所未有的发展机遇。与此同时，受商品经济大潮冲击，中文学科一些学术研究领域，诸如古典文学、古典文献学、训诂学的被边缘化，也带给我们过多的倍受冷落的痛苦煎熬。如此，机遇和挑战并存，对中文学科研究的社会和学术评价标准便悄然地有所改变。严格说来，我们中文学科学术研究的人文性在渐渐缺失，面临重重危机。这种情况，也给我们提出了一些值得思考的问题：我们还能不能像过去那样坚守自己尊奉已久的人文学术研究传统？是不是需要重新塑造我们的中文学术研究灵魂？如果改变，我们是不是会缺失自己的人文精神支柱而变得精神空虚？

　　《厦大中文系建系九十年纪念文集》精选了 2001—2011 年这十年间所取得的文学、艺术、语言学研究论文成果，从某种意义上说，它是我们厦大中文系教师十年间成果的检阅和缩影，也代表了我们十年间各个领域学术研究的高水平。同时，你也可以从中理清厦大中文系这十年发展的学术研究脉络，它更预示着厦大中文系未来十年或者二十年的学术研究发展趋势。

厦大中文系未来的学术研究之路是漫长的,也面临着愈演愈烈的学术研究"有序"和"无序"竞争的局面。我们认为,要想使厦大中文系学术研究永远立于不败之地,很显然,我们对此等竞争是没有可回避的余地的,那就只能主动地去适应严酷的学术竞争环境,拓展我们的学术视野,"越界"开辟新的学术研究领域,不断地完善我们的学术制度,增强我们的学术竞争能力,进而丰富我们的学术研究精神世界,再造我们学术研究的当代人文精英之魂魄。如此,肯定会在国内外中文学科以及相关学科中彰显出我们的个性和风采。

厦大中文系的学术研究未来将会更加辉煌,学术研究血脉肯定绵延久长,对此,我们深信不疑。

2010 年 10 月 1 日

# 越南遥有此寄:悼张笑天老师

　　2016 年 2 月 23 日 21 时左右,我正在越南河内的住处看微信朋友圈发来的众多信息。在不经意间,我的学生谷艳秋发来的一行字跳入我的眼帘,顿时让我惊呆了:张笑天老师去世了!

　　我简直不敢相信这是真事儿,但过了一会儿,微信圈里几位熟悉的朋友,比如我的同学宋效全等陆续发来信息,我才知道这事儿是真的发生了,悲痛之情当然难以言表。我马上与张笑天老师多年前在敦化一中教过的学生,延边教育学院院长陈光陆教授取得了联系,就如何表达我及我们一家的哀思征求意见,他很平静地说,正在商议,会告诉我用合适的方式表达的。我又与敦化籍著名诗人张洪波取得了联系,他说明天就赶往北京参加告别仪式,一定向张笑天老师的家人转达我的心意。我与大表姐朱彤都委托谷艳秋去表示我们的心意。这一夜,我躺在位于越南河内国子监街 27 号 EastinEasy GTCHanoi 宾馆 317 号房间的床上久久难以入眠,我及我们一家与张笑天老师交往的一幕幕情景,几乎全部都浮现在了眼前。

　　打我记事起,我就知道父亲李守田教授与张笑天老师是"文气相投"的敦化一中同事加朋友。"文革"之前,我不懂得他们为何如此"文气相投",只看到张笑天老师经常出入我们位于吉林省敦化县城北火车站以南五商店院里狭窄的"半间房"家中,与父亲欢快地饮酒吟诗,畅谈文学。我母亲与张老师夫人杨静老师是敦化第一小学同事。我印象中的张老师人很温和,见到我,不时抱抱我,陪我玩游戏,我则叫他张叔叔。我母亲后来回忆说,张老师家里的许多大事小情,包括夫妻拌嘴,我父亲都要出面帮助解决。我们家的大事小情有许多也是如此。1962 年,我妈妈身怀着我的弟弟李无夷,挺着大肚子,偏偏那天提前临产,事情来得太突然,来不及送她上医院。张老师刚好在我家遇上了,我父亲又走不开,情急之下,就让张老师请来了接生婆才顺利地生下了孩子。1966 年"文革"开始后,敦化一中与全国一样,也是不得消停。北京有人弄出个"三家村",敦化一中就有人炮制个"四家店"。

我父亲与张笑天、李建树等10人,还包括"红到底"的头头儿高三学生孙玉亮,都成了被红卫兵批斗的"靶子"。我曾与姐姐李无娇为关在敦化一中"牛棚"里的爸爸送饭,就在"牛棚"里见到父亲与张笑天等老师被剃光了头,押在那里。他们大多情绪沮丧低落。父亲倒是很乐观,还让我们偷偷地在饭盒里的蔬菜下面藏了一瓶用小药瓶装的白酒,以此蒙混过关。趁监视的人不注意,拿出来给大家尝尝,大家情绪顿时轻松了不少。老师们后来告诉我们说,我父亲的屁股被造反派用棒子打得很厉害,已经瘀血发黑。据说,有一次就是替张老师所受之过,什么原因不清楚。父亲与张笑天老师是患难之交,从这件事情上可见一斑。

父亲是1952年从吉林师专中文系毕业(后来在东北师范大学取得本科学历)后被分配到敦化一中当语文老师的。1956年敦化一中设置高中,父亲就当上了语文组组长,属于资历比较老的教师之列。业余时间喜欢创作和研究,1955年就在《吉林文艺》第八期上发表了散文《在时事报告会上》,是1949年以后在当时敦化县最早发表文学作品的几个人之一,在当时的延边颇有一点小名气。1960年他又在《光明日报》上发表研究语言文字的文章,引起了全国同行的关注。张老师是1961年从东北师范大学历史系毕业的,风华正茂。刚分配到敦化一中时,是在历史组当老师。两个人的最初交往也很富有文人气息。张笑天老师在《飘过时光的梦》(2007)中深情地回忆了这段经历:"有一天,同寝室的赵英杰告诉我,语文组的组长李守田有学识,并擅长写作,是个才子,不过有点桀骜不驯。我此前在板报上看过他的旧体诗,其才气横溢,有一股小县城盛不下的气概。于是,我就赋成一律托赵英杰转他,迄今犹记得有'常慰谪仙成隔壁'之语,他立刻回了一首,有'愿同黄门学敲钟'之句,我们这下由神交成了知己,可能是同气相应吧!"不久,父亲执意请他到语文组教语文课,于是,开始了两个人的"精神对话"。关于这一点,张笑天老师在悼念父亲的文章《与另一个世界的对话》(《黄门钟吕——李守田诗文集》,吉林人民出版社,2008)中有过说明:"守田谈到他把我从历史组要去教语文,我居然提出非高一、高二不教的条件,李守田当时是语文组长,真的答应了,他说没想到你真是这块料。这如烟的往事他不说,我早已忘怀了。"父亲与张笑天老师是如何"文心相通"的?《与另一个世界的对话》中还说:"他对我的另外两句评价却让我记忆终生。他病到这地步仍不忘提及。他说我'露才扬己'、'非廊庙之器'。前面一句是把我比作杨修，没有城府，不善于掩饰自己，最终为曹操所不容。第二句是用以比李白，廊庙之器自然是指可以为官者，为官，则要会权术，守田认为我充其量是个文人而已，当官必不成。这是六十年代初在我没有一点'官运'征候显示出来的时候，他已有了预卜，不幸为他言中。什么是知己？知朋友今是昨非并不算知己，断定未来后事才叫洞察秋毫。"他们不仅在性情上脾气相投，就是在文学创作上，也是互相鼓励，乃至于走向合作之路。我在编辑《黄门钟吕——李守田诗文集》时，按照张笑天老师的指引，在《延边日报》等报刊上就发现了 1962 年到 1964 年之间，他们合作写的诗歌、散文等多篇，比如《延边赞》（《延边日报》1962 年 8 月 25 日）、《金色的秋天》（《延边日报》1962 年 10 月 13 日）、《扎根山沟的好姑娘》（《吉林日报》1964 年 6 月 18 日）等。张老师常称我父亲是他走向文学创作道路的良师益友，大概指的就是这件事。

张老师曾在 20 世纪 80 年代初期《新苑》杂志上发表过《行百里者半于九十》的传记文章，回顾了在敦化一中教书的岁月。其中就有他与父亲合作为高考学生押作文题成功，而学生走出考场高喊"万岁"的传奇故事。当时还有一个更为惊人的传说，却与张老师无关，就是敦化一中高考把关有"四大台柱子"之说，父亲是其中之一，这没有异议。然而，居然有人造谣说，参加高考的学生因为崇拜李守田的才华，发出狂言："马恩列斯毛，守田数第六。"如此之说甚多，竟成了父亲在"文革"挨批斗时的一大"罪状"。1983 年，我当时还很年轻，莽撞得很，误听别人的传言，就愤愤然写了一篇随笔《作家自传贵在求真》宣泄，后来发表在 1983 年 8 月 15 日《吉林日报》副刊上，目的很简单，就是为父亲鸣不平。据说，有人把这篇文章当作当时一种敏感的文学动态反映，神经有些紧张。张老师也看到过这篇文章，还特意和父亲提起此事。

张老师与王维臣老师合写《雁鸣湖畔》一举成名，父亲为他们取得的成功而感到十分喜悦，在我的印象中，父亲多次在家里为此而赞叹不已。1975 年，张老师调到长影厂当编剧，也与父亲来往书信不断。1980 年前后，有人借他编写的电影剧本说事儿，想要整治他。1982 年，《新苑》杂志发表了他的小说《离离原上草》，有人说，是模糊了国共界限，属于"精神污染"，必须清除。为此，有人借组织之名拉开架势准备批判张老师。张老师为此压力很

大，还被迫写了一个检讨，在《吉林日报》上发表。一时间有关张老师的各类传言不少，父亲得知后很是着急，就赶紧给他写了封信安慰他。他接到信后，立即回信，却反过来劝父亲不要为他的事儿烦恼上火，他会妥善处理的。张老师写给父亲的信，我无意间看到过。张老师寄的那封信写得很长，足足有几千字，在我的印象中，现在仍然保存在延吉的父母家里。

1990年，由陈维礼教授举荐，吉林大学古籍研究所所长林沄教授等同意我调去任汉语音韵学教师，但在关键性的环节上出了问题，主管各个研究机构人事工作的吉林大学党委副书记李文焕教授坚持原则，不同意引进我。原因很简单，我的学历层次达不到学校的要求。情急之下，我只好四处找人疏通，于是，就找到了张笑天老师。当时，他的家还在长影宿舍，即今湖西路道边的一栋四层楼上。张老师认为，既然基层单位考核过，都同意要人了，学校层面就不应该"卡住"不进人。况且，我的学术成果又很突出。于是，他就动员他的一位任东北师范大学副校长的老同学去说情，但李文焕教授仍然不为所动。张老师只得无奈地对我讲，他也没有办法了。后来，李文焕老师在亲自看了我的论著后，深为我做学问肯下苦功夫研究"绝学"的精神所感动，就很痛快地签字，同意我调进吉林大学古籍研究所。自此以后，我与张老师的关系更为紧密了。他已经成为我在长春最值得信赖的"亲人"之一。我明白，事实上，父亲已经把我托付给他关照了。既然如此，我也就不客气了，只要我一遇到什么为难的事情，就往往和张老师商量。在我走上学术道路最为关键的时候，比如寻求正确的学术发展方向时，他总能为我把把关，出出主意，想想办法。因此，在我学术成长的道路上，张老师既是我的长辈叔叔，又是我的人生老师之一，这是永志难忘的。有人称我是他的"私淑弟子"，这也并不为过。

1997年10月，《延吉晚报》社总编办主任刘建民（现任浙江大学宁波工程学院教授）劝说同是《延吉晚报》社聘任副总编的父亲（从延边教育学院教授岗位退休后任职）照惯例去关系单位223医院体检。不承想，却检查出肝癌病来了，而且是肝癌晚期。刘建民瞒着父亲，把检查结果偷偷地告诉了母亲，母亲又告诉了我们。我们全家顿时陷入巨大的悲痛之中。我急忙从长春赶回延吉，强忍着悲痛，与全家人一同把他送进了延边最好的医院——延边大学附属医院住院治疗。我们一家全部动员起来，想尽一切办法救治父亲的重病,希望有什么办法"回天有力",挽救父亲的生命。父亲患肝癌的消息很快就传到了张老师的耳朵里,他立刻打电话给我母亲,询问病情。不久,他又专程从长春乘车赶来延吉看望父亲。他强忍着泪水拉着父亲的手,尽力安慰父亲。父亲却勉强挤出笑脸与他回忆当年在一起的日子。此情此景,真的让我们在场的人痛不欲生。张老师临上车前,把我悄悄地拽到僻静处,手里拿出一个7 000元人民币的存折硬是往我的手里塞,嘴里还说道:"这点钱是给你父亲治病的。需要我做什么尽管讲!"我则全力推开了他的手,说道:"张叔,你的心意我们全家领了。我们真到了没有钱给他治病的时候,一定会跟你要的!"

父亲在病榻上只坚持了10个月,还是走了。临终前,留下的遗言只有一句,就是:"让《陶渊明集》伴我到另一个世界吧!"父亲去世的那几天,张笑天老师正在德国访问,他立刻打长途电话委托人送来了一副挽联,写道:"黉宇敲钟一世,循循善诱,有三千弟子,足慰身后;文苑驰笔半生,默默苦耕,著百卷文字,可伴君前。"他解释说:"算是我对守田的尊崇有加的评价,也是与他在两个世界的对话。"不久,为了悼念父亲,还写下了《与另一个世界的对话》文章,发表在《延吉晚报》上,以寄托他的哀思。

2005年10月,母亲来到长春,恰巧也是我即将离开吉林大学调入厦门大学的前几天。我们一家与张老师和师母一起吃了顿团圆饭。张老师早就知道我要去南方发展,没有说更多的话,只是嘱咐我,要谨言慎行。还说,南方开放,思想活跃,很适合做学问。我理解他的意思,他对我的选择是认可的,只是有一丝丝恋恋不舍,即去工作的地方确实远了一点儿,今后彼此见面就不像以前那样方便了。

父亲去世十周年,我和大表姐朱彤商议,为父亲编辑一本纪念文集。于是,就约定了父亲生前好友以及学生撰写纪念文章。大家热情很高,很快就把稿子寄来了。张笑天、佟士凡、陈维礼、刘德昌、郭俊峰、陈光陆、房今昌,以及朱彤都是如此。我征询了张老师的意见,他希望我把父亲的诗文稿子尽量收集齐全。他还提供了一些线索,帮助我查找父亲在20世纪60—70年代所写的作品。并提议,把他的《飘过时光的梦》一文作为序言。在编辑父亲文集的过程中,我遇到了一些细节方面的问题,多次打电话请教他,他都不厌其烦地帮我出主意,想办法,指导我把这件事办好。在许多人的帮助下,我所编辑的《簧门钟吕——李守田诗文集》,终于在 2008 年由吉林人民出版社出版了。当张老师接到这本文集之后,十分高兴,又打电话给我,与我商议开列赠送的名单。张老师为这本书的问世真的是费了好多心思,我由此感受到他对父亲的那一片浓浓的真情。

2013 年 10 月 14 日,我接到了延边大学王启东副教授的电话,说张笑天研究会邀我参加在延边大学举办的"张笑天研究会成立大会"。我因为正在为学生上课,无法脱身,就没有参加,于是写下了一封祝贺信,原文有这么两段:

> 延边大学中文系的学者们学术目光敏锐,十分富于远见卓识,承担起故乡文学家张笑天研究的重任,有意识以此为契机而培育学术增长点,从而形成自身学术特色。这种学术上的大气魄,让我十分钦佩和羡慕。延边大学中文系一定会成为张笑天研究世界性的信息与文献集散中心、张笑天研究名家荟萃和博硕士培养的中心,引领张笑天研究潮流的世界性学术前沿基地。

> 我父亲李守田教授与张笑天老师 20 世纪 60 年代就在敦化一中亲密合作培养学生,并联合署名发表了不少的文学作品;还一同经历了"文革"时"蹲牛棚"的磨难。张笑天老师不仅仅是眼看着我一点点成长起来的前辈,更是我在吉林大学学术事业发展上的老师和学术助推人之一。基于这层关系,我本来就应该为研究张笑天老师出力。身在南国海上花园学府厦门大学,这也是鲁迅、林语堂等文学大家工作过的地方,却心系 8 000 里之外故乡张笑天研究会的成立,让我感慨万分。我因为教学任务在身,不能与会祝贺,内心十分愧疚。在张笑天研究会成立之际,我代表李守田教授一家及我个人向大会表示热烈祝贺,并向张笑天老师本人表示敬意。祝福张笑天老师健康、幸福、快乐!也向王启东教授及为张笑天研究会成立付出辛苦劳动的先生们表示诚挚的感谢!

2013 年 10 月 19 日,延边大学如期举办张笑天研究会成立大会,张笑天老师本人参加了会议,实际上,对研究会寄予了很大的希望。还有许多外地学者也与会了,整个会场足足有 400 多人。大会宣读了我的贺信。我还被选为研究会副会长。

2014 年 8 月，我在内蒙古大学参加教育部中文教学指导委员会委员会议。在开会间隙，接到了张笑天研究会会长陈光陆教授的电话，希望我能参加在吉林省敦化市雁鸣湖镇召开的首届年会，并且给我来了个命题作文：《如何推进张笑天文学研究》，让我在会议上作一个主题发言。我很欣然地接受了邀请，并进行了认真准备。2014 年 8 月 15 日，我如期赶到了敦化。刚好，会议筹备组准备了一辆大客车，我乘车到了雁鸣湖镇住下。1977 年 4 月，我曾经来过这里，当时叫大山咀子公社。这个公社有一批长春知识青年，搞得红红火火的，学习、娱乐、工作几不误，成了当时知青工作的"典型"。敦化县知青办为了让我们把他们当作学习榜样，就组织我们集体到这里参观。今天，这里已经成为全国的文明模范乡村。又因为 20 世纪 70 年代张笑天老师在这里创作了长篇小说《雁鸣湖畔》，使得这里声名鹊起，所以，有关部门就把大山咀子公社改名为雁鸣湖镇。张笑天研究会把首届年会选在这里召开，意味深长。当天晚上，我们与张笑天老师欢聚在一起，十分快乐。围绕着张老师的人太多，我无暇和他叙旧，只好在他将要休息之前和他聊几句家常，还把我的一本书赠送给他，他则委托王启东教授送给我一套《张笑天全集》。

第二天，会议如期举行。各位学者就如何研究张笑天文学创作问题谈了看法。张笑天老师很谦逊，用他那沙哑的嗓音说明了近期的一些打算。敦化市委很重视这次会议，并就张笑天文学馆建设的一些情况，比如资金、建筑设计、将来的展览计划等作了通报。在这方面，诗人张洪波出力甚多。我则从十二个方面谈了如何深入开展张笑天研究的设想，包括专题、年谱编纂、作品版本、网站、资料库建设等问题。与会学者对我的发言还是基本认可的，也有人担心资金和人力投入是不是有很大的问题，还有人说我的想法过于超前，不切合实际。不管怎么说，我是认真的，真的从内心里觉得要改变张笑天文学研究的落后现状。张笑天老师不好表明这个态度，我们还是要替他着想的。

会议间隙，我们都抢着与张老师合影，张老师是来者不拒，其形象，是一个卓然尊者，尽显大家风范。我偷空儿打量着张老师，真的是感慨万千：张老师是吉林省的烫金名片，更是延边和敦化的不竭资源。因为有了张笑天，敦化的文学底蕴厚实而天地广阔；因为有了张笑天，敦化变成了一片特立独行的文化绿洲,不再是文化沙漠的代名词。许多国家的学者和文学爱好者,从张笑天的作品中开始知道了敦化这个并不起眼的小城;他们由研究张笑天而关注了与张笑天敦化生活相关的敦化的人和事儿,如此催生了借张笑天光环"罩住"而步入文学殿堂的群体。敦化因为有了张笑天而在文化、旅游等方面获益良多。相反,真正的生他养他的故乡——黑龙江延寿县却并没有借上张老师多少"光",还是默默无闻,能有几个人知道?这说明了什么?历史是公平的吗?恐怕不能一概而论。从这个意义上讲,敦化又是幸运的,敦化文学创作历史上毕竟有了一个张笑天。不过,文学之外呢?敦化还有什么值得炫耀的文化人吗?据我所知还是很少的。

张笑天老师的去世,意味着敦化乃至于吉林省一个文学"登峰造极"时代的终结。不管将来学者们研究张老师时,对张老师的作品存在着多少种争议,抑或是给予什么样的评价,它都是一座极不容易跨越的文学高峰,这是无可置疑的。我们无力回天,什么时候再出现一个张笑天式的极富宽广历史文化底蕴而又有"天赐超级大脑"的人物,实在不好说。不要说敦化、吉林省,就是东三省又能有几个这样的文学人物呢?我工作在厦门,厦门著名的文学人物极多,星光灿烂,但作为厦门当代文学符号的仍然只有舒婷一个人,她是无可替代的,因为人们只记住了《致橡树》,连小学生都记住了她。我与舒婷见过几次面,谈不上很熟悉,但有时,我和她讲话很直率,她并不生气,常常微笑不语。我注意到,她和张老师一样,都长着一副不同于他人而天生奇异的文学"面相",与众不同,是不是因长期搞文学创作而造就了他们的"文学脸谱"?

我因为人在越南无法参加在北京举行的张笑天遗体告别仪式,只好以自己的方式悼念他。就我个人而言,他的去世,使我失去了一位至尊至敬的长者,以及扶持我成长的老师。无论如何,这都是我难以接受的事实:是不是太突然了?一个心脏搭桥手术也能感染,也能致命,真是太出乎所有人的意料了。设想一下,他如果不去做这个手术,是不是还能活很多年?他那智慧的大脑是不是又可以极速运转,而又创作出载入史册的巨著?张笑天老师的去世,不仅仅是他家人的巨大损失,也是我国文学创作上的一个巨大损失,而且,这个损失是无可估量的。

要说的话太多,但说话总归要有结束的时候。此时,遥望河内那寂寥的天空,我看到了什么?我看到了恒星在闪耀,也看到了许多流星划过天空,非常抢眼。但这些流星却永远也遮蔽不了恒星的光芒,因为流星的生命实在短暂。我始终不相信张老师这颗文学恒星陨落了。是的,张老师这颗文学恒星不会陨落的,他照常按照自己的轨迹运行着,他的规律是,白天隐藏,晚上闪耀,只有在晚上才显示他的文学光芒之特殊,永远如此,周而复始。他的文学生命和精神如恒星般长存,这一点,我是丝毫不怀疑的。

李白曾写过《闻王昌龄左迁龙标遥有此寄》诗,是为好友王昌龄遭到贬官而鸣不平的作品。我借用诗题中的"遥有此寄"四字,表达我此时的深切哀思之情。身在异国他乡,我所能做的不过如此而已。我想,张老师在灿烂的星空中驻足俯瞰身在越南河内的我,会颔首理解的。

2016 年 2 月 25 日于越南河内国子监街寓所

# 三、序跋

检验员
3

# 《中国历代宾礼》引言

按照《周礼》的说法,礼应该分为吉礼、凶礼、宾礼、军礼、嘉礼五礼。这五礼一直被后代许多学者所沿用。比如,宋张大亨《春秋五礼例宗》,就把《春秋》经传所记有关事例分别归属五礼。清人姚彦宗《春秋会要》也是把《春秋》事例按五礼编排。除了先秦事例之外,对后代礼制史料按五礼汇编的也很多,比如元人所修《宋史》,清人朱铭盘《南朝齐会要》《南朝梁会要》,以及秦蕙田的著名著作《五礼通考》等。就是国民政府 1943 年刊行的《北泉议礼录》,谈礼也是分吉、嘉、军、宾、凶五礼,可见其影响之大。

宾礼作为五礼当中的一种,所处地位不容忽视。《周礼·春官·大宗伯》就表明"以宾礼亲邦国"的用意。这里的"亲",是"使亲附"的意思,即通过施行宾礼,使诸侯亲附天子,天子亦使诸侯自相亲附。亲附的基础即是"敬"。按《说文》,"宾,所敬也"。"宾客之礼主于敬",这是宾礼的最基本的表象特征。"敬"是前提,宾礼的内涵所指莫不与此相关。《周礼》在谈到小行人职责时,说道:"使适四方,协九仪宾客之礼。朝、觐、宗、遇、会、同,君之礼;存、眺、省、聘、问,臣之礼也。"君之礼也好,臣之礼也好,"敬"是连接各方面关系的主线。在"敬"的旗帜下,朝觐天子、王聘诸侯、锡命、公朝大国、大夫出聘、来聘,以及诸侯的会、盟、遇等礼制规定、烦琐仪节才有了施行的可能。

从种种事实来看,"宾客之礼主于敬",所提供的仅仅是表层形式,其实,西周宾礼的深层意蕴是十分丰富的。究其实质,宾礼仍然同西周天子的统驭方略密切相关。由此延伸,宾礼与畿服制、分封制、宗法制、乐舞制、法律、宗教、伦理等纠葛在一起,形成了完整的礼制体系,并触及西周文化的方方面面,因此,宾礼的实际意义就不能局限于一般的礼仪制度。西周宾礼至春秋战国,由盛而衰,由衰而发生蜕变,衍生出新的宾礼机制。宾礼不再为天子诸侯所专有,平民百姓也享有宾客之礼,宾礼的政治功能也因此而大为削弱,"王朝之礼"降而为"通行之礼"。这种变异所带来的宾礼命运从统治者方面来说，实在是"悲惨"的，"礼崩乐坏"，正是这种命运的真实写照。此时的宾礼突出特点是：宾礼同官制、宗族、法律开始相脱节，并逐渐走向分野。秦汉以后，尽管有叔孙通之类儒者力图重建宾礼，恢复宾礼传统精神，但时过境迁，收效甚微。这时，宾礼的教化作用退居次要地位，而宾礼的演示功能愈益凸显出来。不仅如此，天子宾礼的适用范围日见狭窄，局限于宫廷、宗庙等场合，宾礼制度演变为宾礼节，愈益成为陈寅恪先生所说的"纸上空文"（《隋唐制度渊源略论稿》"礼仪"），一直到清代，这种情形都没有多少改变。

而另一方面，宾礼由于进入寻常百姓家，使一般百姓的宾礼意识得到前所未有的强化。宾礼的那种繁文缛节不适用于一般百姓，只得听任被改造、删削、融合，久而久之，宾礼原有的形式已难辨别，成为新生的宾礼，使后代宾礼带有浓郁的时代色彩、地域色彩、民族色彩，这恰恰是后代宾礼文化中最富有价值的东西。

宾礼在几千年间的流变过程中沿着怎样的轨迹运行？这是许多研究宾礼的学者所关注的。但让我们感到遗憾的是，迄今为止，还没有人能够给予满意的答复。

近代之前的学者，对宾礼的探讨，大多停留在对材料的整理上，即传笺注疏，用力尤勤；校勘、辨伪、考证，成绩斐然。不过，也存在着明显的缺憾：许多学者仅专心于周代宾礼制度的一般共时状态，依附经学说礼。即使像大学者胡培翚、朱彬、孙诒让等人也免不了如此，只有少数学者具有初步的历史眼光，动态地考察宾礼的嬗变历史，比如秦蕙田写《五礼通考》，其宾礼部分就是如此。尽管这样，秦蕙田的工作也还是遭到非议，有人就批评他写《五礼通考》"体例诚多未善"，有"举鼎绝膑"之弊，这并未切中要害。我们认为，他研究宾礼，没能摆脱经学家意识束缚，以宫廷之礼为正统，忽视民间宾礼习俗，更没能注意宾礼与社会文化的关系等，局限性是十分突出的。

近代以来，中西文化的交融，以及新史学的兴起，给宾礼的研究注入了一股新鲜的活力。一些著名的学者对宾礼的关注推动了宾礼研究的深入。早期的学者，如王国维，曾写有《释乐次》，注意了宾礼与乐舞的关系。现代学者杨向奎、杨宽、钱玄等人，也对宾礼及其相关问题进行了探讨，有些研究属于拓荒性质的。更为重要的是，他们把宾礼问题的研究带入一种科学的境地,在方法上有所创新:地下出土文物与传世文献相互印证,追本溯源,从历史学、哲学、社会学、人类学、语言学等多角度考察宾礼,成就显著。近年来,陈戍国先生的研究也颇为引人注目,对先秦、两汉、魏晋南北朝的宾礼制度演化均有所勾勒,形成了较为明晰的系统。其他学者的一些零散论文也是见解卓异。台湾学者,如宋鼎宗对《左传》宾礼的研究,邱衍文等对宾礼材料的考述,以及日本学者在春秋会盟等问题上的独到见解,等等,都显示了在宾礼研究上的功力。

然而,我们也看到,宾礼研究的沉寂局面就目前来说并没有被打破,主要原因是,我们在宾礼及其相关问题上的研究还没有取得实质性的进展。标志之一,即以"宾礼研究"为课题的专著至今尚未出现。有很多问题亟待我们去花大力气加以解决。比如什么是宾礼;宾礼与吉礼、凶礼、军礼、嘉礼的区别和联系之处是什么;先秦宾礼的内涵与外延如何确定;后代宾礼与先秦宾礼在本质上有何不同;走向分野后的宾礼制度与政治、法律在不同时代的关系到底怎样;民间宾礼仪俗与宫廷宾礼制度适用范围;历代宾礼制度建设的社会背景与文化背景;宫廷宾礼中的民族习俗与个人习惯;妇女宾礼与性别歧视;服饰与历代宾礼;历代宾礼用器;宾礼传统精神;中国宾礼对周边国家,如朝鲜、日本、越南等的影响;等等。有关宾礼的理论框架还没有搭建起来。此外,对历代宾礼研究资料的汇集与整理也有待于深入进行。

对以上问题进行研究,切不可期望一朝一夕就能见成效,从一点一滴做起更符合实际。基于这个目的,笔者以《中国历代宾礼》为题,借鉴前人与当代人的成果,加上自己的学习所得,勾勒一个粗线条的中国历代宾礼演进的历史,这当中所谈的,都是最基本的问题,可算是一种尝试。

按笔者原来的设想,这本书的写作应该依朝代先后次序分别论述宾礼各项内容的共时特性,但出于丛书体例一致性的要求,只好把宾礼的各项内容作为专题,以专题为中心,谈其纵向演化。它的好处是,专题线索更加清晰,容易把握,而且所谈的问题集中。由此,本书分为七个部分:第一部分是从礼的大范畴内涵说起,很自然要涉及五礼,以至于宾礼。宾礼仅仅是礼学范畴中的一个子项,这是必须交代清楚的。其他各部分依次为:朝觐礼、巡狩礼、天子遣使、盟会、聘问、诸侯邦交、交际礼。这是按照一般学者理解的宾礼内容来划分的。聘问与诸侯邦交是西周至战国特有的宾礼形式,与后来类似礼仪性质不同，所以，只介绍到先秦之时。交际礼以介绍民间相见礼为主，也涉及官员相见礼，似乎界限不清，但官与民的相见礼有一部分是很难划分清楚的，用的都是通行礼，甚至是礼俗，读者自会理解作者用意的。

从比重来说，先秦占了相当篇幅。为何要这样做？笔者认为，中国宾礼文化的定型是在先秦。汉代以后宾礼虽然也进行了增益减损，但主干内容没有多大改变。由此，先秦，尤其是周代宾礼，是中国宾礼文化中的精髓，理解好先秦宾礼，实际上，就等于基本把握了中国古代宾礼。

向读者介绍历代宾礼情况，主要依据历代礼学专著和历史典籍，尤其是"三礼"——《周礼》《仪礼》《礼记》。这三部书博大精深，体系完备，是研究宾礼必不可少的材料。笔者尽自己所能，努力从中挖掘有益的资料奉献给读者。考虑到不同层次读者的需要，对一些引文做了必要的处理，随文注释或翻译。引述前人或当代学者的成果，尽量注明出处，不敢掠他人之美，这是笔者在写作时有意警诫自己的。为了突出"三性"——学术性、普及性、趣味性，有些地方做了必要的加工，比如在标题上有意通俗化。尽管如此，写作仍未能尽如人意，即学术性有余，而普及性、趣味性不够。笔者深知这一点，希望读者理解作者的苦衷。

如果不是孙彦、熊英老师执意相逼，任凭作者的懈怠、偷闲，这本书恐怕不会问世。假如本书能对研究中国历代宾礼以及今日交际礼仪建设有所裨益的话，首先应该感谢她们！

1998 年 5 月 12 日于吉林大学古籍研究所

[《中国历代宾礼》，北京图书馆出版社（今国家图书馆出版社）1998 年 9 月出版。本书系李无未、张黎明主编的"中国历代礼仪文化丛书"之一。这套丛书，还包括《中国历代婚礼》《中国历代葬礼》《中国历代家礼》《中国历代祭礼》。]

# 《周代朝聘制度研究》后记

　　当自己的博士学位论文出版之时,心情久久难以平静,种种往事历历在目。1996 年 9 月到 2000 年 12 月,在职攻读博士学位 4 年多的时间,真是永生难忘。第一年,我一边带古代语言文献方向硕士研究生,一边还要完成自己的先秦史与先秦文献研究学业,两条战线"作战",真是顾了这头,却顾不上那一头,难以两全其美。1997 年 10 月初的一天,我最亲爱的父亲李守田教授被查出患肝癌,当妹妹用那哽咽的微弱声音打电话告知这个噩耗时,我震惊了,怎能轻易相信? 随后又悲痛欲绝。此后的 10 个月,我与全家人只有一个信念,就是要抢救我的父亲,延长他的生命,哪怕是多一天也好。从长春到延吉,9 个小时的火车,我一共往返 13 次,或守候在他老人家身边,或是想尽一切办法,四处求医问药。但我们都无力回天,还是没有能够挽留住他老人家,1998 年 8 月 8 日下午,他老人家在延边医院弃我们而去,只有 68 岁……可想而知,那之后的日子,我是如何度过的,太多的泪水总是陪伴着我。

　　父亲对我而言,实在是太重要了! 我的生命,是他给予的;我的学术之路,也是他赋予的。没有了父亲的日子,我倍感孤独与寂寞。好在我背负着他的殷切希望,在写作博士学位论文时,时而与他对话,时而与他心心相通,他总是像往常一样在鼓励我,更增添了我坚持下去的勇气。此后两年,又发生了许多事情,但都没有动摇我的意志,论文总算写出来,而且得以通过。当我得知被授予历史学博士学位消息的时候,第一个反应就是,我一定要祭告父亲在天之灵,抚慰他那颗一生正直、向上、无限疼爱我的心。还有我那白发苍苍,经受无数苦难的母亲,给她老人家打电话报告消息的那一刻,我似乎看见,她慈祥而开心地笑了,还像我小时候一样,目不转睛地看着我,尽力读懂自己的小儿子……

　　我与导师吕绍纲教授,虽然同为一个研究所的同事,入学前五年,因为不在一个研究室,所以,来往并不多,交谈亦有限。但我对吕先生的学问是十分敬佩的,尤其是他那敏锐的文思,勤奋的精神,更是让我心向往之。于是,提出跟他读博士学位的请求。吕先生并没有因为我是学中文专业的就嫌弃,而是欣然应允。记得那是一个下午,在古籍所(吉大北区文科楼)参加会议结束后的路上,注定了我以后与他结下不解之缘的命运。

入学后不久,根据我的实际情况,吕先生先是谈了对我的培养计划与安排,然后就是提供了一份详细的阅读书目,让我一本本地阅读,并要求写阅读笔记。听吕师讲"三礼研究"课,觉得他深入浅出;而每两周一次的讨论,他总是心平气和,允许我有不同看法而与他争议。博士学位论文定题,他也是尽力给我以思索的空间。定题以后,写作提纲的锤炼,论文初稿的修订,无不是浸透了他的汗水。至今我仍保存着他用红笔圈圈点点的旧稿,这里面盛载着他的心血,更凝结着他那甘为人梯的精神。

入学之前我是所里的党支部成员,总有机会到金景芳先生家收党费,向金老问学机会比较多。从名义上讲,金老不是我的导师,但因为他是吕先生的恩师,吕先生又是他的学术助手,所以,入学之后我常常执以再传弟子之礼。金老给我与97级博士生讲过一学期的先秦史与先秦文献研究课,我们最佩服的是他的学术思维之敏捷,同时叹服他认真授课的精神。他有时连续讲三个小时而不知疲倦,可要知道,他已经是95岁的老人了,我们心里怎能过意得去呢?应该说,攻读先秦史博士学位,金老的学风给我的影响是很大的。

陈恩林教授是金老的第一届博士生,给我们讲授"三传研究"课。"三传研究"涉及先秦历史与文献的许多方面,他旁征博引,总是引人入胜,给我以许多启发。我写毕业论文向他征求意见时,他也很严肃地指出,毫不隐讳,使我受益匪浅。

张鹤泉教授在我攻读博士学位那段时间里对我的帮助是很大的。一是在我人生遇到挫折时鼓励我,不让我丧失信心;二是以自己的渊博学识指导我,帮助我。应该说,吕先生之外,张鹤泉教授是对我论文写作构思花费心血最多的一个。尽管后来发生了一系列变故,但我常常想起那些日子,那是一段非常愉快的时光。

吕文郁教授也对我攻读博士学位给予了很大的帮助,尤其是提供了许多文献资料,这是让我非常感动的。

先秦史与先秦文献教研室的老师之外,指导我论文,付出精力最多的是林沄教授。林沄教授对我的恩情是永生难忘的。林沄教授打破常规识我于延边,对我寄予很大的希望,可是我不才,现在平平如也,并不如林先生所愿。

参加我的学位论文答辩的,除了吕绍纲、林沄、陈恩林、张鹤泉、吕文郁诸位教授外,还有东北师范大学的詹子庆、任爽两位教授。诸位教授在我的答辩过程中,都给我提出了许多宝贵的修改意见。论文评议员为刘家和、朱凤瀚、葛志毅、谢维扬、晁福林等。在此,我非常感谢这些为我付出心力的著名专家与学者。

同时,我也要感谢王同策、陈维礼、丛文俊、吴振武、刘钊等教授,他们以不同方式对我的学业有所帮助。尤其是陈维礼先生,几十年来,对我关怀备至,举荐我于延边大学,救我于死亡边缘,教我以人生诸多道理,拔我于困顿之中。

此时此刻,我又想起了大学时代的启蒙之师,如任范松、雷友梧、窦英才、于寒、金中歧等等,是他们引导我迈进了大学之门。任范松教授有知遇与教导之恩;金中歧先生有举荐之劳;雷友梧、窦英才、于寒等教授尽了提携之力。

唐作藩教授是我在20世纪80年代中期到北京大学中文系进修时的导师。唐师引导我走上了音韵学研究的道路,奠定了我从事古代文献与历史研究的基础。可以说,没有他老人家,就没有我的今天!蒋师绍愚、宁师继福,等等,在我的身上花费了多少心血,又有谁能知道?

还要特别感谢我的妻子孙琳琳。那段时间,贫穷夫妻百事哀,为了给父亲治病与抚育幼儿,还要维持生计,她寒来暑往,起早贪黑"炒更",减轻了我许多负担,实属不易。

45岁还属青年。不用再多说了,45年来欠下的人情太多,遇到的好人也太多,我相信,今后的岁月仍将如此。尽管45年来遇到种种艰难险阻,但总是逢凶化吉,转危为安。这靠的是什么?靠的是好人的救助,真情的飞扬,善的力量。由此,我倍觉人生美好,更赞叹人世间真情常在,处处有善行。我的博士学位论文所记载的正是我的如花人生梦想与现实。

恍然间,四年时间过去。本书的一些章节已经发表在《社会科学战线》

《延边大学学报》《东疆学刊》等杂志上，这当然要感谢尚永琪、徐东日、陈维新等好友。四年来，先秦史与先秦文献领域硕果累累，令人目不暇接，其中有关朝聘制度某些方面的研究论著也发表了一些。师友们的催促，吉林人民出版社胡维革社长等的热心提携，使我顾不得"十年磨一剑"而匆匆付梓，所以，来不及大量增入新的成果，敬请学者们谅解。笔者认为这本博士论文虽然没有达到预期的目标，但还是有其独特价值之所在，读者自会有公论。这一点，我是深信不疑的。

2005 年 2 月 25 日于长春市吉林大学前卫校区寓所

# 飘逸在未名湖畔的诗叶

## ——《音韵文献与音韵学史》后记

　　我与汉语音韵学的结缘最早应该从 1978 年 11 月算起,那是在大学一年级的第二学期。记得上古代汉语课,王复光老师操着浓重的河南口音,向我们介绍宋人三十六字母的发音部位与发音方法。我与绝大多数同学一样,第一次学习,只是觉得新奇,但因为内容枯燥难懂,很快就不大理会它了。1984 年末,由金中歧老师举荐而任延边大学语文系古代汉语教师后不久,我专门听过一学期金海守教授的音韵学课。金海守教授是朝鲜族,在武汉第二届音韵学讲习班专门学过音韵学,讲音韵学课经常举一些朝鲜汉字音例证,非常有针对性,很引人入胜。尽管如此,我还是没有想过将来要研究音韵学。

　　1987 年 8 月,中文系任范松教授任副主任,得到系主任于寒教授的支持,几番奔波,到学校终于为我争取到了去北京大学中文系进修的机会。

　　去北大进修之前,我先参加了为期一个月的北京"古汉语高级讲习班"的学习。唐作藩先生是讲习班聘请的授课专家之一。听唐先生的讲座,是一种惬意的享受,让我感受到了音韵学的魅力与深邃。其他几位先生,诸如杨耐思、蒋绍愚、何九盈、郭锡良、许嘉璐、王克仲、王伯熙、何乐士等,也不同程度地给我们打开了一扇扇通往古汉语各分支领域学科研究的门窗。

　　在北大第一次中文系师生见面会上,时任中文系副主任的唐作藩先生就以一种和蔼而信任的目光瞅着我,直爽地对我说:"你年龄最小,就跟我学吧!"就这样,我成了唐先生的及门弟子。唐先生对我要求很严,课程设置很紧凑,布置必读书目,并要求定期汇报学习情况。一年的时间不算长,我一共听了 18 门课,有本科生的,有硕士研究生的,还有博士研究生的。我所跟从学习的老师是徐通锵、叶蜚声、陆俭明、王福堂、蒋绍愚、何九盈、郭锡良、王理嘉、陈松岑、许嘉璐(外聘)、索振羽等先生,他们正值中年,学术上处于巅峰时期。他们的学问与道德,无疑对我后来从事学术研究产生了非常重要的影响。应该特别指出的是,唐先生之外,我与蒋绍愚先生接触最多。蒋绍愚先生是中古近代汉语研究大家,治学严谨而科学,视野兼贯古今中西,更是热心奖掖后学。应该说,多年来,我受惠于蒋绍愚先生之多难以计数。

唐先生训练学生学习与研究音韵学方法很多,其中之一就是让学生做唐代诗人的韵谱。这样做的好处在于,逼着学生熟悉《广韵》与《韵镜》等典籍,还培养了研究问题的意识。我后来在延边大学发表的几篇音韵学论文,论文选题与材料的准备就是此时开始的。所以说,在北大学习音韵学,是我真正钟情于音韵之始,从此,就开始了我与音韵学真正"相守"的日子。

回到延边大学后不久,根据中文系教学工作安排,我开始为86级本科生开设音韵学课。这样,我一边搞音韵学教学,一边学习与研究音韵学。最初的几篇文章,都是写出了初稿,再寄给唐先生修改,然后才发表的。比如《王昌龄诗韵谱》,以及《〈醒世姻缘传〉诗词用韵考》等就是如此。

1991年9月末,由陈维礼先生举荐,并在林沄、王同策、陈恩林等先生的积极争取下,我调入吉林大学古籍研究所,10月份就为古文献与古文字专业研究生讲授音韵学必修课。1992年,我在许绍早先生、林沄先生具体指导与鼓励下开始系统研究《九经直音》与《示儿编》音注,并且先后在全国高校古委会与国家社科基金委立项(以《宋元吉安方音研究》为题)。立项前后,又得到了宁继福、鲁国尧两先生的具体指导与帮助;台湾学者竺家宁先生是研究《九经直音》的专家,又不远万里寄来了许多论文与著作;江西方言学者陈昌仪、刘纶鑫等又寄来了许多江西方言的研究资料,这种种情谊让我常常激动不已!

1996年9月,我考入吕绍刚先生门下在职攻读博士学位。吕绍刚先生对我的学位论文写作要求很严,因此我一点也不敢懈怠。这样,工作与学习的负担很重。一方面,自己攻读学位不说,还要承担起硕士生导师的职责,指导学生研究音韵学。从另一方面讲,音韵学的研究还必须继续向前走。1998年,我在东北师范大学图书馆读明代抄本《辨音纂要》时,发现了亡佚韵书《中原雅音》与《词韵》材料,引起了我的浓厚兴趣。宁继福先生是研究《中原雅音》的大家,当然给我的论文提出了许多带有启发性的意见,使我的研究有了一定的进展。

2001年4月,我被学校批准为历史文献学专业古代语言文献方向

（2003 年转为汉语言文字学专业）博士生导师。开始指导汉语音韵学博士生，学术上的压力就更大。指导博士生，我是一刻也不敢疏忽，战战兢兢，如履薄冰，生怕有误人子弟之嫌。学生的论文选题有许多就是我经常思考的研究课题，这样，指导与研究相得益彰，客观上，也促进了我的学术思考的深入而富于一定新意，当然，也就拓展了我的学术视野。有一些文章的写作，就是在这种工作中直接催生的。

2003 年 3 月至 2004 年 4 月，我在日本关西学院大学任客座研究员，合作教授是日本著名汉语音韵学家小仓肇博士。在小仓先生的具体指导与帮助下，我开始了"20 世纪日本汉语音韵学研究"的探索工作。我认为这是一个颇有意义的研究课题，一是可以以中国学者的眼光对日本汉语音韵学研究的历史做一个比较全面的考察，希望能够找到一些带有日本色彩的研究规律来，以便我们有所借鉴；二是希望理清中日汉语音韵学学术渊源关系脉络，从学术关系史上加以比较，区分异同，凸显出各自的研究价值。但研究工作进行得很艰难，因为要查阅大量的日文资料，并了解日本汉语音韵学研究的复杂背景与学术思想发展的历史进程，对一个外国人来说，确实不容易。我们国内学者关注日本汉语音韵学研究历史问题的很少，因此，可供参照的材料不多。

在日本访学期间，我的研究工作得到了六角恒广、平山久雄、岩田宪幸、水谷诚、佐佐木猛、佐藤昭、古屋昭宏、木津佑子等教授的大力支持与鼓励。中国旅日学者丁锋、方经民、张黎、徐国玉等先生也给予了很多的帮助。遗憾的是，方经民教授因在上海出车祸而永远离开了我们，看不到本书的出版。

从 1988 年到现在，17 年过去，我已发表了 40 多篇大大小小的汉语音韵学论文，占了我所发表论文总数的大半。现在，收入本集中的是 32 篇。按照内容归类，有中古音、近代音，大多与文献考订有关；再有就是属于中日音韵学术史的研究，也是选择了一些已经发表的文章列在里面。应该说，32 篇文章大体上反映了我的汉语音韵学研究历程与主要工作内容。我深深知道，我的研究有不少的缺憾，误说、谬说与一家之言并存。至于是不是有一点价值，还是留待音韵学界同行专家去评说吧！从我的角度来看，我是尽了力的，自欺欺人的想法是不敢有的。

　　翻阅这些论文，我不由得想起那些为我的论文发表付出了大量心血的编辑老师，应该特别感谢他们。他们是：侯精一、吴安其、金基石、小仓肇、尉迟治平、张振兴、全国权、丁欣兰、何宛屏、陈维新、侯占虎、徐东日、王风珍、曹秀玲等先生。《中国语文》《中国语言学报》《语言学论丛》《民族语文》《吉林大学社会科学学报》《文献》《古汉语研究》《语言研究》《诗话学》《汉语学习》《日本文艺研究》《声韵论丛》《延边大学学报》《古籍整理研究学刊》《东疆学刊》《吉林师范大学学报》等国内外知名刊物是我成长的摇篮，更是我的知心朋友。我衷心祝愿这些刊物兴旺、发达。

　　按照以往的学术惯例，只有具备了一定资历的著名学者才应该出论文选集，因为它可以起到一个"经典示范"的学术传承作用。像我这样的年纪与资历，似乎不应该"轻举妄动"，但我还是经不起"诱惑"。一则，音韵学界师友催促，以为汇拢一下论文也算是一个良好的总结方式；二则，一些关心我的研究内容的师友，认为将论文汇集出版，便于了解我。与人方便，自己方便，又何乐而不为呢？吉林文史出版社社长徐潜先生，是研究文学理论的专家，曾执教于大学多年，深知研究音韵之苦、研究音韵之寂寞、研究音韵之快乐，不忍心打消我的积极性，欣然接受了我的请求。我的硕士生林革华，早已获得吉林大学硕士学位，也尽全力支持。我的博士生汪银峰，牺牲了寒假时间，为我整理与编辑论文，非常辛苦。我由衷地感谢在我学习与研究音韵学道路上付出过辛勤劳动的老师与同学、朋友，没有他们的无私帮助与指导，就不会有我今天的音韵学研究，更不会有这些音韵学论著的问世。

　　还要感谢我的家人。我最亲爱的父亲李守田教授生前十分关注我的音韵学研究进程，有许多问题是受他老人家启发而解决的。可是，天不假年，我清楚地记得1998年8月，我协助宁继福先生举办第五次汉语音韵学国际学术研讨会，送代表从长白山回到敦化的第二天，他老人家就离开了我们，我怎能受得住这样的打击？母亲、妻子、儿子，为支持我从事的音韵学研究，又付出了多少劳动与辛苦？我认为，论文集出版，是敬祭父亲在天之灵的最好方式，愿父亲能够欣然接受。

　　如果说，大学本科时代学习给我以音韵学的朦胧意识的话，那么，任古代汉语教师之始，工作环境要求则是给我以音韵学的混沌意识。真正懂得音韵学的功用，以及明确的目标意识的形成则是在北大，是北大孕育了我的音韵学术灵魂。

　　当年在北大学习,我最喜欢在寂静的黄昏徜徉在未名湖畔,常常编织着未来的音韵学术之梦,这些梦又幻化成一片片优美的音韵之诗叶。如果有人问,遗留在未名湖畔的那些诗叶,你现在全部都拾回来了吗?我不敢作肯定的回答,但我知道,我现在至少已经拾到了一片诗叶,这片诗叶就是这本论文选集,它可以寄托我当年的梦想,难道不是吗?

　　诗叶之美,美在过去的幻想,更美在未来的继续行走的人生路程。我自信,我的未来一定不是梦,还是一片片优美的音韵之诗叶,因为那是由未名湖畔飘逸出来的。

　　　　　　　　　　　　　　2005 年 3 月于吉林大学古籍研究所

　　　　　　　　(《音韵文献与音韵学史》,吉林文史出版社,2005 年 6 月)

# 《〈韵镜〉校笺》跋

我们现在所能知道的,对《韵镜》进行全面而系统研究的中国学者只有高明、孔仲温、陈广忠三人。其他,比如对《韵镜》进行全面校注的还有龙宇纯、李新魁两人。此外,还有一些零散的论文发表,影响也很大,比如顾实《〈韵镜〉审言》(1923)、罗常培《释内外转》(1933)、赵荫棠《等韵源流》(1957)、谢云飞《〈韵镜〉与〈切韵指掌图〉的比较研究》(1963)、高明《嘉吉元年本〈韵镜〉跋》(1965)、葛毅卿《〈韵镜〉中的等呼》(1979)、李新魁《〈韵镜〉研究》(1981)、周法高《〈韵镜〉中韵图之结构》(1983)、俞敏《等韵溯源》(1984)、周法高《读〈韵镜〉中韵图之构成原理》(1991)、李存智《〈韵镜〉集证及研究》(1991),等等。就是其他研究《切韵》音系的著作,也是一定要涉及《韵镜》研究的相关内容的,比如李荣的《〈切韵〉音系》(1952),有关《韵镜》内外转、开合等问题的论述非常精到,成就卓著。不过,这些学者研究《韵镜》还存在着明显的缺憾,就是对国外,尤其是日本学者的研究成果吸取得还是不够。日本学者研究《韵镜》600 余年,专论与整理著作就有上百部,论文更是汗牛充栋。而《韵镜》回到祖国后,我们研究《韵镜》只有 80 余年,成果数量有限,如果我们不充分吸取日本等国学者的《韵镜》研究成果,那么,谈到对《韵镜》研究的深入与创新难免让别人持有怀疑的态度。

有鉴于此,中国音韵学界长期以来一直在强烈地呼唤着能够充分吸取国内外成果,超越前人,并代表当代中国学者高水准的《韵镜》研究著作的问世。如今,当我们读到杨军先生的国家社科基金项目成果《〈韵镜〉再研究》(出版时更名为《〈韵镜〉校笺》,浙江大学出版社,2007 年 8 月)时,强烈地感受到,这种宏愿即将实现。

《〈韵镜〉校笺》之所以能够代表当前中国学者研究《韵镜》的高水准,原因在于:

一是它的创新性。学者们校注《韵镜》,一般是把四十三图当作对象,而很少去校注"序例",作者在这里对"序例"用力,实在是颇具新意,因为"序

例"的内涵实在是太丰富了,是理解《韵镜》的关键之所在。还有,国内,尤其是大陆研究《韵镜》的著作,其版本依据的一般只有永禄七年本与宽永十七年本,而作者又增加了国内很少见到的嘉吉元年、福德二年、六地藏寺、应永元年、宽永五年等印本或抄本,这就大大地开阔了视野,与此前国内校注《韵镜》所依据的版本又有所不同,思考则更为全面,可以说,又上了一层楼,这是非常难得的。

二是它的特点突出。以校笺为主,专题研究为辅。校笺不是停留在《韵镜》诸版本的一般比照上,而是兼顾与之关系十分密切的《七音略》。罗常培曾比较过《韵镜》与《七音略》的异同,所得出的结论迄今仍是非常有价值的结论,比如《七音略》是依据《七音韵鉴》而作,转次不同,"废韵"所寄之转相异,声母标目有区别,显示的内外转也有一些差别,等等,成为后人研究的基点。杨军教授出版过《七音略》校注的成果,对《七音略》研究也做出了突出的贡献。可以看到,作者校注《七音略》突破了罗先生的视野,也是广收异本,精打细磨,为恢复《七音略》原本面貌尽心竭力。有了《七音略》校注的基础,才能更好地研究《韵镜》,二者相辅相成,从而深化了《韵镜》的研究。

专题性研究也是独具慧眼,一些问题学术界已经有了比较成熟的结论,作者不再讨论,他所讨论的是学者们还没有解决好的一些问题。比如与之关系密切的"切韵图"的产生与发展、《韵镜》的"开合"与"内外"、应永本《韵镜》旁注字,以及《韵镜》的流传等。我们认为,杨军教授对这些问题的见解是独到的,不流于一般。比如,应永本《韵镜》旁注字性质,经过杨军教授的考察,我们知道,有注同音字、字义,还有校语等,注语并非一人一时所加,所据韵书也不同。旁注也有问题,比如误校误注、因注文替换正文而误等问题,这些与国内外学者的同一问题考证相比是最为细致的。其他,比如《韵镜》流传的刊本与活字本两系的推定,有理有据,超越前人。孔仲温教授《韵镜研究》(1987)曾将马渊和夫《韵镜》版本的考察系统分为写本系统与刊本系统,前者以元德三年本、嘉吉本为代表,有 19 种之多,后者以享禄本、宽永五年刊本等为代表,有 40 种之多,但对刊本系统内在源流关系的考订却是含混的。杨军教授则明确地提出了理清它们之间关系的新思路,这就有效地把握了现存刊本系统的整体性线索。

三是学术价值很高。《韵镜》在中国语言学史和日本语言学史上的地位十分显赫，大凡论及"两学史"的学者，一定要尽力突出其地位。比如日本学者古田东朔、筑岛裕所著《国语学史》(1997)第三章就专门列有"悉昙、《韵镜》的研究"一节，就可以知道它居于多么重要的位置，成为日本"国语学"必不可少的研究内容，而它在中国语言学史上的位置则更为显著，这是人所共知的，是传统小学文献的"重中之重"。

《〈韵镜〉校笺》的问世，无疑意义重大。一是将改变中国学者在整体性研究《韵镜》方面不能与日本等国学者研究"比肩"的状况，对某些问题的认识，可以说，在一定程度上超越了具有600多年研究历史的日本学者《韵镜》校注的水平。二是以校注为基础进而对所涉及的相关问题进行全面研究，突破了传统研究的视野，使《韵镜》的研究更为深入，给相关研究以思考的契机，从而带动了相关音韵课题研究水平的提高。三是研究方法的可行性，比如文献考证与历史比较交互运用，为进行同类音韵课题研究提供了"范式"。当前国内音韵文献的整理理论与方法的研究还比较薄弱，其中一个重要的原因是视野狭窄，跳不出旧有的思维模式，《〈韵镜〉校笺》则逼使人们寻求新的研究出路，因此，其贡献已经超出了人们的预期，无论是理论与实际的价值都不可简单估量。

当然，该成果仍然存在着一些不足。比如，在参考书目中，我们看到仍然有一些遗漏，像冈井慎吾《韵镜学书目解题》(1906)，三泽谆治郎《〈韵镜〉的研究》(三宅誊写堂，1960)，藤堂明保、小林博《音注〈韵镜〉校本》(1977)，福永静哉《近世〈韵镜〉研究史》(风间书房，1992)，等等。这说明，还有一些日本学者的成果没有注意到。就是我国台湾学者的某些著作也没有提及，希望将来有机会修订时予以补充。此外，有了《韵镜》校注，最应该对《韵镜》内在结构形式进行详细剖析，因为《韵镜》内在结构仍然是我国学者注意不够的地方。很多学者期待着有新的突破，今后是否考虑费笔墨增加这项内容呢？

我们认为，《〈韵镜〉校笺》存在着这些不足，不可一味地责怪杨军教授，客观上的原因是众所周知的，比如我国学术交流上的体制弊端，以及科研条件所限，等等，自然构成了我们与国外学者学术研究上的"非平等性"因素。人家研究我们是清清楚楚的，通体透明，无可遮掩；我们研究人家，是如雾里看花，似花非花。如此，我们就会抱着"都云作者痴，谁解其中味"的态度去做理性思考。

虽然如此,这些不足并不妨碍我们对《〈韵镜〉校笺》价值的肯定,我们认为,这是一项优秀的成果,已经达到了非常高的学术水准,应该及早与读者见面。有关部门大力支持这项新成果的出版,是具有独到的学术眼光的。它所赢得的社会效益肯定超乎寻常,并能够经得起时间的检验。至少,今后学者们再研究《韵镜》时,《〈韵镜〉校笺》是难以逾越的智慧山峰,必须把它当作重要的参考文献而加以引用。

我们认为,作者有关《韵镜》"开合"只能是"开"或"合"的观点将会引起争议,因为,还有一些学者根据音理或别的韵图认定"开合"不可偏于任何一方。

与杨军教授相识多年,他深知我具有直率的性格。我对《韵镜》只知皮毛,从来未深入其里,当然,也就谈不上研究了。杨军教授十分相信我,任我说外行话,容忍我"责怪",气度之大是可想而知的,我的"放言"也就由此而"出笼"了。我的"放言"主要是基于对《〈韵镜〉校笺》的一点儿认识,如果说得有道理的话,也只是个人的一点儿粗浅看法;如果这篇文字存在着误读《〈韵镜〉校笺》情况的话,则请杨军教授与读者谅解我的无知。我当然会以此为戒的,尽量做到少站在批判的立场进行无深度挑剔,而多进行深层次对话,确定其学术价值,拍掌鼓劲儿。

2006 年 11 月 26 日于厦门大学海滨路 46 号 602 室寓所

(《〈韵镜〉校笺》,浙江大学出版社,2007 年 8 月)

# 《宋元吉安方音研究》后记

1992 年 3 月,一个偶然的机会使我对《九经直音》音注"俗读"产生了兴趣。阅读过程中当然存有不少的疑问,我便带着一些疑问向吉林大学许绍早、林沄两位教授,以及吉林省社会科学院宁继福研究员请教,经过几次深入讨论,我明确了研究《九经直音》的一般性目标。宁继福研究员还有意提示我与台湾学者竺家宁教授取得联系,竺家宁教授也热情地寄来了一些有关他研究《九经直音》音注的资料,从而扩大了我的学术视野,也更坚定了我继续研究《九经直音》的信心。

我对《九经直音》的吉安方音价值思考始于 1994 年 6 月《〈九经直音〉与〈经典释文〉反切考异》(《语言研究》1994 年增刊)论文的发表,那个时候已经初步意识到,《九经直音》语音不能单纯地从时音角度考虑,而应该与其产生的地域相联系。不久,教育部古委会批准了我以"《九经直音》整理与研究"为题目的重点课题立项(1995)。1995 年 8 月我参加中国语言学会第 8 届学术会议(贵阳),有幸同李新魁教授比较详细地讨论了与孙奕语音研究相关的一些问题,也获得了一些重要的启发意见。此后三年,虽然对《九经直音》的版本、语音等问题有所考证,但由于诸多事项的烦扰,难以静下心来思考。1997 年 8 月有机会去江西南昌参加中国语言学会第 9 次学术研讨会,于是,在会议召开之前,先去了孙奕的家乡吉安实地考察。

在江西吉安,受到了市志办和吉安师专几位学者的热情接待。在他们的引导下,我查阅了诸如《吉安县志》、吉安人家谱等不少材料,也走访了几位有代表性的世代居住在吉安地区的当地人,并记录了他们的语音,愈发感到《九经直音》语音系统对研究宋元吉安方音的价值之大,所以,对《九经直音》的重要性认识更加深入。回到长春后,又收到南昌大学陈昌仪、刘纶鑫两教授寄来的江西方言资料。我随即着手整理研究《九经直音》等文献,《南宋孙奕俗读"清入作去"考》(《中国语文》1998 年第 4 期)、《南宋已见"平分阴阳"证》(北京大学《语言学论丛》第 21 辑,1998 年)就是其中的重要成果,受到了学术界前辈,比如著名语言文字学家北京大学唐作藩教授、吉林省社会科学院宁继福研究员、吉林大学林沄教授、南京大学鲁国尧教授,以及中国社科院语言所侯精一研究员,台湾学者竺家宁教授、李添富教授的鼓励和支持。我在他们意见的基础上,又进一步拓宽思路,重新设计,不局限于《九经直音》,也涉及《示儿编》音注,以及其他的一些材料,并和《中原音韵》语音研究有机结合起来,1999 年以"宋元吉安方音研究"为课题申报国家社科基金项目,获得有关部门的批准。

这个结果很让我振奋,无疑是有关专家对我的设想的充分肯定。兴奋之余,我也感到前所未有的压力,即以我一人之力完成如此重要的的课题,很显然是不现实的,于是,我邀请了我的研究生,在读的李红同学参加。我首先让李红把硕士学位论文选题放在南宋和元代吉安籍(主要生活在吉安)诗人古体诗作品的用韵研究上,借以补充材料之不足。然后,我们各取所长,对《九经直音》《示儿编》音注和其他材料进行研究。在李红处理的数据基础上,我和她共同探讨,于 2005 年初将书稿提交给国家社科基金委审核,获得了审议专家的好评,顺利通过了评审。2006 年,按专家们(后来知道是喻遂生、张鸿魁、耿振生三位教授)所提的意见,我们对审核稿又进行了修订,并吸取了最新的一些研究成果。这期间,知名语言学家李如龙教授予以特别关照,并且提供一些相应的客赣方言资料。我们努力完善课题内容,最终形成现在这个样子。我们对李如龙、喻遂生、张鸿魁、耿振生四位知名教授表示衷心的感谢! 李红对本书出力最多,更是让我感激不尽,是她帮我驱散了多年萦绕在心头的愁云!

16 年的时间过去,我也由青年步入了中年,工作单位也由吉林大学转到了厦门大学。对于本课题,我们已经做到了旧儒式的"皓首穷经"。我也经历了学术人生变幻的几多风风雨雨,浮躁散去,洗尽铅华,方觉得"宁静而淡泊"对于学术研究是多么重要。一个人一生中能做成一件事情真的很不容易,无论如何,本书是我们花了 16 年时间用心血思考的结晶,不管结论是否正确,论述是否粗疏,我们认为,它对近代汉语方言语音演变研究一定会有所裨益,也应该能够经得起时间的检验,对于这一点我们还是有一定的自信的。

我最亲爱的父亲李守田教授、救我于生死边缘的吉林大学亦师亦友的同事陈维礼教授生前十分关心我的项目的进展情况,本书的出版,很自然,希望能够告慰他们的在天之灵！我在博士研究生学习期间的导师、著名文献学家吕绍纲教授虽然病魔缠身,但仍然不时询问本课题的进展情况,但现在恩师已经看不见本书的出版了,我相信,《宋元吉安方音研究》的付梓肯定会让在九泉之下的他老人家心情得到些许宽慰。

　　本书的出版还应该感谢厦门大学国学院和中华书局。如果没有国学院经费的赐予、陈支平院长的大力支持,以及中华书局责任编辑的鼎力襄助,本书难以问世,对于这番厚意,我们将永远存念于心。

2008 年 5 月 29 日于厦门大学海滨路寓所<br>(《宋元吉安方音研究》,中华书局,2008 年 6 月)

# 《对外汉语教学论著总目大系》前言

　　对外汉语教学,又称为汉语作为第二语言的教学,也曾叫作外国留学生汉语教学、汉语作为外语教学等。它具有两个层面的含义,既可以指对母语非汉语的外国人进行汉语教学的活动,也可以指代概括这种教学研究活动的学科。

　　对外汉语教学涉及的学术内容十分丰富,有学者认为它应当包括对外汉语教学学科论、基础论、过程论、阶段论、课型论、方法论、研究论等诸多方面。很显然,随着人们对它重视程度的不断提高,所赋予的内涵也愈加厚重。这是不争的事实。

　　中国的对外汉语教学是从何时兴起的? 目前还没有一个统一的说法,不过,它在中国具有悠久的历史确实是客观存在的。肇始于汉代,大兴于唐代的观点,大体上可以得到肯定。东汉时伴随着佛教的传入,西域的高僧学习汉语口语语言,可以说是较早接受对外汉语教学的范例。东汉明帝永平年间,印度高僧摄摩腾、竺法兰,受大臣蔡愔等相邀,到达洛阳后,明帝在洛阳城西雍门外为他们建起精舍,即洛阳白马寺。摄摩腾、竺法兰就是在这里半天学习汉语半天翻译佛经的。他们具体是如何学习汉语的我们已经不得而知,但根据有关资料的记载,他们十分重视汉语口语的学习,这就为他们用汉语口语翻译佛经打下了坚实的基础。公元 7 世纪到 9 世纪前后,日本派出了大量的遣隋使、遣唐僧、遣唐使到中国如饥似渴地学习隋唐王朝先进的科学、文化以及政治制度,他们首先遇到的问题就是过语言关。他们学习汉语的过程,实际上,就是当时中国对外汉语教学的进行过程。以后中国的历朝历代都有对外汉语教学的实证,比如明代意大利人利玛窦最初在广东,后来在南京、北京学汉语,为便于学汉语,创制系统的拉丁字母汉语拼音方案,叫作《西字奇迹》。英国人威妥玛(Thomas Francis Wade,1818—1895年),自 1842 年跟随英军到中国后,曾在中国生活长达 43 年之久,从事英国对华外交、中文教学,以及汉学研究工作。在华期间,他编写汉语课本《寻津录《语言自迩集》，创造了以拉丁字母拼写与拼读汉字的方法，该方法被称为"威妥玛法"。

1950 年 7 月，清华大学设立东欧交换生中国语文专修班，由此奠定了新中国对外汉语教学工作的基础。近 60 年间，对外汉语教学事业不断得到发展，尤其是近 20 年来，随着我国综合国力的迅速增强，国际政治、经济、文化地位的日益提高，世界各国对汉语人才的需求大幅增长，所以到中国学习汉语的人越来越多，对外汉语教学已经成为中国文化走向世界的窗口。为适应这种需要，中国政府于 1987 年成立"国家对外汉语教学领导小组"，2006 年则改称为"中国国家汉语国际推广领导小组"。领导小组由国务院 12 个部委的领导组成，"中国国家汉语国际推广领导小组办公室"为领导小组的日常办事机构，就设置在中华人民共和国教育部内。这样，对外汉语教学正式成为我国国家战略的一个重要组成部分。中国的大学在原有的基础上，又陆续建立许多专门的教学与研究机构，对外汉语教学的热情空前高涨。进入对外汉语教学与研究行列的教师成倍增长，成为大学教育中引人注目的学术群体。目前，我国已经形成了从长短非学历班到本硕博士学历班等一系列完整的教学体系，每年世界各地到中国学习汉语的留学生已经达到 12 万人之多。

国外的汉语教学开展的具体时限亦难以考订，大体上应该与中国国内的对外汉语教学同步。汉代之前，周边国家学习汉语者已不乏其人，比如中国的战乱，使得北方汉人流入朝鲜半岛。朝鲜半岛的朝鲜人学汉语与汉族人学朝鲜语形成了"互动"。汉代以后，在朝鲜、日本、越南等国家，汉字文化的迅速传播，带来了汉语学习的热情。隋唐宋时期，与遣隋使、遣唐僧、遣唐使、遣宋使到中国学习汉语热潮形成照应态势，这些国家内部的汉语学习热度也不断升温。汉字文化渗透到当地人生活的方方面面，与其固有文化相融合，又构成了新的富于生机的本民族文化特征。长期以来，朝鲜、日本、越南的政府相继设立与汉语学习相关的机构，比如朝鲜半岛李朝时代，中央政府设立"司译院"与"承文院"，培养高层次汉语人才，有明确的教科书鉴定制度与考试制度。再如明清之际的日本"通事会馆"制度，"唐通事"的培养，就是非常重要的政府特定的汉语学习制度之一。"通事会馆"培养的"唐通事"活跃在长崎港口与中国东南沿海港口之间，成为中日文化和贸易交流的"使者"。明治维新之后,日本开始了"中国语"教育的非常时期,出于侵略中国的野心,政府与民间结合,都对"中国语"教育表现出了极大的兴趣。比如有名的东京外国语学校就多次聘请中国教师教授汉语。仅仅在清末,在日本出版的各类"中国语"教科书与工具书就达几百种之多。日本的汉语学习热已经远远超过了在中国进行的政府对日本留学生汉语教育行为。

欧美地区汉语学习的起始与传教士到中国活动直接相关,后来,演变为一些学者对中国文化的倾心关注。早期的利玛窦、罗明坚,学习汉语之后传播中国文化,在欧洲引起了人们的兴趣。中国明清两朝在吸收西方文化的同时,也使中国传统文化流传到了欧美,直接促进了欧美人汉语学习与研究的积极性。当然,欧美列强的一些殖民主义者对中国的关注还包藏着祸心,对汉语学习与研究心怀不轨的也大有人在。中国明清时期,欧美人编写的汉语学习与研究的著作十分引人注目,目前所知较早的是意大利来华传教士卫匡国的《中国文法》(Grammatica Sinica),写成于 17 世纪中叶。其他比较著名的有瓦罗的《华语官话语法》(1703)、马约瑟的《汉语札记》(1831)、马士曼的《中国言法》(1814)、马礼逊的《汉语语法》(1815)、雷慕萨的《汉文启蒙》(1822)、洪堡特的《论汉语的语法结构》(1826)、艾约瑟的《官话口语语法》(1864)、儒莲的《汉文指南》(1866)、威妥玛的《语言自迩集》(1867)、高第丕和张儒珍的《文学书官话》(1869)等,显现了当时欧美国家汉语学习与研究的兴盛局面。

进入 20 世纪以后,欧美各国学者对汉语学习与研究的热情更加高涨,出现了一批世界级的汉语教学与研究大师。如高本汉、马伯乐等等。欧美各国政府对汉语学习与研究的政策制订,出于不同目的,显示了与以往不同的策略并采取了相应措施。欧美各国许多大学设置中文系,培养专门的"中国学"人才,欧美汉语教育进入了实质性实施的阶段。

2004 年,国务院批准了国家对外汉语教学领导小组制定的对外汉语教学事业 2003 年至 2007 年发展规划——"汉语桥工程",在海外建立孔子学院就是重要举措之一。孔子学院是在借鉴国外有关机构推广本民族语言经验的基础上,在海外设立的以教授汉语和传播中国文化为宗旨的非营利性公益机构。它秉承孔子"和为贵""和而不同"的理念,推动中外文化的交流与融合,以建设一个持久和平、共同繁荣的和谐世界为宗旨。自 2004 年 11

月全球首家孔子学院在韩国成立以来,已有 300 余家孔子学院遍布全球 70 多个国家,成为传播中国文化和推广汉语教学的全球性品牌和平台。世界性的汉语教育热潮正在扑面而来。据统计,全世界现在有 5 000 万母语非汉语的人在利用各种方式学习汉语。专家们预测,未来十年,还将有几千万人加入到汉语学习的行列中来,这确实是前所未有的。对外汉语教学正面临着最为宝贵的世界性的历史发展机遇。

经过近两千年,尤其是最近 100 多年的历史积淀,世界各国学者在对外汉语教学研究的各个领域取得了十分丰硕的成果,可以说,比较成型的"对外汉语教学学"已经初步形成。随着对外汉语教学研究的深入,人们认识到,适应对外汉语教学发展的新形势,及时科学地总结对外汉语教学研究的经验与教训,是推动"对外汉语教学学"向更高层次迈进的有效途径,也是"对外汉语教学学"发展的客观必然。正因为如此,一些学者,开始着力编写"中国对外汉语教学史"以及"中国对外汉语教学发展概要"之类的论著;还有一些学者把目光投向海外,集中清理世界各国的"汉语教学"智慧之成果。收集与整理世界各国"汉语教学"研究资料已成为"对外汉语教学学"进一步完善的当务之急。

但真正搜集与整理近两千年的世界对外汉语教学研究资料谈何容易?散见在世界各国对外汉语教学中的"死"的文献与"活"的"化石"本身就难以挖掘,再加上客观经济条件与工作环境等因素的制约,在当今状况下,无论哪一个国家的学者,要达到理想的"对外汉语教学研究资料集成"的编撰水平都是不可能实现的,许多学者就此望而却步是完全可以理解的。但是,"万事开头难",即使是"不可能"也必须"有所为",即"明知不可为而为之",总应该有一些人献身这项造福于当代对外汉语教学,更利于今后对外汉语教学发展的事业。

我们认为,本着对对外汉语教学事业负责的精神,从最基础的对外汉语教学论著总目编撰做起,搜集整理迄今为止的对外汉语教学论著,做出摘要,客观介绍著作内容,或编订出版论著目录以供索引,是投身"对外汉语教学研究资料集成"的第一步,更是满足目前几十万世界各国对外汉语教学工作者与几千万母语非汉语的汉语学习者迫切需求的首要义务。由此,《对外汉语教学论著总目大系》应运而生。

　　《对外汉语教学论著总目大系》第一册和第二册,由《对外汉语教学论著总目中国著作指要卷》《对外汉语教学论著总目中国卷》和《对外汉语教学论著总目日本卷》三部分构成。

　　《对外汉语教学论著中国著作指要卷》,精选 300 部左右有代表性、对对外汉语教学学科发展发挥过重要作用的著作,按出版时间顺序排列,以一书一题的形式,逐一做出提要,包括该书作者、出版时间、内容简介、主要特点、最新研究成果等并予以实事求是的评价,力争不以人废言,不以言而论人,进而确定其各自在对外汉语教学历史上的地位和作用。

　　《对外汉语教学论著总目中国卷》《对外汉语教学论著总目日本卷》以时间为顺序,总共列出条目 13 683 条(其中中国卷 8 727 条,日本卷 4 956 条),涉及图书出版、论文发表的时间、形态(报纸、期刊、论文集以及学术集刊等),尽力做到内容准确,国别清楚。整个编撰工作关注对象的时间上限不限,下限截止到 2007 年 12 月。

　　《对外汉语教学论著总目大系》依据对外汉语教学学科体系的基本框架,将所列文献分作十大类:(1)对外汉语教学理论研究,包括学科语言理论、语言学习理论、语言教学理论、对外汉语教材基本理论(涵盖对外汉语教材编写理论、对外汉语教材编写的通用原则、对外汉语教材评估)、对外汉语教学流派及教学法、跨文化教学论;(2)对外汉语语言要素及其教学研究,包括汉语语音与语音教学、汉语词汇与词汇教学、汉语语法与语法教学、汉字与汉字教学,汉语与中国文化教学;(3)对外汉语课程教学研究,包括对外汉语听力教学研究、对外汉语口语教学研究、对外汉语阅读与写作教学研究、对外汉语综合课教学研究;(4)汉语作为第二语言的习得研究,包括第二语言学习者的语言系统研究、第二语言学习者的习得过程研究、第二语言学习者的汉语认知研究;(5)语言测试理论及汉语测试研究,包括汉语水平考试(HSK)研究、语言测试评估、语言测试理论及汉语测试;(6)对外汉语教师素质与教学技能研究,包括对外汉语教师素质与教学技能、对外汉语课堂教学技巧;(7)现代科学技术与多媒体教学研究,包括对外汉语计算机辅助教学的理论研究、对外汉语计算机辅助教学的实践研究、对外汉语远程教学;(8)世界汉语教学史研究,包括世界汉语教学历史和现状、海外华文教育史、世界汉语教育制度史研究;(9)汉外语言对比与对外汉语教学研究,包括汉英、汉日、汉韩、汉法等语言之间的相关语音、语法、词汇对比及其与对外汉语教学相关的比较教学研究;(10)对外汉语教学学术集刊及其他。

　　需要特别说明的是,《对外汉语教学论著总目大系》在编制的过程中有选择性地参考了北京语言学院世界汉语教学交流中心信息资料部编的《世界汉语教学书目概览》(第一分册)和许高渝、张建理等编著的《20世纪汉外语言对比研究》的两个附录《学术期刊上发表的汉外语言对比研究论文篇目索引(1954—2000)》《汉外语言对比专著、论文集索引(1955—2000)》,李泉《对外汉语教学理论思考》附录《对外汉语教材编写研究文献辑录》,以及相关著作中的参考文献,还有如《日本中国学会报》等记载的外国学者们编纂的相关书目、论文索引文献。这些文献是我们进一步工作的基础,为此,我们向相关作者诚挚地表示敬意,也十分感谢他们付出的巨大努力!

　　《对外汉语教学论著总目大系》的编写又是吉林大学"课程与教学论"专业"对外汉语教学"方向、厦门大学"汉语言文字学""语言学和应用语言学"专业"对外汉语教学"方向硕士研究生课程建设的重要环节之一。对学生进行对外汉语教学课程学习,我们认为,首要的是让他们了解"对外汉语教学论著指要",这是对外汉语教学入门之始的基础。从读书入手,是中国式治学的传统。现在所见较早的学习导读书目,是被后人称作"唐末士子读书目"的敦煌遗书伯2171号。此后又陆续有元代程端礼的《程氏家塾读书分年日程》,明代陆世仪在《思辨录》中所开的《十年诵读书目》《十年讲贯书目》与《十年涉猎书目》,清代李颙的《读书次第》、龙启瑞的《经籍举要》等。但导读书目真正在社会上产生重大影响,还是自晚清开始。比如光绪元年(1875),一部以指导广大读书人"窥门径"为宗旨的导读类书目问世,即张之洞的《书目答问》。许多学者治学,都是从阅读《书目答问》开始的。事实证明,从目录入手治学是行之有效的方法。我们把"对外汉语教学论著指要"作为教学的起点,就是基于让学生具有学术史的基本功力、基本眼光而学会如何进行研究的考虑。我们相信,这种中国式治学的传统在今天的对外汉语研究生教学中不但没有过时,而且更具有现实的价值和意义。

　　信息时代知识大爆炸,对外汉语教学研究也是如此,以"对外汉语教学论著总目"为基本视野,推而广之,向更深、更高层次研究迈进,培养高素质的对外汉语教学研究人才,向世界推广汉语、传播中华文化,前景肯定是不可限量的,我们愿意为此而尽一份心力。

编撰《对外汉语教学论著总目大系》,历经 10 年时间,克服了种种困难。全书是目前所见收集最为完备的中国和世界相关国家"国别"对外汉语教学论著总目汇编,总字数为 1 200 万字。编排体例力求合理而科学,还从便利读者的角度考虑,提供了一定的检索办法。

本书适用的对象主要是国内外母语为非汉语的汉语学习者,以及对外汉语教学专业教学与研究工作者、爱好者;其他学科,诸如文学、历史、哲学、法律等方面的学者、爱好者也可以参考;国内外各种类型图书馆、资料室也可以把它当作专业性的资料加以收存。

由于编写时间仍嫌仓促,再加上视野所限,我们还有许多论著没有收罗到,也可能存在不少应该避免的谬误,造成了本书的缺憾。我们愿意以诚挚的态度倾听读者的呼声,更愿意了解专家的意见和建议,以便于在今后的修改过程中加以完善。

2008 年 5 月 27 日于长春长影世纪村

[《对外汉语教学论著总目》(日本卷、中国卷),作家出版社,2008 年 5 月]

# 构建《古文字考释通假关系研究》系统

日前接到洪飏博士的电话,嘱我为她即将出版的著作写几句话,我当然得从命。

1995 年,洪飏从吉林大学考古系刚毕业,就以优异的成绩考入吉林大学古籍研究所,成为著名古文字学家汤余惠教授的硕士研究生。初识她是在 1995 年秋季我为古文字学研究生讲授汉语音韵学课时,她给我的印象是为人朴实、厚道,学习也很勤奋。汤余惠教授是 1984 年首批在吉林大学获得博士学位的 10 名学者之一,又是于省吾先生的高足,在战国文字学等领域享有盛誉,洪飏受业于他当然会打下牢固的学术研究基础。2001 年,洪飏又以优异的成绩再次考入吉林大学古籍研究所攻读博士学位,还是师从汤余惠教授。可是,偏偏在她入学前的几个月,汤余惠教授不幸英年早逝。可想而知,面对恩师的过早弃世,洪飏当时是何等哀痛!不久,博士点相关学术带头人找到我,希望刚刚被选聘为博士生导师的我能够承担起培养洪飏的责任。我知道,这是替我着想,希望我快些进入角色,并找到培养洪飏具有古文字学和音韵学"双料"知识结构的契合点。我当时诚惶诚恐,生怕自己有负重望,误了洪飏的前程,但考虑到所里的实际情况,还是应承了下来,就这样,洪飏成了我培养的第一位博士研究生。

对洪飏的学习,我则是尽力而为之。应该说,她对出土文献与古文字学的认识已经是很深刻了,我则希望她在音韵学上再加把劲儿,除了古文字学这只翅膀外,再多长出一只音韵学翅膀。她天资聪颖,果然不负众望,阅读了大量的汉语音韵学文献,并对许多音韵学问题提出了自己的见解。对于学位论文,我则建议她在汉语音韵学学界注意不够的上古语音与先秦出土文献考订关系研究的范围找寻,她则不畏艰难,详加论证,进一步缩小了范围,最后锁定了古文字考释中通假关系研究的选题。在论文的具体写作过程中,我因为对古文字没有什么研究,只了解一点点皮毛,所以,仅起到了建议论文结构调整与安排,以及修改文字差错等作用,更多的还是靠她自己的思考,以及与许多学者们的探讨。特别值得一提的是,吉林大学古籍研究所的老所长、著名古文字学家、考古学家林沄教授等学者为洪飏的博士学位论文修改付出了大量的心血。由此,得到了匿名与署名外审专家对洪飏论文所给予的高度评价。所以说,洪飏后来能够顺利地通过博士论文答辩而得以"双翅大展",是与他们的努力分不开的。每当忆及此,我当然感慨系之。

获得博士学位后,洪飏又远赴厦门大学人文学院博士后流动站,有幸师从著名古文字学家刘钊教授进行博士后研究。刘钊教授得到吉林大学古籍研究所于省吾教授、姚孝燧教授的真传,对她又进行了两年的严格的"新证派"学术训练,使洪飏的学术研究向着炉火纯青的方向发展。博士毕业3年后重新修订学位论文,由于具备了此等精深造诣,她又有了不同于此前的许多新认识,站得更高看得更远了,无疑会精益求精,把书稿打磨得更加圆熟。

我认为洪飏著作具有如下的特点,特向读者推荐:

其一,从解决古文字考释中的疑难问题——通假关系入手展开研究,既显示了她的敏锐学术眼光,又表现了她的莫大学术勇气。通假字考订是古文字研究的"制高点"之一。对一些字的辨识以字形分析方法可以得到正确认识,但还有一些字却难以奏效,就只好突破形体上的束缚,从语音关系上寻求出路。但从语音关系上考虑还有很多难以解决的问题,比如已识字和待识字之间的语音关系是时音还是方音,是音同还是音近?还有,论证通假语音关系中的"伪证"如何识别,以及词语的语音结构如何分析等,在实际操作中不容易确定。由此,许多学者陷入了难以走出"怪圈"的困惑之中。洪飏的切入点重点考虑到通假关系中的语音问题,但她并没有局限于此,而是更全面地研究造成通假的多项因素,力图挖掘到形成通假关系的成因和机制,所以,才有了从形、音、义等几个方面着手的综合性研究,这实际上在无形之中给自己增加了研究的难度。尽管如此,她还是不回避疑难,鼓足勇气,知难而进。通过她的研究,应该说,基本上形成了解决古文字考释中处理通假关系疑难问题的明晰思路,这本身就特别值得称许。

其二,揭示古文字考释中通假关系研究的基本面貌,从纷繁复杂的关系里理清了古文字考释中通假关系的多重头绪。洪飏为了搞清古文字考释中通假关系研究的基本面貌,阅读了大量有关通假问题的研究论著,经过对史料的精审分析与考据,明确了古文字考释中论证通假关系的新思路。比如,古文字考释中通假关系论证应该对应于古书中的字、词语问题;必须在出土典籍与传世典籍对读中论证通假关系。洪飏论著上古音研究中通假关系的语音认识部分谈到了许多研究上古音学者关心的重要问题,其中有对语音系统认识的差异是否影响通假关系的论证,涉及的面比较广泛,洪飏对其中关系的梳理还是比较细致的。

论证古文字考释中通假关系的伪证,以字形伪证、语音伪证、文献用例伪证、上下文义伪证,以及其他方面伪证为视角,剖析了当前古文字考释中存在的以正面形象出现,理直气壮的几种伪证现象,十分引人注目。缕析出的古文字考释中论证通假关系应该避免的几种倾向,也非常典型。作者把古文字考释中通假关系表现的多重特征分别描写出来,让读者自己去识别。

洪飏理清古文字考释中通假多重关系脉络意在强调通假关系的诸多矛盾现象,提醒读者先抓住问题的外部形式,再由表及里,深入剖析。

其三,刻意突出古文字考释中通假关系研究的系统性。古文字考释中通假关系研究的论著并不少见,不过,大多是就通假某一个方面问题,或从语音,或从字形,或从辞例来开掘的,而从大处着眼,进而全面论述的十分缺乏。洪飏给自己确定的目标就是,一定要拿出一部具有系统性的关于古文字考释中通假关系研究的论著来,现在看来,她已经实现了自己的美好愿望。

从其论著所论述的古文字考释中通假关系问题的全面性来看,很明显,体现了明确的系统性,这就可以印证我这番话不是虚夸之辞。

洪飏论著的结构布局是,把古文字考释中通假关系对应的对象——字、词语作为研究的第一步,这表明解决的是古文字考释实际应用中必须面对的问题,是论证的起始。

古文字考释中通假关系对应的对象还应该进一步划分为两个大的类别,即出土文献和传世文献。王国维等创建的"地下"和"纸上"材料互证的"二重证据法"在这里得到了实际应用。洪飏强调,出土文献和传世文献对读过程中的通假关系互证,从古文字考释方面来说,可以纠正古文字考释中的错误,而从传世文献的校勘来说,还可以用来校读古书。她细化了出土文献和传世文献考订中通假关系确定的一般性功用问题。

古文字考释中通假语音关系问题是表明洪飏学术功力的闪光点,是她将古文字考释中通假关系研究推向理论高度的标志。近年兴起的"郭店简热""上博简热",以至"花园庄甲骨文热""里耶秦简热"等等,都使得古文字研究的天地更为广阔,当然也对古文字考释中通假语音关系研究提出了许多新课题、新目标,音韵学和古文字学的科学结合显得尤为迫切。面对着这样的情势,洪飏显得十分冷静,所以,论证古文字考释中通假语音关系时力图表现得稳妥。比如通假语音依据,选择大多数人都能接受的体系,考虑的是语音理论的成熟度,而不是随波逐流。

思考当前古文字考释中论证通假关系存在"伪证"的问题蕴含着她提出理论命题的创新之见。我认为,关于古文字考释中论证通假关系理论研究方面的"伪证"概念,洪飏不是最早提出的人,但将"伪证"纳入到古文字考释中论证通假关系的理论体系中来则是她的突出贡献。"伪证"在古文字考释中论证通假关系时存在是客观事实,但很多人并不承认,其实很多人也不愿意承认,因为它涉及学术研究中敏感的学术伦理与科学观问题。突破禁区,敢于面对,求真务实,洪飏的直率多么可贵!

最后,论著所谈及的古文字考释中论证通假关系应该避免的几种倾向,给读者以回味思考余地,意蕴悠长。

本书对一个主题下几个板块的安排有主有次,循序渐进,环环相扣,显示了结构系统的逻辑力量。我想,人们常说的匠心独运大概也就是如此吧!

其四,强化古文字考释中通假关系研究的科学精神。洪飏的论证有一个突出的特点,就是能够从纷繁复杂的材料中整理出使人信得过的结论来。择善而从,就是一种尊重科学的精神体现。

其五,论证古文字考释通假关系时,在一些关键问题上提出了自己的独到见解。总结古文字考释通假关系研究的历史固然是必须做的,但清理纷繁复杂的研究头绪时,还能够提出自己的独到看法,则更为难能可贵。比如古文字学者关于"陵、陲"的争辩历时半个世纪之久,洪飏认为,其字的字形结构还没有落实,学者们的讨论大都是在肯定读作"陵"的前提下所做的推测。字是形、音、义的结合体,音本于形,在形体结构没有弄清的情况下,乞灵于语音通假(或歧读等)是不可取的。这个看法一举中的,道出了问题的实质。洪飏的新见还有很多,这里就不一一列举了。

洪飏的研究当然还可以有进一步拓展的空间。比如古文字考释中论证

173

通假关系,实际上还避不开人们关心的论证古文字通假关系"同源"或者"接触"的敏感理论问题,洪飏没有予以充分关注,多多少少还是让人觉得留下了一点点缺憾。

尽管如此,我认为这是一部意义非凡的著作,《古文字考释通假关系研究》的面世,肯定会给古文字学和汉语音韵学等相关课题的研究带来相当大的启示,促使人们转换思维,对相关问题进行更为深刻的思考,催生出更为精审的创见来。

洪飏是幸运的,但我认为,这种幸运得力于她自己的善于经营。她所经营的学业已经熠熠闪光不说,就是在生活上的经营也很出色。她在经营学业之余,又充分扮演好了为人妻、为人母的角色,得到了来自各方面的称誉,堪为当今女博士后之标杆,也许这就是今天的女博士后的正路。每每有人提起这一点,我作为她的老师,都感到很得意,并把她作为典范向她的师弟师妹们尽力鼓吹,但愿她今后的学术与生活道路仍一如既往。大家都确信,她会经营出属于她自己的更瑰丽的明天!是为序!

2008 年 3 月 8 日于厦门大学海滨路 46 号 602 寓所
(《古文字考释通假关系研究》,福建人民出版社,2008 年 9 月)

# 《宋本〈切韵指掌图〉研究》序

　　30 年前,我还是延边大学三年级学生,当时在王复光老师的"音韵学专题"课上第一次接触到了《切韵指掌图》(以下有时简称《指掌图》),粗略地了解了个大概,只知道它是反映宋代语音情况的声韵调配合表。真正有意识地把握《切韵指掌图》原理是在北大唐作藩教授的"汉语音韵学"与蒋绍愚教授的"近代汉语研究概况"课上(1987 年),当时留心调查了一下有关《切韵指掌图》的研究状况,感到可探讨的空间很大,不过,因为杂事相扰,就没有继续钻研下去。虽然如此,心里一直挂记着这件事儿。

　　2002 年秋季,我在吉林大学招收第二届博士生,岳辉、高淑清、李红、陈壮维(新加坡)四位同学入学。不久,讨论学位论文选题,我希望他们在各自感兴趣的领域进行选择。很自然,高淑清、李红选择了音韵学文献研究,而岳辉则选择韩国汉语教科书语言文献研究,陈壮维选择了易学语言文献研究。考虑到李红硕士生阶段学的就是音韵学,我记起了《切韵指掌图》,就和她商量,希望她接受我的建议选择现在这个题目。起初,她感到难度太大,不太情愿,但经过调查,认识到它的重要价值和意义,还是不畏艰难地应承了下来。

　　其实,从一开始,我对李红进行《切韵指掌图》研究就抱有十足的信心,为什么? 主要还是基于我对她学术能力的观察和了解。

　　1998 年 9 月,李红和陈乔、崔剑坤考入吉林大学古籍所攻读古代语言文献硕士学位,列在我的名下。我根据他们的实际,布置了选题事宜。1999年我主持申报的"宋元吉安方音研究"很荣幸地获得国家社科基金项目资助,李红是项目组成员,我就有意识地让她把硕士论文选题和我的项目研究结合起来。她考入吉林大学继续攻读博士学位不久,我就让她利用数据库技术处理南宋孙奕《九经直音》和《示儿编》等语音材料,协助我进行系统研究。经过五年的精心合作与艰苦努力,我们终于完成了此项课题,获得了匿名评审专家的充分肯定,后来,《宋元吉安方音研究》在 2008 年由中华书局出版。我主持的国家级"十五"规划教材《汉语音韵学通论》(高等教育出版社,2006)也邀请了李红参加,其中,"音韵学研究方法论"一章就由她来执笔。

李红在出色地完成课题任务的同时,让人特别难忘的是,又充分发挥了学术助手的作用,协助我指导了许多硕士研究生,无论是他们论文的选题、论证、材料提供、提纲确定、开题,还是具体的论文写作,她都付出了大量的心血,赢得了我的硕士学生们的尊敬,所以,许多硕士研究生都亲切地称她为"李师姐"。

2006年4月,李红的博士学位论文《切韵指掌图研究》定稿,全文达到60多万字。5月底,外审专家意见反馈回来,著名语言学家鲁国尧先生说,在其所评审的音韵学博士论文中,是最为精细的之一。还有的先生认为,它已经达到了《切韵指掌图》研究的应有的深度,等等。评价甚高。不久,该论文顺利地通过了答辩并获得一致好评。取得如此结果,我一点儿也不感到意外,觉得自在情理之中。

博士研究生毕业后,李红又远赴南国厦门大学博士后流动站,师从著名古文字学家刘钊教授。刘钊教授对李红的学术研究考虑得非常周到,希望她从出土文献角度思考音韵问题,她因此而阅读了大量的古文字论著,文献功底更加牢靠。至于出站报告,则给她一定的自由空间,所以,进站课题是宋代音韵与宋代制度关系研究,仍然与宋代语音探讨相关。

厦门岛四面环海,气候宜人,"含蕊红三叶,临风艳一城"的三角梅,像火焰一样喷发开花的凤凰木,热情而婉约。如此地理环境,使得厦门大学名家荟萃,以方言学蜚声海内外,学术研究精致而时尚,与北国长春的大气、吉林大学语言文献学的豪放粗犷相比,性格截然不同。杂糅南北中国"常青藤"名校语言学"京派""海派"的优长,兼收并蓄,使得李红的学术内涵愈益丰厚。

我以导师的身份评价李红的《切韵指掌图研究》,很自然,难免会有"护犊情结"作祟。尽管如此,一想起春秋时祁奚推荐祁午的旧事,也就释然。其实,"举贤不避亲"也是一种难得的学术上自我反省的姿态。

《切韵指掌图》是宋元时代五种最著名的等韵图之一,被称为研究宋代语音关键且富于个性的韵图。无论是何人编写音韵学通论著作,涉及等韵,言必称《切韵指掌图》如何,可见其音韵学地位何等显赫。

但研究《切韵指掌图》面临诸多难题,主要有这样几个:一是作者与版本问题。以邹特夫为代表学者认为该书不是司马光所作,那由何人所作？因为董南一的初刊本已经见不到了,流传下来的版本哪一个更可信？二是《切韵指掌图》与《四声等子》非常相像,谁影响了谁？三是从韵图是韵书音系的平面化的角度上看,它和哪一部韵书有直接关系？抑或是抛弃韵书而独创？四是它的实际音系性质到底如何？能否"对号入座"？五是它对后代韵书韵图的影响如何？直接证据怎样？尽管学者们已经进行了卓有成效的研究,还是留下了许多疑问。

我认为,李红解决《切韵指掌图》诸难题,走的是一条内部分析和外部比较,归纳和演绎相结合的路子,与传统考据还有所不同。比如对《切韵指掌图》的撰述年代有三种说法,她不是盲从,而是充分论定其证据的确凿与否,也重视缕析其结论的合理与否,加上自己所获得的新材料,加以断定,所以,最后认为,还是董同龢先生的说法角度新颖,可信程度较高,即,有《示儿编》资料存在,那种《指掌图》成书于南宋之后说法不攻而破:一是宋本存世是确定无疑的;二是董南一确有其人;三是孙奕《示儿编》所论的"不"字正是今传《指掌图》的特点之一。如此便可以确定,《切韵指掌图》必在孙觌《切韵类例序》之后,即在孙奕写《示儿编》那条笔记之前而作。董序有伪作的可能,所以,不能以董序来定《切韵指掌图》的成书年代。

有学者认为,《切韵指掌图》是依据《广韵》或《集韵》《礼部韵略》等《切韵》一系韵书而编写的。李红并不急于下结论,而是将《切韵指掌图》收字与这些韵书各韵及小韵字进行量化比较,结果发现,《切韵指掌图》与《切韵》系韵书无关,既不是依《广韵》而作,也不是依《集韵》而作,更不是依《礼部韵略》而作,而仅仅是受到《切韵》系韵书的影响。董同龢先生所谓《切韵指掌图》顾及《切韵》一系韵书之外语音实际的看法是很有道理的。由此,可以确定,《切韵指掌图》对研究宋代官方通用口语语音具有重要的应用价值。

《切韵指掌图》所反映等韵图形式如何估价？前辈学者多有讨论。李红确定《切韵指掌图》与其他韵图的关系,从列图形式、声母排列、等韵术语、韵目及收字等方面,将《切韵指掌图》和《韵镜》《七音略》《四声等子》《起数诀》《切韵指南》《卢宗迈切韵法》等宋元等韵图进行对比,发现,《切韵指掌图》图面构造是最为简洁的,是各个韵图的综合体。在这几个韵图中,《指掌图》的列字与《韵镜》列字最为相近。有关《切韵指掌图》与《四声等子》非常相像问题,这里也得到了一些解释。学者们提到《指掌图》时必然要联系《四声等子》,主要因为《四声等子》确实与《指掌图》有很多相似之处,李红列了7条:(1)两书都有二十图;(2)七音以牙、舌、唇、齿、喉、半舌、半齿为序;(3)归并《广韵》韵类,具体归并大体上一致;(4)入声兼承阴声韵;(5)以"效、通、遇、流、咸、深"六摄为独韵;(6)每图三十六母之上俱不标注清浊;(7)止、山二摄合口四等有帮组字。但出乎人们预料的是,《指掌图》的列字和《四声等子》的相差却极大,因此,李红认为,只能说明《指掌图》借鉴了《四声等子》一类韵图的构图方式,但在具体列字的时候却和《四声等子》没有多大关系。《指掌图》实际上是集体创作,也是未完成作品。

关于《切韵指掌图》语音系统,姚荣松与许绍早两位先生有详细研究。李红在吸取前辈成果的同时,也有自己的考订。她认为,在声调上,《指掌图》最具革新精神的是入声的分配,认为-t、-k尾兼承阴阳,完全可以证明在《指掌图》时代入声韵尾已经混变,实际上就是宁继福先生所说的"入配"即"入派",这与我研究南宋孙奕《示儿编》"俗音"所发现的情况是一样的,正好也可以与元代《中原音韵》"入派三声"相互照应。《指掌图》的守旧性并未体现出"平分阴阳""浊上变去"这些声调变化现象,但并不等于说在当时实际语音中没有存在。有关《指掌图》韵母系统,她以董同龢先生舒声四十三类、促声二十四类为讨论的基点,力求通过现代方言的异同,用历史比较的方法向前推溯,以此来推导《指掌图》韵母系统的拟音。就三四等是否合流问题,作者的观点是:不同意三四等对立的看法,以高摄为例,其保留了《韵镜》的等第格局,只是在四等的位置上合并了两韵的字。三等仍是传统的宵B,见于牙、唇、喉音,另外来纽亦有宵韵字,四等却是宵A(唇音)和萧韵两个韵系。这样所形成的对立实际上仍然是《韵镜》宵B与宵A的对立,而四等疑母位列宵B之"尧"字,恰好说明三四等已经混同。至于《指掌图》的声母,李红认为:表面上所能见到的是,其采用宋人三十六字母,按牙舌唇齿喉五音排列,因循旧图编排方式,似乎与时音相悖,但深入到图心内部,就可以发现,声母的分合还是明显的,主要有:知、照二、照三相混;船禅无别;俟母不存在;喻三喻四混同;泥娘母字列字混乱混同;唇音分轻重。

最后就是,李红对《切韵指掌图》的名称重新进行了诠释,遵从鲁国尧先生的看法,认为"切韵"即为等韵。也探讨了《指掌图》的由来、发展等问题,从文献形成的角度否定了《指掌图》与佛门的关系，并总结了其对后世的影响。

由上述说明可以看到，李红《切韵指掌图研究》无论是在研究的深度上，还是在研究的广度上都超越了前人，应该代表了今天学者研究《切韵指掌图》应有的水平，是值得特别推荐，并且应该重视的一部重要的等韵学研究著作。

在三年以后重新研读《切韵指掌图研究》，我认为，有两个问题还需要进一步思考。

一是对《切韵指掌图》二十图和《韵镜》四十三图时代的判断。如果将《切韵指掌图》的产生确定在南宋之前，那么应该如何解释聂鸿音、孙伯君在研究《解释歌义》时提到智邦及其《指玄论》，进而推论二十图式音图也是出现很早，当在唐五代与宋初之间？这个问题很显然和《切韵指掌图》二十图式的形成有着直接而密切的关系。如果同意聂鸿音、孙伯君的论点，那么，《切韵指掌图》是只有一种还是有数种，或者是不同时代的一个时间层次序列，就必须弄清楚。否则，便难以让人相信《指掌图》是集体创作，也是未完成作品看法的真实性。

我有一个大胆的设想，即不可以认为，《指掌图》在唐末宋初有一个基本的本子，后来经过北宋人改造成现代版本的《指掌图》，而《四声等子》《切韵指南》又是它的"另本"？其实，研究"二十图式音图"最好还是《指玄论》《指掌图》《四声等子》《切韵指南》四者并重，这样更为妥当。

二是本书认定《指掌图》入声韵尾已经混变，实际上"入配"就是"入派"，但如何体现在韵母系统的构拟上？是和舒声有重合呢，还是另有构拟？我们在李红的研究中还没有找到明确的答案。与之相关的音系性质问题讨论还是应该继续的，肯定是有无可回避的理由。

学术研究无止境，《切韵指掌图》研究也是如此。李红正值青春活力四射之时，随着对宋代语音研究的不断深入，她对《切韵指掌图》的研究会有更为新颖的审视角度。是为序！

2009 年 12 月 2 日于厦门大学海滨路寓所

（《宋本〈切韵指掌图〉研究》，吉林人民出版社，2011 年 3 月）

# 《明代以来内丘、尧山语音演变研究》序

2000 年秋季的一天,吉林大学古籍研究所张固也教授给我打来电话,说是有一位来自安徽名叫汪银峰的男生执意要考我的硕士生。还称赞他如何资质聪颖,勤奋好学,这很自然引起我的兴趣。

汪生银峰果然不负众望,在强手如林的情势下,仍然脱颖而出。2001年 9 月,汪生银峰入学,我见到的是一个很朴实而内秀讷言的蒙古族小伙子。我素来对学生要求严格,因为他只有 22 岁,是我的学生中最小的一个,"固知其必有所成也",因此,对他是格外器重,"督之导之,示以条例,明以方法",汪生银峰当然悉心受教,有所获益。

从在吉林大学古籍所攻读硕士学位伊始,及至获得吉林大学文学院汉语言文字学专业博士学位,整整 6 年时间,汪生银峰一如既往,刻苦读书,乐于助人,在同学中赢得较高声誉。尤其令我感动的是,他于攻读博士学位期间,不顾囊中羞涩,多次自费参加音韵学的相关国际学术会议并发表论文,还在北京参加北京大学等院校组织的"语言学高级讲习班",聆听国内外知名教授的授课,开阔了视野,对汉语音韵学学术很有一股子"咬定青山不放松"的劲头儿。

在考虑汪生银峰博士论文选题之时,我敬受宁继福先生的建议,希望他在汉语方音史研究方面有所作为,于是,经过多方论证,确定以"明代以来内丘、尧山语音演变研究"为他的博士论文选题。

就当时来看,国内外汉语方音史的研究成果相对薄弱,有许多课题需要有学者涉足,恰好,汪生银峰专注于此,由他担当此重任再合适不过了。他参加了由我主编的国家级十五规划教材《汉语音韵学通论》(高等教育出版社,2006)"近代语音"和"古代方音"两章的撰写;也主持了由我主编的《音韵学论著指要与总目》(作家出版社,2007)"指要"部分的写作,工作踏实,新意迭见,赢得同行学者的称誉。由于奠定了这样一个基础,他很快就进入了角色,埋首钻研,潜心撰述,仅用 3 年时间就完成了博士论文《明代以来内丘、

尧山语音演变研究》写作,非常顺利地通过了答辩。

在两年之后的今天重新审视《明代以来内丘、尧山语音演变研究》,我认为该书的优点是很突出的。

第一,所依据的文献材料《元韵谱》和《五方元音》翔实可靠。

《元韵谱》是明末一部韵书韵图相配合的等韵化韵书,由乔中和撰。乔中和,河北内丘人。一般学者认为,《元韵谱》有两种不同的版本:一种刻于明万历年间,只有韵图;一种刻于清康熙年间,除韵图外,还有韵书。但汪生银峰考察的结果是,《元韵谱》共有四种版本,根据出版的时间称之为:万历本、崇祯本、康熙本、光绪本。根据四种版本的性质,可分为两大系统:一种只有韵图,包括万历本、崇祯本、光绪本,由于初刻于明代,故称之为明版系统;另一种是既有韵图,又有韵书,如康熙本,与明版相比,则称之为清版系统。

《五方元音》,清初尧山樊腾凤著,自序中未载成书时间。赵荫棠先生考证该书成书于顺治十一年至康熙十二年之间。龙庄伟先生根据隆尧县文物保管所的调查记录和樊腾凤第十代孙樊中文先生抄存的碑文,推断该书成书于顺治十一年(1654)至康熙三年(1664)之间。汪生银峰依理而从,认定该书也是明清时期一部韵书韵图相配合的等韵化韵书,与《元韵谱》一样,都是近代汉语语音研究的宝贵资料。

汪生银峰对《元韵谱》和《五方元音》所进行的文献学考订,保证了论文材料依据的真实性,说明作者使用材料是非常审慎的。

第二,对《元韵谱》和《五方元音》音系性质做出合理的定性。

关于《元韵谱》的音系性质,虽然各家说法不一,但汪生银峰却赞成龙庄伟先生的观点,认为《元韵谱》的音系性质,即以明末的内丘话为依据。《元韵谱》的音系不受传统韵书的影响,而是根据作者自己的语音感觉归纳出来的。乔氏自序称:"人具唇舌齿喉牙,自当以呼吸缓急会天地之元音,岂泥故辙哉?"观点很明确,重视实际语音,不泥故辙。

而《五方元音》音系性质,也有四种说法,但汪生银峰根据樊腾凤《海篇直音》所说的"法穷而涉于粗浅,等韵门法错杂而又过于深微",以及"因《韵略》一书,引而伸之"观点断定,樊腾凤对《韵略易通》进行删改而成《五方元音》,肯定有一个语音标准。这本书的作者樊腾凤,还有参订者魏大来,以及出资刊刻的赵问源,均是河北尧山人,他们平时口耳相传的必然是当时的尧山话,这也正是他们进行删改的语音标准,《五方元音》的语音基础就是当时的尧山方言。

对《元韵谱》和《五方元音》音系性质的定性,证据充分,由此,使得明末清初内丘、尧山方音演变研究就有了可能,加上内在语音证据相佐,从而提升了《元韵谱》和《五方元音》对方音史研究的价值。

第三,传世文献和活的方言文献结合,方音史研究的"二重证据法"使用确实是有力有利。

虽然有对《元韵谱》和《五方元音》音系性质的定性,并且肯定了两部文献对研究明末清初内丘、尧山方音所发挥的作用,但仅有这些底气还嫌不足。作者将王国维的"二重证据法",运用到课题研究中来,引申之,即传世文献和活的方言文献结合,方音史研究"二重证据法"的纳入,有力有利。提供活的内丘、尧山方言音系,又可以见到《元韵谱》和《五方元音》音系与它们相沿一贯,源流十分清楚,其结论怎能不让人信服呢?

第四,对明代以来内丘、尧山语音演变的动因和机制提出解释。

以传世文献和活的方言文献的结合,对明代以来内丘、尧山语音演变的脉络清楚勾勒与描写,照理说,已经超越了前人的研究,可以止步矣。但作者紧随时代脉搏,不满足于方音描写研究,而是试图达到方音解释的目的,所以,对明代以来内丘、尧山语音演变的动因和机制提出了一系列解释。比如对声母,就有对微母和疑母的演变、日母的分化、舌面音[tɕ、tɕʻ、ɕ]的产生的说明。也有对韵母,比如[r]音的产生,[ai]、[uai]、[au]、[iau]等复元音韵母单元音化,[iai]韵的转化,[an]类韵母和[o]、[uo]类韵母的演变,以及入声韵类的消失的解读。还有对声调变化的阐释。比如在明末清初的内丘及尧山方言中,汉语声调为五个,即阴平、阳平、上声、去声、入声,而今天内丘及尧山方言中声调有四个,即阴平、阳平、上声、去声。其中入声消失的机制是关注的重点。可以说,其解释取得了比较令人满意的效果。

第五,由明代以来内丘、尧山语音演变研究推及相关方言的探讨,力图树立汉语方音史研究的一个样本。

把本课题作为样本来写作,逐渐摸索出一个汉语方音史研究方向,我认为,汪生银峰的目的已经达到。汉语方音史研究没有标准的典范可以遵循,但可以发挥主观能动性,寻求最佳解决方案,由此,本课题的探索就很有意义了,最起码为汉语方音史研究获得了有益的经验。由此,我想到,把内丘、尧山作为一个基点,推及更大范围区域的语音研究,是不是可以作为今后工作的一个重点? 如此,做到由点到面,步步为营,是不是可以有更大的收获? 我理解本书所蕴含着的"玄机"大概似此。

《明代以来内丘、尧山语音演变研究》所使用的音韵学研究上的"二重证据法",毫无疑问,是以历史比较语言学理论为依托的,并承袭高本汉的研究"范式"而发扬光大,值得学术界特别注意。

当然,我们不是说高本汉研究"范式"就是唯一可以信奉的尽善尽美的"范式",其实,学术界也应该注意其他的一些研究范式。比如有学者探索的时空"叠置交错"方言语音史模式[王洪君《文白异读与叠置式音变——从山西闻喜方言的文白异读谈起》(先后载于《中国语文》1987 年第 1 期;《语言学论丛》第 17 辑,商务印书馆,1992;丁邦新主编:《历史层次与方言研究》36～80 页,上海教育出版社,2007 年 11 月)],就是根据"白读音音类＋无异读音类＝白读层音类"的原理,拟测出闻喜方言共时音系中叠置的三个音韵层次:

(1)最早的白读层,属于西夏黑水城对音文献所反映的宋西北方音;

(2)次早的旧文读,即晋南蓝青官话层,属于与关中方言相近的中原官话;

(3)最新的新文读层,即 1958 年后,属于当代标准语北京官话。

从这项研究中我们可以看出,汉语方言中蕴含的汉语方音史资料是十分丰富的。以时空"叠置交错"模式寻求,效果非常明显,但也要有一定的文献依据,我们的方言调查材料内涵丰富,与汉语方音史研究相关的信息要利用一定的方式方法解读,才能挖掘出来。

此外,汉语方音史研究的接触、比较、制度等"范式",也不是不可以注意的。汉语方音史研究上的"跟风"固然失于浅薄,但一味执意固守,是不是也是失于鄙陋呢?

汪生银峰正值"而立之年",我认为,他经过数年的"沉淀"之后,回过头来再看自己的学位论文,无疑会有新的思考,我们期待着他能够站在新的历史起点上研究更为有意义的汉语方音史课题,从而实现自我突破。

前几天,汪生银峰打来电话,希望我能为他的博士论文出版写几句话,我一方面为他获得这样的出版机会而感到高兴,另一方面也希望他以此为契机而寻求新的学术增长点,并有所创新。愿望归愿望,一切还是得靠他自己去奋力探索,我们这里所能做到的只是敲敲学术边鼓而已。是为序!

2009 年 11 月 12 日于厦门大学海滨路 46 号 602 室寓所

(《明代以来内丘、尧山语音演变研究》,辽海出版社,2010 年 6 月)

# 《朱熹口语文献语言通考》导言

　　近 30 年来,学术界对朱熹口语文献语言的研究已经取得了许多重要成果。音韵的如:黎新第《从量变看朱熹反切中的全浊清化》(《语言研究》,1999),刘晓南《朱熹与闽方言》(《方言》,2001),《论朱熹诗骚叶音的语音根据及其价值》(《古汉语研究》,2003)等;训诂的如:陈松长《朱熹〈诗集传〉的训诂特色》(《古汉语研究》,1989);语法的如:祝敏彻《朱子语类句法研究》(1991),李思明《朱子语类的处置式》[《安庆师范学院学报》(社会科学版),1994],刁晏斌《朱子语类中几种特殊的"被"字句》(《古汉语研究》,1995),杨永龙《〈朱子语类〉完成体研究》(河南大学出版社,2001),唐贤清《朱子语类副词研究》(博士论文,2003)等。

　　本课题的实施,具有十分重要的实际意义和理论意义:

　　其一,朱熹口语文献语言是宋代语言研究的一个重要组成部分,以之为窗口,可以窥见宋代口语的一些基本面貌。从某种意义上说,朱熹口语文献语言能够体现宋代通行口语的一些基本特点,把握住朱熹口语文献语言也就把握住宋代通行口语的实际。同时,也为宋代南方一些方言,比如闽方言的研究提供确切证据。

　　其二,从整个汉语史的发展来看,朱熹所处的南宋正是汉语变化纷繁复杂的时代,有人认为是近代汉语的一个极其重要的完成时段。从目前的研究来看,南宋汉语的研究还远远没有达到深入、全面的地步,因而我们对南宋汉语的了解也十分有限,出于研究南宋汉语的需要,同时,也是研究近代汉语的需要,我们必须全面研究朱熹口语语言,它对研究近代汉语意义十分重大。

　　其三,采用比较成型的语言研究理论与方法,辅之以穷尽式的手段处理朱熹口语文献语言,一定能够开拓出切实可行的汉语史研究新思路,就汉语史研究的理论与方法的探索来说,也是必需的,必将对科学的汉语史研究理论建设有所裨益。

其四,已有的朱熹口语文献语言研究成果,无疑是我们工作的基础,但其结论的正确与否需要通过一定的方式检验。本课题不但可以验证已有成果一些结论的正确性,而且还会对已有成果的一些结论进行修订与补充,甚至有所发展,这本身就是对朱熹口语文献语言研究的一个突出贡献。

本课题推出的四种研究成果内容涵盖了朱熹口语文献语言所涉及的基本范围,它们包括这样几个方面:一是朱熹口语文献词汇。包括朱熹口语文献词汇个性特征、朱熹口语文献词汇构成、朱熹口语文献新词新语、朱熹口语文献词汇与通语、方言的关系等。二是朱熹口语文献语法。包括朱熹口语文献词法、朱熹口语文献句法、朱熹口语文献句式、朱熹口语文献语用特征等。三是朱熹口语文献语音,主要是《诗集传》语音。包括朱熹口语文献语音声母、朱熹口语文献语音韵母、朱熹口语文献语音声调、朱熹口语文献语音的个性特征、朱熹口语文献语音的方言基础等。四是朱熹口语文献修辞。包括朱熹口语文献修辞辞格、朱熹口语文献修辞语用、朱熹口语文献修辞技巧、朱熹口语文献修辞理论等。可以说,基本上囊括了朱熹口语文献语言的几个重要领域。

本课题研究的基本思路和方法:

其一,由华东师范大学古籍研究所和国内著名学者专家在 1994 年启动的新编《朱子全集》已经完成。课题组以之为基础,再行进一步广泛收集与鉴别朱熹口语语言文献,搞好朱熹口语语言文献分类汇编工作。

其二,就目前来看,新编《朱子全集》超越前人,质量一流,但它还是有一些缺憾。比如,它力图选择最好的版本为底本,博采他本,精心校勘,但是,有些版本还是选择不当,错误仍然不少,课题组必须对它重新进行校勘。这就要求研究者认真负责,把好文字关口。

其三,课题组对汇编好的朱熹口语语言文献各个类别,分别进行计算机处理,然后,将处理的数据进行整理与输出。

其四,对已经处理的朱熹口语语言文献数据分门别类加以研究,形成专题性的内容。这些内容,分开来是富于特色的独立性学术论著,而合在一起则是一套整体性的系列著作。

其五,对朱熹口语语言文献研究史料的处理则是分为两部分进行。一部分是国内朱熹口语语言文献研究史料,按时间顺序融入专题论著中进行论述,重在突出各个时期学者们的贡献以及历史局限性;另一部分是国外朱熹口语语言文献研究史料,在参考国别,以及时间顺序的基础上同样融入专题论著中进行论述,重在突出各国学者的贡献以及历史局限性。

我们认为,本课题突破的难题以及创新点是:

(一)突破的难题

1.口语文献语言的鉴别。有一些文献口语特性比较明显,比如《朱子语类》,而有的就是文白夹杂,需要剔除文言成分,这是一项比较难以把握的工作,需要制订相应的标准加以区辨,这就突破了原来一些学者的做法。

2.朱熹口语文献词汇中新词新语的确认。学术界对南宋出现的新词新语研究还很薄弱,由此,缺乏横向比较的参照,这就给朱熹口语文献词汇中新词新语的确认带来一些困难,如果能够突破这个局限,则会显现更大的研究生机。

3.避免朱熹口语语音研究方法的单一性。以往研究朱熹语音,方法的单一导致结论的简单化。本研究注意方法的多样性,就能够从多方面验证结论的正确与否。比如反切,系联法与剥离法、统计法、内部分析法综合运用,能够使材料的处理更加科学合理。此外,语音材料的选择不拘于《诗集传》反切,而是扩大范围,引入《仪礼经传通释》语音材料,这肯定突破以往的研究视野。

4.朱熹口语文献的方言特性认识。对于朱熹口语文献的语言,以往研究多从宋代通语的角度认识,忽略了它的区域性质,这就降低了朱熹口语文献的学术价值,用历史比较方法看待朱熹口语语言,寻找其方言特性,就会充分显示朱熹口语语言潜在的方言要素,难度虽然很大,但会取得意想不到的收获。

5.朱熹口语文献的语法特性,虽然有一些学者关注,但所得出的结论并不为人们所认可,其原因在于量化描写和深层次解释不够,我们在这方面用力甚勤,并取得了一些令人满意的效果,突破原有的语法研究思维模式是肯定的。

(二)创新点

1.整体性观念。第一次大规模系统整理与研究朱熹口语文献语言,这本身就是一个创新,是过去那种"抓住一点不及其余"式研究所无可比拟的。

2.对朱熹口语文献各个语言要素分门别类进行研究,然后,又要找出它们之间的有机联系,寻求语言的平衡规律,角度是新颖的。

3.视野不局限于国内学者的研究,而是扩大到国外,这在朱熹口语文献语言研究史上也是一个比较新的视野,顺应的是朱熹口语文献语言学术研究国际化的大势。

4.朱熹口语文献语言中蕴含了许多语言教育和修辞的内容,过去也不为人们所注意,本研究在这方面有所建树,肯定是提升了朱熹口语文献语言的价值。

需要说明的是,本丛书四种的顺利完成,首先要感谢每一本书的著者,他们是:厦门大学中文系副教授李焱博士、厦门大学中文系叶玉英博士、厦门大学中文系陈明娥博士、首都师范大学文学院李红博士。他们分别毕业于厦门大学、山东大学、吉林大学。在读博硕士期间,都受到了知名教授,比如李如龙、刘钊等严格的汉语语言学和中国文献学训练。博士毕业后,继续钻研,结合教学思考问题、发现问题、解决问题,逐渐形成了各自的研究特色,并在各自领域渐露头角,据有一席之地。此次集合在朱熹口语文献语言研究的课题之下,发挥各自学术专长,为课题研究付出了大量心血,相互协调,默契配合,出色地完成了所分担的子课题任务。我们看到,各部著作所体现的创新性,充分表现了他们的学术潜力和智慧,他们都具有深厚的历史使命感和责任感,这使我们对本套书的质量保障坚信不疑。通过实施本课题研究,我们团结了这批实力雄厚的新生力量,凝结成了一个富于厦门大学特色的朱熹口语文献语言研究团队,他们不负众望,不畏艰难,艰苦奋斗,具有宽厚乐观的性格,其耐人寻味之处,可圈可点,他们这种为学术而献身的敬业精神实在是突出的,更是可钦可敬的。

其次,我们要感谢厦门大学人文学院原院长陈支平教授。陈支平教授是著名的中国古代史学家,同时也是中国古典文献学家,他以自己敏锐的学术洞察力,认准本课题设计的学术前瞻性和创新性,不遗余力地支持在国学院立项。一晃三年多时间过去,本课题如约顺利完成,事实证明了他的判断是正确的。

"朱熹口语文献语言通考"是"朱子学"的重要组成部分。本人与李如龙教授合作策划这项课题,由来已久。我们的初衷是,以富于特色的课题带动科研,以大课题培养新生力量,以便保持厦门大学汉语言文字学的前沿性学术地位不变。朱熹是中外儒家理学精神的象征,同时也是福建闽学的奠基人,他所遗留下来的大量文献,有"宋代百科全书"之誉,是我们今天学人取之不竭的宝贵精神财富。作为身处福建的厦门大学学人,有义务继续挖掘它的重大学术价值,并对朱熹的学术精神有所发扬光大。由此,朱熹口语文献语言研究课题成为我们的首选。在这一点上我们两人的思考不谋而合,也就成为我们此次携手合作的前提和契合点。

李如龙教授是海内外公认的汉语方言学研究大家,但他的研究领域不拘于汉语方言学,他在汉语语言学史、汉语史、海内外汉语教育理论等领域也是成就显著,由他指导实施本课题研究,就使得研究的深度和创新度得到了有效保证。

本人与李如龙教授的分工是:李如龙教授牵头负责《朱熹口语文献语法研究》与《朱熹口语文献词汇研究》的审订;本人牵头负责《朱熹口语文献语音研究——以〈诗集传〉音注为依据》与《朱熹口语文献修辞研究》的审订。具体统稿时,相互交换看法,斟酌各方面意见而确定内容和体例。

本课题研究推出这四种著作,我们期待着海内外同行学人予以关注和批评!

2010 年 12 月于日本创价大学寓所

(《朱熹口语文献语言通考》四种,厦门大学出版社,2011 年 5 月)

# 《日本汉语音韵学史》后记

我何曾想过有一天自己会把日本汉语音韵学历史作为关注的对象？因为中国还没有一部完整的，又能够反映近 100 年研究实况的中国汉语音韵学史专著，何谈日本汉语音韵学史呢？

2002 年以前，我对日本汉语音韵学研究所知甚少，只是通过阅读国内文献了解一些很零散的信息。比如鲁国尧教授于 1990 年在日本国会图书馆发现了中国宋代等韵著作孤本《卢宗迈切韵法》，轰动中日音韵学界，着实让我羡慕不已，心向往之。还有冯蒸教授在《汉字汉语学术研讨会论文集》(吉林教育出版社，1991)一书中发表的《1965—1979 年国外汉语音韵学研究述评》一文，它在介绍欧美学者汉语音韵学研究成果的同时，也介绍了一些日本学者研究汉语音韵学的著述，给我留下了很深刻的印象。

2002 年 9 月，吉林大学派我去日本关西学院大学作客座研究员的事情确定下来，需要我申报项目，经过再三考虑，我觉得有必要结合自己的研究方向调查一下日本汉语音韵学的情况，于是就把"20 世纪日本汉语音韵学研究"确定为课题。当时的想法并不复杂，只觉得用一年的时间完成课题足够了，完全可以对日本汉语音韵学研究了解个大概，这样，草拟了一个提纲交给学校，学校又转给了日本关西学院大学，获得了双方的认可。

按双方约定的报到时间，我于 2003 年 3 月 27 日到达了位于日本神户以东，京都、大阪以西，属于兵库县西宫市的关西学院大学，被安排在了"关学"公寓 9 号馆。"关学"指定文学院的小仓肇教授(1947—　)作我的合作导师，阪仓笃秀、木村秀海、大鹿熏久三教授则是具体的学术联系人。

小仓肇教授受业于东京大学著名的汉语音韵学家三根谷彻(1920—　)教授。三根谷彻教授是日本东京大学著名语言学家小仓进平教授[著有《朝鲜语学史》(1920)。小仓进平(1882—1944)受业于东京大学日本现代"言语学""国语学"之父，由德国、法国留学归国的教授上田万年(1867—1937)博士]的学生，以研究中古汉语和越南汉字音而闻名于学界，尤其是越南汉字音,其专著《越南汉字音研究》(1972)一书,奠定了日本在越南汉字音研究史上的突出地位,获得最显赫的日本学士院奖。小仓肇教授感恩于三根谷彻教授的培养,与清水史等编辑了三根谷彻教授论文集《中古汉语和越南汉字音》一书(汲古书院,1993)。

小仓肇教授曾发表过洋洋 200 万言的巨著《日本吴音研究》(博士论文,新典社,1995)一书,影响深远,由此,确立了他在日本汉字音学史上的权威地位。他在日本"国语学"和"汉语史"两个领域造诣很深,发表了大量的著述。我在到日本之前就读过他的《日本吴音研究》,所以,感到由他来指导我调查日本汉语音韵学是最合适不过了,而小仓教授又十分乐意和中国的汉语音韵学同行进行交流,并愿意把日本的汉语音韵学的精髓提示给我知道,从而构成了我们合作的契合点,这可真的是可遇而不可求,很难用"投缘"二字来概括的,后来的事实证明确实如此。

第一次和小仓教授见面是在他的研究室,寒暄几句后,我便直截了当地谈了我的打算。小仓教授人很温和,又深沉,不大会说汉语,只用日语说:"我的研究室的书和资料你尽可以用,需要复印就拿走。"还拿出一张图书馆的复印卡赠送给我,表示支持的诚意。我环视了他研究室的书架,发现有很多日文、韩文,以及其他文字的音韵著作我从前没有见到过,欣喜异常,已经预感到此番日本之行如入宝山不会空手而归。

我从他那里借走的第一部书就是赖惟勤教授监修、说文会编写的《中国语音韵研究文献目录》(汲古书院,1987)。然后,又到图书馆借来了《日本中国学会报》(1~55 卷,有"语学"目录)。从音韵目录入手,我开始了分专题收集资料的历程。

"关学"是一所具有 120 年历史的日本著名私立基督教大学,创立于1889 年。它又是日本最美丽的大学之一,所有的建筑物都为米色墙面,红色瓦顶,是典型的西班牙式设计风格。由于历史积淀深厚,它的图书馆所藏图书资料很丰富,因此,我最初的资料收集是在这里进行的。"关学"图书馆的信息服务是一流的。有些资料"关学"没有,图书馆的工作人员会在日本全国联网系统中查找,弄清楚资料具体位置后,按读者的意思或者借阅或者复印,最多三天就拿到手了,非常方便,这当然提高了我利用日本学术资料的效率。每一天从所住的"9 号馆"到图书馆,再从图书馆回到

"9 号馆",两点一线,看似枯燥寂寞、苦行僧式的"查阅资料"的生活,让我变得如此单纯和快乐。

一些对中国学者友好的日本学者知道我在调查日本汉语音韵学,也以各种形式表示支持。邮寄和赠送学术资料的学者先后有:望月真澄、吉田雅子、水谷诚、阪仓笃秀、木村秀海、大鹿熏久、佐藤昭、赞井唯允、佐佐木猛、岩田宪幸、太田斋、木津佑子等。应该特别指出的是,个人的一些设想,曾经受到水谷诚、岩田宪幸、佐佐木猛、高田时雄、木津佑子五位教授的极大关注,并就研究过程中的许多问题提出很中肯的意见。

像水谷诚教授,是赖惟勤教授的高足,他借助自己的学术威望,四处联系;还不辞辛苦,亲自陪同我到东京大学东洋文化研究所、创价大学图书馆、庆应义塾大学图书馆永岛文库、东京都立大学文学院图书馆查阅资料。这当中,最让我兴奋的是,我在庆应义塾大学图书馆永岛文库和东京都立大学文学院图书馆看到了期望已久的永岛藏书。永岛荣一郎教授和中国学者赵荫棠教授 20 世纪 30 年代在北京大学共事的佳话,音韵学界几乎无人不晓,他俩相携于琉璃厂购书的故事感动了几代中日音韵学者,冯蒸教授就发表过文章记述了这一段有趣的文人逸事,并详细罗列台湾师范大学图书馆所藏的赵荫棠教授音韵藏书书目,还发出了寻找与之配套的永岛藏书的呼吁。亲自翻阅他们饱经风霜的藏书,并欣赏到他们在书籍扉页上所写的"知音"心语,仿佛在倾听他们有关音韵的对话,是一件多么惬意的事儿! 在这个过程中,佐藤进、大木康、高桥智三教授提供了特别的方便,破例让我在书库里自由查阅,真的感到心情很愉快。

岩田宪幸教授是日本著名语言学家辻本春彦教授的高足,多次与我在他京都的研究室、奈良的家里,甚或在京都岚山的周恩来诗碑旁、奈良唐招提寺的鉴真墓前、东大寺的大佛殿戒坛边等地方进行学术切磋,帮助我解决实际困难,表现出了十分深厚的友谊和感情。

佐佐木猛也是辻本春彦教授的高足,亲自驾车接我去大阪他的家中论学,一方面交流学术信息,另一方面,也就我的研究领域提供了很好的建议。比如,他认为不可忽视日本学者对《中原雅音》的贡献问题,启迪了我的思路,由此后来逐渐形成了《〈中原雅音〉研究的起始时间问题》(《中国语文》2004 年 3 月)一文的主要观点。

高田时雄教授为我在京都大学人文科学研究所图书馆查阅资料提供了全力支持，使我有机会获得很大的收益。

木津佑子教授是我 1990 年认识的老朋友，亲自陪同我去京都大学图书馆。由于她的帮助，我看到了有关 1815 年日本学者冈本保孝研究《中原音韵》及其相关韵书的第一手资料《诒痴府》。

我与佐藤昭教授一直未曾谋面，但他所给予我的支持是令人难忘的。他为了我的调查顺利进行，亲自开列调查必须参考的日文书目，并提出很有启发性的建议；他也寄赠了大量的资料，包括他的近作《中国语音史》。他多次写信希望我能够到北九州大学去访问，我因为事情太多就没有成行。2004 年 4 月我回国后，他有机会到大连进行学术交流，打电话希望与我见面，还没等我们奔赴大连或他来长春，他却突然间生了重病，非常危险，只好匆忙回日本，我们又失去了一次见面切磋的机会。后来，他来信说身体已无大碍，我才略略放心。

此外，由水谷诚教授倡议，古屋昭宏教授具体安排，2004 年 1 月底，我登上了著名的早稻田大学文学院的讲堂，发表了《〈中原雅音〉研究的几个重要问题》的学术报告，这也使得我有机会在中日两国学者十分关心的《中原音韵》一系韵书等重要问题上发表自己的观点，并倾听日本学者的有效回应，增强了深入进行本课题研究的紧迫感。

我的调查工作也得到了国内北京大学唐作藩、蒋绍愚两位教授的鼓励和支持。恩师唐先生反复强调理解日本汉语音韵学特点的重要性；在日本，我和国内的蒋先生通过电话，向他报告我的一些设想和收获，他听后非常高兴，希望我把其中的日本《中原音韵》研究情况写成介绍文章邮寄给《语言学论丛》，并破例允许让出两万五千字的篇幅，成就了这篇文章后来的发表，给国内《中原音韵》研究学者提供了一些必要的学术信息。

2004 年春节过后，我把已经完成的 30 万字调查初稿拿给小仓教授过目，小仓教授似乎比自己的论著"出笼"还高兴，一方面继续指出其中《韵镜》研究材料使用的不足之处，亲自查找，动笔修订，另一方面则建议，补写日本学者利用梵文译音对音材料研究汉语音韵学等成果的章节，我当然欣然接受。

此时我才感到，用一年的时间就想完成系统的"日本汉语音韵学史"研究的设想很显然是不现实的,过于幼稚,当然会留下许多继续挖掘的空间。所以,回国后,我还是努力寻找日本汉语音韵学课题,可是,材料的收集却成了最大的问题。尽管如此,我还是尽力利用国内的图书、期刊资源。北京外国语大学日本研究中心、国家图书馆、北京大学图书馆、吉林大学图书馆、厦门大学图书馆的学者们予以了特别的支持。

日本学者平山久雄、佐佐木猛、岩田宪幸、水谷诚、大岩本幸次、臼田真佐子、绀野达也,以及佐藤信弥、桐藤薰等学者或利用到中国参加学术会议的机会,或以邮寄的方式赠送材料,弥补了我的研究不少的缺憾,其对学术认真负责的态度尤其让我感动不已。

写作本书,还有一个心结,就是中国旅日学者的成果收入很少,这应该是很大的不足,像我的好朋友丁锋教授,为中日汉语音韵学关系研究做出了突出的贡献,在日本出版了国内学者很难见到的《〈同文备考〉音系》(日本中国书店,2001),照理应该有所介绍。实际上,只要稍加留心,就能够发现我国音韵学者在日本的研究足迹。还有,日本学者汉语方音史研究和部分汉语语音史研究的论著还没有集中介绍,比如佐藤昭《民国时代的北京话读书音》(北九州大学《大学院纪要》第 4 期,1991)和《山西方言音韵和中国语音史》(北九州大学《外国语学部纪要》第 91 期,1998)等力作,也是一种遗憾。这些方面的缺项,只好留待日后填补了,也敬请与之相关学者的谅解!

本课题申报了中国教育部留学基金、福建省高校新世纪优秀人才支持计划等项目,也获得了资助。如此,才免去了购买资料和仪器等方面捉襟见肘的困窘。

我也曾存有相当多的疑问,即以我一人之力完成如此大的项目是不是有点自不量力?由于我国学者对日本汉语音韵学几千年的研究历史知之甚少,包括对它的每一个时代、每一个人、每一个学术群体、每一篇学术论著的学术背景都缺乏足够的认识,我所写出来的东西是否就是充满着偏颇?学术价值会不会大打折扣?想到这里,我肯定是有点儿信心不足,忐忑不安。

但转而又一想,中国毕竟没有人写过一部系统的日本汉语音韵学史,万事开头难,总得有人去"舍身赴难","自取其屈",然后大有"忽如归"的感觉。我没有卓见,但还能没有愚见?我认为,如果我的研究有"愚见"的话,那也是有价值的,至少是给后继者以借鉴,避免走弯路。退一步说,"述而不作",

以中国学者的眼光把日本汉语音韵学的研究资料线索奉献给世人,本身也是一种贡献。因为可以让其他学者沿着线索去挖宝。有勇气提供线索,也不失为一种学术气度、学术风范。"学术,乃天下之公器",从这个意义上说,我的研究还是有存在的必要性的。

本书的整体构架是:把2008年之前日本汉语音韵学发展的线索按阶段特点总结出来,给人以强烈的历史感;以中日音韵原典文献,尤其是中国音韵原典文献为中心,以汉语语音史为框架,分专题讲述日本汉语音韵学发展脉络,突显日本汉语音韵学与中国汉语音韵学的你中有我,我中有你的互为依存的"同一"关系;日本学者自古以来就强调发挥译音对音文献对研究汉语音韵学的重要作用,因此,译音对音文献和汉语语音史研究的结合,就是日本汉语音韵学的一个独到的亮点;结语,归结到和中国汉语音韵学研究的比较上,寻求异同,力求突出日本汉语音韵学的个性特征。

虽然我力图以专题的形式叙述历史,但没有忘记一个使命,就是写每一个专题都尽力把日本学者的研究论著介绍出来,即使做不到"穷尽式",也要接近"穷尽式",所以,我把能够找到的论著出处都罗列上去,有一种给人"眉毛胡子一把抓"的印象,我觉得如果有学者认为本书在这方面还下了一点功夫,而且觉得还有点用途,并理解了我的这番良苦用心,我亦知足矣。

每一个专题的写作,不是以人物为中心,而是以问题和论著为中心,这样做强调的是问题和论著在汉语音韵学学术史上的价值。因为日本学者研究汉语音韵学的论著浩如烟海,我不可能一一过目细品,所以,力图拣重要的论述。当然,我认为重要的可能有些日本学者认为是不重要的,甚至是重复前人或者根本没有价值的,这只能怪我识见浅,或者没有学术眼光。还有,我对日本学者的评价如果明显带有个人偏见,那样就远离了公平的轨道,学者们尽可以批评。有一些论著曾经在日本汉语音韵学史上光彩熠熠,可是,我却没有提及或提及不够,也是该让人"打板子"的。由此,迫切希望学者们,尤其是中日音韵学者进行抨击,以便将来有机会修订时加以改正,这是我最为盼望的。

何九盈教授曾说,写学术史"应遵循这样的一些基本原则,坚持唯物辩证法,充分占有原始资料,秉笔直书,继承实录传统。对重要原著的介绍,力求有血有肉,不只是拿出几根骨头让读者啃啃"。(《中国现代语言学史》第

646页,广东教育出版社,2000)我十分赞同这个意见,也尽力按照这个原则去做。

日本汉语音韵学研究是世界范围内汉语音韵学研究的重要组成部分,日本学者的汉语音韵学研究究竟如何估价?我认为,我们既不能以个人喜好而过分拔高,也不能因非学术因素而过分贬低。以学术为准绳,排除各种干扰,出于公心,就会得到一种公正的评判。我愿意以这个原则约束自己,尽管实际操作起来很不容易,我也愿意在这方面与有识之士共同探讨。好在中日两国大多数学者之间存在着友好交往的诚意,不规避日本侵略中国战争的历史,尽力消除隔阂,能够着眼于中日友好的历史与未来,所以,讨论问题的基点是牢靠的。

必须提及的是,中日两国一些重要的学术刊物,比如《中国语文》《厦门大学学报》《古汉语研究》《吉林大学社会科学学报》《语言学论丛》《延边大学学报》《当代语言学》《民族语文》《汉语学习》,还有日本《日本文艺研究》、日本早稻田大学《中国语学研究》(开篇),以及中国人民大学复印资料《语言文字学》和《高等学校文科学术文摘》等的编辑老师都提供了极大的方便和支持。

还有一些学者以极大的热情关心我的写作进程,也曾提出过很好的意见和建议。比如宁继福、鲁国尧、李如龙、冯蒸、刘钊等教授,还有我亲爱的吉林大学和厦门大学的学生们,一有机会,就表达他们迫切希望看到本书的愿望。有了他们的鼓励和批评,才使我有勇气去完成这样一个不容易把握,而且难调众口的课题。

键盘敲到此,我忽然想起东京神田古色古香的神保町旧书一条街了,它很像咱们北京驰名中外的琉璃厂,历史悠久,是"书虫"们淘书的天堂。我几次到那里淘书,进了一家又一家书店,足足有180多家。在每一家书店,我都猛劲地呼吸着弥漫在空气中的淡淡书香,面对着或排列得整整齐齐或散乱不已的书架上的书,贪婪地一本本翻看着,迟迟不肯放下,好像猛然间遇到了多年不见的知心朋友,总有说不完的话。我所淘到的书,大部分是在中国见不到的,在日本印制的汉文古籍,也有少部分的近现代日文原典著作,精美而大方,自然价钱不菲,常常是让人望而却步。我似乎忘记了自己的承受能力,不停地挑选,直至实在拎不动为止,才心满意足地回到住处。我知道，自己平生最大的愿望就是淘到心仪的好书，如同探到地下宝藏。走过无数个城市，每到一地，即使是狂爱绝佳胜迹，也常常是先一头扎进书店，这就是我的第一喜好。呵，我的淘书之乐，乐在淘书的过程，何以在乎淘到了多少书呢？

徜徉在日本汉语音韵学的世界，是不是也是如此啊？

2009 年 2 月 20 日于长春长影世纪村 19 栋 1108 室

（《日本汉语音韵学史》，商务印书馆，2011 年 12 月）

# 《厦大中文系系志》引言

常言道,国有国史,方有方志。作为具有 90 年悠久辉煌历史的名校——厦门大学,当然编写有内容十分丰富的校史校志。中文系与厦大同龄,自在厦大校史校志中居于相当重要的位置,是厦大发展和变迁的一个典型缩影。厦大中文系是中国大学中文学科最具品牌效应的"常春藤""名系"之一,英才辈出,历史和文化内涵十分丰厚,自然又是研究者们趋之若鹜的关注对象,因此,为中文系"修史撰志"显得格外引人注目。

然而,为中文系"修史撰志"又不是一件容易的事儿,毕竟时光流转,世事变迁,况且人们对沧桑史实的挖掘,往往需要拨开历史云雾,利用新眼光对往昔"人事代谢"进行审视明辨。如此,"修史撰志"便成为评判中文系史实,并使之逐渐走向真实的一个历史记录过程。2000 年之前,已经有学者为中文系系志编写尽心竭力,积累大量素材,立其旨意,模拟其形,大有进入"未写其形,先使闻声"境界之势。2000 年以后,由当时的中文系领导牵头,发挥亲历者和后继者的史料聚集效能,精心编写,终于诞生了第一部比较完备的中文系系志。这个系志,梳理了一个线条比较清晰的中文系历史发展脉络,同时也保存了大量的珍贵可靠史料,充分发挥了系志"鉴往知来"的昭示作用。

一晃又是十年过去,厦大中文系进入学科建设、学术研究、本科生研究生专业教学迅猛发展的黄金时期。又恰逢中文系创立 90 周年之际,续修系志被提上了议事日程。新的厦大中文系系志代表了"新生代"对厦大中文系史实的认知水准,当然,其编写系志还是以"信史"为最高追求目标。

代代续修,绵延不辍,中文系已经铸就了系志编写的优良传统,问题是如何能做到系志体裁和形式更加完备?我们中文系的"修史撰志"老师,以高度负责的敬业精神,充分发挥专业特长,走访知情人,调查原始活资料,"辨章学术,考镜源流",精益求精,从而破解了编写系志过程中所遇到的诸多难题。呈现在我们面前的新的厦大中文系系志,就是"修史撰志"老师"博学、审思、明辨、笃行"的结果。

新系志以时系事,以类系年,注意纵横交错,概括地叙写了厦大中文系90年历史发展之大势,并详细铺陈各个历史时期教师、学生、科研、教学、机构等最基本状况,突出了厦大中文系迥异于国内外同类院校中文系的亮点。人们欲体会厦大中文系"系格"内涵、精神实质,可以从阅读系志开始;人们欲认识厦大中文系一代代绵延不绝的、个性鲜明的"另类"国学大师,要从精读系志开始;人们欲感知厦大中文系培养的创世纪风云变幻的精英人物,肯定也要从系志中寻找;人们欲寻求厦大中文系永葆青春,并富有持久竞争力的秘诀,更能够从系志中得到。这就是摆在读者面前的厦门大学中文系系志。

续修系志,重在补苴和完善,而非求得一蹴而就。再过十年,就是厦大中文系建系百年大庆之年。厦大中文系走过百年,最值得纪念的是什么?更需要厦大中文人潜心思考。其系志续修,自然就成为焦点之一。不用说,其规模肯定更是蔚为大观,其百年辉煌的象征意义就更为突显。厦大中文系百年辉煌的实现,是以厦大中文系百年系志的经典续修作为标志的。由此,厦大中文系90年系志续修是厦大中文系百年系志续修很好的前期铺垫。从这个意义上讲,我们补苴系志工作才刚刚开始。"十年磨一剑",十年以后,则可以肯定,这个系志之"剑",一定会"剑寒锋利",从而产生出更为广泛的影响力。

2011 年 2 月 23 日

(《厦大中文系系志》,2011 年 5 月)

# 叩响"大一中文"学术之门

## ——《大一中文课堂》序言

厦大中文大门为你敞开,你义无返顾地跨进来了,一切缘于你对中文的情有独钟。

跨进厦大中文之门后怎样?是一如旅人尽享中文大道的两边风景,还是与它风雨同舟,直到海天尽头?

为学难,为中文之学尤难,走过来的中文人都这么说。于是,许多人就希望向走过来的中文人讨要学习中文的"秘诀"。学习中文真的有秘诀吗?鲁迅《作文秘诀》就曾幽默而坦诚地说:"做医生的有秘方,做厨子的有秘法,开点心铺子的有秘传,为了保全自家的衣食,听说这还只授儿妇,不教女儿,以免流传到别人家里去。""作文却好像偏偏并无秘诀,假使有,每个作家一定是传给子孙的了,然而祖传的作家很少见。"

学习中文没有秘诀,但经验和规律还是应该有的。比如前人讲求读书要得"要领",从目录入手,就是一条被证明行之有效的"治学门径"。晚清著名政治家张之洞为了解决一些年轻人"读书不知要领,劳而无功;知某书宜读而不得精校精注本,事倍功半"的问题,专门开列了 2 200 种图书目录,分门别类,其中和"中文"关系密切的图书就很多。在必要时,张之洞还用"按语"形式加以评点,这些"评点"贯穿了张之洞"经世致用"的学术倾向和学术意识,尽显大家风范,曾经风靡一时。

张之洞所处时代与今天毕竟有很大的不同。今天的中国学术,从大封闭走向大开放,中西大交融,世界一体化,信息大爆炸,信息真伪难辨,信息垃圾超负荷,带给许多学人的是不知所从,极度迷茫。如此,就需要有真正"佛光之眼"的学者,承担起社会责任,拨开云雾,予以评判高下,明辨是非。如此,看看一些真正的"入门"之书,听听真正的学术智者治学的"心灵之音"显得尤为重要。

《大一中文课堂》,面对的是大一中文本科新生。大一中文学习体验,是大学中文教育各个阶段中最为重要的。"叩门"求学中文之初,获得怎样的经验,并根植怎样的中文意识,于大一中文学生后三年,乃至于一生之中文学习影响至大。大一中文学生学术情感和理智之纠结,大一中文学生学术和人生方向之自我定位,莫不与此相关联。因此,有针对性的学术疏导和评判,有意识地激发学生学术热情和进行学术理念碰撞,就成为中文教师必须担负起的责任。

自 2004 年 9 月起,厦大中文系为一年级新生开设了"语言文学新视野"学科导论课。这门课,不是由某一个学科领域教授一讲到底,而是由本系多个不同专业领域知名教授分别讲授,以专题授课的形式,向大一中文学生介绍自己研究领域的基本知识系统、学术发展趋势和方向,由此,构成了科学性非常强的高水准中文系列讲座。这当中,既有教授们自己专业领域的学术倾向性,又有多年治学门径和方法的总结,教授们的学术人格魅力和学术气质尽显无疑。课程本身就是努力让学生们扩大知识视野,转变学习观念,在一睹教授们的学术风采的同时,又在听取教授们的学术讲座中获取"惊人"的学术灵感,并上升到学术理性认识,真正"叩响"中文学术之门。

经过 7 年的实施,《大一中文课堂》教学效果非常明显。许多学生说,由这门课而迸发的中文学习激情、所凝结的中文学术人生信念,以及掌握中文学科知识体系的动力,明显与过去不同,研究和学习中文的效率大大提高。以此为起点,许多学生后来走上了健康的中文人生之路和中文学术之路,大大出乎人们的预料。

《大一中文课堂》很好地体现了中文学科的自我"独立性"和"尊严性",成为厦大大一中文课程体系中的亮点,更是整合厦大中文学科各领域学术,并形成教学"学术共同体",进而演化为一种教学模式的成功范例。有鉴于此,我们坚持贯彻《大一中文课堂》"创新与合作"的教学原则,在不断的中文教学实践和探索中继续完善和深化这种模式,以便求得厦大"大一中文课堂"成为一种知名的"学术品牌",继续发挥辐射中文学术知识、增强学术能力、铸就中文学术品格的教学先导作用。

中国每一所重点大学中文学科,由于各自学术传统承袭有别,所以,治学的风格各异。厦大中文系与厦大同时诞生,90 多年来,形成了自己一源多流的学术血脉,具有明显的自我"学统"。标志之一就是,中文学术"坚守"

和中文学术"越界开放"并重,中文学术"学高低调"与中文学术"学高张扬"并举。

从前,黄宗羲有《明儒学案》、江藩有《国朝汉学师承记》之类的关于"学术流派"的学术史论著,臧否学术人物的学术"功过成败"以及学术"师承源流"的"家法"和"宗法"。如果今天有学者论及中国重点大学中文"学术流派"学术史,厦大中文当是"重中之重"。所以,评骘厦大中文学术史,不仅仅是"考镜源流,辨章学术"之需,还有继往开来的功用。《大一中文课堂》就是张扬厦大中文学术发展历史个性的一个有效空间。我们强调这一点,还有一个基本目的,那就是,让厦门大学中文后学,尤其是"大一中文"一代,了解90年来厦大中文学术发展的脉络和走向,获得厦大中文学术之真谛,并释解自身的诸多学术困惑和迷茫,迈开走向成熟的第一步。

为此,精研厦大中文学术,请自《大一中文课堂》始!

2011 年 9 月 28 日于厦门大学南光 1 号楼 302 室
(《大一中文课堂》,厦门大学出版社,2011 年 9 月)

# 《中日同形异义汉字词研究》序言

　　于冬梅本科毕业于东北师范大学中文系,中文根底很厚实,做过北京外国语大学中文系的教师。后来公派赴日本研修与工作,并就读于著名的东京外国语大学研究生院,以优异的成绩获得了比较语言学硕士学位。在日本学习和工作的 8 年,造就了她十分坚毅的性格,也是她积淀了深厚的日本文化底蕴。

　　2002 年秋,一个偶然的机遇,我与她在北京结识,此时,她已经回国,应聘为北京语言大学对外汉语教学专业的教师。我因为受吉林大学派遣,即将赴日本关西学院大学访学一年,对日本汉语史研究状况非常关注,所以,就很想招收一位与日本语言研究有关的博士研究生,希望与之合作,完成我的一些有关日本汉语史研究的课题。虽说是初次见面,但我们却一拍即合,她也想在中日语言对比研究领域继续深造,这个想法让我感到十分高兴。2004 年 9 月,她十分顺利地考入吉林大学研究生院,成为吉林大学文学院汉语言文字学专业"开点"以来的首届博士研究生。在此后的博士生教学中,我发现她学术悟性很强,尤其是对中日语言关系历史发展的把握方面,常常提出一些一般学者没有注意到的问题,由此,我感到,她从这个角度切入会有很大的收获。

　　关于博士学位论文选题,我希望她以日本明治时期北京官话课本词汇作为突破口,寻求一条新的研究道路。她则提出以研究中日同形词为中心,因为她手头已经收集了不少相关资料。最后,我们把我的设想和她的思路综合在一起,确定以清末中日同形汉字词为切入点,结合日本明治时期北京官话课本语言资料,理出常用中日同形汉字词系统,尤其是同形异义汉字词的基本头绪。在此基础上,深入探讨中日同形异义汉字词基本理论问题。我们原来把论文题目定为《中日同形异义词研究》,不过,经过一段思考后,觉得这个题目没能准确表达所要研究课题的基本内涵。所以,经过反复商榷、论证,最后决定改为《中日同形异义汉字词研究》,如此,研究对象就更为清楚、规范了。我们通过认真的调查与研究,感到虽然有关中日同形异义汉字词的成果比较多,但其作为现当代汉语词汇系统研究领域一个具有重要学术意义的课题,还有许多问题没有得到解决,而且研究空间相当大。因此,有必要继续深入挖掘,尤其是学术界认识还不够科学并且急待研究的一些关键性问题,希望在这篇博士论文中加以探讨。

这篇论文的框架结构,力图强化中日同形异义汉字词的学术新进展,研究中日同形异义汉字词的理论与方法、其历史发展脉络、生成机制、存在形态、接受和摄取因素等各组成部分的内在逻辑联系,一环扣一环,步步逼近问题的核心,让人感到这是一个完整而密不可分的系统结构。因此,与以往同类论文相比,脉络清晰、论证严谨、逻辑性及系统性强,是论文一个显著的特点。

该论文另一个突出的特点是注意以理论指导研究实践。此次运用了语言接触、语言比较、异质化、共时历时、语言地理与传播等理论来分析与论述中日同形异义汉字词,使研究获得了坚实的理论基础,并由此产生了一些新认识、新思路、新结论,解决了一些学术界没有说清楚或注意不够的问题。

此外,在研究论证中还全面吸收了学术界有关中日同形异义汉字词的最新成果,参考了大量的国内外文献,有中国大陆、中国台湾、日本、意大利等的,达到200多项,视野很宽广,几乎涵盖了目前所有的和中日同形异义汉字词研究相关的主要成果,这是目前国内外其他学者同类课题研究所不具有的优势。因此,本论文所具有的新成果新视野足以使我们对中日同形异义汉字词的认识站在更高更新的起点上。

我认为,于冬梅博士学位论文就"中日同形异义汉字词"理论与实践问题的探讨,已经提出了许多自己的见解,并具有明显的研究特色与风格,主要表现在以下几个方面:

1.她十分注意吸收国内外新成果,对"中日同形异义汉字词"概念内涵重新进行了界定,使之更为科学,有理据性,这是最值得关注的。

2.本文有意运用比较词源学理论,以"类型学"为视角,突破了中日同形异义汉字词研究的瓶颈。如果仅仅从历史语言学角度研究,肯定是有局限性的,也不能够说明中日同形异义汉字词"越界"的特点,而超越语系视野,从类型学的角度加以审视,效果则大不相同。

3.抓住中日同形异义汉字词动态变化的特征,而不是机械地认识"汉字词"变化问题。其基本观点是:中日同形异义汉字词是相对的,不是绝对的,要从时间性、空间性去认识中日同形异义汉字词的成立问题。

4.注意寻求中日同形异义汉字词存在的形态的差别,比如分析当代中日同形异义汉字词语义、语音、结构、语用的差别,力图弄清造成中日同形异义汉字词存在差别的机制要素。这是在前人研究的基础上系统性和客观性地去认识差别要素。

5.避免对中日同形异义汉字词进行平面分析,而重视对其接受和摄取因素进行历时的动态的研究。尤其是吸收学术界中日交流史研究领域的成果,进一步强调社会和教育两大因素所发挥的作用。研究中日同形异义汉字词生成的外部要素,则会深化对中日同形异义汉字词生成和运行的社会因素的认识,突破学科界限,使视野更为开阔。

6.第一次系统论述了中日同形异义汉字词系统演进的历史,一方面是基本理清了它的发展脉络,另一方面也观察到了中日同形异义汉字词在不同历史阶段的基本特点,为把握中日同形异义汉字词各个历史阶段所呈现的形态奠定了基础,这是学术界以往注意不够的地方。

7.对中日同形异义汉字词今后需要延展研究的问题进行了思考,并对中日同形异义汉字词未来研究进行了展望,具有一定的前瞻性。这是过去学者所不曾重视的。

8.对论述过程中所涉及的大量具体现实问题,比如中日同形异义汉字词学习与教学方略,有许多个人的研究所得,不人云亦云。

9.国内外学术界有关中日同形异义汉字词研究文献挖掘虽然有了很大的进展,但某些时段的文献还处于缺憾状态,尤其是清末民初文献,作者花费了很大力气,去查找第一手资料。比如日本学者池田常太郎,中国学者荣善、岳博、陶大均、李凤年共同编写的《日清会话辞典》[日本报文社于明治三十六年(1903 年)9 月印行,日本东京丸善株式会社同年发行]与善邻书院所编《中国官话字典》(1917 年)。《日清会话辞典》收录了 5 190 条北京官话常用词语。附录有 30 页,收有北京官话常用词语 230 个左右,其中有不少是中日同形异义汉字词,很有代表性。《中国官话字典》也是由中国学者和日本学者共同编写的字典,收有大量当时通行的中日同形异义汉字词,代表了大正时期中日同形异义汉字词流行的基本情况。还有 1944 年发行的《模范汉鲜和辞典》(博文书馆)列有当时常用的中文、日文和朝鲜文的同形汉字词,记载了当时即日本昭和前期通行的同形异义汉字词或同形同义汉字词情况。这些都是过去不曾被充分注意的文献,作者对此进行了认真研究,弥补了这方面的缺憾。

同时,本书附录撷取了与《日清会话辞典》同时期的文献《日汉辞汇》《日清会话语言类集》《日清会话筌要》的最新研究成果,目的是和《日清会话辞典》等文献相印证。对《日汉辞汇》《日清会话语言类集》《日清会话筌要》进行研究的分别是陈明娥、吴淑纯、骆冰,其中陈明娥是和我同一个教研室的同事,而吴淑纯、骆冰是我的硕士研究生。其选题,都是由我倡议的,所用原始材料也是我从日本带回来的。应该说,都属于我主持的国家社科基金项目"日本明治时期北京官话课本语言研究"的组成部分之一。有了这个附录,很显然,内容更加丰富了,也给关注本课题的读者提供了一个很好的文献参照。

10.最为重要的是,构建了一个不同于他人的,系统的、比较科学的"异质化"中日同形异义汉字词研究的描写与解释的理论框架,因而体现了中日同形异义汉字词研究的创新性特点。这也是本论文足以成立的一个支撑点,我认为,这也是于冬梅论文的一个很重要的学术成绩。

11.中日同形异义汉字词研究面临着新的学术转型,但如何转型?学术界还没有提出一个更为妥帖的办法。作者认为,必须从进一步强化第一手文献资料的发掘入手,这个观点我是十分赞同的。比如日本汉语教科书和工具书文献就蕴含着大量的材料,不可忽视。还有,在理论上,她强调并有意识地贯彻着这样一个观念,即中日同形异义汉字词范畴存在着一个自足系统,中日同形异义汉字词生成存在着机制性因素,也就是说,中日同形异义汉字词生成的构造、相互关系、运行规律以及开放性特征,都是一些需要进一步搞清楚的问题。中日同形异义汉字词稳定性结构形式与中日同形异义汉字词演变的显性特征,包括不同历史时期的共时性特征、历时性特征、时效性特征及适应性特征,比如适应不同语系语言的语句组合规则等问题,都是值得注意的。

因为于冬梅的博士学位论文具有这样的一些特点,我认为,已经构成了她对中日同形异义汉字词研究的独特贡献。因此,我非常愿意向学术界推荐,并希望就此展开关于这些问题的进一步争论,并在争论中深化对中日同形异义汉字词理论与实际研究的科学认识,以便更好地促进中日同形异义汉字词研究向更大的深度和广度迈进。

我正在主持编写一套"东亚汉语史书系"丛书,其内容,也和于冬梅所论"中日同形异义汉字词研究"有直接关系。主要成果是:

1.《日本汉语音韵学史》(50万字),已经由商务印书馆出版;

2.《日本明治北京官话课本语音研究》;

3.《日本明治北京官话课本词汇研究》;

4.《日本明治北京官话课本语法研究》;

5.《日本汉语语法学史》;

我在说明"书系"的学术意义时曾写下这样一段话:

为国内外汉语史研究者提供一条非常翔实而科学的汉语历史的线索,对促进世界范围内汉语史研究和发展发挥积极作用,并直接推动汉语史学科的科学化、现代化,并以此为契机,带动相关学科的学术进步和交叉,衍生出更为广泛的学术领域,由此带来新的学术效应。以本研究为基础,强化汉语史学科教学理论与内容的全面创新,进一步开阔视野,适应国家文化战略向纵深发展的需要,有力地支撑我国人文社会科学,尤其是中文学科,搭建创新平台,拓展更为广阔的学术空间。同时,为外国学者了解和研究中国汉语史的价值提供直接的帮助。

我们所拟定的"书系"宗旨很明确,一是通过本"书系",把国内外相关领域学者汇集起来,互通信息,共同研究,成就一支跨越国界的汉语史学术团队。这种学术共同体的形成,是汉语史研究的新开拓,更是促进国际合作研究汉语史的有效方式。二是国内高校相关领域学者联合攻关,并与国际学术界密切沟通,大大开阔学术新视野,进一步提升国内相关学者在国际学术舞台上的竞争能力,对整合国内各高校相同或相近学科研究珍藏汉语文献的学术力量具有十分重要的推动作用。三是国内外相关学者,发挥各自特长,集中攻关,不但可以衍生出对世界范围内珍藏汉语史文献进行研究的创造力,还可以锻炼队伍,凝练方向,形成更为鲜明的学科研究特色,从而牢牢地占据国内外同类研究的前沿地位。四是通过"书系"研究课题,可在很短时间内,积聚起汉语史研究优势,促进相关学科的发展,从整体上带动汉语言文字学学科的进步。五是对世界范围内珍藏汉语史文献进行研究,所建立起的研究理论与模式,会产生积极的"蝴蝶效应",会直接促进相关学科的研究,比如汉语海外传播研究等,进而推动相关学科的发展进步,由此,能够崛起与海外汉语研究相关的学科群体。而学科交叉,又会引发新"范式"的兴起,这是它所引发的长期学术轰动效应带来的必然结果。

可以看出,"书系"目标明确,设想宏大,所具有的学术价值自不待言,但真正落实起来,难度非常大,要克服许多难题。我个人的能力十分有限,即便是我所组建的学术团队,所能发挥的作用也是有限的。可我认为,只要学术团队同仁齐心协力,结果还是可以期待的,最起码可以搭建起研究的基本框架,并开拓出研究的一片广阔空间,以利于后继学者不断加以填充与完善。

必须说明的是,《中日同形异义汉字词研究》是"书系"当中的一种,"书系"中的其他书大多已经完稿,正在修订之中,不久就会陆续问世。

但愿关心本"书系"的学者通过各种渠道多提宝贵意见,以便使"书系"更好地为读者所接受。

于冬梅的博士学位论文即将由著名的厦门大学出版社出版,作为她的博士论文指导教师,我经历了与于冬梅共同切磋论文写作的研究过程,当然深知其中的研究甘苦。以上所说,就是我的一些最为真实的想法,现在,我不揣冒昧把它端出来让各位读者批评,希望得到各位读者的理解。是为序!

2013 年 4 月 14 日于厦门五缘湾五缘公寓寓所

(《中日同形异义汉字词研究》,厦门大学出版社,2013 年 6 月)

# 重建清代东北方音史：向混沌求新知
## ——评邹德文教授《清代东北方言语音研究》

### 一、新生机：国内外第一部系统的东北方音史著作问世

由于中国学术界长期以来过于忽视汉语东北方言史的研究，以至于汉语东北方言史面貌始终处于混沌状态。近些年来，在学者们的努力下，情况开始有所改变。比如汉语东北方言语音史方面，邹德文教授博士学位论文《清代东北方言语音研究》(2009)，以其系统全面而著称于世。汉语东北方言词汇史方面，有学者通过《车王府曲本》《同文类解》《奉天通志》(汪银峰，2012)等文献挖掘资料，更有李光杰教授博士学位论文《清代东北方言词汇研究》(2012)，以其文献涉及面广泛而赢得学术界普遍赞誉。中国汉语东北方言史的部分面貌也因此而显露出来，这确实给中国汉语东北方言史研究领域带来了崭新的气象。

但我们也看到，中国汉语东北方言史研究的各个分支学术领域发展并不平衡，距离达到整体性研究收获的目标还相当远。比如汉语东北方言语法史、汉语东北方言语用史研究等方面还不能令人满意，至少还没有出现像《清代东北方言语音研究》《清代东北方言词汇研究》那样有重要学术分量的专著，更没有学者去建构汉语东北方言史理论系统范畴。这些情况表明，汉语东北方言史研究还仅仅是一个起始，还不能说是已经成熟的学术领域。

尽管如此，我们还是认为，这个起始已经孕育着新的学术生机，它代表了未来的汉语东北方言史学术走向，非常值得我们珍视。为什么？其一，对汉语东北方言史研究文献的挖掘，已经找到了一条可以行进的路线。其二，对汉语东北方言史文献的研究已经形成完备的基本认识理论与方法。其三，由部分地认识汉语东北方言史进而向整体性认识汉语东北方言史拓展，已经打下了良好的学术基础。其四，从汉语东北方言史研究各个分支学术

领域不平衡出发,进而向缩小汉语东北方言史研究各个分支学术领域差距目标挺进,越来越接近汉语东北方言史研究平衡发展的理想境地。

## 二、《清代东北方言语音研究》个案典型价值

邹德文教授博士学位论文《清代东北方言语音研究》,经过 4 年的修订,已经达到了预期的目标,我们在祝贺它出版的同时,也希望通过对它成书过程的描述来进一步引申思考研究汉语东北方言史所需要认真对待的一些问题。

(一)《清代东北方言语音研究》选题和立意玄妙之处何在

邹德文教授博士学位论文为何要以"清代东北方言语音研究"作为选题?邹德文教授对此有过说明:

> 如果说汉语语音史是一座大厦,那么,方言语音史就是支撑这座大厦的强固立柱。研究清代东北方言语音,一是可以填补东北方言史空白,二是可以为完善汉语语音史的修撰提供素材,三是可以为现代汉语普通话语音的研究和正音工作提供重要的材料和结论,四是可以证明普通话基础语音系统的来源。

本书填补了中国东北方言史研究中的一项空白是可以肯定的,尤其是在系统的清代东北方言语音史研究方面更是如此。因为,在《清代东北方言语音研究》之前,确实没有同类的著作出现,这也曾是东北方言史学者们最为心痛的一件事。如今,《清代东北方言语音研究》的问世,结束了这段让人深感遗憾的历史,作为东北方言史领域的同行,能不欢欣鼓舞吗?但如果我们仅仅停留在这个认识层面似乎过于肤浅,因为,东北方言语音史研究与汉语通语语音史研究密切相关,而汉语通语语音史研究又是汉语语音史研究的核心,更是摸清汉语普通话语音史的关键,所以,《清代东北方言语音研究》的价值就非同小可了,其意图也十分明确,还有更大的目标在后面。

(二)《清代东北方言语音研究》发掘文献有那么难吗

我们总是不满意中国东北方言史研究难如人意,可是,每个学者又有谁不想改变这种状态?谁不想去做"敢为天下先"的拓荒牛?

其实，先贤学者也曾为此而殚精竭虑，比如林焘就曾发表《北京官话溯源》(1987)、《北京官话区的划分》(1987)论文，提出了"北京官话区"的新概念，即认为，从东北地区经过河北省东北部的围场、承德一带直到北京市区的这一片相当广大的区域内，各方言的声韵系统十分接近，调类完全相同，调值极其相似，这个区域应该统一划归为北京官话区。这等于说，东北官话语音只是北京官话语音的一个组成部分，东北官话语音概念并不成立。后来的学者，比如钱曾怡、耿振生等教授也赞同此说。在我个人看来，这个观点还需要重新思考，仅仅是通过现实语音面貌描写就下定论，还难以得到历史文献的直接证据支持。当然，我们理解研究者的无奈，文献太少，而且非常分散，进行大规模的文献发掘需要更多的时间。没有了文献的支撑，东北方言史研究的大厦还能建立起来吗？恐怕只能是空想的东北方言史研究楼阁或者曰东北方言史研究海市蜃楼。

邹德文教授接受过严格的历史文献学、汉语音韵学和汉语方言学学术训练，进行清代东北方言语音史研究，不畏艰难，打破常规，向传统等韵图、韵书，向域外文献要资料，曲径通幽，化腐朽为神奇，居然从无路的蛮荒之地中踏出一条属于自己的通畅路来，由此奠定了牢固的东北方言史研究大厦基础，他想不成为"敢为天下先"的拓荒牛都很难。

(三)《清代东北方言语音研究》该如何处理文献中的"音位""音值"问题

中国传统韵书、等韵图语音材料按照现代语音学观念认识，就是"剪不断，理还乱"，或多个音系叠加，或语音现象纠葛，混沌一团，难解难分。邹德文教授根据其语音大势趋向，采用杨耐思先生所述"剥离法"，层层剥笋，提取最典型的东北方言语音特征，大大提升了这些文献的东北方音史价值。比如对《黄钟通韵》《音韵逢源》语音的研究就是如此。但有一个问题，就是一般人认为，中国传统韵书、等韵图语音材料，无论你如何"翻云覆雨"，"玩于股掌"之间，都无法改变其与生俱来的先天缺憾，即只能求得音类，却不能求得音值。如何从传统韵书、等韵图音类过渡到东北方音音值，就需要在观念上有一个转变，即充分利用求得的清代东北方音音类，把它看作是清代东北方音音位，由音位向音值过渡，就非常好办了。薛凤生先生曾在《语言科学》上发表《音韵学二题》一文，强调汉语音系研究与音位学的关系，认为，推论汉语音系必须重视音位对比,严格的音位对比是构成音系的必要条件。与他一贯认为中国音韵学的传统是音位学,韵书不是记发音,而是记录音位对比的音系,韵书的性质本质上是音位性的观点相一致。理解到这一点,就可以解决传统韵书、等韵图不能求得音值的问题。域外文献,尤其是朝鲜、日本 19 世纪末 20 世纪初汉语教科书语音材料,因为运用表明音值的标音标记,是最为直接的第一手资料,把它纳入研究中,如虎添翼,更可以做到精确标音,证明传统韵书、等韵图音位的可靠性。毫无疑问,这种处理文献的理论与方法,跨越了语音文献混沌的鸿沟,实现了清代东北方言语音文献使用的最大效能化,这是远远超出前人的。

(四)《清代东北方言语音研究》可以确认的是"发现"还是"发明"

现在中国学术界争抢发表出土文献研究资料的现象愈演愈烈,文献中心主义盛行,由此,引出了是不是没有占有第一手资料就是居于二流学者地位的讨论。一些学者认为,"文献发现"比"文献发明"更重要,学术界的文献囤积居奇现象十分普遍。其实,有关这个问题的讨论,很早就有人进行。日本著名学者吉川幸次郎曾留学中国,他在《我的留学记》(2008)中提到,黄侃对他说过:"中国的学问不在于发现,而在于发明。"吉川幸次郎立刻想到:当时在日本,人们是把罗振玉、王国维的学问当作权威来看待的。罗王之学无疑是以发现为主,倾向于资料主义,但要从发明来说,他们未必如此。发明则是对重要的文献踏踏实实地用功去细读,去发掘其中的某种东西。从人们熟知的文献中发掘新问题更难,更见功力。钱穆后学严耕望也有如此主张,在《治史三书》中,他强调,以正史为基础,由旧史料推陈出新,"不要愁着没有好的新史料可以利用";"从大处着眼,从小处着手";"聚小为大,于细微之处见发明"。我们不去评论罗王之学是否为"发现"或为"发明"的问题,也不去认定"发现"或者"发明"何者为优的问题,从《清代东北方言语音研究》来看,"发现"与"发明"相得益彰却不是虚妄之辞。

可以肯定的是,《黄钟通韵》《音韵逢源》是传统等韵图、韵书,前人如赵荫棠、永岛荣一郎,今人应裕康、岩田宪幸、耿振生、陈雪竹、陈乔等均有研究,想要超越他们,就得从夹缝中求新知,发明新观点,如何何其难也?邹德文教授所理出的清代东北方言语音特征就可以证明,其"发明"的功力不可小觑。

《清代东北方言语音研究》的"发现"在于使用了中国学者几乎不知道的日本明治时期汉语东北方言教科书文献,比如《中国语讲义》,本来这是日本培养"中国通"的汉语东北方言教科书,具有侵略中国目的。认识到它的基本实质之后,还是要看到它的另一种学术意义,它既是日本文化侵略中国的罪证,也是研究清代东北方言语音的第一手资料,其中清代东北方言语音假名标记就十分珍贵。这个"发现"非常重要,因为它正可以弥补《黄钟通韵》《音韵逢源》语音音值研究的不足,等于说,提升了《中国语讲义》作为清代东北方言语音真实记录的汉语方音史价值。《清代东北方言语音研究》的原创性就在于有"发现"也有"发明"。

(五)《清代东北方言语音研究》还有后续探讨空间吗

衡量一个研究课题结项后是否具有内在旺盛的学术生命力,不在于它所贡献的成果本身是否完美无缺,而在于课题结项后是否还有延展性的研究空间。我认为,《清代东北方言语音研究》的延展性空间很大。比如移民与东北方言形成问题。从大的方面来看,就移民对社会的影响,已经有学者进行了探讨,比如葛剑雄等《中国移民史》(6 卷,1997)、张士尊《清代东北移民与社会变迁:1644—1911》(2003)、范立君《近代东北移民与社会变迁:1860—1931》(2005),但个案研究稍显不足,比如在东北方言语音研究方面,东北移民的"语言接触"问题研究就是个难点,还有许多工作要做。还有,清代之前的东北方言语音史、清代之后的东北方言语音史、东北方言语音制度史、东北方言区域语音教育史等,都可以进行探讨,而且大有可为。比如历史上朝鲜朝确立了一套严格的汉语"质正"制度,通事译官学习明清汉语官话,就曾以东北官话语音为标准,纠正朝鲜汉语学习者的语音学习错误,这在《朝鲜王朝实录》中有明确的记载。《实录》世宗 74 卷,十八年[(1436)丙辰,正统元年]八月十五日(戊寅)第二条载:

> 议政府据礼曹呈启:"国家能通汉语者少,实为可虑。择讲肄官及生徒年少聪敏者,号称义州迎送官,至辽东留止之时,或质问经书,或传习语音。仍给麻布十四、人参五斤,以资其行。"从之。

这是朝鲜国王支持朝鲜汉语学习者去辽东进行汉语语音"质正"活动的

直接证据。

《实录》成宗 200 卷,十八年[(1487)丁未,成化二十三年]二月二日(壬申)第二条载:

> 壬申,御经筵。讲讫,侍讲官李昌臣启曰:"臣曾以圣节使质正官赴京,闻前进士邵奎以亲老居辽东,回来时寻问之,该通经史,精审字训矣。世宗朝遣申叔舟、成三问等到辽东,就黄瓒质正语音字训,成《洪武正韵译训》及《四声通考》等书。故我国之人,赖之粗知汉训矣。今须择年少能文如申从濩辈,往就邵奎质正字训书籍,则似有利益。但正朝节日之行,人马数多,不可久留;如唐人解送时入送,则可以久留质正矣。"上问左右,金启曰:"遣文臣质正,祖宗朝古事,今可行也。"

这段文献给我们提供了如下线索:世宗时,申叔舟、成三问等到辽东,向黄瓒质正语音字训,完成了《洪武正韵译训》及《四声通考》等韵书,这对我们考订《洪武正韵译训》及《四声通考》对音语音系统提供了极大的帮助。黄瓒,一作黄璜,明朝辽宁开原人。黄瓒对《洪武正韵译训》及《四声通考》进行"质正",表明辽东语音的巨大影响是客观存在的。邵奎居于辽东,申从濩等到辽东邵奎处"久留"质正"字训书籍",所学肯定也与辽东官话语音有关。(李无未等,2013)

由此看来,《清代东北方言语音研究》后续延展性空间巨大,这也正是它具有的学术魅力之所在。

## 三、重建清代东北方音史:向混沌求新知

《清代东北方言语音研究》文献发掘固然很难,但我认为,难度更大的还是如何重建清代东北方音史问题。

"重建"是什么?"重建"的英文是 reconstitution。它本来和生命科学概念相关,有学者打过一个比喻,正如病毒的核酸和蛋白质可构成病毒粒子那样,从破坏细胞所得的部分可再组建细胞,这就是重建。另外,"重建"也指各类组织的重新构成。语言学的"重建",借用了自然科学的术语。它的基本思想来源于历史比较语言学理论,它所关心的主要是对语言谱系的梳

理和对史前语言的构拟。构拟就是"重建"。"重建"所使用的基本理论与方法就是历史比较方法。那么,什么是历史比较方法?梅耶在《历史语言学中的比较方法》中说:"进行比较工作有两种不同的方法:一种是从比较中揭示普遍的规律;另一种是从中找出历史的情况。"(岑麒祥:《国外语言学论文选译》第4页,语文出版社,1992年8月)。由此可见,对于"重建"来说,语言比较是前提,是在语言比较过程中寻求语言规律。

重建清代东北方音史,是进行语言比较,也是在语言比较过程中寻求语言规律的工作。准确地说,是进行清代东北方言语音比较,以及在清代东北方言语音比较过程中寻求清代东北方言语音规律的工作。

但如何才能进行清代东北方言语音比较并寻求语音规律呢?我们如果把清代东北方音史研究初始阶段看作是一个"无序"的混沌物质状态体的话,那么,进行清代东北方言语音比较并寻求语音规律的过程就是一个拨开云雾,层层深入,重建清代东北方言语音秩序的过程。向混沌求清代东北方音史"新知",必然由"无序"到"有序"。

把重建清代东北方音史工作和混沌现象研究等同起来,就要认识到它和混沌现象研究类似的地方。混沌物质状态所呈现的是非线性、非均衡的复杂性特征,清代东北方音史文献形态所呈现的也是非线性、非均衡的复杂性特征。比如相关的文献分布零散而隐秘,语种多样化,且往往沉睡于图书馆和档案库中。学者们要做的工作就是,拂去历史雾霾,使这些文献得以重见天日。挖掘与整理的过程,就是化混沌为清晰可辨的过程。这是就清代东北方音史文献挖掘而言的。

但这种文献挖掘并不等于"重建",而只是化文献混沌为文献清晰可辨。"重建"清代东北方音史的第一步工作,就是如何将文献转化为清代东北方音史面貌和规律,并对成因加以解释的过程。其实也就是将因混沌而呈现非线性、非均衡、随机性的无序的清代东北方音史研究推进到呈现线性、均衡、确定性的有序境地的工作。

按照这个研究工作步骤,《清代东北方言语音研究》寻求文献研究依据,比如从《黄钟通韵》《音韵逢源》、朝鲜汉字音、日本东北方言教科书中寻求语音资料,就是将因混沌而呈现非线性、非均衡、随机性的无序的清代东北方音史研究文献整理推进到呈现线性、均衡、确定性状态的工作。而"重建"清代东北方言语音系统,所得出的结论与解释性结果,比如声母、韵母、声调,以及变化规律,则是按照一般学者"重建"所采用的基本理论与方法,即历史比较方法推进到呈现线性、均衡、确定性的清代东北方音史研究的有序境地的成果。毫无疑问,这符合一般的历史比较语言学原则和方法。向混沌求新知,获得了一个令人比较满意的答案。

"重建"清代东北方言语音系统,以历史比较方法为基本操作程序,贯彻的是,建立"共同语"规则。梅耶说:"就系属已经确定,并且按照一定方法研究过的各族语言来说,对它们进行比较,就是在它们之间构拟出一种原始的'共同语'(langue commune initiale)。"《清代东北方言语音研究》与此无异,构拟清代东北方言语音系统,也是为建立清代东北方言"共同语"语音系统服务的。《黄钟通韵》《音韵逢源》、朝鲜汉字音、日本东北方言教科书存在着各自的语音系统,但都不能完全代表清代东北方言"共同语"语音系统。如此,就要进行它们之间语音系统比较的工作,寻求语音对应规律,拿出能够说明各自语音系统关系,并清楚解释清代东北方言"共同语"语音系统分化和变化规律的手段来,做到这一点,就达到了基本研究目的。

怎样去认识邹德文教授研究的清代东北方言语音系统? 我认为,还是回到梅耶的观点上来,即"构拟只能给我们一个不完备的,而且毫无疑问是极不完备的关于共同语的概念"(第13页);"任何构拟都不能得出曾经说过的共同语"。"比较方法只能得出一个相近的系统,可以作为建立一个语系的历史基础,而不能得出一种真正的语言和它所包含的一切表达方式。"(第14页)。按照这个理论去理解,邹德文教授所构拟的清代东北方言语音系统是一个理想的有关清代东北方言"共同语"语音的专家系统,而且,只能给我们一个不完备的,而且毫无疑问,是极不完备的关于清代东北方言"共同语"语音的概念,它可以作为我们建立一个清代东北方言"共同语"语音系统的历史基础,但却无法代替当时实际的清代东北方言"共同语"语音系统和它所包含的一切表达方式。

这是我们理性的,实事求是,而且头脑清醒的科学态度,也是无法苛求邹德文教授有关清代东北方言"共同语"语音研究工作的一个重要方面。

## 四、余论

    我与邹德文教授相识27年,可谓时间久长。我有幸忝列其硕士生博士生学习期间的导师,在他确定博士学位论文选题之初,就深信他以自己的所长,肯定会有所作为。如今,他把自己多年的有关清代东北方言语音研究的心得奉献给世人,并且经过了深思熟虑的打磨,我认为他是极其负责任的。我最为关心的是,读者能从邹德文教授大作中引发出的有关清代东北方言语音研究的后续思考究竟有多少,大量的后续研究正是清代东北方言语音研究课题存在的巨大学术价值之所在。现代学者对历史比较语言学"重建"理论责难不少,清代东北音史研究就面临着多重理论范式选择,像"语言异质化"理论、词汇扩散理论、语言演化尺度理论、语言类型学理论、语言地理类型学理论等等,可谓花样翻新,让人目不暇接。超越现有的研究范式必然带来意想不到的收获,"但愿人长久,千里共婵娟"。

    王安石《游褒禅山记》说:"入之愈深,其进愈难,而其见愈奇。"让人惊异的是,邹德文教授又一次"捷足先登",在研究清代东北方言语音系统的基础上,进一步思考,把目光继续向后伸展,由清代伸展到了民国时期,这又是一个东北方言语音研究的混沌领域,他的新思考还获得了国家社科基金项目评审专家的充分肯定。

    这一次重建清末民国东北方音史,向混沌求新知,我们相信,一定还会有更多的"发现"和"发明",毫无疑问,学术界在无限地期待着。

**参考文献:**

[1]邹德文:《清代东北方言语音研究》,中国社会科学出版社,2013年。

[2]李光杰:《清代东北方言词汇研究》,厦门大学博士学位论文,2012年。

[3]林焘:《北京官话溯源》,《中国语文》1987年第3期;《北京官话区的划分》,《方言》1987年第3期。

[4]薛凤生:《音韵学二题》,《语言科学》2009年第4期。

[5]吉川幸次郎:《我的留学记》,钱婉约译,中华书局,2008年。

[6]严耕望:《治史三书》,上海人民出版社,2011年。

[7]李无未、张辉:《朝鲜朝汉语官话质正制度考论——以〈朝鲜王朝实录〉为依据》，《古汉语研究》2014年第1期。

[8]岑麒祥:《国外语言学论文选译》，语文出版社，1992年。

[9]詹姆斯·格莱克:《混沌学:一门新科学》，张彦等译，社会科学文献出版社，1991年。

2013年2月7日于长春长影世纪村寓所

（《清代东北方言语音研究》，中国社会科学出版社，2015年10月）

# 《汉语史研究理论范畴纲要》后记

如果自 1984 年底从事大学中文系古汉语教学算起的话,我和汉语史结缘已经有 28 个年头了。

但说起系统学习和研究汉语史时间,还要晚一点儿。1987 年 9 月,我的汉语史学习第一堂课梦想是在北京大学中文系实现的。上唐作藩先生"汉语语音史"课,知道了王力先生"汉语史体系"的关键性要素,让我走出懵懂。唐师讲"汉语语音史"课的一个特点是,思路十分清晰,深入浅出。学习这门课,它让我懂得了汉语史内涵的丰富性,汉语史的性质是什么。后来,又听了陆俭明先生的"现代汉语语法研究"课、郭锡良先生的"汉语语法史"课、蒋绍愚先生"近代汉语研究概况"课、徐通锵先生的"历史语言学"课、王福堂先生的"汉语方言学"课和王理嘉先生的"现代语音学"课,眼界大开,获益不浅。在职攻读博士学位期间,又在吉林大学古籍所接受历史文献学和古文字学的学术训练,尤其是金景芳师、吕绍纲师,以及林沄师等先生的指导,更是让人难忘。

此后几年,虽然涉足汉语史研究领域,也给本科生、研究生讲授过一些有关汉语史基础知识的课,但从未考虑过要写一点有关汉语史研究理论的文章,以及给学生系统讲授汉语史研究理论的专题课,主要是怕自己驾驭不了难度如此之大的学术领域的教学和科研。

开始考虑给学生讲授汉语史研究理论课,主要是为学科发展的客观形势所逼。2001 年 9 月,我在吉林大学历史文献学专业招收语言文献方向的博士生和硕士生,在汉语古代语言文献课上有意识地渗透汉语史研究理论观念。2004 年 9 月,开始在吉林大学汉语言文字学专业招收汉语史方向的博士生和硕士生,因为讲授"汉语史研究专题"课,不得不把汉语史研究领域的一些重要成果文献梳理一下。从中发现,学术界研究汉语史事实的论著很多,而研究汉语史理论"成型"的论著却寥寥无几,许多汉语史理论成果散见于各类论著中,很少系统化、范畴化。我知道,博士生除了需要填充汉语史事实发掘研究的知识体系,还更加注重汉语史研究的理论性思考,并提出许多学术界尚未解决而又值得探讨的理论问题。这就让我感到,汉语史研究理论"范畴化"十分重要。和博士生、硕士生们讨论有关汉语史研究理论的一些问题,激发了我要讲一门汉语史研究理论课的欲望,由此,开始了汉语史研究理论范畴问题的系统梳理。

我从一开始就给自己立下一个规矩,就是以探讨汉语史研究理论范畴为目的,努力搭建一个有一定理论深度的系统范畴框架。不过,真正动手写作的时候,却感到自己的知识结构太偏狭,而课题难度又太大,所以,总觉得力不从心。于是,我开始阅读大量相关研究著述,汲取各路语言学界精英的学术营养,在不断的迷惘和困惑的痛苦中挣扎,思路逐渐明晰起来,从而让我鼓足了写作的勇气。

我每一次讲课,都注意观察学生们的各种学术反映,总是希望学生们冲破现有思维框架的束缚,大胆假设,驰骋想象。我以美国罗杰斯"人本主义教学"思想为指导,对所提出的每一个问题事先都不做定性答案,让学生依靠自己的研究来做判断,允许有多种看法,更鼓励激烈争论。

本书有一些内容就是我与学生们争论的结果。比如汉语史研究理论中的分期问题,邹德文、汪银峰两位博士出力甚多,相关文章还发表在《吉林大学学报》(2006年第3期)上。还有,探讨高本汉构拟《广韵》音系使用"第二手"资料的问题,秦曰龙博士思维活跃,我们就一起合作,把成果发表在《吉林大学学报》(2008年第1期)上。本书的基本理论范畴"异质化"探讨框架,和邸宏香博士合作,以《汉语史研究基本理论范畴问题》为题发表在《吉林大学学报》(2006年第2期)上。这些论文发表后,都或多或少引起了学者们的关注,有褒奖,有批评。论文中出现谬误,其责任应该由我承担。还有,我的学生刘云红同学为讲稿草稿整理出力甚多。我感到,与学生们讨论汉语史研究理论范畴问题的过程也是自己的学术理性思考逐渐深化的过程。教学相长,切磋琢磨,带给了我无限的乐趣,我也在教学相长的激烈学术碰撞过程中让自己的"学术星火"一点点地迸发出来,尽管有许多学术思考并不成熟,但毕竟与过去有所不同,在汉语史研究基本理论范畴探讨上,得大于失。

经过八轮的循环讲授,我觉得应该把自己零散思考的无序的"点线面"

系统化,于是以讲稿为基础,不断收集国内外与汉语史研究理论范畴探讨相关的资料加以补充修订,就"组合"成为今天这本十分"粗糙"的小书。综括起来,贯穿在汉语史研究理论范畴探讨中的一条基本理论主线,就是许多学者关注的语言模型"异质化"理论。语言模型"异质化"理论是由语言模型"同质化"理论转向而来的。"异质性"语言研究模型的体系化,对汉语史研究理论范畴探讨影响至关重要。适应国内外语言研究的"异质性"理论模型大势,又不失去自我,表现了我们求得研究汉语史理论范畴合理性的基本理念。

但是否具有这种理论意识就"一劳永逸"了呢?一定不是这样。最近读刘桂《化学哲学的一个重要课题——化学进化和化学退化》(孙小礼主编:《现代科学的哲学争论》第 37~54 页,北京大学出版社,1995 年 9 月)一文,有所感悟。化学的进化和化学的退化,只不过是自然界万事万物进化和退化规律所表现的一个侧面现象而已。"进化是生长、发育过程;退化是衰老、死亡过程,研究退化与研究进化同样是人类需要认识的自然规律。"研究语言的进化和语言的退化问题也是如此。汉语史研究理论范畴"同质化"模型似乎已经"退化",而"异质化"模型似乎正在"进化"。但终究有一天,"异质化"模型也会"退化"的,到那个时候,是否"同质化"模型又"再生"了呢?还是有别的什么"质化"又在"进化"了呢?是不得而知的。但有一点是可以预知的,汉语史研究理论范畴模型的"否定之否定"规律的"平衡性"调控是不会停止的,如此,才可以维持汉语史研究理论范畴模型正常"代谢"的"转化"形态。

我之所以不把自己的一些研究所得细化为论述,就是因为还有许多问题我的思考还不够细密,证据并不十分充分,很难达到准确程度,所以,它们只是一些表面上看起来简单的"演绎假说"而已。许多人知道,即便是表面上看起来简单的学术"演绎假说",也是经过"备尝艰辛""深思熟虑"的研究过程而得出的星点结论,它们是驰骋学术想象的产物,肯定也是有一定科学价值的。

从大的方面讲,实际上,自然科学中许多重大发现就是从这种"演绎假说"开始的,比如德国伟大数学家希尔伯特于 1900 年在巴黎国际数学家代表大会上提出 23 个尚待解决的重大而关键性问题,由此引发了一系列的数学研究的"革命"。希尔伯特善于"演绎假说"的科学精神超越了数学界,他的远见卓识,惊世骇俗,但我们也看到,他的许多创造性"演绎假说"研究是反常规的,以"演绎思维"为主,假想成分很大。从小的方面讲,比如汉语史的重要课题——《广韵》韵类研究,即便是字字讲究根据和来源的清代学者也免不了运用"演绎"的方法,比如陈澧"反切系联法""补充条例"中的"四声相承法",就允许依据各个声调的"《广韵》韵类类别"进行逻辑推断,即便是系联不起来,也可以按能够系联来对待。这是个典型的"演绎思维"法。

我辈学者命中注定不会有重大学术建树,更不会成为学术"领军人物",但勤能补拙,追求理性"演绎假说"的探索还是能做得到的。本书的一些简单的"演绎假说"很可能是"谬想",但也是不拘常规思考的结晶。由此,本书的"纲要"性质更为凸显。同时,也考虑到,有些问题不必"尽言"而为读者包办代替,一定要想到,应该给读者留有思索的"空间"。

需要说明的是,这个"讲义",只能算是向国内外同行学者们学习的心得笔记而已。明眼人一看就能看得出来,许多地方的引述,就是学习古今中外学者们学术成果的"摘引"或"心得"。因为大多数学者的学术内容是经过自己精心咀嚼的东西,我对学者们的科学精神肃然起敬,一定不敢掠人之美,所以,基本上做到了传统式的"论述必引证","每引必注明"。当然,也有另一层考虑,就是希望给读者提供一些经典性文献的出处,可权当另类"资料汇编工具书"使用。

说到"每引必注明"的文献,我这里免不了还要啰唆几句。英国学者罗宾斯《普通语言学导论》(复旦大学出版社,2008年4月)在谈及学习者需要阅读的"一般参考文献"时说:"语言学著作的阅读不要限于最新的出版物,尽管这些读物很重要很吸引人。""20世纪的一些著作在某些方面达到了类似语言学经典著作的成就,应同样重视,尽管某些事实和方法方面它们有点过时了,如索绪尔、萨丕尔、房德里耶斯、叶斯帕森、布龙菲尔德和特鲁别茨科依的著作都是如此。语言学是一门科学,它有自己的实际功用,但它不是一门'毁掉自己的历史'的纯粹实用科学。那些从事语言学学习,视之为一种自由教育的人,应该尽可能广泛地阅读。"这是说,要阅读语言学研究的历史,而不是以实用为目的。就汉语史研究来说,也是如此,也要阅读汉语史研究的历史,而不能"毁掉自己的历史"。由此,古今中外研究汉语史的经典性著作都要阅读,尽可能地覆盖面大一些。所以,"每引必注明"的文献就是检验我的阅读面是否合格的一个标志。我希望自己没有"毁掉自己的历史",不知是否做到了?

修改本书之后,还是免不了生出一阵阵的恐慌感。其实,我心里十分明白,这种恐慌全是由于个人学术不自信所致。学海无涯,知之有限,我辈学人先天不足,又扮演着学术"摆渡人"的角色,命中注定学术上"貌不惊人",到了"知天命"之年而发出难知天命的感叹,却还犯着"冒失出书"的幼稚病。难道还想让人说我很"天真",很"长不大"吗?岂不可笑?我还是引用先贤通人曹雪芹《红楼梦》里的一首诗为自己解嘲吧!也算是对读者的一个负责交代:

"满纸荒唐言,一把辛酸泪。都云作者痴,谁解其中味?"

2011 年 8 月 6 日写于长春长影世纪村寓所,2011 年 10 月 30 日作者在厦门五缘湾五缘公寓又及

(《汉语史研究理论范畴纲要》,吉林人民出版社,2012 年 3 月)

# 东亚语言学视阈的汉语史研究

## ——"东亚汉语史书系"序言

### 一、东亚语言学视阈与汉语史研究

"东亚语言学视阈",指的是中国、朝鲜、韩国、日本、越南语言学研究最优"整体性"视野,这超越了"国别"范畴和"语系"范畴,着眼于历史上形成的"汉字文化圈"内"跨文化"互动的东亚文明的语言学学术观照理念。

在东亚文明的语言学学术视阈内,汉语史所呈现的形态如何,其运动的形式、其学术走向及相互关系如何,这是我们关注的焦点。东亚文明学术中心的动态移动及多样化,带来了汉语史研究的理论与方法的全面变革,它的影响是深远的,也是迄今我们还没有理清的头绪,因此,需要我们深入研究,最终获得与此前完全不同的收效。这是我们过去仅仅是中国学者自己看自己的汉语史研究,以及单纯的日本学者看自己的汉语史研究、朝鲜韩国学者看自己的汉语史研究、越南学者看自己的汉语史研究所不能替代的。有的学者讲:"从周边看中国"(2009),从文明互动看中国,收获大不一样。而"相互观照","借镜观形"(《刘子新论·贵言》:"人目短于自见,故借镜以观形"),以及"镜像折射"(mirroring)则更为客观。东亚文明的创造产生于相互运动、相互浸透、相互作用的生成系统之中(布罗代尔语,见沃勒斯坦《现代世界体系》第1卷第3页,1998),东亚语言学视阈汉语史也不例外。

东亚语言学视阈汉语史研究,以东亚各国语言学深厚的学术积淀为基础,形成固定的汉语史研究理论系统范式,肯定是具有十分广阔的学术前景的。

比如研究汉语语音史,文雄《磨光韵镜》(1744)"汉音、吴音、华音"三音理论,就是典型的"中古近代汉字音史"观念,与汉语语音在各个历史阶段传入日本直接相关,从某种意义上讲,是汉语语音发展史在日本汉字音上的

"镜像折射",可惜我们中国学者注意不够。还有朝鲜朝汉语官话语音的"质正"制度,在《李朝实录》中记载得非常详细。透过这个制度,可以看到朝鲜朝不断地按照汉语语音变化实际情况来修订自己的汉语官话语音标准,比如《老乞大》谚文注音、《洪武正韵译训》语音等(李无未等,2013),这就给中国汉语官话语音发展研究,以及历史上的汉语语音规范研究提供了第一手资料,这也是中国学者所忽视的。中国、日本、朝鲜、韩国语音资料相互印证,汉语官话语音的面貌就逐渐清晰了,就不是过去仅仅是凭借一方资料得出结论所能替代的。

透过中国、日本、朝鲜、韩国、越南语音资料,我们还看到了什么?这背后的文化之间互动,蕴含着十分丰富的知识背景,政治的、经济的、教育的、文化的交流,各种因素综合在一起,促成了汉语官话语音在东亚各国的"环流",在东亚各国的"环流"过程中,形成了各自的语言学传统,这当然包含了各自丰富的语言学理论内涵。在这样的视野观照下,汉语官话语音研究就一定会变得十分"鲜活"起来了。

## 二、东亚语言学视阈汉语史研究目标及内容

### (一)东亚语言学视阈汉语史研究目标

东亚语言学视阈汉语史研究力求实现三个方面的目标:1.东亚语言学视阈汉语史研究学术理论预期目标。(1)对东亚语言学视阈范围内汉语史文献进行总的清理、调查、整理、研究,在汉语史研究观念上是一次新的转变,在信息化的时代,信息获取通道变得如此便捷,这在过去是不可想象的。东亚语言学视阈汉语史文献挖掘"海内外互动",充分尊重个性思维,寻求共性思维,突破了地域与国别的"思维"局限,实现了"思维方式"上的新跨越。(2)真正地确立了科学而完整的东亚语言学视阈汉语文献挖掘与研究程序,弥补了过去"国别"个体视野研究的种种弊端和缺憾,东亚语言学视阈汉语史研究变得真实可信。(3)东亚语言学视阈汉语史传统与现代理论的结合,孕育着研究思维模式和研究方式的新变革。比如传统文献整理方法(作者、成书、版本、文献源流、校勘、辑佚、语言年代等)和现代数据库手段的结合,为进一步描写与解释夯实了基础。(4)东亚语言学视阈多语种汉语文献同

步挖掘,带来了人们对"协同"处理知识的信息系统的新认识,挑战与机遇并存,如此,对现代学者的素质要求也是前所未有的,与之相应的是,这会直接促进东亚语言学视阈汉语文献语言理论与实际文献形态研究的进步,从而生成新的东亚语言学视阈汉语语言理论范畴。(5)东亚语言学视阈汉语史文献的挖掘,集中了世界各国东亚语言学视阈汉语史研究理论与实际智慧,无论是语音,还是语法、词汇等领域,都是一次理论与方法的大检阅,对理清东亚各国东亚语言学视阈汉语史研究理论与方法之间的源流关系,形成新的东亚语言学视阈汉语史发展理论和汉语学史理论会起到至关重要的作用。(6)东亚语言学视阈汉语史文献的挖掘,不单单是汉语史学科的独立行为,而是多学科"协同"的产物。在多学科参与的背景下,海内外东亚语言学视阈汉语史文献的挖掘,具有了学科复合特性,自不待言。但同时,也为相关学科研究提供了新的出路和借鉴。可以直接促进相关学科的繁荣与进步。

2.东亚语言学视阈汉语史学科建设发展预期目标。(1)通过研究,把国内外相关领域学者汇集起来,互通信息,共同研究,就会成就一支跨越国界的学术团队。这种"学术共同体",是东亚语言学视阈汉语史研究学者协作方式的一种必然,更是促进国际合作研究东亚语言学视阈汉语史的有效方式。(2)国内高校相关领域学者联合攻关,并与国际学术界密切沟通,大大开阔了学术新视野,更是提升了国内相关学者在国际学术舞台上的竞争能力,对整合国内各高校相同或相近学科汉语史文献研究学术力量具有十分重要的推动作用。(3)国内外相关学者,发挥各自特长,集中攻关,不但衍生出对世界范围内东亚语言学视阈汉语史文献进行研究的创造力,还锻炼了队伍,凝练了方向,更是形成了鲜明的学科研究特色,还牢牢地占据了国内外同类研究的前沿地位。(4)通过研究,会在很短时间内,积聚起东亚语言学视阈汉语史研究优势,促进相关学科的发展,从而整体性带动东亚汉语言文字学学科进步,建立国家重点研究基地、信息集散中心,承担更多的国家和国际重大课题,并作为人才培养摇篮,在已经成为重点学科的基础上,发展成为国际一流重点研究中心。(5)对世界范围内东亚语言学视阈汉语史文献进行研究,所建立起的研究理论与模式,会产生积极的"蝴蝶效应",一定会直接促进相关学科的研究。比如汉语海外传播历史的研究,带动了相关学科的进步。由此,便会崛起与海外汉语研究相关的学科群体。学科交叉,又会引发新的"范式"兴起,这是它所引发的学术轰动效应的结果。

　　3.东亚语言学视阈汉语史文献发现利用等方面的预期目标。(1)由于有了东亚语言学视阈汉语史文献的新发掘,会发现许多未知或重视不够的文献,当然会引发我们对相关文献的新认识。比如日藏佚名韵书《五音通韵》,就与我国台湾所藏不同,韵图与韵书合刊,形成互补关系。(2)东亚语言学视阈汉语史文献,有的就是东亚学者所刊印,这自然带来了东亚学者传播与研究汉语史的热潮。东亚流传汉语所带来的思维方式的转变,"域外之眼"十分独特,启发我们转换新的视角加以解读。比如文雄《磨光韵镜》"韵学唐音",与日本江户时代学者认识明清语音有关,这就突破了我们《韵镜》为"本体"而《切韵》系"今音"的研究视野范畴。(3)重视应用,而与东亚语言学视阈学术思潮相适应,对东亚语言学视阈汉语史文献的实际价值评判就有了不同于此前的意识。比如欧美学者对汉语口语语法的研究,其汉语口语语法理论意识远早于我们,他们的"敏感",源于汉语口语学习的需要,这也影响到了日本,而我们还在争论官话的语言基础如何,说明我们的学术视野比较狭窄。与东亚语言学视阈汉语口语语法文献相对照,就会发现他们的理论分析与实际文献的吻合度是相当高的。(4)东亚语言学视阈汉语史研究海内外文献发掘"互动",无疑会使文献整理质量得到保证。比如《回回馆译语》,刘迎胜在本田实信所取德国杜宾根大学图书馆所藏明抄本、日本东洋文库所藏明抄本、法国巴黎国民图书馆所藏清抄本、巴黎亚洲协会所藏康熙年抄本、英国不列颠博物馆所藏明刊本、日本内阁文库所藏清抄本互校基础上,又取中国北京图书馆藏本、德国柏林国立图书馆本等为底本,进行校勘和考证,力图恢复"乙种本"(永乐本)原貌,为下一步研究波斯语与汉语明代语音之间对译关系奠定了基础。(5)"东亚语言学视阈汉语文献信息系统平台"建设,使得文献资料利用数据化,也就带来研究东亚汉语史的科学化,这和从前手工操作效果不可同日而语。由于有了东亚语言学视阈汉语史文献信息数据库,可以利用它进行国内外珍藏汉语文献校勘等文献学研究,从而开辟整理与研究汉语珍藏文献新途径。(6)利用东亚语言学视阈汉语史文献信息数据库研究汉语,无论是描写,还是解释,都是建立新的东亚语言学视阈汉语文献研究模型的必备条件。它的文献应用前景也是十分广阔的,为本学科及相关学科发展,树立了一个可资借鉴的样板。

(二)东亚语言学视阈汉语史研究总体框架及主要内容

1.东亚语言学视阈汉语史总体思路。通过对东亚语言学视阈汉语史文献的调查、整理与挖掘,并通过东亚语言学视阈汉语史文献研究汉语,实现汉语研究的新突破。这里包含着课题的基本范畴:(1)东亚语言学视阈汉语文献调查。东亚各国有关东亚语言学视阈汉语史文献所藏地点、目录、版本基本情况都要摸清楚。(2)东亚语言学视阈汉语史文献整理与挖掘。文献整理就是把这些文献分门别类编排,并加以文献学的整理,比如版本源流、校勘、著录、辑佚等工作。所谓挖掘,就是将文献可利用信息按照现代信息手段加以处理,建立"东亚语言学视阈汉语文献信息系统平台",为下一步的科学化研究奠定基础。(3)利用东亚语言学视阈汉语文献研究汉语史。在对东亚语言学视阈汉语文献进行信息处理后,利用数据库汉语文献信息,并结合已有海内外汉语文献信息进行专题研究,从而实现"汉语史研究"的新跨越。(4)编撰东亚语言学视阈汉语史文献研究论著总目,以便于提供本研究的基本信息。(5)建立东亚语言学视阈汉语史理论和汉语学史理论"范式",从而能够更好地认识东亚汉语文献的学术价值。

2.东亚语言学视阈汉语史研究总课题与子课题之间的内在逻辑关系是:根据珍藏区域及语言文字关系,比如是否属于"汉字文化圈",把东亚语言学视阈汉语史文献分成两大部分,分别去收集整理、建立数据库和研究,然后再合成一个整体,使之成为一个完整的研究系列。这样安排的好处在于,充分体现东亚语言学视阈明清汉语史文献的各自文化内涵及思维方式、特点,有利于建立各自的描写与解释模型,既考虑到了共同点,也考虑到了个性特征。

当然也有交叉,比如东亚语言学视阈"汉字文化圈"内语言学视阈汉语文献,除了"汉字文化圈"汉语及相关语言文献之外,也有与欧美语言相关的东亚语言学视阈汉语、日语、朝鲜语、越南语等语言对比的文献,比如日本学者所编《英和中国语学自在》(1885)、《日汉英语言合璧》(1888),就是如此。遇到这类情况,还是以主要对象所属为主,协调处理。

在东亚语言学视阈汉语史研究中,东亚各国如日本、韩国等国家和地区东亚语言学视阈汉语文献与欧美等洲国家汉语文献肯定有不少重复的,也

228

要协调归属,进行统一研究,这样就避免了重复研究问题。还有,东亚语言学视阈汉语史文献与国内汉语史文献结合,以及东亚语言学视阈汉语史文献研究论著总目编写问题,都要进行科学统筹安排与协调。

## 三、东亚语言学视阈汉语史研究前提与方法、手段

### (一)东亚语言学视阈汉语史研究前提

1.东亚语言学视阈汉语史研究,最为重要的基础是具有基本的文献史料,否则,研究就会变成无源之水、无本之木。以各国东亚语言学视阈汉语文献为依据,并结合海内东亚语言学视阈汉语文献研究汉语史,是本课题研究进行的基本保证。所以,从文献入手,是最为可行的。

2.使用东亚语言学视阈汉语史文献之前,还要注意对它们有一个文献鉴别与文献整理的过程,这是保证文献使用科学的一个必不可少的"去伪存真"程序。作者、成书、版本源流、辑佚、校勘、著录、内容确定、价值判断,是研究汉语,并得出科学结论的前提。所以,文献整理是必须做的工作。

3.将东亚语言学视阈汉语史文献处理为可利用数据信息,是科学运用东亚语言学视阈汉语史文献研究汉语史的当代化学术趋势。冯志伟说:计算机数据库辅助研究汉语,是"有限手段的无限应用"。计算机处理语言具有人工处理语言的无可替代性,优越性十分明显。

4.学者们对东亚语言学视阈汉语史事实的挖掘,实际上已经贯穿了非常明显的"协同发展"理论意识,总体来看,以东亚语言学视阈汉语史研究动态变化理论为基本宗旨,逐渐形成了两大类理论模型体系范畴,即所谓描写性模型范畴和解释性模型范畴。但孤立地推崇和使用这两种当中的任何一种理论,都存在着明显的局限性。此外,应该认识到,描写和解释既是相对有界的,也是相对无界的,不能绝对化。我们在进行汉语史研究时,要注意汉语史研究描写、解释理论和方法运用的有界和无界关系,不能僵化地理解汉语史研究描写、解释理论问题。灵活地创造性地突破原有描写、解释框架,转换范式,才是汉语史研究描写、解释理论"保鲜"的保证。

5.在长期的东亚语言学视阈汉语史研究过程中,许多学者成功地运用了一些科学性很强的研究模式,比如东亚语言学视阈汉语史、汉语官话史的

"双线""多线"模式、汉语方言史层次分析模式、汉语史断代史模式、汉语史比较史模式、汉语史词汇扩散模式、汉语史"循环"模式、汉语史"演化尺度"模式等,我们不可避免地将有选择使用。

6.利用东亚语言学视阈汉语史文献研究汉语史,许多学者已经取得了科学性很强的成果,我们是在他们的基础上,进一步加以完善化、科学化的,由此,它存在着无可置疑的可行性。

(二)东亚语言学视阈汉语史研究方法

1.东亚语言学视阈汉语史文献收集整理方法。比如目录查询。像日本所藏中文古籍数据库,可以将日本全国所藏中文古籍版本、收藏地点等信息一概收入其中,对查询者来讲,十分便利。严绍璗《日藏善本书录》(中华书局,2007)"经部"小学类也收录不少明清小学文献。"哈佛大学哈佛燕京图书馆藏善本资源库"收藏有《字汇》等。再如校勘方法,清末叶德辉《藏书十约》第七"校勘",曾提出校勘之法有二:一曰死校,一曰活校。陈垣有校勘四种方法:对校、本校、他校、理校。其他,还有版本、考证、辨伪、辑佚等方式方法。

2.东亚语言学视阈汉语史文献语料计算机输入。涉及汉字、假名、谚文、罗马字、英文、俄文、法文等具体种类文字输入方法,十分复杂,就目前来说,需要解决的问题非常多。也有词汇、语法、语音等具体研究专业领域的个性输入方法。文字的识别方法运用与科学性很强的数据库建设关系十分密切。

3.东亚语言学视阈汉语史文献描写方法。运用描写方法研究东亚珍藏汉语史文献,根据具体学科的不同,分为语音、词汇、语法等描写方法。比如语音,有反切系联法、音系表解法等。而词汇的研究,有构词结构描写、常用词演变描写等。又比如语法,就有封闭性定量分析和静态描写等。还有的学者将描写方法分为共时描写和历时描写两类。具体的如,句子成分分析、层次分析等。

4.东亚语言学视阈汉语史文献解释方法。语音研究,历史比较法是基本方法,其他,如反切系联法、反切比较法、译音对勘法、内部分析法、时间层次研究法,以及词汇扩散、语言接触、音系构造、实验音系分析等。而词汇的研究,则包括词语的考证、构词法解释、常用词演变解释等。语法研究,有的学者分为共时解释和历时变化解释两类。具体的如,语义特征分析、语法化、变换分析、认知、移位、类型学分析等。

### (三)东亚语言学视阈汉语史文献具体研究手段

1.东亚语言学视阈汉语史文献传统研究手段的应用。比如文献学研究手段的应用,像版本源流关系调查,就是进行版本的形制等时代标记确认;文献错讹校勘,从字形、字音、语句错简等方面纠正;文献辑佚,对散逸文本进行整合和补苴,尽力恢复原貌;文献著录,主要是明确各本著作的成书过程、年代等相关问题等。语言学手段的应用,像词语考证、反切系联、韵脚字丝联绳引等。

2.东亚语言学视阈汉语史文献现代研究手段的应用。涉及东亚珍藏汉语史文献信息处理技术的具体应用和资源整合方式,以及如何实现东亚语言学视阈汉语史文献资源语料库的开发和共享,还有相关电子辞典编制、各类软件开发利用的具体问题。

3.东亚语言学视阈汉语史文献综合研究手段的应用。这里包括实地调查、语音实验、数学模型、文献识别、语言、技术、抽样提取等各类自然科学和社会科学研究手段的综合运用。

4.东亚语言学视阈汉语史研究手段的可操作性。比如技术路线的适用性和可操作性。文字识别可应用于东亚语言学视阈汉语史文献阅读、翻译、资料检索、编辑、校对、统计表格数据汇总与分析、编码的识别等。现在使用中的一些系统虽然比人读得快,但仍不能像人那样正确地读出各种各样的字符,与人的识别能力相比还有很大差别,远不能满足上述各个方面对文字识别应用所提出的要求,还有待于进一步研究。

具体研究方法适用性和可操作性。像目录查询,将传统目录查询和现代目录查询结合,相互印证,可以得到事半功倍的效果,是目前最为通行的研究方法。比如研究东亚语言学视阈明清语音文献,还是要应用所谓"历史比较法"。"历史比较法",就是用汉语方言和外语借词作参考比较,"先从本国的材料得了结果,然后再拿对音当作一种试金石来对一对"。这种历史比较法,给中国音韵研究带来了崭新的气象,将之引向一个广阔的领域。高本汉利用方言与外语借词对重建中古音系发挥了很重要的作用。例如:依据二等肴韵在广州方言中的独立,确立了它在音系中的地位;依据越南借词中读音的分立,分开了喻三和喻四。同样,许多学者研究汉语近代语音也取得了很大的成绩。还有译音对勘法,比如日本汉字音"唐音"研究,具体如《唐话纂要》日语假名语音转写,就要考虑到假名标记与汉语明清官话语音的对应关系问题。有坂秀世、马渊和夫、高松政雄、沼本克明、汤泽质幸等学者在这方面取得了很大的成绩,证明了它的适用性,以及在操作上的可行性。

本研究希望能为国内外汉语史研究者提供一个非常翔实而科学的东亚语言学视阈汉语史范式,对促进世界范围内语言学视阈汉语史研究和发展发挥积极作用,并直接推动东亚语言学视阈汉语史学科的科学化、现代化;以此为契机,带动相关学科的学术进步和交叉,衍生出更为广泛的学术领域,由此带来新的学术效应。以本研究为基础,强化东亚语言学视阈汉语史学科教学理论与内容的创新,可以使语言学等领域研究者的视野更加开阔;同时,本研究的开展适应了国家文化战略向纵深发展的需要,也有力地支撑着我国人文社会科学,尤其是中文学科,搭建创新平台,拓展更为广阔的学术空间,更为外国学者了解中国汉语史价值和意义提供直接帮助。

**参考文献:**

[1][日]小仓进平:《增订朝鲜语学史》,刀江书院,1963 年。

[2]李得春:《中韩语言文字关系史研究》,延边教育出版社,2006 年。

[3]金基石:《朝鲜韵书与明清音系》,黑龙江朝鲜民族出版社,2003 年。

[4][日]文雄:《磨光韵镜》(1744),勉诚社,1981 年。

[5]李无未:《日本汉语音韵学史》,商务印书馆,2011 年。

[6]李无未:《日本明治北京官话课本语言研究》,国家社科基金一般项目成果,2012 年。

[7]李无未:《日本明治汉语教科书汇刊》(30 册),中华书局,2013 年。

[8]李无未、张辉:《朝鲜朝汉语官话"质正"制度》,《古汉语研究》2013 年第 3 期。

[9]严绍璗:《日藏善本书录》,中华书局,2007 年。

[10]复旦大学文史研究院:《从周边看中国》,中华书局,2009 年。

[11][美]伊曼纽尔·沃勒斯坦:《现代世界体系》,高等教育出版社,1998 年。

[12]刘迎胜:《〈回回馆杂字〉与〈回回馆译语〉研究》,中国人民大学出版社,2008 年。

[13][日]沼本克明:《日本汉字音の历史的研究:体系と表记をめぐって》,汲古书院,1997 年。

［14］［日］文雄：《磨光韵镜余论》，勉诚社，1981(1744)年。

［15］［日］有坂秀世：《国语音韵史の研究》，汲古书院，1957(1938)年。

［16］［日］本居宣长：《汉字三音考》，勉诚社，1978(1785)年。

［17］［日］大矢透：《韵图考、隋唐音图》，勉诚社，1978(1915)年。

2013 年 9 月 8 日于厦门

（原文刊于《东疆学刊》2013 年第 3 期，中国人民大学复印资料《汉语言文字学》2014 年第 1 期、《高等学校文科学术文摘》2013 年第 5 期转载。）

# 《日本汉语教科书汇刊(江户明治编)》纂说

　　《日本汉语教科书汇刊(江户明治编)》汇集了从享保元年(1716)到明治四十五年(1912)之间,即日本江户、明治两个时期,日本汉语教育体系之下所采用的具有代表性的汉语教科书,总计 134 种。这其中,日本学者编纂的汉语教科书占据了主体部分;同时,还适当收录了一些欧美学者撰写、日本汉语教师翻印或编译并具体应用于对日本人汉语教学活动的汉语教科书,以及一些由中国学者独立编纂、参与编纂或审定并在对日本人汉语教学中长期使用的汉语教科书。欧美学者和中国学者所编写的汉语教科书在日本汉语教育史上发挥过巨大的作用,是日本汉语教科书体系不可分割的重要组成部分之一。一直以来,世界各国汉语教学学者对这部分汉语教科书特别重视,致力于发掘其中所蕴含的巨大的汉语教学理论价值;收录这些汉语教科书,对科学地研究日本汉语教育史意义十分重大。我们认为,这一定会大大加快科学的日本汉语教科书体系形成历史的学术研究进程。

　　对这 134 种汉语教科书,我们根据历史关系、教学重点、文体、应用、语言类别等性质分为十卷。

　　第一卷:江户时期唐话课本。收录江户时期为满足当时汉语教学需要而编撰,以普通汉语学习者为对象公开发行的汉语教科书,以及唐通事教育子弟学习汉语所用的家传性质的教科书。早期唐通事使用的家传教科书是日本汉语教科书的重要源头之一,而公开发行供普通汉语学习者使用的汉语教科书意味着日本汉语教科书真正意义上的发端。

　　第二卷:江户、明治时期编译课本。收录日本江户、明治两个时期通过借用、翻译、选编等方式引进的欧美学者撰写的汉语教科书。这些教科书为我们呈现了日本汉语教育的完整历史,揭示了英、美等国学者在日本汉语教育史上所发挥的巨大作用。

　　第三卷:明治时期一般课本。收录明治时期广泛应用于普通汉语教学活动的综合性汉语教科书。这些教科书中包含语音、文字、词汇、句型、会

话、篇章等多种材料,体现了汉语教学内容的多样性。

第四卷:明治时期语法语音文字课本。收录明治时期以汉语官话语法、语音、文字等语言要素为教学内容的汉语教科书,展现了日本汉语教育界对汉语本身的研究成果。

第五卷:明治时期会话课本。收录明治时期以汉语官话口语会话为主要教学内容的汉语教科书,体现了"会话中心主义"的教学理念。

第六卷:明治时期时文课本。收录明治时期以汉语官话书面语及公务、商业用文写作为主要教学内容的汉语教科书,体现了日本汉语应用文教学的成果。

第七卷:明治时期风俗课本。收录明治时期以中国各地社会风俗为主要内容的汉语教科书,体现了重视传统文化教育的理念。

第八卷:明治时期方言课本。收录明治时期以中国广东、南京、台湾、东北等地方言为主要内容的汉语教科书,体现了日本汉语教学界对汉语多地方言的全面认识。

第九卷:明治时期字辞典课本。收录供日本人学习汉语或辅助教学的实用工具书。

第十卷:阅读课本。收录供日本人学习汉语或辅助教学的参考阅读书。

各卷内的排列尽量以发表年代先后为顺序,从而使读者能够比较清楚地把握该卷教科书的发展脉络。每种书的提要以介绍基本情况为主,包括版本、著录、内容、体例以及学术价值等,力求让读者对文献有一个概括的了解,以便在此基础上进一步思考,提升其学术意义。

日本学者有关日本汉语教育史研究的理论性成果已经不少,显现了独特的"国别"研究优势。主要成果有:(1)仓石武四郎《中国语五十年》,岩波书店,1973 年;(2)六角恒广《日本中国语教育史研究》,王顺洪译,北京语言学院出版社,1992 年;(3)六角恒广《日本中国语教学书志》,王顺洪译,北京语言文化大学出版社,2000 年;(4)六角恒广《日本近代汉语名师传》,王顺洪译,北京大学出版社,2002 年;(5)六角恒广《中国语教育史稿拾遗》,不二出版,2002 年;(6)六角恒广《中国语关系书书目》(1867—2000),不二出版,2001 年;(7)安藤彦太郎《中国语与近代日本》,岩波书店,1988 年;(8)埋桥德良《日中言语文化交流的先驱》,白帝社,1999 年。不言而喻,这些成果是我们从系统上认识日本汉语教育史问题的起点。

但我们认为,目前挖掘日本汉语教育史第一手资料文献的工作更为重要和紧迫,因为对于中国学者来说,原始文献的匮乏必然会制约我们的研究水平,而这恰恰是理论性成果所不可替代的。从这一点来说,日本汉语教育史文献,尤其是居于日本汉语教育史核心地位的汉语教科书文献正是我们中国学者所急需的资料。

汇集日本汉语教科书的工作,日本学者已经有所开展,而且取得了突出的成绩。其中比较重要的有:六角恒广主编《中国语教本类集成》(不二出版,四十册,1991—1998年),波多野太郎《中国语文资料汇刊》(三、四、五篇,不二出版,1993、1994、1995年)等。

诚然,六角恒广、波多野太郎等先生汇集的重点与我们的考虑具有相当的一致性,比如作为"国别"日本汉语教学历史文献,尤其是汉语教科书文献,当然也包括欧美学者和中国学者所编写的汉语教科书文献的学术价值、日本汉语教育史在世界汉语教育史研究中的独特意义等,但我们认为,还有一些文献对研究汉语史、汉语方言史、汉语学史以及世界汉语教学史具有重要意义,如《粤东俗字便蒙解》(1870)、《冈氏之中国文典》(1887)、《中国文字史》(1900)、《上海语独案内》(1904)、《汉字原理》(1904)、《袖珍实用满韩土语案内》(1904)、《现代中国语学》(1908)、《汉字要览》(1908)、《口袋必携实用上海会话》(1910)、《日用和教育上汉字活用》(1910)等。由此,在文献的选择上,我们与六角恒广、波多野太郎等先生存在着明显的区别,即选择范围有所扩大,考虑得更为周全和细密。

比如《现代中国语学》,后藤朝太郎著,博文馆1908年发行,被列入当时所谓"帝国百科全书"之中。如果仅仅从一般汉语教科书角度去看,它的实用性价值肯定要大打折扣,因为它的理论性很强,不适宜作一般学汉语的教科书。但从世界范围内汉语学史、从专业性教科书的角度看,这部书就实在是太重要了。其重要价值主要体现在以下四个方面:

第一,这是日本学者第一次运用近代西方语言学理论比较科学、系统地分析现代汉语,并把它作为一门学科来对待,从而开启了研究现代汉语的新时代。

第二,该书建立了一整套研究现代汉语的学术模式,对汉语的性质、文字和言语、古代汉语和现代汉语、文言和口语、现代汉语的标准语、北京官话、汉语方言、汉语和同族语的比较、现代汉语发展趋势等问题都有所讨论,逻辑结构和线索非常清楚。

第三,该书就现代汉语的一些基本学术问题进行了探索,取得了一些有益的结论,如研究现代汉语应该以口语为主,现代汉语标准语为北京官话,这就从理论上确定了研究现代汉语并以活的口语为关注对象的基调。

第四,该书在进行口语和文言、现代汉语和同族语比较的过程中,使读者真切地认识到了北京官话口语的特点,对认识汉语性质具有重要的启示价值。

如此重要的学术著作,若不能使之进入当代中国学者们的视野,而任其深深埋藏在图书馆的旧书堆里被忽略,会让人感到十分遗憾。

《汉字原理》也是一样。《汉字原理》,高田忠周著,东京吉川半七 1904 年发行。在该书总论中,作者谈到,当时有一种倾向,即把汉字看作是"厄介物",意思是"麻烦的东西"。甚至还有人认为汉字很快就会被"消灭",原因是其数量多且难以记忆。高田忠周不同意这个观点,他认为汉字虽然数量多,但如果用"六书"结构去分析,还是有规律可循的,这样就能变多为少,容易掌握,"厄介物"之论自然也就不成立了。他指出,汉字有 115 个"文母",可以合成 570 个字母(类似《康熙字典》的部首);由这 570 个字母组合,就能产生成千上万个汉字。

作者对什么是"六书"进行了详细的解释,依指事、象形、形声、会意、转注、假借次序而论。但作者也强调,书体几经变迁,有一些字依照"六书"已经很难辨析,所以需要说明源流,解释清楚。

在凡例中,高田忠周说明了编写原则:一是选用的 1195 个"首字"为教科书中常见,并可用于新造字;二是说解中的古文字存在于三代之器以及东汉许慎《说文解字》中,《说文解字》中的篆书(即小篆)和古文字同体;三是解释以《说文解字》为主,间或采用其他的汉代人之说,参酌清代考证家和小学家之说,为避免冗长,仅指出引书出处;四是解释一定附以"六义"之理论加以辨明;五是解说务求平易,掺杂了专科之学和经学。

《汉字原理》后还附有《汉字字源系谱》。在《汉字字源系谱》的绪言中,高田忠周指出,字有父母子孙的统系,父母孳乳而产出无数子孙字族,形成宗系。《汉字字源系谱》依据《说文解字》540 部加以补足，而成 586 个部首字。《说文解字》部首字的编次依据"形似"而类聚，理论根据是《说文序》的"易义"。《汉字字源系谱》仿此而将部首字分为六大类：系于天地阴阳纪数及其易卦，75 字；系于人体及人事，222 字；系于居家构造服饰器用饮食，115字；系于托事而为形为义，56 字；系于草木，50 字；系于禽兽鱼虫等动物，68字。其中与"人事"有关系的占一半，均"取之于身"。这些部首字还可以"六义"分类，指事 43 字，象形 253 字，形声 74 字，会意 173 字，转注 22 字，假借21 字。上述部首字即所谓"父母文"，在正形下附以"他文"，从而构建了非常细密的汉字字源系谱，为理解和掌握汉字提供了一个值得关注的理论体系。

高田忠周《汉字原理》及其所附的《汉字字源系谱》就是在今天来看，也具有重要的学术意义。因为中国也曾经有过关于是否废弃汉字的激烈争辩，尽管今天看来十分荒唐，但毕竟是历史上曾经发生过的事情。"汉字字源系谱"这个今天许多学者关注的课题，100 多年前日本学者已经有所思考并形成比较系统的理论思维模式，可惜的是，今天许多学者并不知道它的存在。我们认为，高田忠周的学术观念与今天学者们的"汉字字源系谱"学术思想应该是共通的。

我们也看到，六角恒广和波多野太郎两位先生的工作还存在着一些缺憾，有许多在日本汉语研究史上比较重要的文献没有收录，如《粤东俗字便蒙解》(1870)、《冈氏之中国文典》(1887)等，让人感到美中不足。如此状况无疑与今天飞速发展的世界汉语教育史研究形势难以合拍，所以，继续汇集日本近现代汉语教科书的工作还有相当大的拓展空间，许多珍贵文献的挖掘工作要不间断地做。继续编印日本汉语教科书文献，不仅可以弥补六角恒广、波多野太郎等先生文献收集上的缺憾，更可以通过日本汉语教科书文献的收集而开辟新的学术领域，进一步明确学术意识，转换学术视角，以便适应当代中国"海外汉学"学术发展趋势的基本要求。

纵观国内外日本明治时期汉语教科书文献研究，虽然取得了相当大的成绩，但仍然没有从根本上改变其研究的冷清状况，一些基本问题的探讨还停留在浅层次的、粗放的状态。上述状况的改变，需要学术界强化认识、共同努力，真正提高研究水平。根据我们的观察，目前的研究还存在着十个基本问题,需要我们进一步花大气力探讨。

### 一、对日本明治时期汉语教科书编纂者的语言意识,如语音意识、语法意识、词汇意识的阐发不够

所谓语言意识,指的是人们对语言的识别能力及其清晰程度以及固定的语言观念、认识。日本学者编写的汉语教科书体现了其对当时汉语语音、语法、词汇以及语言教育的认识,已经形成了比较成型的语言观念。对今天的学者来说,这种语言意识既是汉语史研究的需要,也是汉语学史探讨的需要,潜在的学术价值是无须赘言的。遗憾的是,人们对日本明治时期汉语教科书这方面的价值发掘不够,由此带来了研究上的缺憾,最为突出的表现是,还很少有国内外学者发表相关研究论著。赵小丹的学位论文《〈日清会话辞典〉语音研究》可以说是在这方面的有益尝试。通过她的研究,可以看出日本学者在运用日语假名及其标记方法、罗马字及其标记方法、其他符号及其标记方法时所显示的语音描写意识,以及比较明确的连读变调意识、"轻声"及"儿化词"意识,这些都是非常珍贵的。

### 二、对日本明治时期汉语教科书之间的继承与创新关系研究停留在表面上,仅以体例研究代替内在关系研究

从《亚细亚言语集》(1879、1880)、《清语阶梯语言自迩集》(1880)到《官话指南》(1881),再到《北京官话中外蒙求》(1911),其编纂体例之间存在着比较明显的继承与创新关系,六角恒广《日本中国语教学书志》一书中,这方面的内容不少。但我们认为,仅以体例研究代替内在关系研究是不够的,因为作为外在形式的体例之间的异同很多时候并不能完全反映内在的编撰理论关系。综合来看,体例只能显露部分乃至很少一部分内在编撰理论关系特征,大量的内在编撰理论关系特征必须通过其他途径获得,如教科书编撰的教学理论依据、原则、方法、材料选择等等,其"差异"和"同一"关系都需要明确。相信通过这些方面的比较,内在的编撰理论关系会逐渐清晰。

### 三、对部分日本学者编撰汉语教科书旨在进行文化侵略的目的性认识不足

在日本明治时期,的确有一些学者出于经济、文化、学术等方面的考虑而编撰汉语教科书,他们为中日各个方面的交流做出了巨大贡献,是中日友好的使者,我们不但应予以充分肯定,而且要永远缅怀他们的历史功绩。但是,相当一部分日本学者编撰汉语教科书旨在进行政治、军事、文化侵略,我们对这些学者的目的更要加以深入认识。如《自迩集平仄编——四声联珠》(1886,福岛安正编辑,英绍古校订),六角恒广指出,该书中充斥着政治、兵制、人情、风俗、习惯、地理、气候等内容,隐含着当时日本陆军参谋本部需要的各类情报。显然,该书就是为日后侵略中国而作准备的。当时日本的特命全权公使、海军中将榎本武扬在"叙"中强调"此书以声系言,以言系语,风土人情,以至军国重事,网罗搜讨殆无余"。由此可知,福岛安正编写该书,传授汉语只是幌子,刺探中国各个方面的机密才是真正目的,其险恶用心昭然若揭。几十年后日本军国主义分子挑起的全面侵华战争给中国人民带来了深重的灾难,这场战争绝不是偶然的,其军事准备工作完全可以从明治时期算起,汉语教科书的编撰可以认定是其中的重要组成部分。可见,日本学者编撰汉语教科书的历史反面作用不能等闲视之。

### 四、没能从教科书体现的编写"类别"特点出发认识其价值

每一本汉语(包括汉语方言)教科书都有自己的个性特征,如果没有深入挖掘,就谈不上科学地总结其编写特点;没有总结编写特点,就不能加以横向与纵向的比较,当然也就难以认识其学术价值所在。我们研究日本明治时期汉语会话教科书时就感到,日本汉语会话教科书的编撰过程,实际上就是研究汉语(包括汉语方言)日常会话模式并使之付诸教学实践的过程。这些书的作者并没有宣称自己已经建立了汉语会话分析系统,但已经能够很好地运用汉语会话分析理论研究汉语会话材料,这本身就值得关注。通

过大量的汉语会话教科书,我们已经感受到了汉语会话语言教学研究的丰富性,更为当时成熟的汉语会话分析理论的魅力所吸引,这显露的是日本学者汉语会话分析理论的应用效应。现代学者的会话分析是 20 世纪 60 年代末 70 年代初发展起来的,是在"话语分析"基础上逐渐形成的一门科学。日本汉语会话教科书与现代会话分析理论的许多暗合正说明不同时代学者思考的相通性,值得特别注意。汉语(包括汉语方言)会话教科书文献如此,其他如与汉语学习相关的辞典、文法、语音训练、文选等教科书也是如此。这一方面的深入探索应当能够带给现代学者多方面的的理论思考。

### 五、很少从语言学习者的角度观察教科书的实用性特点以及教学效果

日本学者编写汉语教科书,最基本的目的还是帮助日本人学习汉语,并由此形成了一整套理论与实践模式。六角恒广已经观察到了日本明治时期汉语教科书的一些实用性特点以及由此而产生的教学效果。如《日本中国语教学书志》第七章提到,中日甲午战争之后,日本出现了军用官话教科书兴盛的局面,出版了《兵要中国语》《军用商业会话》等书,很富于时代特点。不过细究起来,这些书大多是速成会话教科书,可以看作是由战争的狂热所催生的汉语教科书畸形发展的实证。透过六角恒广等学者的研究,我们还可以进一步探讨,日本学者在编写汉语教科书时,着眼于学习者、强调实用性的特点究竟有哪些表现。六角恒广从时效性角度,认为"速成、急就、快捷方式"是一个特点;他还以学习者的身份,结合职业归属领域,区分军用、商用等,体现职业学习的特点。他编印了《中国语教本类集成》,分门别类,也有这方面的考虑。至于教学效果,虽然缺乏当时的学习记录,但可以肯定,教科书本身应该有所反映。

我们对日本明治时期汉语教科书实用性特点以及教学效果的认识,应该比六角恒广等学者更有条件深入。原因在于,他们已经为我们奠定了良好的基础,比如分类理论意识以及数据汇编等等。我们完全有条件站在巨人的肩膀上看得更远,对日本明治时期汉语教科书编写的内在、外在机制,编写的需求机制以及速成教育的功过得失,速成非正规化的优势

与劣势,日本明治时期汉语速成教科书的现代意义等问题做出更为周到细密的分析。

## 六、对汉字文化圈视野内日本学者编写教科书的语言特点挖掘不深

从大的范畴来看,日本明治时期学者编写汉语教科书属于汉字文化圈内的汉语教科书系列。现在一些学者倡导的"国别化"汉语作为第二语言教学研究,就是基于不同国家的不同主体民族情况而进行的汉语教学研究,但"国别化"只是考虑到了不同国家的不同主体民族情况,却没有考虑到同一个国家不同民族的不同情况,以及不同国家不同主体民族的"同一性"问题。"汉字文化圈"汉语教学探讨则属于不同国家不同主体民族"同一性"的研究,有时候意义更为重大。这是因为,汉字文化圈汉语教学是历史上形成的一种特定的历史文化区域教学,在汉字旗帜下,汉语教学"同一性"显得尤为突出,在承认"同一性"前提下进行"差异"的研究,会有更大的收获。无论是理论建树还是教科书编写实际情况的具体总结,都是汉字文化圈内单个国家主体民族汉语教学研究所难以企及的。目前汉字文化圈视野内日本学者编写教科书的特点挖掘基本上还属于未起步阶段,相关的研究尚有待于大规模开垦。相信在不久的将来,会有学者涉足这个领域。

## 七、日本汉语教科书本土化的语言研究历史线索需要进一步摸清

日本学者善于模仿,汉语教科书编写也不例外。日本现代意义上的汉语教科书编写是从模仿英国人威妥玛《语言自迩集》(1867)开始的,这一点日本学者已经有明确说明,比如从《亚细亚言语集》《清语阶梯语言自迩集》到《官话指南》就是如此,但我们对日本汉语教科书模仿《语言自迩集》的具体线索还不是很清楚。六角恒广等学者零散地讨论过这一问题,但并未展开系统论述。我们的研究目的,就是要进一步探讨日本明治时期汉语教科书模仿《语言自迩集》的具体脉络。对欧美学者和中国学者在日本人编写汉

语教科书过程中所发挥的巨大作用的认识存在十分模糊的认识。我们不但要在体例编写上观察，而且要在具体内容以及语言意识、教学理念等方面进行研究，这样才能有效地得出结论。

我们关心的是，是什么原因造成日本明治时期汉语教科书编写由模仿走向独自创造道路的？例如，有学者认为《日清字音鉴》是日本《韵镜》式汉语教科书的创造的产物，与《语言自迩集》迥然有别。为什么日本学者会在跟风《语言自迩集》之后又回归到中国传统的《韵镜》式教科书的编写？是不是东亚汉语研究的历史传统，尤其是中国汉语研究和教学的科学意识得到了再一次的确认和回归？遗憾的是，还没有学者对这一类问题予以明确回答。日本明治后期汉语教科书呈现的多元化语言教学模式表明，日本汉语教科书的编写已经形成了自身的特色，体系非常完备，在世界范围内汉语作为第二语言的教育史上占有十分重要的地位，我们必须正视这个现实。日本明治时期汉语教科书的本土化及其独创性特点是揭示其多元化语言教学形态构成的根本之所在，无论从哪个方面来讲，都是必须关注的。

## 八、日本学者对口语与书面语关系的认识还需要甄别

汉语书面语与口语的差距在清代是非常明显的。汉语书面语基本是"看的汉语"，而口语基本是"说的汉语"。清代汉语书面语基本上是以先秦雅言为基础的文言文，清代官方口语主要是北京官话，还有许多官方认定的汉语方言口语。日本明治时期学者对口语与书面语关系的认识是与其编写汉语教科书的意识紧密相关的。明治初期，日本学者沿袭旧有的"唐话"观念，认定清代官方口语主要是南京官话，所以编写教科书或进行教学主要以南京官话为标准。后来，他们发现清代官方口语与南京官话有别，实际交流中主要是以北京官话为基准，而且有名的《语言自迩集》也是以北京官话为基准的。所以，编者迅速调整编写策略，向北京官话靠近。从模仿英国人威妥玛《语言自迩集》开始的北京官话教科书基本上反映了当时北京官话的面貌，这一点也是比较清楚的。但重视口语教学并不等于完全忽视书面语系统的教学，与此同时，日本学者也编写了一些与清代汉语书面语使用相关的教科书，如《清国时文辑要》（1902），足立忠八郎编，就选择了启牍、照会、告

示、奏折、上谕、国书、尺牍、论说等清代通行的汉语书面语实用文体资料作为教学内容。比较而言,这方面的教科书既要考虑到学生"看的汉语"的接受能力,又要考虑到"写的汉语"的写作能力,难度更大。所以,在编选时就不能不考虑降低学生的接受难度,在一定程度上向口语靠近。另一方面,口语教学虽然以北京官话为基准,但书面语因素也难以避免,如上流社会语言中的许多词语就是书面语常用的,再加上一些外来语,如日本汉字词语进入口语等情况的存在,可以想见纯粹的口语化也是不现实的。教科书编写者如何把握两者关系的度,涉及许多理论性的问题,值得关注。把握日本明治时期学者对汉语口语与书面语关系的认识,无疑有助于清代汉语演进历史以及汉语作为第二语言教学史的研究,但因为牵涉的材料以及理论问题比较复杂,研究的难度之大是可想而知的。汉语方言教科书文献也存在着同样的问题,比如所谓"台湾语"教科书编写就与实际的闽南方言存在着一定距离。

## 九、对商业、军事等特定领域汉语教科书编写的重视带给今人的启发尚待理清

区分军用、商用,本身就是以职业应用为编写标准,目的性非常强,突出了汉语职业学习的特点。与一般的汉语学习不同,特定领域的汉语学习,寻求的是特殊的规律。我们研究这方面教科书,应该考虑从以下几方面着手:其一,在何种理念支配下重视特定领域汉语学习?实用就是需要,日本明治维新带来了实业强国的理念,军国主义思想贯穿国家行为的各个方面,汉语学习当然也不例外。其二,无论是速成的需求也好,还是强化专门领域汉语学习的功利性也好,集中考虑的都是讲求效率的原则。就当时来看,突破了一般汉语教学理念的束缚,形成了独特的教学思想。其三,凝结成特定领域汉语教科书编写模式,带给今天汉语作为第二语言教学的思考是多方面的。其四,日本全面侵华战争爆发后,军用汉语教科书编写呈现出明显的"政治化"倾向,应该说与明治时期汉语军用教科书模式的承袭有着密切的关系。

出于上述考虑,区分军用、商用、政用、农用等类别,全面而系统地研究

日本明治时期汉语教科书,当有助于我们转换思维方式,灵活看待汉语学习的许多问题,别有一番天地。

### 十、散见于日本、中国及其他国家的日本明治时期汉语教科书还有待于进一步收集与整理

六角恒广、波多野太郎等学者将毕生心血花在日本汉语教科书材料的收集、整理与研究上,取得了令世人瞩目的成就。通过王顺洪等先生的译介,我们已经掌握了比较清晰的线索,这应当是我们研究明治时期汉语教科书的基础。

我们认为,在继续收集与整理明治时期汉语教科书时,不能仅仅把眼光聚集到教科书本身,还应该扩大视野。比如:日本明治时期汉语教科书形成的资料,像作者、编写过程、原始材料、版式设计、操作程序等;教科书流通过程相关资料,像与编写有关的审查制度,修订的原因与实际情况,教科书的选用、推行与流通、版本流传,教科书质量鉴定等;教科书应用于教学的情况,像教科书辅助材料、教学效果分析材料、课程安排、学生层次、教师层次、测试、教学大纲、教学设计等。上述数据都可纳入收集与利用的范围内。我们在国内院校已经发现了一些与明治时期汉语教科书相关的研究资料,这使我们相信,这方面还大有文章可做。

按照这样一个思路去观察,可以发现,我们目前所能够掌握的与明治时期汉语教科书相关的文献资料还远远达不到上述要求。只有文献材料相对完备,才能使研究工作稳妥进行,这就需要学者们继续从多方面努力。我们编印《日本汉语教科书汇刊(江户明治编)》仅仅是个开始。

中国学者研究日本明治时期汉语教科书还处于未起步的阶段,需要急起直追。上述十个基本问题的提出,主要是着眼于日本明治时期汉语教科书文献研究的基本思路和方式,仅供感兴趣的同行们参考。我们相信,沿着这些线索,学者们会挖掘出更多的宝贵财富。

作为世界汉语教学历史的重要组成部分,日本明治时期汉语教科书文献存在着许多有魅力的学术课题,我们的思考仅仅是抛砖引玉,相信还有许多更深刻、更有吸引力的问题等待人们去研究。

我们倡导加强对日本明治时期汉语教科书文献的整理与研究，主要是基于对其意义和价值的考虑。研究这一时期日本汉语教科书的重要意义主要有以下几点：

其一，研究这一时期的日本汉语教科书，有助于我们更为清楚地认识日本 19 世纪汉语教学语言意识的转变，如从南京官话到北京官话的变化脉络。

其二，19 世纪下半叶到 20 世纪初是日本汉语教科书编写由模仿威妥玛《语言自迩集》到独立创新，以至于全面发展的关键时期。对这一时期日本汉语教科书的研究有助于挖掘影响日本汉语教科书编写模式形成的动因与机制，比如欧美学者和中国学者科学的语言教学意识的渗透和导入。

其三，日本明治时期汉语教科书编写所体现的教学理论与方法丰富多彩，就是在今天也值得借鉴。

其四，日本军国主义者为达到对当时的中国进行政治、军事、经济、文化侵略的目的，其基本措施之一就是从改变自己的汉语教育体制入手。汉语教科书的编写，体现了那个时代中日关系非正常化的特点，它也是日本军国主义者进行文化侵略的罪证之一。

其五，19 世纪下半叶到 20 世纪初，汉语发生了很大的变化，认识这种变化对于汉语史的研究具有十分重要的意义。日本明治时期汉语教科书文献体现了日本学者对当时汉语面貌的基本认识，其中有一些就是当时北京官话与其他方言的珍贵实录，对于今天的学者来说是非常难得的。无疑，它应当是海外汉学学术史的一个重要组成部分。

其六，中国汉语语言学研究理论体系的形成，经历了从日本引进（如语言学术语系统）、改造，以及从欧美借鉴，融合中国传统小学成果，进而加以创造的过程。认识这一变化过程，必须结合日本明治时期汉语官话教科书文献进行，因为这里蕴含着大量的汉语语言学理论信息。

《日本汉语教科书汇刊（江户明治编）》的文献发掘工作凝结了许多中日学者的心血。2003 年 5 月，日本早稻田大学六角恒广教授与本书主编取得了联系，就日本汉语教科书文献挖掘问题交换了意见。他一方面积极推介其主编的《中国语教本类集成》，另一方面就如何弥补 1945 年以前日本汉语教科书文献收集的缺憾问题提出了指导性意见，希望我们沿着这条路继续走下去,扩大视野,进一步完善日本汉语教科书文献整理与研究工作,再行编印更为全面的文献集成。

很可惜,六角恒广教授于 2004 年初突然去世了。我们在哀痛的同时,更感到所肩负的历史责任之重大。十年来,我们努力在日本早稻田大学图书馆、创价大学图书馆、东京大学图书馆、国会图书馆、关西学院大学图书馆、庆应义塾大学图书馆、爱知大学图书馆,以及中国国家图书馆、北京外国语大学图书馆、北京大学图书馆、吉林大学图书馆、厦门大学图书馆、吉林省图书馆、东北师范大学图书馆等日本和中国各大图书馆挖掘文献,上述图书馆也给予了大力的支持和方便。因此,《日本汉语教科书汇刊(江户明治编)》文献的发掘是中日两国各方面人士精心合作的结晶,我们由衷地感激,可以说没有他们的努力和帮助,我们不可能取得今天的成果。

由于我们能力有限,《日本汉语教科书汇刊(江户明治编)》还存在着许多不足,比如有些版本选择并不是最理想的,还有的内容残缺不全。另外,由于我们的选取标准过于严苛,有些被学术界认可的文献没有入选,这肯定会引起不小的争议,我们希望就此问题和相关学者讨论。

日本明治时期对应于我国清末,它是中国文化研究面临东西方学术思潮碰撞最为激烈的阶段。中国文化研究的思维方式在快速转型,这种转型意味着中国文化的新生,从汉语教科书文献可以窥见这种颠覆性的惊人历史变化。以今人的眼光审视,"日本明治中国语学、日本明治中国语教育学"学术史意味十分浓郁,"跨文化"或"异域之眼"十分引人注目,当然也就魅力无穷。而把它和中国汉语语言学理论体系的形成历史联系起来研究,就会进一步形成"公共领域、公共空间"相互作用、相互依存、相互发展的学术生成开放性态势,这一研究的广阔前景引发了我们无尽的畅想。从这个意义上说,《日本汉语教科书汇刊(江户明治编)》的学术覆盖面是非常广泛的,所蕴含的学术价值也许已经远远超出了我们认识能力所及的视野范畴。

2013 年 1 月 8 日写于吉林省长春市长影世纪村,2014 年 9 月 19 日修订于台湾新竹清华大学第二招待所 208 室

# 《日本近现代汉语语法学史》后记

早在延边大学中文系当本科生时(1978 年 3 月—1982 年 1 月),我就曾选修过雷友梧教授和吴葆棠教授讲授的现代汉语语法课。那个时候,在延吉的家里也常能与父亲聊聊学术,了解到了一些有关词法、句法等研究的问题。父亲李守田教授当时正在全力研究现代汉语语段,他与佟士凡教授合作,在《汉语学习》1980 年第 3 期上发表了《试谈现代汉语语段》一文,这是新时期以来国内学者第一篇研究现代汉语语段的论文。由此,我也知道了一些有关语段研究的基本情况。但因为我当时的学术兴趣放在了中国古典文学上,并不觉得汉语语法研究有什么前途,所以,就没有很好地继续钻研下去。

后来,当上了古汉语老师,出于工作需要,不得不重新"回炉",开始有意识地阅读一些汉语语法的经典性名著,比如《马氏文通》《新著国语文法》《中国现代语法》《现代汉语语法讲话》等,对汉语语法学总算有了一点儿初步的基础,但还是没有考虑专门去研究它。1987 年 9 月,我有幸在北京大学中文系选修陆俭明教授讲授的"现代汉语语法研究"课。陆先生讲课的特点是逻辑性极强,条理十分清楚,语言表达也十分简洁,没有一句多余的话。陆先生从对 20 世纪 80 年代的现代汉语语法研究回顾谈起,对语法中的层次分析、变换分析和语义特征分析方法运用,以及形式和意义的结合等问题进行了深刻的剖析,使我们这些初出茅庐的青年从总体上对汉语语法研究理论与方法有了一个清晰的把握。由此,我对汉语语法学产生了浓厚的兴趣,就尝试着把现代汉语语法课学到的变换方法运用到古汉语研究中,写下了第一篇语法研究的小论文,就是《〈庄子〉"v.o.以 o."句及其变式》,后来发表在《东疆学刊》1990 年第 1 期上。

因为跟随北京大学唐作藩教授学习汉语音韵学,自 1987 年开始,我一直把汉语音韵学作为自己的主攻方向,这样,虽然我对汉语语法学也有兴趣,但还是不得不强行压制自己,把精力集中于已确定的学术目标上。

尽管如此,我还是有意识地偷空儿关注这方面的学术进展信息,并且专门给延边大学中文系 85 级本科学生讲授"汉语语法史"必修课,这也就使得我有机会思考一些和汉语语法研究相关的问题。这期间,发表了一些有关东北方言语法特点的论文。

2003 年 3 月,我去日本关西学院大学作客座研究员,有机会与早稻田大学六角恒广教授取得了联系,向六角恒广先生请教了有关日本汉语研究的许多问题,并且想方设法购买了《中国语教本类集成》40 大册。

翻读了《中国语教本类集成》,这才知道,日本出版过那么多的汉语语法著作。令我惊讶的是,在《马氏文通》之前,就有日本学者研究汉语语法,不但研究汉语文言语法,而且还研究汉语口语语法。我再把牛岛德次《日本汉语语法研究史》拿来看,竟然发现,《马氏文通》和《新著国语文法》在日本的影响是如此之大。原来,中日两国的语法研究也是互动的、交叉的。忽然间,我产生了一种想法,就是能不能沿着六角恒广、牛岛德次所走过的道路再继续走下去,并且从中挖掘出属于自己需要的资源来?

中国学者没有人系统研究日本汉语语法学史,很自然,对中国与日本汉语语法学史之间的关系所知甚少,思考问题的模式当然会进入一种"怪圈"。比如,有人就认为,中国的语法术语体系是从西方来的,与东方无关。我写下的第一篇日本汉语语法学史研究论文,就是研究大槻文彦"解"《中国文典》的。有趣的是,大槻文彦所"解"的《中国文典》,竟是 1869 年刊印的、来自中国的汉语语法著作,原名为《文学书官话》。《文学书官话》,由美国传教士高第丕(Tarlton Perry Crawford)和中国人张儒珍合著,同治八年(1869)在山东省登州府(现蓬莱)刊行。高第丕是美国南浸信传道会的传教士,1852 年来上海传教约 12 年,1863 年转道山东登州继续传教。美国人、中国人、日本人,都在为汉语口语语法呕心沥血,并且都集合在一本书上,实在是一种奇妙的中美日合作研究的景象。

《文学书官话》打破了我原来的惯性思维,才知道,《马氏文通》之前 30 年,中国人写过汉语语法学著作,而且是和美国传教士一起写的,又是在中国刊印的,还是汉语官话口语语法。从汉语官话口语语法角度上说,比黎锦熙的《新著国语文法》问世早了 53 年。《文学书官话》在中国似乎被人遗忘了,所以,许多中国语言学史或者中国语法学史著作并未提及它,但它传入日本后，命运却大不一样，受到如此热烈追捧，并且，成为日本研究汉语口语语法的先声，能不让人感叹？

我写的第二篇论文就是介绍日本明治时期北京官话会话课本的。在"会话中心主义"思潮的直接影响下，日本明治时期北京官话会话课本的编写十分发达，课本种类繁多，让人目不暇接。我所思考的是，当现代汉语语法学界积极引进欧美20世纪70年代以来兴盛的会话理论时，很少有人想到，东方在100多年前已经具有了系统性十分强的汉语"会话中心主义"，不但有理论，还付诸实践，产生了巨大的教学效应，这是为什么？我所尊敬的北京语言大学赵金铭教授发表在《中国语文》上的论文（《汉语句法结构与对外汉语教学》，《中国语文》2010年第3期）引用了我的这篇文章，自是看到了日本明治时期北京官话会话课本本身的文献和理论价值，这说明，对它进行研究是有意义的。《日华会话辞典》（1906）研究是这个话题的继续，我的博士生孟广洁也为此付出了辛勤的汗水，在这里尤其需要特别说明。

对仓石武四郎翻译黎锦熙《新著国语文法》的关注，也使我有些兴奋，随着阅读的深入，愈发了解黎锦熙《新著国语文法》在日本的影响力。中国学者很少关注黎锦熙《新著国语文法》在日本的巨大魅力，更不知道黎锦熙《新著国语文法》作为主流语法风行日本汉语语法学界20多年的原因之所在。2010年4月，刁宴斌教授盛情邀请我参加在北京师范大学举办的"黎锦熙先生120周年诞辰纪念暨学术思想研讨会"，我借此机会向与会学者宣读了这篇论文，引起了众多学者浓厚的兴趣。相关研究者由黎锦熙进而关注其他中国语法学者著作在日本的命运，比如刘复、王力、周有光等先生的著作。在日本出版的《中国语文法研究号》（1940），以及野村瑞峰《文法参考书》（1942）中找到了确切的证据，这是让我深深地感到震撼的。前辈学者以世界性眼光研究汉语语法，得到了世界各国权威们的承认，并居于世界一流的地位，我辈学者有责任去清理这份遗产。

研读《冈氏之中国文典》（1887）和广池千九郎《中国文典》（1905），纯属偶然。在厦门大学图书馆4楼的旧书库里，堆放着大量的旧书。这些书，当时还没有上架，更没有登记造册，所以在厦门大学图书馆的网站系统中是查不到的。我因为留意日本汉语语言学研究著作，很自然对这些旧书产生了兴趣。我是在小心翼翼地翻检旧书过程中发现了这两部书的,如获至宝。在研读中,我以《马氏文通》为中介,试图找到它们之间的关系。广池千九郎在《中国文典》自序中毫不讳言自己参考并修订了《马氏文通》的观点,受其影响是肯定的。《冈氏之中国文典》早于《马氏文通》11 年问世,但在《马氏文通》中找不到《冈氏之中国文典》的踪迹。如何把两者扯上关系呢?后来,我在写《〈汉文典〉:清末中日文言语法"谱系"》时,了解到日本在明治时期存在着一个明确的汉文文言书面语语法正统教学制度,是这个发达的教学制度催生了《汉文典》系列著作的问世,《马氏文通》的问世会不会也和教会学校中存在的文言书面语语法正统教学制度有关?两者应该是由于"西式教育"传统的制约,才会不约而同地思考汉语文言语法的大业。而汉语口语语法体系的诞生是不是也和正统的西式语法教学制度有关?诞生在中国的《文学书官话》就是典型的教会学校制度的产物。但在日本,汉语口语语法教学就没有那么幸运了,被排斥在正统的国家西式语法教学制度之外,只能以民间的汉语教育补充形式的面目出现,日本人只能在汉语"补习班"里学汉语口语语法,其学科地位一直不被正统的西式语法教学制度承认。不用说 19 世纪末至 20 世纪初,就是到了 1945 年之前,还是被作为"战争语学"而笼罩着阴影,"弃儿"的命运始终难以摆脱,难怪仓石武四郎一再呼吁承认"中国语学"独立的学科地位,认为其本来应该和英语、德语、法语一样,在国家教育体制内居有一席之地!我十分尊敬仓石武四郎,他凭着对中国语和中国文化那份执着的热情,在日本军国主义肆虐之时,冒着杀头的危险,到处奔走呼号。只要一想起来这些陈年旧事,我的眼眶里立刻涌出激动的泪水,仓石武四郎为中国语学的建立,付出了巨大的代价,怎能被后代中国语学者所忘记?

至于《中国语学》月刊(1907—1908),是我在早稻田大学中央图书馆找到的,六角恒广先生没有在他的著作中提及,它是世界范围内名副其实的第一本专门的中国语研究期刊,值得我们特别推崇。还有后藤朝太郎,他出版《现代中国语学》(1908)时只有 28 岁,恐怕连他自己都觉得不可思议,一个初出茅庐的小伙子,居然敢做出一件当时日本著名汉语学者连想都不敢想的大事——运用现代语言学理论去构建汉语语言学理论体系,然而,他却做到了,多么自信!就是在 100 多年后的今天看起来,很多问题的提出,都是极具前瞻性眼光的,还有不少课题学术界仍然没有很好地解决。我觉得,如果把他比作日本的中国语学界的希尔伯特,一点儿也不为过,难怪日本大百科全书收录了这本书,并把它作为经典性名著传播着,这的确是它在当时太富于创意了。向中国学者介绍它,并把汉语语法,包括汉语方言语法研究内容作为它整个汉语理论体系的一部分,就显得全面一些,而不是把后藤的语法研究和其他的研究内容割裂开来,所以,将《中国语学》放在最后,希望引起读者的深思和共鸣。

我不是一个专门的汉语语法学者,却愿意以一个门外汉的角色来观察世界范围内的汉语语法学史,获得意外的收益是可以想见的。我曾经设想过像我写《日本汉语音韵学史》(2011)一样,也推出一部《日本汉语语法学史》,这也是我给自己留下的命题作文。但我知道,以我目前的学养和时间来看,恐怕还做不到,就是翔实的《日本近现代汉语语法学史》,也是写不出来的,只好把一个纲要性的,粗线条的《日本近现代汉语语法学史》端上来供读者们,尤其是汉语语法的专家们批判。

我认为,细心的读者可以体会到本书的一个看点,还是在文献的挖掘上花了一点儿功夫。一本本书去发掘,一本本书去细读,一本本书去理解,一本书去梳理。运用第一手资料的笨功夫自然会带来很多的收获。现代网络真的是太方便了,世界很小,世界的图书信息为我所用,空间和时间的交错,惯性被如此颠覆,让我们捕捉到了前人不可企及的、不可想象的历史性机遇,我们有何理由不去珍惜?

我自己研究日本汉语学史不说,还极力发动我的学生把自己的学位论文选题放在这方面。"众人拾柴火焰高",经过十多年的努力,我们已经形成了一个有关"东亚汉语语言学"研究的学术共同体。毫不夸张地说,已经引起了海内外许多学者的注意,学术效应已经开始显现。我作为首席专家投标国家社科基金重大项目"东亚珍藏明清汉语文献发掘与研究"获得了成功,"厦门大学人文社会科学繁荣计划"也对"东亚汉语史"项目著作出版予以了资助。商务印书馆王丽艳老师极力为我设计,并倡导的"东亚汉语史"出版计划也在一步步落实,我对"东亚汉语语言学"研究的未来很有信心。

"东亚汉语史"出版计划的实施,目的就是要实实在在地推出有一定学术品位的著作。本书是不是做到了上品位、上档次，我不敢下结论，就由读者自己去做公正的判断吧！

2014 年 4 月 20 日于厦门五缘湾五缘公寓知微居
（《日本近现代汉语语法学史》，商务印书馆，2016 年 11 月）

# 《〈元韵谱〉与明清语音研究》序言

　　当今已经有不少学者判定,汉语音韵学正面临着重大的学术转型,这是就中国一些学者汉语音韵学研究的理论与方法的基本取向而言的。他们不满意汉语音韵学的高本汉范式的稳态性,于是另外寻找出路,突出到"围城"之外,这是完全可以理解的,也应该是无可厚非的。

　　但如何转型? 一些学者也试图开出解决汉语音韵学稳态问题的药方,比如"层次分析""叠置交错""词汇扩散""衍生音韵学""语言演化""语音优选""语音地图"等等,令人眼花缭乱。用这些药方"治病"疗效如何? 是不是就令人满意了? 我认为,还都处于试验阶段,试验的结果如何,是否就是尽善尽美? 一时还难以定论,操之过急肯定会让人觉得浮躁难耐。

　　这使我联想到了医学界的中西医之争,更想起傅斯年的《所谓"国医"》一文。傅斯年批评中医"五行、六气"是胡说,经验良方是"头脑不清楚","丢国家民族的丑了";认为对付中医,应采取逐步"废止"之政策,至少加一个"重税"而限制(1934 年 3 月 5 日《大公报》;《独立评论》第 5 号,1934 年 8 月26 日)。这和现代许多学者的观点如出一辙。

　　汉语音韵学是否存在着中西之争? 从表面上看肯定是存在的。"西派"对传统的汉语音韵学之"五行、六气"是否也要斥之为胡说,经验良方是"头脑不清楚","丢国家民族的丑了"? 是否也要逐步"废止"或加一个"重税"而限制? 虽然没有达到傅斯年排斥的程度,但是也已经近乎"金刚怒目"式的不满,到了欲罢不能的地步了。但这里也有一个需要搞清楚的问题,即高本汉范式是西来的,还是中国固有的? 你能分清楚吗? "梵汉对音"是西来的,还是中国固有的,你能分得清吗? 很显然,各种文明之间的互动,相互作用,你中有我,我中有你,是很难说得清的。

　　其实,无论哪个学科,就现在来看,所进行的强行区分"中西"的做法真的是不明智的,这样做只会生发不必要的学术矛盾与冲突。如同医学,中医、西医有区别,但并无本质的区别,都是在"医治"字面上做文章。汉语音韵学进化的过程,足以证明,各个学术流派都是以研究汉语语音为基础的,没有国界和"域界"之别,只不过是理论与方法的来源不同而已。

现在来看汪银峰副教授《〈元韵谱〉与明清语音研究》一书,该书设置了"乔中和易学思想与《元韵谱》音系构建"一节,评定乔中和易学思想对《元韵谱》音韵思想的渗透作用,是实事求是的。由此而延及明代象数易学的发展对许多音韵学著作的影响,都可以圈定在汉语音韵学范畴内进行研究,理论与方法的来源与当下"层次分析""叠置交错""词汇扩散"明显不同,解释方式也相异。存在着的东西往往是合理的,因为其存在必有其存在的理由。中国明代易学的存在和易学音韵学的存在交相依存,必有其深刻的历史根源。

中国的汉语音韵学,有人称为"汉语文献语音学",是就中国音韵学文献之间的"传承"和"变异"关系而言的。汪银峰副教授新作《〈元韵谱〉与明清语音研究》与其博士论文《明代以来内丘、尧山语音演变研究》的研究角度不一样,我的理解是,后者更倾向于方音史的纵向变化研究,线条是清楚的;而前者,则集中在横纵向的文献与语音交叉关系研究。比如《元韵谱》与《五音集韵》关系,就有了《元韵谱》对《五音集韵》的归并、承袭与突破线索,这是最为直接的。还有一些介于直接和间接之间,间接或干脆就是"没有"的关系,也不可忽视。比如《元韵谱》与《洪武正韵》,《元韵谱》与《韵略易通》,《元韵谱》与《韵林原训》《韵谱本义》,《元韵谱》与《西儒耳目资》,《元韵谱》与《重订司马温公等韵图经》,《元韵谱》与《音韵阐微》,《元韵谱》与《五方元音》等,无论是文献的,还是音系的,视野更为宏大,纵横捭阖,潇洒自如。

我以为,这和汪银峰副教授十年间的心态变化有关。攻读博士学位,写《明代以来内丘、尧山语音演变研究》,求稳是第一要务,四平八稳,不会有"倾覆"的危险,这是中国博士学位论文写作的一个"潜规则"。你我他都一样。汪银峰副教授的"稳",不仅仅带来了学术"标签"的直接效应,而且也造就了他研究的个性特征,即结论的稳妥,容易引起同行的共鸣。而《〈元韵谱〉与明清语音研究》,求新变成了第一要务。"求新"就要与众不同,想象力更为丰富,触角所到之处,荆棘丛生,随之而来的就是越加激烈的争论。你讲那么多的介于直接和间接之间,间接或干脆就是"没有"的关系,是否就可以让人接受?证据是否都充分?都是会被人质疑的。比如《元韵谱》与《洪武正韵》,你进行比较,所谓直接关系,是指《元韵谱》引用了一些《洪武正韵》的音切。如花韵见母:佳,"《洪武正韵》音"(十卷);寅韵彻母:辰,"此下旧在审母,盖吴音也,今依《洪武正韵》注之此"。(十五卷);互韵泥母:兔子,"《正韵》音"(四十八卷)。但这些音切放在整个音系中,就显得无足轻重。如此,这些直接证据,就成了虚假"音切"的摆设。《元韵谱》与《韵略易通》关系也是一样。乔中和在《元韵谱自序》中所说的"兰廷秀氏删之为《早梅》二十字,似乎是然,而缺略者如故,且注入声之有无正相误",有赞同的成分在里边,说明他认真阅读过《韵略易通》,但不能证明《元韵谱》是《韵略易通》的"翻版",因为它也在批评"早梅诗"表现声母的"缺略"之弊。说《元韵谱》与《西儒耳目资》有关系,就更显得苍白无力,因为没有一点直接证据可以说明两者关系密切。冒如此风险讲关系,确实是要有胆识的。

汪银峰副教授此次确实鼓起了"为赋新词强说愁"的勇气,同时也在寻求直接证据上下了很大的功夫。比如《元韵谱》与《韵略易通》关系,又引用了《元韵谱·清浊释》的说明:"昔人于一音分四籁,曰清,曰次清,曰浊,曰次浊。试以口呼之,如东为清,通为次清,是已。至同为浊,农为次浊,可乎?盖通之清不及东,而农之浊甚于同也。今以一音分三籁,曰清,曰清浊半,曰浊。而东字之下虚一音以启同,农字之上虚一音以续通。其说曰:天有缺,地有倾,人中处焉,而会其全。《易》有之天终于九,地终于十,天清而地浊。人之能,亦天地之能耳。试合七音十九籁而数之,六清六半清非九耶? 七浊六半浊非十耶? 凡皆三籁之故也。四焉则至上去而夺清,至入声而拟平矣。此非我臆也,兰廷秀之《早梅》、杨升庵之《原训》,亦已先得,同然矣。"这个说明,就非常有力,所谓"此非我臆也,兰廷秀之《早梅》、杨升庵之《原训》,亦已先得,同然矣",就不是虚妄之辞。你不承认也得承认,汪银峰说的是有文献根据的。《元韵谱》固然与《西儒耳目资》没有表面上的文献传承关系,但在音系上的"同一性",不能不引起人们的关注。比如全浊声母已清化,喻母归入影母,知庄章三组声母合流,保留微母和疑母,以及韵母上的闭口韵的消变、入声的改配阴声韵等等,这些都不是偶然的。为何两者具有如此的"同一性"? 汪银峰解释很有启发意义:"曾摄一三等、梗摄二等入声字的读音情况则较为复杂,《西儒耳目资》表现为文读层,《元韵谱》表现为白读层。文读层来源于以南京话为基础的明代官话音,白读层则来源于基础方言的口语音。"交叉重合,造成了"同一性",这种关系,不言自明,你说两者之间关系是近了还是远了呢?

汪银峰副教授写作《〈元韵谱〉与明清语音研究》"求新",很自然带来了人们对《元韵谱》学术价值的新认识。比如语音文献价值,汪银峰说:"揭示《元韵谱》与《五音集韵》《五方元音》之间的传承关系。"这就弥补了过去学者研究《元韵谱》文献的缺憾。再如汉语语音史价值,汪银峰说:"将其纳入明清语音研究的大背景下,结合其他同时期有代表性的语音材料,如《洪武正韵》《韵略易通》《等韵图经》《韵林原训》《韵谱本义》《音韵阐微》《五方元音》等等,综合考察《元韵谱》在明清语音研究方面的价值和地位。"还有语音思想史价值,汪银峰说:"《元韵谱》所构建的音学体系,与易学思想关系密切,甚至是以易学思想作为它的理论支点。"这是过去学者注意不够的,也突破了以往学者认识《元韵谱》思想的视野。我认为,这就从根本上改变了人们狭隘地看待《元韵谱》的意识,提升了它作为明清音韵学代表性著作的学术地位及现代价值。从这个意义上讲,《元韵谱》是那个时代当之无愧的韵学文献名篇。

《〈元韵谱〉与明清语音研究》已经完稿,似乎所要讨论的问题都可以"知止"了。相传墨子曾说:"知止,则日进无疆;反者,道之动。知足不辱,知止不殆。"老子《道德经》也说:"故知足不辱,知止不殆,可以长久。"隋朝大儒王通《止学》就极力推崇"适可而止"的"知止"之学。《易·系辞上》说:"书不尽言,言不尽意。"我在吉林大学古籍所的授业之师金景芳教授也曾谦虚地自称"知止老人"。引申言之,有关《元韵谱》的问题,需要讨论的还有很多,该书不可能"包打天下",实际上,也没有必要去"面面俱到"絮烦说教,也需要"知止",但"知止"不是"停止",而是为进一步思考打下基础。汪银峰副教授除了回答一些他能够解释的问题之外,还提出了一些值得人们深思的问题,比如乔中和将五声与五行相协,并专列《五声释》进行阐述:"五行之在干支也,无弗具。声之有五,亦犹音之有五也。盖一纵一横之妙,弗容缺也。声处于天,音生于地,韵成于人,何以谓虚乃声,窍乃音,气乃韵?天地以五行化万物,物各具一五行,何独于声而四之?音之五也:宫为土,徵为火,商为金,羽为水,角为木。其在声也,上平宫,下平徵,上声商,去声羽,入声角。"这是不是可以简单地理解为"附会"或"玄虚"?如果不理解为"附会"或"玄虚",那么,与之相关的诸如阴阳、五行、干支、卦象、时令、历法、律吕等内容是不是具有自身独特的解释语音的话语理论体系?直到现在,汉语音韵学界还没有予以澄清,是不是令人遗憾?

汪银峰副教授的研究涉及《元韵谱》入声字"文白异读",并与《合并字学集韵》《五方元音》《黄钟通韵》《音韵逢源》《正音切韵指掌》等文献中的宕江摄、曾摄一等、曾摄三等庄组字,以及梗摄二等、通摄合三、深臻摄开三庄组字进行比较,但这些"文白异读"是不是就是固定不变的,有没有相互转化的可能?此外,这些文献所反映的"叠置"形式是不是当时"文白异读"的真实情况?它们的音韵学意义到底体现在哪里?仍然需要进一步研究才能有一个初步的结论。

如此看来,《元韵谱》与明清相关文献语音研究还是"任重而道远",并未达到理想的境地。但无论怎么说,汪银峰副教授已经有了一个良好的开始,并且取得了很大的成绩,这是足以让汉语音韵学界额手称贺的。

汪银峰副教授勤学慎思,研究的学术领域已经延展到了海外汉语音韵学,"中外互动",必然引发思维方式上的"给劲儿"。这肯定会在《元韵谱》与明清相关文献语音的后续研究上"发力"的。我们期待着!是为序!

2015 年 9 月 19 日于厦门五缘湾知微居
(《〈元韵谱〉与明清语音研究》,中国社会科学出版社,2015 年 12 月)

# 《台湾汉语音韵学史》后记

1991 年大陆汉语音韵学学者和台湾汉语音韵学学者在香港召开的"中国声韵学国际学术研讨会"上实现了 40 多年以后的第一次握手,开启了两岸汉语音韵学同行进行学术交流的"破冰之旅"。这主要得归功于台湾师范大学教授陈新雄先生,是他与香港浸会学院中文系主任邝健行教授共同倡导的结果。1992 年在威海召开的中国音韵学研究会会议上,两岸汉语音韵学学人进行了实质性的"学术对接"。从此之后,两岸汉语音韵学学者来往进入一个新的历史时期。也就是从那个时候起,我开始对台湾汉语音韵学发展的历史感兴趣了,有意识地加以关注。1994 年,当时在台湾中正大学中文系任系主任的竺家宁教授向我和几位大陆学者发出诚挚邀请,希望我们能去中正大学参加在台湾举办的"中国声韵学会"会议。

今天来看此事,似乎很平常,但放到当时两岸"尚未解冻"的关系视域来看,确是十分难得,很显然是一个意识超前的大胆举措,这也令我这个初出茅庐的后生小子十分激动。那一阵子,我曾不间断地幻想着,如何才可以借这个机会去探索神秘的台湾汉语音韵学知识领域。可是,当我去付诸行动办手续时,学校外事处的一个负责人,几句冷冰冰的回答就让我这个梦想破灭了,他的回答很让人泄气:"吉林大学没有这个先例。"其实,在中国大陆音韵学界,学者们并不是第一次接到这种访台邀请。因为,1992 年以后,就有大陆汉语音韵学人访台,并没有遇到任何政治等方面的阻力,比如宁继福教授的访台手续办得就很顺利。

尽管如此,我还是有意识地利用各种机会和台湾汉语音韵学学者接触,并试图了解他们的汉语音韵学研究的基本状况。比如 1996 年、1998 年在大陆召开的汉语音韵学学术会议。

1999 年,台湾声韵学会会长陈新雄教授、"中研院"何大安教授、辅仁大学李添富教授等向大陆六位学者,即施向东、叶宝奎、虞万里、杨亦鸣、孙雍长和我发出邀请。几经周折,我们转道香港,一行六人,终于在 2000 年 5 月

19 日踏上了宝岛台湾的土地。在李添富教授的精心安排下，我们在台北走访了许多大学，比如台湾大学、台湾师范大学、辅仁大学。同时，还南下到了高雄中山大学、成功大学、台南师范学院。与许多台湾学者，比如陈新雄、何大安、林庆勋等进行面对面的接触，真正做到了相互沟通和深入了解。可以说，在我们的面前，一张汉语音韵学神秘的面纱开始渐渐地被揭开了。1945年以后，经过几代学者的努力，台湾汉语音韵学研究盛况空前，300 多人的汉语音韵学学术会议现场，所发表的论文质量之高，涉足领域之多，学术视野之宽阔，学术批评之严厉，都令我们大陆学者为之震撼。我们深深感到，我国台湾同行的汉语音韵学研究成就，在很多方面已经走在了大陆的前列，我们要想迎头赶上，必须奋起直追。

此后 15 年，我们与台湾同行的接触更为频繁，"兄弟如手足"，学术血脉十分通畅，两家已经融为一体，汉语音韵学之根越扎越深。当然，有关台湾汉语音韵学研究的信息传达就更为便捷了。我于 2005 年由吉林大学古籍研究所调入厦门大学中文系任教。厦门与台湾各地有着天然的"五缘"亲和关系，两岸图书交流会举办多次。厦门图书城还辟有"台湾书店"专室。我又多次应邀赴台参加学术会议。所以，购买台湾汉语音韵学书籍的机会很多，所得到的书籍种类不断增加。此外，我一直承担着汉语语言学史博士课程，其中，汉语音韵学史是中心议题。在汉语音韵学史中我国台湾学者的研究则必不可少，是重头戏。但在国内外还根本找不到相应的供大陆博硕士生阅读的专门的台湾汉语音韵学史著作。要讲授这方面的情况，虽然可以列出一系列台湾学者编写的参考书目和期刊，但却无系统的可以集中参照阅读的教科书可用，学生们面对着茫茫无际的台湾汉语音韵学研究文献的海洋，无头绪可理，显得无所适从，由此，触发了我写一本台湾汉语音韵学史课本的冲动。这样，既可以急敷博硕士生汉语音韵学史教学之用，又有机会与台湾学者娓娓而聊，并梳理台湾学者研究汉语音韵学的学术脉络，了解许多以前未曾领略的知识领域，岂不快哉！

2013 年 8 月 24—31 日，由冯蒸教授推荐，并经林登煜社长邀请，我参加了在台北"中央研究院"文哲研究所举办的"古迹保护与整理学术研讨会"。这是台湾经学文化有限公司主办的会议。这期间，我应邀赴台湾师范大学、台湾大学、"中央研究院"文哲所、傅斯年图书馆进行学术访问，姚荣松、李添富教授予以关照。我们也在旧书店"淘"到了不少心仪的台湾汉语音韵学研究的文献。

2014 年 9 月,我与新竹清华大学中文系陈淑芬教授、刘承慧教授取得了联系。虽然我与二位教授素未有交往,但她们的热情和诚挚,深深地触动了我的心。刚好,我所承担的国家社科基金重大课题与台湾汉语音韵学史研究相关,使用这项经费,可以到台湾查阅第一手资料。同时,希望借此机会更深入地了解台湾汉语音韵学发展的历史,为写一本适合于中国大陆汉语言文字学专业博硕士生使用的台湾汉语音韵学史课本打下基础。我十分期待着这一次的台湾之行有所收获。

陈淑芬教授、刘承慧教授为我安排的住宿十分周到。我住在台湾清华大学第二招待所 202 号室宽敞的大房间里,十分惬意地享受着温馨和快乐。陈淑芬教授的博士生李柏翰接待我细致而热情,谨慎而有条不紊,我得到了他的太多帮助。研究之余,我与柏翰天南地北神聊,我由此而了解到台湾汉语音韵学博士生的综合素质之高。"中央研究院"历史语言研究所张惟捷博士后到松山机场接我,还领我到"中央研究院"访问。蔡哲茂教授热情洋溢,与我倾心而聊商周出土文献问题。这些真的让我感动不已。

张光宇教授和我只在 10 多年前的一个大陆学术会议上见过一次面,并且有幸在一张饭桌上聊了几句汉语音韵学研究方面的话题。此次有了多次直接接触的机会。个性鲜明,直率、质朴,学术敏感度极高,理论思维极其活跃,这是张光宇教授给我的一个最为深刻的直观印象。他有意促动我多接触台湾汉语音韵学学者,并向李存智教授(师从于周法高、龚煌城两教授)举荐我,所以,我才有机会去台湾大学中文系作讲座,讨论日本汉语音韵学史研究的诸多问题。在与台湾大学汉语音韵学同行的互动中,我了解到了台湾学者那种严谨而执着、十分质朴的性格特征。

台湾清华大学中文系和语言研究所名家荟萃,汤廷池、曹逢甫、张光宇、连金发、蔡维天、刘承慧、陈淑芬、许慧娟、张月琴等教授均毕业于欧美第一流名校,跟从第一流名师受业,成就很大。比如汤廷池教授的《"国语"变形语法研究》《移位变形》《"国语"格变语法试论》《"国语"格变语法动词分类的研究》等就闻名于世,他是我国最早运用转换生成语法理论研究现代汉语语法的学者之一。毫不夸张地说,这个群体与台湾"中央研究院"语言学研究所遥相呼应，是台湾，乃至于全球现代汉语语法学研究的重镇之一，特色十分鲜明。师从于当代世界思想大家乔姆斯基的蔡维天教授邀请我，就有关清末中日文言语法《汉文典》"谱系"问题做了讲座。与曹逢甫、连金发等学术名家直面探讨，我对相关问题的认识更为深入，确实获得了很大的教益。

在台湾清华大学访学的一个月里，我充分利用了人文社会科学图书馆的馆藏条件，取得了超乎我想象的收获。刘承慧教授告诉我，台湾清华大学虽然以理工科见长，但对人文社会科学的投入是惊人的，十分重视，尤其是购买图书，不遗余力，十分大方。还有，鼓励教师们到国外访学时，有目的地购买珍贵的图书、期刊等文献资料，比如高价收购一些名家的藏书，收罗的范围遍及全球，因此，很快使得台湾清华人文社会科学图书馆藏书总量和质量跃入全台湾各大图书馆的前列。图书数据文献丰富，带来的"蝴蝶效应"是明显的，世界各地不同专业的学者纷至沓来，信息积聚的能量大大增强，进入良性循环过程中，这让我们感慨万分。

以台湾清华人文社会科学图书馆为收集资料的基地，我也去台湾"国家图书馆"和台湾大学图书馆等地方，包括去旧书店收购，网上查询，还有朋友帮忙，资料储备相对充足，条件已经基本具备，我觉得就可以进入下一个程序了，那就是开始进入到写作台湾汉语音韵学史的工作中来了。

面对着一部部、一篇篇汉语音韵学专论，我就是在与作者们诚恳地跨越时空对话。对他们辛勤的劳作，所付出的超乎常人理解的寂寞代价，所经历的艰难困苦，以及所获得的学术成功，我不由得肃然起敬。继而，我却进入到战战兢兢，如履薄冰，犹如"头顶三尺有神明，不畏人知畏己知"的状态。柳宗元《诫惧箴》言："君子之惧，惧乎未始。"朱子《中庸注》也有"君子之心，常存敬畏"之晓谕。我希望自己符合音韵研究的"君子之道"，对各位学者之力永远存有敬畏之心。

斗胆"无虑"，迎难而上，此可谓之无畏。《法苑珠林》卷八一又说："我能飞行游虚空，已过汝界，心无畏。""心无畏"，但不是对学术的"不敬畏"，而是在研究了学术之后，"大胆假设，小心求证"之后的敬畏，是一种求得学术进步的"心无畏"。

在我24岁之前，父亲李守田教授给我起的名字叫"无畏"，我那时心里常常自得其趣，行事有时鲁莽，原以为这就是"命名和命运的契合"，真正做到"无畏"了。父亲在我 10 多岁时却曾启发我改名,没有别的意思,就是怕我将来长大成人之后用"无畏"这个名字时和别人重名。我在 24 岁那年,忽然想起父亲劝说改名的话来了,就立刻赶到了延吉的派出所,要求在户口簿上改名为"无未"。当时非常容易,手续简单,派出所办事人员没有任何异议,非常热情,很容易就改了名字。30 年后,互联网搜索手段极其发达,我多次在"百度"和"谷歌"上搜索,果然现名没有了重名之虞。每一次我都不由得暗暗敬佩父亲的预测结果如此之精准,但也隐隐约约感到,我不叫"无畏"名字以后,自己做事谨慎有余,却常常勇气不足,是不是因为事事"心有畏"了,顾虑太多? 也可能如此吧。我有一种感觉,觉得自己随着年龄的不断增长,锐气渐减,"冒失"越来越少,所写文章跳不出"三界"之外。有人曾以"望气之术"观察我,说我"气正"而"红赤",说明我"多文而吉"。"多文"意味着勇气不足,"心有所畏",但以我自己的体味,"心与形无畏"的活动仍不鲜见。

难道这也和写《台湾汉语音韵学史》有什么关系吗? 我想起了孔子"知之为知之,不知为不知,是知也"的话来,我对这个问题"不知为不知",但希冀本书写作时达到"望气"之中的"气高""气正"的境地,并"多文而吉",总还是可以的吧!

2015 年 1 月 16 日于厦门五缘湾知微居

**又及:**

2015 年 1 月 20 日,我应日本著名学者内田庆市教授之邀,访问日本关西大学东西学术研究所,并作为"委嘱研究员"进行两个月的学术研究工作。

这次访问,我有机会亲自感受东西学术研究所的研究风气之盛和资料之丰富,其不愧为世界范围内有关"东西交涉学"之中心。我与内田庆市、沈国威、奥村佳代子教授的交往,更多的是感受他们的学术视野之宽阔,学术气魄之宏大,学术态度之严谨。他们毫无保留地向我介绍他们课题研究的进展情况,并就相关问题与我,以及相关的学者进行了探讨。

我在这里真的是感受到了浓浓的学术温情。同时,我也在为完成国家社科基金重大项目做资料准备。其中很重要的是写作《台湾汉语音韵学史》。关西学院大学图书馆购买了不少台湾出版的汉语音韵学图书和期刊。许锬辉主编的《中国语言文字研究辑刊》四编（花木兰文化出版社）就名列其中，有几十册之多，价格昂贵。其音韵部分，值得参考的不少。其他，还有一些在大陆比较难找到的日据时代的数据资料，比如寺野喜四郎《大东亚诸语言和日本——以发音为中心》（大雅堂，1945 年 1 月）等。东西学术研究所冰野善宽博士十分热心，为我介绍了新近编辑的《关西大学东西学术研究所所藏中国语教材目录(1868—1950)》。这个目录很有特点，收集了不少的台湾日据时代的语音教科书，比起六角恒广教授的《中国语书志目录》，有许多不同，可以互补，使用起来非常方便，这为我研究台湾汉语音韵学史提供了先决条件。两个月时间，集中精力阅读台湾和日本的汉语音韵学著作，思考相关问题，真的是很难得。一想起这些来，我觉得自己非常幸运，从内心里要表达一个强烈的愿望，就是真心感谢所有给予我无私帮助和大爱的人！

# 四、碎语

凤凰树下随笔集

# 评职，生死一劫

这几天我忝列中文学科职称评审组组长之职，等于在火炉子上烤，非常难受，眼看着一位位学者遭受各种的煎熬。

这个时候感觉当大学老师真的挺悲哀，我们不得不往预设好的职称套子里钻，只要入了这个行当，无一例外，无一幸免。钻进去，成为套中人，一个套接着一个套：评上了讲师，还有副教授；评上了副教授，还有教授等着；评上了教授，又要当博导；当了博导呢？ 如果是理工科老师，还有院士在向你招手。真的是没完没了，你想解套都没门儿；没有钻进去，你还投去羡慕的目光，一再埋怨，我为何没有机会被套住？ 而设套的人则让评职花样翻新，令人眼花缭乱。

经历了无数次的评职，看到了无数的"仁人志士"前仆后继，演绎了无数的悲喜剧，方才悟得人生之无奈，人生之悲哀！

大学评职是什么？

我知道的比喻有不少：有人说，大学评职是一架运转的绞肉机，无数的"仁人志士"为之"竞折腰"，葬送了青春，葬送了生命；有人说，大学评职是当代角斗场，角斗士为了生存而战，不是你死就是我活，反正只有一个选择；等等。说到这儿，我不由得想起已故陈维礼先生的一个形象比喻，职称就像是一根没有多少肉的骨头棒子，评职的人就像一群狼狗，明明知道没有多少肉还要拼命地去抢夺、厮杀，夺到了才知道很无聊。

为什么大学教师这么热衷于评职称？

其实这很好理解，即我们制度上规定的待遇，即使是很低的待遇都和职称挂钩儿；职称又是门面，有了职称，似乎脸上就有光，人都是为一张脸皮活着；职称又是成功的标志，似乎没有评上职称的人就是失败的人。由此改变了一个人的生活，有的人想不开就郁闷，久而久之生了大病，我的同事甚至就有为此而早逝的，没有躲过这一劫，想起结局来真的让人黯然神伤。

当大学老师 25 年，看到了评职"众生相"。有为评职造假的，有为评职反目成仇的,有为评职出卖灵魂的,有为评职精神失常的,有为评职得绝症的,有为评职自杀的,有为评职诬陷他人的,等等。评职真是试金石,验证了人性的真善美、假恶丑。

　　既然评职有如此之多的"恶",换一个角度想,老子不评职又能怎样?

　　不评职的结果有几种可能? 一是没有待遇,二是没有面子,三是家里人和社会人不依不饶。最终,在大学混不下去,卷起铺盖走人。卷起铺盖走人又如何? 经商? 走仕途? 做苦力? 作庄子逍遥游? 其实,认真地想一想,做什么都不容易,一句话,都得竞争,不竞争,毋宁死!

　　这样看来,原本已有的路却变得无路可走!

　　社会发展到了今天,竞争成了生存法则。"物竞天择,适者生存"已经贯穿在生活的每一个细节,我们躲都躲不开。这是不是我们作为人的必须选择?

　　连我都糊涂了。

2008 年 7 月 24 日

# 五十，难知"天命"

按照现下一般年龄标准，我们日常所说的"实岁"就是指周岁，如此，我在今天，即 2010 年 9 月 4 日整整是 50 周岁了。我的学生记得我的生日，为我举行了祝贺仪式，着实让我感动，我确实没有白白付出心血啊！

50 周岁是个什么概念？孔子说是跃进了"知天命"之年。"知天命"是不是就是"顺天之命"？"顺天之命"是不是又要"法乎自然"？今生我的生命该如此，只好遵循老天爷的安排？我平时很少想到这个问题，但当 50 周岁悄然来临时就不得不面对了。

50 周岁意味着什么？是不是该总结以往的生活？白居易从 50 岁开始就给自己的诗编集子，他的诗保存得最完好。王夫之也在 51 岁那年，编辑自 30 岁（1648 年）以来所作的古近体诗为《五十自定稿》。他们这都是总结以往的生活，当然都是总结自己 50 岁之前的创作生活。

对以往的生活是不是该满意？说到此，我很自然想起小的时候生活在故乡吉林敦化时常常念叨保尔的一段话：人最宝贵的是生命，生命属于人只有一次。当回忆往事的时候，不会因为虚度年华而悔恨，也不会因为碌碌无为而羞愧。

现在想来，这其实是个沉重的话题，就此是不是可以拷问自己：我是不是虚度五十年年华并为此而悔恨了呢？我是不是碌碌无为五十年并为此而羞愧了呢？儿时曾设想自己的一生该是很有意义的，肯定"壮怀激烈"，现在敢去兑现这个计划吗？五十年"弹指一挥间"，生命已经耗尽了大半，反而不敢触摸它了，胆怯得很。

1924 年，当顾颉刚 31 岁时，曾经制定了一个庞大的"我的研究古史计划"，其中有读魏晋以前书、作春秋至汉经籍考、研究古器物学与民俗学等等，预计 52 岁"准期完功"。但当顾先生晚年回头看时，远未实现，只得"赍志而没"。

顾先生的计划付之黄鹤，留下太多的遗憾，无论是对他个人，还是对国家和学术,都是难以估量的损失。

我年轻时没有顾先生的宏伟计划,只给自己留下一个空泛的设想,现在反而糊糊涂涂地不知愁。20世纪70年代初,父亲怕我将来无一技之长没有饭碗可端,就安排我去跟一个姓蔡的邻居大哥学木匠活儿,可惜我实在不是那块儿料,只能半途而废。

1977年8月,我在当知青时,最大的愿望就是未来不受政治歧视,或者当农民,或者抽回城里当工人,做什么工作都行,然后娶妻生子,自得其乐。

我在1978年3月当大学学生时又狂妄至极,觉得自己最大愿望就是将来能当一位著名诗人和小说家,业余时间也研究点古典文学。觉得只有那样才能活得惬意,才有价值,心里想的还就是"雁过留声,人过留名"。

整整50年过去了,我对自己越来越没有信心,怀疑起自己顺"天命"的能力。可以说,到了应该"知天命"之年却难"知天命"。

前几天搜索资料,觉得我的这个想法不是孤立存在的,前人早就考虑过。皇邢二《疏》引刘氏《正义》解释说:

> 知天命者,知己为天所命,非虚生也。盖夫子当衰周之时,贤圣不作久矣。及年至五十,得《易》学之,知其有得,而自谦言无大过。则天之所以生己,所以命己,与己之不负乎天,故以知天命自任。命者,立之于己,而受之于天,圣人所不敢辞也。孔子学《易》,乃知天命。吾人虽闻天命,未必能知,须先信赖圣言,以求知之。

孔子"不负天",知天命也只能是圣人之所能为,而一般人尤其是我这类凡夫俗子还是做不到的。

我们这些凡夫俗子难知天命,是不是就有点得过且过而原谅自己的想法呢?或许还有许多种选择。

其一,懂得"知非"。《淮南子·原道》说:"故蘧伯玉年五十,而有四十九年非。"蘧伯玉是春秋时卫国人,是一个急求上进,勇于改过的贤大夫。这句话是说他50岁时知道了前49年存在的过失。后来就以"知非"代称50岁。如白居易《自咏》诗:"诚知此事非,又过知非年。"我的过去49年"非"也很多,是不是都知道了,实在不敢下结论。

其二,干脆退休。白居易在《自问》诗中提出处于官场之人应该在50岁就退休的想法："黑花满眼丝满头，早衰因病也因愁。官途气味已谙尽，五十不休何时休？"可惜，我人不是在官场，还不懂得政治，更很少闻到"官途气味"，在学场尚被称为"中年"，说退休还乡会被人家耻笑的，所以为时尚早。

其三，继续行进。陶渊明在 50 岁时写作了一首著名的哲理诗，其中有"盛年不再来，一日难再晨。及时当勉励，岁月不待人"(《杂诗一》)之句，是说到了 50 岁，更应该抓紧时间，珍惜时光，积极向上。50 岁作为人生的一个新起点，也未尝不可。清人曾季狸《艇斋诗话》云："大凡人为学，不拘早晚。高适五十始为诗，老苏二十七岁始为文，皆不害其为工也。"扬州八怪之一的金冬心，50 多岁才开始学画；吴昌硕也基本上是 50 多岁正式学画，成为海派的代表人物之一。50 岁开始学一样本领并不是太迟，何况为自己提出更高的要求呢？

但 50 岁之人与此前年龄之人的心境毕竟有所不同。杜甫 50 岁写的《茅屋为秋风所破歌》，就表现了诗人宁愿自己受冻而使天下寒士俱欢颜的人道主义高尚情怀，大气磅礴。而孟郊《游子吟》："慈母手中线，游子身上衣。临行密密缝，意恐迟迟归。谁言寸草心，报得三春晖？"孝心绵绵，情慈意深。但也有人 50 岁时表现了另外的一种闲适情怀。比如周作人 50 岁生日时写下了《知堂五十自寿诗》，在林语堂主编的《人间世》刊出，但因为"以喝茶为趣味"过于闲适与抗战救亡相抵牾而引起了文坛的一场风波。

高尚也好，情慈也好，抑或闲适也好，因人而异，不可强求。但求得"顺天之命"，大体不错。网上有人录得胡适在 20 世纪 40 年代所写的一首闲情诗，其中所言很有意思："不做无益事，一日当三日。人活五十岁，我活百五十。"有人认为是模仿徐文长之作。不论如何，在我看来，胡先生 50 岁时还有头脑相当清楚的一面，即 50 岁之后"不做无益事，一日当三日"，"只争朝夕"，把 50 岁以后的时光以"质量第一"来过，积极作为。但读得元朝卢挚写的《双调·蟾宫曲》，感到与此意趣有别："想人生七十犹稀，百岁光阴，先过了三十。七十年间，十岁顽童，十载尪羸。五十年除分昼黑，刚分得一半儿白日。风雨相催，兔走乌飞。子细沉吟，不都如快活了便宜。"虽然也感叹人生短暂，但落脚点却只在"快活"上，让人颇觉怅然。引申言之，难道 50 岁以后就只有"惘然快活"才是"正途"吗？

答曰：非也！由此，五十难知"天命"，"只争朝夕"，求得"人生质量"也是

"顺天之命"之举,而"顺天之命"是不是就是知"天命"了呢?看来,我还得进一步求证高人。我这里也凑成几句《自寿》博得一笑:

> 析礼寻音 30 年,南漂老却尽惘然。
> 顺天之命悬孤岛,弩马奔波再着鞭。

2010 年 9 月 4 日

# 应将中国语言学设置为一级学科

## 一、语言学作为二级学科的弊端及调整为一级学科的目标

1.语言学作为二级学科的弊端。

在国务院学位委员会设置学科分类时,所有学科被分为若干学科门类,下设一级学科和二级学科。12 个大的学科门类里,语言学为二级学科,语言学及应用语言学(050102)和汉语言文字学(050103)、外国语言学及应用语言学(050211)分别被置于文学大类之下的中国语言文学(0501)、外国语言文学(0502)一级学科之内。这是学位授予时的情况。

而在国家社科基金的大类中,语言学是独立的大类,与中国文学、外国文学并列。实际上考虑到了语言学不同于文学以及其他学科的特点。

许多学者已经就语言学作为二级学科的弊端有所阐明,主要就是认为,语言学作为二级学科则忽略了语言学作为一个独立的学科所应具有的学术地位,也忽视了语言学研究的学科特点和内涵,如此,也就淡化了语言学的作用,对中国语言学的发展和建设十分不利。如果从与国际上语言学研究的发展趋势相联系来看,把语言学作为二级学科设置,更是无法对应,怎能谈到相适应呢?汉语已经成为世界上主要语言之一,汉语国际教育方兴未艾,从国家战略的高度来看待,语言学的发达与否已经成为国家软实力的标志之一,把语言学作为二级学科设置无疑是短视和束缚语言学发展的做法。至少说明,一些学者还缺乏对语言学在整个学科系统中的重要地位及其特殊性的认识。

2.将中国语言学调整为一级学科的目标。

实际上,一些学者早已经倡导此事,早在 20 世纪 80 年代,就有一些语言学巨匠深刻认识到,中国语言学不同于中国文学,在学科设置上,应该强调其特殊性和独立性,实际上,已经具有了"一级学科意识"。近些年来,一

批学者更是着眼于中国语言学发展的大局,适时提出设置"中国语言学"一级学科的建议。比如"首届全国应用语言学系主任(所长)论坛"(教育部语用所和国家汉办主办,北华大学承办,2007)就发出倡议书:建议将"语言学与应用语言学"作为一级学科单独设置。

最近,恰逢国家有关部门提出"学科目录调整"意见征询之际,一些学者进一步提出设置"中国语言学"一级学科的具体意见,研究"中国语言学"一级学科的具体内涵,以及和相关学科的联系、区别。其意图十分明显,就是要推动这项工作的进行,达到设置"中国语言学"一级学科的目的。我们十分赞同这些做法,更认为,国务院学位委员会设置学科分类时要把设置"中国语言学"一级学科放作为重要议题来讨论,尊重大多数专家建议,切实进行调查,落实专家合理的意见,从而在学科目录上确立"中国语言学"一级学科的地位,真正体现"中国语言学"学科的科学价值。

## 二、将中国语言学调整为一级学科的理由及根据

1.将中国语言学调整为一级学科的理由。

(1)中国语言学与其他一级学科一样具有同等的学科地位;(2)中国语言学与其他一级学科一样具有同等的独立性质和研究对象;(3)中国语言学与其他一级学科一样具有自我完备的系统性;(4)中国语言学与其他一级学科一样具有悠久的历史发展传统;(5)中国语言学与其他一级学科一样具有十分丰富的科学内涵;(6)中国语言学与其他一级学科一样具有明确的分支学科;(7)中国语言学与其他一级学科一样具有个性鲜明成熟的理论和方法;(8)中国语言学与其他一级学科一样,具有十分重要的科学研究价值和意义。

2.将中国语言学调整为一级学科的根据。

(1)中国语言学发展到今天,不再从属于某一个一级学科,而是沿着自己的运行轨迹,独立发展;(2)中国语言学研究与其他学科的横向联系越来越紧密,产生了许多边缘学科,如社会语言学、心理语言学、地理语言学、计算语言学、法律语言学等,从而带动了相关学科的科学化进程;(3)中国语言学在现代世界社会发展过程中的地位越来越突显,影响到了人们社会生活

的方方面面;(4)就中国政治经济文化等发展的实际来看,中国语言学作为国家战略的一个重要组成部分,发挥着其他学科不可替代的作用,正是彰显国家"软实力"的标志性学科;(5)中国语言学教育的前沿性、特殊性,决定了它具有独立的理论和方法,因此,其作为一门领先学科的价值已经充分显现。

我们在网上搜索到一篇文章,很形象地区别语言学与文学两大一级学科,虽然不一定确切,但它可以作为我们了解中国语言学不同于一级学科文学的一个视角:

> 文学需要想象、浪漫、诗情。语言学需要规则、代码、统计,以至数理逻辑的推断演算。
>
> 文学作品可以虚构,其赏析基于印象、感受、遐思。语言现象不能虚构,其分析、描写和解释都必须基于事实;即便可以构想,可以假设,也必须加以验证。
>
> 文学追求个性、独异性、唯一性,无论作品本身还是对作品的评析,都以特独为贵。语言学追求通性、普遍性、重复性,过于个性化的东西(例如纯属个人的用法)在语言学上少有价值。
>
> 文学喜欢丰富多彩,忌讳千人一面。语言学崇尚单纯简约,最好用几条规则概括起所有事实。
>
> 文学使人心灵充盈。语言学使人思维严谨。

## 三、中国语言学一级学科构建及相关问题

1.中国语言学一级学科对应的二级三级学科目录体系构建。

有人认为,中国语言学一级学科,应该包括理论语言学研究、应用语言学研究、对比语言学研究、社会语言学研究、心理语言学研究、地理语言学研究。同时,在这些理论研究的基础上建立跨学科研究,如语言学与人类学、社会学、心理学、哲学、逻辑学、数学、人工智能等,并且使每个学科都至少与一个应用学科相联系,包括外语教学、翻译学、语篇分析等。一旦这个立体交叉学科模式的框架能够完成并且达到一定的层次,就会产生良好的综合

效应,从而推动外语教学和研究的发展。

我个人认为,在大的中国语言学框架下对相应的二级三级学科目录体系构建,还是要注意类别范畴区分的科学性。(1)要注意中国语言学研究的对象;(2)要注意中国语言学研究的角度;(3)要注意中国语言学研究的方法;(4)要注意中国语言学研究的范围。

二级学科可以分为九个:汉语语言学、理论语言学、应用语言学、外国语言学、外国语言学教学、世界汉语教学、少数民族语言学、跨学科语言学等。

三级学科的设定,是否可以考虑相应的范畴类别,我们在这里的说明不一定恰当:

(1)理论语言学:语言学理论发展史、语言学原理、语言学流派、语音学理论、音系学理论、语法学理论、语义学理论、词汇语汇学理论、语言哲学等。

(2)应用语言学:语言规范、汉语语言规范、辞书编纂、语言翻译与语言学比较、实验语言学、机器翻译、语言学与情报检索、语言信息处理、汉语信息处理等。

(3)汉语语言学:汉语史、汉语语法学、汉语文字学、汉语词汇学、汉语语音学、汉语语义学、汉语语用学、汉语语言学史、汉语方言学、汉语音韵学、训诂学、古文字学、语言学比较。

(4)少数民族语言学:藏语语言学、满语语言学、蒙古语语言学、朝鲜语语言学、语言学比较等。

(5)外国语言学:语言学比较、英语语言学、法语语言学、日语语言学、俄语语言学等。

(6)世界汉语教学:中国对外汉语教学、外国国别汉语教学、世界汉语教学史、世界汉语教学理论、世界汉语教学应用、语言学教学比较。

(7)少数民族语言教学:藏语语言教学、满语语言教学、蒙古语语言教学、朝鲜语语言教学、语言学教学比较等。

(8)外国语言教学:语言学教学比较、英语语言教学、法语语言教学、日语语言教学、俄语语言教学等。

(9)跨学科语言学:社会语言学、心理语言学、地理语言学、计算语言学、法律语言学等。

2.建立语言学一级学科建设项目管理制度,通过项目的评审和立项管理的形式开展学科建设。突出重点,优先支持优势学科、特色学科和新兴学科的立项建设。

3.建立学科评估制度。制定学科评估指标体系,加强定期的学科评价、学科建设项目的中期检查和末期验收评估。

如此,在构建、管理、评估中完善语言学学科体系建设。

2009 年 11 月 14 日于厦门大学海滨路寓所

# 惺惺相惜，悲由心生

真的是"少年不知愁滋味"吗？我说不尽然，因人而异。而今"日薄西山"，是不是就真的能做到"为赋新词强说愁"？恐怕还得再议。

少年有少年的愁滋味，我的少年就可以说是欢乐无多，愁却不少。因为出身不好，常常能品味到世情冷漠的滋味，不受同学待见，不受老师待见，甚至不受亲戚待见。上中学时，我们的班主任，积极"革命"，"红得发紫"，她派个"女监视"做我的同桌，便于管理我，我的那个同桌，还真"实在"，在临放学之前，一定把我一天的一举一动、一言一语都如实地汇报给班主任。她做到了"敬业"，但苦的却是我，我经常被老师发动同学"批斗"和"整治"，站在全班同学面前，低着头，就差头戴高帽，脖子上挂牌子了。我不断地写检讨，不断地用"坦白从宽，抗拒从严"红语录警诫自己，好像我真的是罪恶滔天似的。我当时的愁是什么？我当时最大的愁是如何"过关"，即如何过政治关，"与地主家庭划清界限"。但我有时候心里面愤愤不平：我爷爷解放前是地主，但也靠两只手种地吃饭，他有没有剥削农民，还很难说，况且这与我何干？我爸爸被人打成"准右派"，被称为"历史反革命""反动学术权威"，是不是符合实际的，还没有定论，可这又与我何干？我冤不冤呐？再一个就是愁无知、无前途，十分迷茫。因此，我的少年时期，是充满了阶级斗争的，与"天真烂漫"并不沾边儿。

进入"天命"之年后，我也没有"为赋新词强说愁"式的矫情，希望自己洒脱地活着，不看别人的脸色，需要的是轻松与自然的心情！然而，对着人生的"日薄西山"，焦虑与哀叹并举，这是合理的情绪流露，人之常情，我也肯定不可避免，再也不想有"却道天凉好个秋"式的"卖萌态"。

旧愁未了，新愁不断，何时得休？这几年，新愁之中，最大的莫过于对自己身体状况的忧虑。过去，我常以不去医院自得，似乎医院与我无缘。但这几年不是这样，去医院的次数越来越多，对医院变化的感受越来越强烈。中国的医院越建越多，规模越建越大，越建越豪华，是幸耶？抑或是不幸？前

278

来看病的人也越来越多，没有减少的迹象。去年年初，一位朋友提醒，你年纪超过了 50 岁，应该去体检一下。我也同意这个建议，但检查从哪入手？我觉得自己的肠胃不好，就决定从肠胃检查起。

我有厦门医保卡，按规定，手持医保卡可以在厦门市许多大医院看病。听人讲，去医院看病也要找人。我觉得太麻烦，就径直到了厦门大学附属的大医院的消化内科。专家门诊号根本就挂不上，就只好挂了个普通门诊号。接待我的是一位年轻的男医生，那天，也许他遇到了极不顺心的事儿，对我的态度极不好，当我迫不得已报了自己的厦门大学老师身份后，他的脸"晴转多云"，连赔不是，并以医院医生不在意检查却患了晚期癌症为例，极力推荐我做肠镜胃镜检查，我同意了。胃镜检查结果没有多大问题，只不过是有些炎症而已。而肠镜检查是一位女医生做的，结果却有些不好，肠子里长了一个息肉。我对肠镜查病一无所知，一听有息肉就有些不安。我的学生许彬彬是本地人，她就让她姐姐找了在医院工作的朋友帮忙。于是，我得以联系上郑建玮主任医师。早就听说郑建玮主任医德高尚，不管认识不认识都认真对待患者。见面之后，郑建玮主任果然和蔼可亲，他看过我的体检报告，极力主张我马上手术。我就听从他的建议，预约了手术的日期。那天的手术是有名的陈进忠主任医师做的。他十分细致，一边用仪器观察，一边告诉我，除了原先查出的息肉外，又发现了一个息肉。他当机立断，用"电切"解决了。郑建玮主任告诉我，一定要半年后复查一次，以防万一。息肉虽然是个小毛病，切不可大意。听完这些话，我的心里略略安定一些。

今年上半年，我去一位非常要好的朋友那儿探病，他的变化让我心惊不已。这位朋友只有 50 多岁，是学界有名的大腕儿，国内外知名，常在电视等媒体露面儿，口若悬河，滔滔不绝。加上年轻英俊，潇洒无比，为之倾倒的后生学子无数。可是，这次见面，不同往常，他完全像变了一个人，让人几乎不敢相认！看起来，他的病情十分严重。忽然间，我悲从心中来，眼角噙满了泪水，不禁叹道，难道这就是当今学者的命运吗？我想起了元人王实甫《西厢记》里的一段话："方信道惺惺的自古惜惺惺。"惺惺相惜，怜同自身，大有兔"病"狐悲之感！

此次我从法国巴黎归来，一位学界朋友谈起了另外一位我也认识的学界大腕儿的情况。他事业顺利，在本学科内的地位可谓登峰造极，学界同仁

279

共仰望之。他自觉得浑身有使不完的劲儿，拼命工作，不舍昼夜。可是，最近却查出了"绝症"，医生无可奈何，无计可施，只好告诉他，时间不多了，希望他在有限的时间内善待自己。朋友叙述时的语气，让人窒息，极其凝重，仿佛那个得病的人不是别人，是他自己。我更是觉得凄凄惶惶，像是"芝焚蕙叹"！

我忽然想起郑建玮主任的叮嘱，应该在半年内复查一次。可是，由于我的疏忽，已经一年多时间过去了。这时，我的学生也在提醒我复查的事儿。于是，我又来到了医院消化内科。此次我挂的是普通门诊号，那个年轻的医生非常热情，不用说，马上答应了我的要求。到了预约的时间，我很快被安排进了消化内镜室。给我检查的是一位年轻的刘姓医生和一位年轻的女医师。刘医生仔细观察，发现又长了三个息肉，而且，其中一个还很大。他打破常规，征询我的意见，问是否可以立刻手术，我当然同意了。手术进行得很顺利，在这个过程中，我和医生的配合很和谐，无论多么疼痛难忍，我都坚持住了。女医师很柔和地对我说，我可以随时随地过来检查，千万不要不好意思。

毕竟是经历了一次手术，尽管是小手术，折腾得我那腆起的肚子顿时瘪了，喜欢吃的东西也不能随便吃了，医生交待的注意事项还是要遵守的。除了肠道，其他的几个地方也犯了小毛病。我明白，跨过了 50 岁的门槛，真的开始"惹天嫌"了。我有空儿就往医院跑，是为了避免更大的"厄难"降临。我从不占卜预测吉凶，但认为，"命有定数"，自然规律不可随意违背是有道理的。

惺惺相惜，悲由心生，纯属无奈。而顺其自然，珍惜生命，及时锻炼身体，放缓一些不必要的"追求"脚步，遏制一些"空洞"的欲望奢想，才会有所超脱有所乐天而恬然自安。

2015 年 10 月 1 日于厦门五缘湾知微居

# 域外之"眼"与高本汉之"圆"

多少年来,一些学者习惯性地认为,中国的汉语史就应该由中国学者利用中国的汉语文献来研究,这似乎是天经地义的。为什么?你想想看,中国人嘴里说的是汉语,中国人用自己的汉字记录了自己的语言,久而久之,就成了中国人自己的汉语文献。人们当然也相信,只有中国人才能凭语感最准确地领悟中国的汉语文献。不用中国的汉语文献研究汉语史,难道还需要用别的国家的语言文献去研究汉语史吗?

按照这个思维模式,研究先秦汉语语法、词汇、语义、文字、语音的历史,你一定要使用中国学者研究的中国文献《诗经》《左传》《楚辞》等才行,抑或是用《尚书》《周易》《仪礼》等儒家经典研究也不错,反正都是中国学者考订的结果,不是伪书就行。所能利用的工具书,最好不要超出中国《尔雅》《说文解字》《经典释文》《广韵》,抑或是《康熙字典》的范围。经学,历来是学者们关注的核心,中国一切人文学术围绕着经学转,读经、解经,才是正统的学问,传统小学当然也不例外。清代文人惧怕惹了"文字狱"大祸,解经则更为小心翼翼,不敢离开故纸堆半步,钻进故纸堆搞考据,那就是等于给性命上了保险锁,让性命进了保险箱。

清末西学东渐,如此,维新变法则迫在眉睫,洋学问似乎派上了用场,但也只能按照张之洞在《劝学篇》所设定的"中学为体,西学为用"的章法去做。汉语史研究也是如此,很难走出这个思维定式。比如章太炎就用汉字构拟古音韵部的音值,《成均图》用汉字来表述"音转"关系,都是"西学为用"的典范。就连"音值"这个洋玩意儿到了中国人手里,都得换成中国汉字的面皮,不然,就会被人安上个"离经叛道"的罪名,很难混迹于世。还记得汪荣宝吧?他从日本早稻田大学留学归国后,异想天开,研究汉语音韵学就不那么安分守己了。他在 1923 年发表了篇《歌戈鱼虞模古读考》论文,利用梵汉对音考证上古音鱼部读[a],就此引发了一场中国古音学的大辩论。谩骂他的人不少,还是因为他破坏了"中学为体,西学为用"的学场规矩。

到了 20 世纪 20—30 年代，王力这一批人留学欧美回国，似乎打破了"中学为体，西学为用"的旧规矩，但还是不得不在"旧瓶装新酒"和"新瓶装旧酒"之间徘徊。因为以"西学为体，中学为用"的研究毕竟走得太远，太突然了，让国人心理上接受不了。《中国音韵学》就是"旧瓶装新酒"。王力是实验语音学出身，以一本《博白方音实验录》获得了法国文学博士学位。当然，他对中国传统音韵学中的术语内涵按照西方现代语音学理论加以改造，重新作注脚，同时，对如日中天的高本汉现代音韵学理论有所吸取。所以，许多人称赞他是将中国传统的"小学"，即所谓语文学和西方现代语言科学相结合的典范，大概这也是说他离不开"旧瓶装新酒"的意思。

《汉语史稿》《中国语言学史》《汉语语音史》是不是"新瓶装旧酒"？在汉语学史上，中国人没有这种明确的"西式历史学"观念。中国的"西式历史学"不是 20 世纪初从罗振玉影印日本人那珂通世《中国通史》开始的吗？用"西式历史学"观念研究汉语史，很自然，在形式上要符合"西式历史学"规范，比如王力写《汉语史稿》和《汉语语音史》讲分期、讲共时、讲历时、讲音变、讲音系特征，这些理论和术语哪个不是"舶来品"？但其毕竟是用中国文献的"瓤儿"填充的，比如研究先秦音系，主要用《诗经》《楚辞》用韵；讲隋朝—中唐音系，抛开《切韵》，用陆德明《经典释文》和玄应的《一切经音义》反切，所以，中国汉语文献这个"酒水"没有变。总体来看，王力先生研究汉语史，以"域内"文献为主，基本上走的还是"中学为体，西学为用"的线路。

用"西式历史学"观念研究汉语史，这就是制作了"新瓶"，但能不能在"新瓶"里也装上"域外文献"的"新酒"，即在汉语史这个"新瓶"里用"域外文献"的"瓤儿"填充？许多学者还是有点胆怯。如果真的是这样做了，那个研究里外都姓"洋"，那就说明真的完全西化了，肯定会有人说是太离谱了，在中国汉语学史上，还很少有人敢这么做。

1929 年 10 月，罗常培在鼎鼎大名的《历史语言研究所集刊》一本三分上发表了《耶稣会士在音韵学上的贡献》一文。他用大量篇幅表扬了中国明代外国传教士利玛窦、金尼阁等人，说他们为汉语语音的研究立了大功。因为他们用罗马字给汉字注音，还用罗马字标记汉语官话语音系统，这就离标记汉语官话语音实际音值不远了，在中国肯定是一件破天荒的事情。不过，罗常培也感到很遗憾，因为注意他们研究成果的中国人不多，只有方以智、

刘选杞、刘献廷等有限的几个人知道。但就是这么几个人,也还是不敢"新瓶"装"新酒",因为当时汉语音韵学研究的主流观念还是用中国汉字反切标记汉字字音,尽管他们也知道反切标记字音不准确。当时有一本很流行的韵书叫《音韵阐微》,其作者就尝试着改一改旧反切规则,力图简单明了,但无论如何,它用中国汉字作主要标音工具的操作流程基本上没有什么变化。方以智这些人明明知道用罗马字标记汉字字音很便利,但如何敢因此而惹圣上大怒?放弃用罗马字标记汉字字音的做法是必然。所以,罗常培不得不感叹道,当时用西洋音标符号来贯通中国韵书字音的中国人太少。其实,这是有原因的,"个中真味少知音,不是清狂太甚!"但无论如何,罗常培还是感到有一丝儿欣慰,因为,利玛窦、金尼阁等洋人毕竟是做了件"下开马伯乐、高本汉先路"而功德无量的工作。

高本汉是幸运的,当然也属于例外。中国人似乎早就忘记了他是瑞典人的"洋身份",习惯于认同他姓高,把他当中国人对待。为何偏偏高本汉有这样的"吉星"高照?这是因为,高本汉虽然也在"新瓶"里装上域外文献的"瓢儿",比如用了传教士方言调查报告里罗马字标记的字音、日本假名标记的吴音和汉音,以及字喃或罗马字母标记的越南汉字音、谚文标记的朝鲜汉字音作"新酒",但同时他没有忘记装上"域内文献"的"旧酒"。高本汉就是利用《广韵》及宋元等韵图等传统汉语音韵学的文献当"旧酒"的。就是制作"新瓶",他也在运用历史语言学理论"构拟"音系的同时,不忘记掺乎上汉语等韵学理论,以及《广韵》反切语音分析模式。让人一打眼儿就相信他还是"旧瓶装旧酒",这就"迷惑"了国人,很容易为国人心理所接受。高本汉学术研究上的"圆"与"明理",即精晓世故就体现在这里。他获得了巨大的成功,你不服气行吗?

当下中国学者中,研究汉语史,标榜"西学为体,中学为用"的还大有人在。但在"新瓶"装上"新酒"的过程中,是不是还会战战兢兢,如临深渊,如履薄冰?比如有学者发现了1850年到1950年期间欧洲巴色差会传教士记录的中国汉语客家话文献,是不是就可以马上用它们来研究汉语近现代客家话史呢?恐怕还不行。因为,这些材料背景十分复杂,不好驾驭。刘镇发教授就说:"传教士来华的初时,客家话只有口语,没有书面材料。传教士只能靠耳朵听到的声音,一字一句地做记录,制定一个罗马字的书写方式,工作十分艰巨。后来,发现罗马字不容易在华人社会间流传,又要改为使用他们完全不熟悉的中文字,所以,初期的汉字版是错漏百出的。"后来,传教士又继续调整,用了标准的中文字和词汇,这才使得记录步入了正轨。不加分析地使用这批材料研究汉语近现代客家话史,可信度肯定会大打折扣,因此,就必须在整理"文本"文献与借助中国"活的方言"文献材料二者相结合上下功夫。不然,所做研究结果必定会"剑走偏锋"而无法出奇制胜,那样的话,"西学为体"在这里就只是个"花架子",好看不中用。而"中学为用"的近现代客家话史面貌,也难以落到实处,汉语史研究界不会"买账"也就可以理解了。

以"域外"之"眼"研究汉语史,在当下的中国汉语史学界越来越红火,这恐怕是当年罗常培无论如何也料想不到的情形。但研究升温到一定的高度后,就需要我们冷静地进行反思。当年,许多学者信奉"西学为体,中学为用"原则,后来又改为信奉"中学为体,西学为用"原则,就是看到了"西学为体,中学为用"会"剑走偏锋"的弊端。如此看来,在利用域外文献进行汉语史研究过程中具有高本汉之"圆"的思维方式还是很有必要的。

这并不是说在利用域外文献进行汉语史研究过程中具有高本汉之"圆"就是无可挑剔的唯一正确选择,汉语史研究如果都是运用这样的"圆"思维,是不是会落得个尴尬的"学术市侩"的名声?

比如说,研究清末北京官话口语词汇史,有学者就利用了日本明治时期课本文献,比如《官话指南》《日汉英语言合璧》《北京官话谈论新编》《燕语生意筋络》《言文对照北京纪闻》《日清会话语言类集》《北京官话常言用例》《北京官话清国民俗土产问答》等。这些文献大多数是日本人和中国人合作编写的,可信度很高。按照常规研究套路,需要对这些文献进行定性与定量处理,区分口语词、常用词语、外来词语,以及特别学科领域的词语类别,然后再做静态和动态的历时和共时描写,以便突出北京官话课本词汇的特点。在具体研究时,肯定也要注意结合中国本土文献来研究,比如《红楼梦》《儿女英雄传》《醒世姻缘传》,以及现今学者编写的《北京方言词典》《北京话词语》《北京土语辞典》《北京话儿化词典》等。这样一来,似乎就做到了万无一失,足以称得上研究模式上的"圆"。但这样研究,顾及清末北京官话口语词汇史的研究,却忽略了日本明治时期北京官话课本文献有日本人参与的域外特质,比如"中介语"造成的偏误还是时不时地冒了出来。杨杏红就曾对日本明治时期北京官话口语课本语言出现的词法偏误有所议论,她举例道:"这个表的箱子很好看"就是个病句。"箱子"应该改为"盒子"。日语"箱",对应的词就是"盒子",很显然这是作者受日语影响而导致名词用法出现了偏误。又如:"我实在是忏悔",也是个病句。"忏悔"应该改为"懊悔"。"忏悔"常用动词词性,而"懊悔"则是形容词。作者因为忽略了词性差异而出现了错误。再如:"夏天有多么舒服啊!"这也是个病句。作者误将感受作为一种存在,所以,就使用了动词"有",也是很蹩脚的句子。

日本明治时期北京官话课本文献词汇表现出的不平衡性也是不可忽视的。许多人都知道,北京官话和普通话及其他方言的重要区别点就在于"儿化词"特别多。但日本明治时期北京官话课本各书"儿化词"存在形态却不一样。比如《官话指南》时间名词儿化:"今儿"49 例、"明儿"15 例、"昨儿"24 例。而《日清会话》时间名词儿化则是:"今儿"14 例、"明儿"3 例、"昨儿"3 例。很明显,《日清会话》有意消弭了"儿化词"的表现力,人为规范的味道很浓。作者为何如此写? 这确实是值得进一步探究的。

从世界汉语教育史国别汉语学习过程来看,这些差异确实是值得研究的,一定是外国人学习汉语时不可避免出现的特有现象。我们关注它们,肯定与在汉语史研究中去建构北京官话口语词汇史的目的和角度有所不同。

由此看来,高本汉这个汉语史研究的"圆"是有残缺的,很难让人满意,不能不引起我们的警觉。汉语史研究中的"西学为体,中学为用",甚至是"西学为体,西学为用",也不是没有存在的价值的。今天的汉语史研究,无论是采用"域外"之"眼",还是采用"域内"之"眼",都不可能整齐划一。无论是研究理论还是研究方法,抑或是研究文献,只有多元并存,多元共举,才能对汉语史研究有新的创造。无论是颠覆式创造与模仿式创造,还是抛弃式创造与拓展式创造,对于汉语史研究来说,都有其存在的合理性,都有其存在的价值,不可轻易否定。

1938 年 8 月,第 8 届国际历史科学大会在瑞士苏黎世圣彼得教堂召开,胡适就代表中国学者做了大会发言。他在介绍中国史研究的新材料时,提及了当时人们耳熟能详的"四大发现",即殷墟甲骨文、居延汉简、敦煌文书、内阁大库档。除了上述四种文献之外,胡适又提出了第五种重要文献,即藏于日本朝鲜等国的中国人所作的汉字史料,也称作新发现。我们就此可以对胡适的发现做一个补充说明,那就是中国史研究的文献还有"第六大发现"。"第六大发现"就是,域外之人,即非中国人所写的研究中国问题的汉学文献,无论是用何种语言文字书写的,都可以归为"域外文献"。我们已经知道,域外之人用域外之"眼"看中国,新发现极多,因此,域外文献内容也极其丰富,由此,就可以肯定,这是一个亟待学者们开发的资源宝藏。用域外之眼看中国,和用中国人之眼看中国总是不同的。有人认为,域外之人用域外之眼看中国,总好像隔靴搔痒一般,毕竟隔了一层,说不到点子上。这话是否有道理,还需要我们进一步验证才行。退一步说,即便是用域外之眼看中国"隔了一层",也会对我们研究汉语史有所启发,更何况,还有许多人并不太在意域外文献的"隔"与"不隔"问题。说到底,是否能具有高本汉之"圆"的思维才是许多学者最为关心的。因为,有了这个"圆"的思维,研究结果会让大多数人接受,这才是至关重要的。尽管这个汉语史研究之"圆"思维并不完美,但有了这个"圆"的思维却聊胜于无这个思维。是不是这样呢?

2015 年 11 月 16 日于厦门五缘湾知微居

# 陈汝惠教授爱国激情和学术创新精神

今天,我们在这里隆重纪念厦门大学教授陈汝惠先生,缅怀他的创作和学术业绩,我代表中文系全体师生,向与会的领导、专家、学者,陈汝惠教授的亲人、故旧,表示热烈的欢迎,并致以敬意!

陈汝惠教授于 1917 年 1 月 17 日生于上海宝山,曾经当过上海小学、初中、高中教师和中学校长,创办过《启示》杂志,担任过大夏大学教育系副教授。1950 年,由新中国第一任教育部部长马叙伦推荐,随王亚南校长赴厦门大学任教育系副教授,后任厦门大学海外华侨函授部副主任、中文系教授、高等教育研究所副所长等职务,直至 1981 年退休。算起来,陈汝惠教授在厦门大学工作长达 31 年之久。1998 年 9 月 4 日,陈汝惠教授病逝于杭州。

陈汝惠教授离开我们已经整整十年了。回顾陈汝惠教授的一生的经历,我认为,最应该推崇的是他所具有的炽烈的爱国激情和学术研究上的创新精神。

陈汝惠教授具有炽烈的爱国激情,主要表现在文学创作上。翻开我们手中的《陈汝惠文集》,最为引人注目的是他在上海"孤岛时期"前后所创作的小说。数量不多,13 篇,但篇篇都是珠玑。1940 年发表的中篇小说《女难》使他在上海文坛崭露头角,而《淡水》则隐喻了"孤岛"青年冲破黑暗的强盛意志力。《死的胜利》一文则紧紧跟上时代脉搏,公开歌颂为抗战而献身的中国空军英雄,大气磅礴,成为"孤岛文学"中的精品。自传体长篇小说《风尘》,堪称中国现代文学史上的一部力作,描写了当时上海各大学爱国学生和部分职业青年,有组织地与日寇、汪伪展开曲折、隐秘和顽强的斗争的历史。陈汝惠教授为什么能有绝大的勇气,置生死于度外而不畏惧日伪残暴,写出那样的具有强烈爱国情怀的抗日作品?我认为,还是因为他内心里涌动着炽烈的抗日救亡的历史责任感。正是由于对民族、对国家兴亡所负有的历史责任感,才迸发出如此闪耀的思想光芒。正如有的学者所评价的那样,陈汝惠教授的作品真正达到了思想性和艺术性的完美统一,由此而充分显现了"孤岛文学"作家的风度和气质。

站在今人的角度看上海"孤岛文学",毫无疑问,它是中国抗战文学的一个特殊篇章,更是中国现代文学史的重要组成部分。而陈汝惠教授所做出的重要贡献,随着相关史料被发现,正逐渐为人们所认识。今天我们在这里讨论陈汝惠教授的文学创作,也正是这一系列研究活动的起始,我们相信,本次讨论会会在陈汝惠教授文学作品研究上取得重大的收获。

陈汝惠教授的大学教学和研究生涯主要是在厦门大学度过的,他在厦门大学为中国学术所做出的贡献同样需要人们予以客观评价。

我认为,陈汝惠教授在厦门大学所进行的学术和教学活动,最为突出的特点是,他在学术研究上非常富于创新精神。比如,1956年,作为教育学教研室主任,陈汝惠教授组织相关学者编写了《高等学校教育学讲义》,就是典型的体现。这部书是新中国第一部高等教育学专门著作,它的创新性就在于突破苏联凯洛夫《教育学》的理论模式,着眼于高等教育的独特性,建立高等教育研究的基本范畴,为我们开展高等教育研究提供了新型范式,就当时来看,具有相当的前瞻性。陈汝惠教授为《高等学校教育学讲义》编写所发挥的重要历史性作用是显而易见的。

除了高等教育学理论体系的构建之外,他还主编了《建国以来高等教育大事记》,也是颇有见地。

重温陈汝惠教授创作和学术历史,我们最直接的感受是,无论处于怎样艰难险恶的环境,或者遭受多么不公正的待遇,他都没有丧失自己的崇高理想和目标。他能够拥有坚定的信念和意志力,用自己的眼睛观察,用自己的头脑思考,不流于一般,不随波逐流,人格极其高尚,非常难能可贵!

作为一位教师,在50年的教学生涯中,他培养了大批的各类人才。有的后来成了著名的学者、艺术家、政治家、企业家。每当回忆起陈汝惠教授的谆谆教诲,他们无不感激不尽。陈汝惠教授呵护和关心学生,呕心沥血指导学生的师德风尚,感染了一代又一代的厦门大学学子,可以说,他是厦门大学老一辈教师的楷模。

陈汝惠教授又是一个好父亲、好叔叔,在他的精心培养下,三个孩子陈佐洱、陈佐沂、陈佐湟,以及侄子陈佳洱,分别成为闻名中外的卓越的政治家、科学家、艺术家。其良好的家风,礼仪书香的熏陶,更是家教的典范。

　　陈汝惠教授留给我们后一辈人的精神财富是丰厚的。我们今天隆重纪念他,就是要继承和发扬他的爱国、科学、创新的时代精神,搞好他未竟的事业,为建设新型的现代大学服务,从而创造更多的精神财富,培养和造就符合21世纪要求的新型人才。

　　需要说明的是,为了开好这次研讨会,学校主要领导、相关院系部门,以及福建省、厦门市的有关领导、新闻传媒部门,还有离退休老教师付出了大量心血,其热情之高令人非常感动! 对此,我们表示最诚挚的谢意!


　　2008 年 10 月 24 日厦门大学"陈汝惠教授创作及学术研讨会"发言

# 2012 年厦门大学学生毕业典礼
# 代表教师讲话

当同学们背起行囊,准备离开亲爱的母校,拥抱新的生活之际,请允许我代表各位导师讲几句真心希望和祝福的话。

第一,毕业仅仅是一个新的起点。我完全相信,各位都在心中规划着一幅全新的生活蓝图,那将是一个新的梦想、新的历险的开始。无论将来你做什么样的工作,这份梦想和历险都要伴随着你去前行。前行的路,有可能平坦,更有可能险象环生,但我认为,任何时候都不要放弃你的这份梦想和历险的冲动。坚持拥有这份梦想和历险的冲动,就会有生活下去的勇气,你就有了前行的动力。无论遇到什么样的困难和挑战,无论是将来的结果如何,或失败,或成功,请记住,没有绝对的对和错之分。只要你们真诚地努力了,尽心了,就对得起自己,对得起他人,也包括自己的母校、自己的导师。永远乐观而坚强,富于理想与激情,才能够体现真正的人生意义和价值,也才是丰富的人生之旅。

第二,这是一个信息大爆炸的时代,要求我们理智而紧迫地生活,才会有属于自己的光辉未来。今天毕业,只能标志着我们在这一段时间内掌握了运用本专业知识的一般能力,但并不能表明我们未来也是如此之荣耀。我们每一个人为了不使自己的知识老化,不被时代所抛弃,就要懂得"终身学习"的重要性。所谓"持坚有术,不畏前路崎岖,行百里者半于九十",就是这个意思。我个人就有这种体会,如果有半年时间不去追踪本专业学术新信息,就会发现自己十分落后了,于是,就会产生莫名恐惧和焦虑。所以,"终身学习",是我们理智而紧迫地生活下去的需要,也是我们必须选择的一种生存方式。

第三,这是一个充满竞争的全球化时代,需要我们智慧地生活。智慧地生活不仅仅是具有国际视野,学习和掌握一定的专业知识和技能,还应该是在汇通全球化下各类社会制度和规则、掌控和适应全球化社会生活环境下的一种生存理念。由此,踏踏实实做事,老老实实做人,谦虚谨慎,就不是一句空话。学会做人的最大好处就是,学会与各类"地球人"交流、合作,积攒人脉。在当今世界复杂多变的情势下,依靠生存智慧,"眼观六路,耳听八方",敏锐而机智,是建功立业的法宝。所以,希望各位在全球化的世界里执着地锻炼自己的竞争力。在各方面都不断地完善自我,这样才有能力面对复杂的未来。

你们毕业了,我们当老师的,如释重负,心中有一种无尽的幸福感和成就感;你们又要远行了,我们当老师的,心事浩茫连广宇,又有了许多的思念和牵挂。因为你们未来的不确定性,使得我们不可能不如父如母地千叮咛万嘱咐。这让我们想起大家熟悉的孟郊《游子吟》诗:"慈母手中线,游子身上衣。临行密密缝,意恐迟迟归。谁言寸草心,报得三春晖!"

请记住,母校和导师关爱的目光将永远注视着你们!你们如果有了成绩,不要忘了,我们会默默地为你们祝福;你们如果有了委屈和困难,也不要忘了,我们会倾听你们的诉说,为你们分忧,撑起一片属于你们的蓝天和白云!

最后,祝愿同学们一路顺风,一生都安康幸福!谢谢大家!

2012 年 6 月 28 日下午 3 点 30 分在建南大礼堂演讲

# 对《历代文苑传笺证》的期许

  《历代文苑传笺证》专题学术研讨会今天能够顺利召开,这首先应该感谢各位学者的鼓励和支持!比如在座的刘跃进、尚永亮、王兆鹏、卢盛江、曹旭等先生。感谢凤凰出版社,精心编辑和出版此书。以胡旭教授为首的会议筹备组,工作非常辛苦。我代表中文系祝贺会议开幕,并预祝会议圆满成功!

  这么多专家齐集一堂,论学谈道,给厦门大学中文学科带来了吉祥的征兆。真切希望各位对《历代文苑传笺证》进行直率的批评,这将直接促使《历代文苑传笺证》精益求精,为今后大规模修订奠定坚实的基础,还会使得对正史历代《文苑传》的整理及相关研究更上一层楼。

  出自于正史的《文苑传》,包括《文学传》《文艺传》,代表了清代及清代之前正统官方学者对我国各个时代文学家、文艺家等"文士"的基本认识,是具有非常重要的历史文献价值的。

  正如《历代文苑传笺证》后记所说,历代《文苑传》涉及文人学士众多,但传文之详略谬误,可商榷者甚多。尽管其中的一些人生平事迹,已经有古今学者补正,然见解亦多不同,尤缺综合、全面、细致的集成性研究,而本书恰恰弥补这一缺憾,这本身就是一大贡献。

  我认为,《历代文苑传笺证》严谨而科学,比如追溯史源、鉴别史料、裨补缺漏等等,鄙弃空疏之论,以实证而见功力,用可靠文献说话,大有乾嘉考据之遗风,因而取得成功,也是毫不奇怪的。

  本书又是厦门大学古典文学学科集体智慧的结晶。主编周祖譔教授,本是清华国学院出身,得之于许多国学大家,比如浦江清教授(陈寅恪弟子)的亲炙,本身又是古典文献学、古代文学研究学术巨匠,由他担纲主编再合适不过。副主编胡旭教授,是具有重要影响力的青年学者,有多部中国古典文学和中国古典文献学专著问世,尤其是所承担的国家社科基金项目,获得了优秀等级鉴定。他与各位学有所成的年轻作者,比如钱建状、李菁、杨惠玲、赵春宁、洪迎华、师雅惠等老师配合默契,相互砥砺,以期研究日新又新。

历经六年风风雨雨,坚持不懈,功业大成。从他们身上,我们看到了厦门大学古典文学学科的希望;也表明,厦门大学古典文学学科与兄弟大学古典文学学科的差距正在缩小。

我个人对《历代文苑传》没有研究,但围绕着《历代文苑传笺证》,也有一些期许,就是在将来修订时,是不是可以考虑到以下几点:

第一,还是要正确认识正史《文苑传》真实的历史文献价值及其与其他传记的关系。范晔《后汉书》首创《文苑传》形式,集中为文学家立传。在《后汉书》之前,正史虽然没有设《文苑传》,但并不等于没有给文学家写传记,比如《史记》中有《屈原贾生列传》《司马相如列传》,《历代文苑传笺证》没有将这些传记收入书中,是从正史《文苑传》原有编撰形式出发来考虑的,合情合理,但研究完整而可信实的正史《文苑传》,还是要正确评估一些非《文苑传》传主在文学史上的地位。与此相类似的,好多《儒林传》传主也是文学家,当然不能忽视其在文学史上的地位。将来修订时,或者以"补编",或者以"外编"形式体现。另外,《清史稿·文苑传》等传记也应该列入"笺证"对象。

第二,正史之外,比如"别史""杂史",甚至于方志、谱牒、出土碑刻等文献肯定是对正史《文苑传》的绝好补充和修订。比如张骘《文士传》,是第一部专门的文人传记著作,对《唐才子传》影响颇深,但可惜的是,我们仅能见到鲁迅(《〈文士传〉鲁迅辑本研究》)、周勋初(《张骘〈文士传〉辑本》,《古典文献研究》1989—1990 年,南京大学出版社 1992 年 5 月)等先生的辑佚著作。有人说,《文士传》从 58 家著作中辑得 82 条佚文。《历代文苑传笺证》也注意吸收了这些最新成果,比如第一册第 95 页,提到刘梁时,引了裴松之《魏书·王粲传》注引《文士传》文献,但在后面的参考文献中尚未提及。此类文献今后还要继续增入到《历代文苑传笺证》中去。

第三,对正史《文苑传》笺证时,适当吸取域外文献成果肯定是有必要的。比如对《明史·文苑传》笺证,《朝鲜王朝实录》《朝天录》《燕行录》等"外围"文献的作用不可忽视。比如李德懋《诗观小传·李攀龙》就涉及李攀龙生平、文学主张等。(见《青庄馆全书》)《乾净衕笔谈·清脾录》,也涉及对中国明代文人作品的评价。明代《皇华集》收集到了中朝文人唱和诗,也值得关注。再如唐寅作品《赠彦九郎诗》,保存在京都博物馆,周道振等辑校的《唐伯虎全集》收录,可补叙述之不足(见陈小法《明代中日文化交流史》,第

85～96页）。再如王逢[《历代文苑传笺证》（五）第110～114页]《梧溪诗集》，除了国家图书馆、南京图书馆藏元刊明修本外，日本静嘉堂文库也有收藏（见黄仁生《稀见元明文集考证与提要》第61～63页，岳麓书社，2004年8月），可以补充说明。《明史·文苑传》笺证涉及的文献应该更为丰富，当然，要真正做到穷尽式十分不容易。

第四，对历代《文苑传》进行语言文字问题笺证，虽然很困难，但也是应该重视的。比如词汇，单音节词的词素化就是一个值得注意的现象，如《晋书·左思传》[《历代文苑传笺证》（一）第165页]有"遂构思十年"句。"构思"，"思"，语素化，指"思考"，与"构"合成"构思"，是个新词。（见高明《中古史书词汇论稿》第132页，天津古籍出版社，2008年7月）。《陈书·陆瑜传》："望巨波之滉漾"[《历代文苑传笺证》（一）第496页]，"滉漾"是新出现的非双声叠韵联绵词，指水深广之貌。（见高明《中古史书词汇论稿》第139页，天津古籍出版社，2008年7月）受体例局限，《历代文苑传笺证》在这方面没有硬性要求，但适当加以说明还是可以的。

第五，《历代文苑传笺证》出现的一些标点和校勘失误，有一些就是中华书局版二十四史原有的问题。比如《历代文苑传笺证》（五）第381页："武臣恃功骄恣，得罪者渐众，（。）凯上言。凯还报，（。）帝问：……。"这几十年来，不断有学者对中华书局版二十四史进行校订，还汇集成册。2007年启动的点校本二十四史和《清史稿》修订项目，如何吸取学术界近些年来的校勘成果就更值得关注，相关成果对《历代文苑传笺证》再行修订肯定是有益的借鉴。

《历代文苑传笺证》所取得的成绩是巨大的，对研究我国《文苑传》式"文学史"史学批评传统，认真反思"西式"文学史课本范式的局限（100多年来，中外出版了1 200多种《中国文学史》教科书），以及开拓新的研究空间都是具有重要意义的。

我因为不是历代《文苑传》研究专家，对这些问题，肯定是"门外汉"，谬见很多，非常浅薄，敬请各位谅解。

最后，预祝各位专家在厦门生活愉快，并迫切希望各位学者对厦门大学古典文学学科发展多提宝贵的建议。谢谢！

2013年6月22日于厦门大学南光楼1楼厦门大学《历代文苑传笺证》学术研讨会上发言

# 从基础入手，推进张笑天研究系统化

刚刚从呼和浩特转道而来。参加内蒙古大学主办的教育部中文教学指导委员会会议，讨论"中文本科教学国家标准"草稿修订问题。到了内蒙，就离延边更近了一步，所以，我就有机会专门参加张笑天研究会首次会议。

我研究张笑天老师，负有义不容辞的责任。一是张老师是看着我从小长大的，他和我父亲李守田教授亲如手足。私下里，我叫他张叔，已经50多年了，这是一种亲缘关系。二是24年前我到吉林大学工作，张老师和在座的郭俊峰老师也帮了不少的忙，我有今天，应该感谢他们。我也是张老师的学生。三是我对张老师的作品关注也有40年了，积累了一些第一手材料，因此，比一般学者更有条件研究张老师。

当然，我不是专门搞张笑天老师作品研究的，由于精力有限，张老师的很多作品我还没有读过，这是需要补课的。我认为，要真正做到科学而全面地研究张笑天老师，做一些基本的文献编撰工作以及设立相关研究机构，做一些前期铺垫工作是非常必要的，这既是一切研究工作的开始，也是研究的基础。以下十二点，主题并不集中，也只是我个人的一点想法，请在座的各位领导、专家、学者使劲儿批评！还有，为了行文方便和研究需要，有时我对张老师直呼其名，请张老师和各位谅解！

## 一、张笑天研究论著总目

编写《张笑天研究论著总目》。比如当年中篇小说《公开的"内参"》《离离原上草》曾引起了国内外广泛的争议，今天可以通过论著目录"编年"的形式加以梳理，就会看得更为清楚了。《太平天国》等电视连续剧，争议很多，许多人从历史角度，纠缠细节成败，而不是从文学艺术角度评判，涉及的面非常宽。现在来看《雁鸣湖畔》，小说和电影的差异，"文革"的尾声，以及新时期文学的预备、过渡，非常值得探讨，这些应该从论著目录年代顺序中反映出来。这也是许多学者常用的工作方式。这项工作,是为了写作《张笑天研究史》做准备,将来必定会有人写作多卷本《张笑天研究史》的。

## 二、张笑天年谱

我看电影网上有《张笑天作品年表》,但迄今为止,仔细搜索,没有出版翔实的张老师年谱,这项工作仍然没有学者去做,我孤陋寡闻,是不是如此?这其实很重要。有些事情恐怕连张老师本人都不一定记得了,需要有人研究。主要是与文学艺术活动有关的"编年",应该有资料依据出处。这个年谱,既可以是由张老师研究专家做,也可以是张老师自己做。

## 三、张笑天评传

现在"评传"非常盛行,给在世作家写评传的不乏其人。当然,也有一些异议,比如给中国当代作家出传记,是否有此必要?上海人民出版社推出了"中国当代著名作家评传",首批两本图书:《坚持与抵抗:韩少功》《向死而生:余华》,问世后即引起学界关注,也引发了学界对上述问题的再次争论。(引自《文汇读书周报》,2006年1月27日)

依据网上资料知道,一位青年评论家在接受记者采访时直言:给当代作家出评传向来是一件冒险的行为,尤其是当传主的文学创作还没有停滞之前,就急于预示他将来的文学创作方向并对他的整个人生及文学经历做出论断,有失轻率。近几年各家出版社热衷于推出当代著名作家传记,例如余华、贾平凹等人,就分别有至少两本以上的传记。这些所谓的传记多是在各方利益推动下仓促推出的,从某种程度上来看,是一种出版泡沫,得不偿失。

"中国当代著名作家评传"丛书主编、南京师范大学文学院何言宏教授则认为:当代中国的很多作家,像韩少功、余华、莫言、张承志、王安忆、贾平凹和史铁生、苏童等人,其文学创作已达到一个相对成熟的境界,取得了突出的文学成就,而他们的人生经历及其文学世界,更是折射着当代中国社会历史和精神世界丰富的变迁。为他们"树碑立传"已很有必要,这一点毫无疑问。问题是怎样才能严肃认真地做得更好。

据悉,这套当代著名作家评传的问世颇有波折。曾有出版社在看了书稿后,认为传记内容缺乏对这些知名作家个人隐私的披露,缺少市场"卖点"而最终退稿。而原本列入首批出版计划的王安忆评传,因王安忆本人并不认可书稿内容,最终未能面世。

何言宏认为,作家的个人生活,对他的文学创作自然是有影响的,但是为当代作家作传,不方便也不必要依靠披露隐私来吸引眼球。已出的两本传记,在形式和内容上尚有不完善之处,希望能对后来的传记起抛砖引玉作用。

南京大学中文系张光芒教授认为,对作家进行精神评传,结合作家生活和创作的内在联系,更加强调心理和精神因素,注重的是作家在社会变迁下的心灵困境和挣扎状态,这种形式的写作本身不存在"盖棺论定"的问题,不是对作家简单的吹捧,而是通过个案研究来揭示当代文化转型和作家精神状态之间的关系,以便给当代文学研究提供一种价值、参照和指南。

其实,白先勇、三毛、琼瑶、李敖、余光中、金庸、郑愁予都有评传,不必大惊小怪。李敖、余光中、郑愁予我都接触过,我还主持过郑愁予的讲座,这根据闽南四家大学联盟协议而执行的项目。

## 四、张笑天作品版本(无论电子版还是纸质版)研究

版本学,是一门学问,许多人误以为,研究版本学,是中国古文献研究的专利,其实不然。研究现当代作家作品在制作过程中的形态特征和流传过程中的递变演化,考辨其真伪优劣,也是一门专门的学问。研究的内容主要包括:张笑天作品的物质形态及特点风格,版本的源流系统,不同历史时期、地域的版刻特点,版本的识别与鉴定等。

张老师的书,出版很多,有的书一版再版,并且,每一次都有修订。研究张笑天作品版本非常有意义。版本修订、版本勘误等等,背后的故事很多。我记不得是哪位学者,专门研究鲁迅版本,成就卓著。

## 五、张笑天手稿及相关原始档案征集

张老师手稿散失的很多,我们家就有张老师 80 年代写给我父亲的信,我

30多年前就读过,当然是偷偷读的,我父亲不让我乱翻他的东西,我因为好奇,还是翻了。我相信,肯定还有很多,张老师不可能都记得,但这是研究张老师的第一手资料。除了手稿,影像资料等也应该在收藏之列。

### 六、与张笑天研究相关年刊

我个人认为,如果延边大学中文系和敦化市要形成自己的特色,就必须有计划地"协同"举办各种类型的国际、国内学术会议,并且定期出版《延边作家研究年刊》,从而形成研究的有序性。应当与国内外相关大学和协会"互通信息",建立定期的资料交换和交流关系。这些对中文系走出去与请进来很有必要。另外,举办各种类型的国际国内学术会议,可以走出去,和其他院校以及企事业单位办,灵活多样。

### 七、在一些知名的学术期刊或者是文学期刊,甚或报纸设置"张笑天研究专栏",由知名教授主持

这样做的目的是集中发力,形成规模效应,引起国内外学者的广泛注意。比如《文学评论》《文艺研究》《吉林大学学报》《东北师范大学学报》《东疆学刊》《延边大学学报》《文艺争鸣》《作家》等。今后开这类会议,要多请一些学报主编来,就比较好。我们厦门大学《厦大中文学报》已经创刊,我是第一主编,也可以刊发一些稿子。

### 八、延边大学中文系和敦化作协可以联合建立"张笑天研究资源数据库"和网站

我们厦门大学中文系就有专门的网站,红红火火,有专人管理。十多年下来,积累了大量的文献资料,并形成了和国内外的良性互动,成为信息集散中心。我们就准备编写多卷本《厦门大学中文学科史》。这也有先例,浙江大学中文系和北京大学中文系就已经出版了这方面著作,非常有意义。

"张笑天研究资源数据库"和网站的建立,当然也是适应"大数据时代"

学术研究的必需。"张笑天研究资源数据库"可以为会员免费提供电子版文学艺术作品。日本国会图书馆的做法可以借鉴，我今年1月份还去过。日本国会图书馆就建立这种资源库，向全世界各类人免费提供研究日本问题的原版电子书。这是世界图书馆公共服务走向"信息共享"时代的必然选择方式，也是一个大趋势。

## 九、定期发布张笑天研究指南

国家社科基金委每年都征集课题指南。因为我是国家社科基金评审规划"语言学"小组成员，也多次参与。我个人在2012年还获得国家社科基金的重大招标项目，是当年福建省的唯一一项。有一批专家学者聚在一起梳理前沿性张笑天研究问题，提出课题指南，定期通过网站发布。这些课题可以由学者做，也可以作为博士硕士本科学位论文选题。选择好角度，争取选题进入国家社科基金招标"菜单"内。最低也要进入国家社科基金一般项目课题指南，或者是完成好专著后，列入国家社科基金后期资助项目。吉林省社科规划项目也应该列进去，不过，省级项目钱太少。但能够列进去，也是可以考虑的。

## 十、延边大学可以和敦化市联合建立"张笑天研究中心"

以张笑天研究和教学为主，带动相关的东北作家，当然也包括张老师本人培养的一批东北本土作家，比如延边汉族作家群体的研究和教学。我觉得刘德昌老师就是可以做专题研究的。我1976年在《延边日报》发表诗歌，刘老师就是责任编辑，如此，研究的范围就扩大了，渠道也就更多了起来。

"张笑天研究中心"定期举办国际、国内学术研讨会，与国内外相关学者和机构建立常规性联系，掌握研究的话语权和主动权。专兼职结合，可以聘请国内外知名学者加盟。研究者身份的范围应该扩大，从而在国内外产生十分重要的影响力。

附带说一句，和敦化有关的文化名人在国内外具有重要影响力的很多。最近，我看到，香港凤凰卫视用专题形式介绍一个人，名字叫杨小凯。1948

年 10 月 6 日出生于吉林省敦化。他的父亲杨第甫曾任湖南省政协主席。杨第甫于 1946 年 9 月由延安到达吉林省,任安图县县长。1947 年 10 月任敦化县县长,1949 年 5 月下旬离开。

杨小凯经历非常坎坷。他是中国最早研究"文革"的人,时间是 1968 年,方式是亲自和同学进行调查,并写出调查报告,否定"文革",因此,被全国通缉,坐了十年牢。出狱后,任大学教师,又到美国留学获得博士学位,是诺贝尔经济学奖提名热门人物。他批判张五常,林毅夫、张维迎多次向中国学者介绍他。他最突出的贡献是提出新兴古典经济学与超边际分析方法和理论。他已出版的中英文专著包括:《专业化与经济组织》《经济学:新兴古典与新古典框架》《发展经济学:超边际与边际分析》,使他获得了世界级的成就和同行的推崇。杨小凯曾经两次被提名诺贝尔经济学奖(2002 年和 2003 年)。2004 年在澳大利亚去世,享年 56 岁,可惜去世太早。杨小凯就是敦化的骄傲! 不知道敦化有人注意他没有? 他就应该列入"敦化名人长廊"中。

## 十一、在大学开设"张笑天研究"专题课,供本硕博学生选修

东北文学艺术研究,有好多空白点。比如我今年 1 月到日本东京,在神保町旧书一条街,买到了一本日本人编辑的"日俄战争"文学期刊。里边就有许多中国人、日本人围绕"日俄战争"而写作的小说、诗歌、散文。由此,我就想到了"清末东北日俄战争文学研究"这个选题。涉及日本、俄国、中国以及相关国家,并且日俄战争在中国发生,异常惨烈,非常特殊。

张笑天老师《永宁碑》描写东北人抗俄斗争历史,也和俄国有关。"张笑天历史题材系列作品研究",尤其是"东北地域中外战争系列",有小说,有电影,有电视剧,等等,应该是重头戏。治理台湾的刘铭传,张老师也写过。对张老师进行综合性的研究并开展相关教学,非常有意思。在大学开设"张笑天研究专题课"供本硕博学生选修,完全可以做得到。

## 十二、设立"张笑天文艺学基金会"

用于奖励和资助那些为张笑天研究付出心血的学者。我知道韩国有一

个"退溪学研究会"，到世界各地举办"退溪学国际学术研讨会"，推广韩国的文化价值观。

可以设立"张笑天学术研究（论著、会议、展览等）资助专项"、"张笑天学术研究奖学金"（大学、中学）、"张笑天文学艺术奖"，成立专门的委员会管理和评议。

我主要从事语言学研究，去年获得了中国语言学最高奖——"王力语言学奖"。"王力语言学奖"是北京大学设立的，由王力先生和他的家属、学生，以及相关企事业单位出资设立。对我来说，获得这个奖，就是非常大的鼓励，因为这是对我的学术的肯定和尊重。

写于 2014 年 8 月 8 日父亲李守田教授逝世 16 周年纪念日；2014 年 8 月 16—17 日在吉林省敦化市雁鸣湖参加张笑天研究会首届年会，在大会发表这个讲话

# 王力汉语语言学学术谱系研究

在中国自然科学界早就开展了科学家学术谱系研究工作,比如最近几年召开的"当代中国科学家学术谱系研究论坛"。

据报道,中科院自然科学史研究所研究员袁江洋提供的谱系表,名称为"日本诺贝尔物理学奖得主的学术谱系"。长冈半太郎为第一代;仁科芳雄为第二代,他于 1923 年去哥本哈根,师从玻尔,1931 年建立了著名的仁科研究室;第三代包括汤川秀树、朝永振一郎、坂田昌一,汤川秀树于 1949 年获诺贝尔物理学奖,朝永振一郎于 1965 年获奖;第四代包括武谷三男、南部阳一郎、小柴昌俊、小林诚、益川敏英,其中,小柴昌俊于 2002 年获奖,南部阳一郎、小林诚、益川敏英于 2008 年获奖。

这张学术谱系表明:在日本科学发展史方面,仁科研究室的成立具有十分重要的意义。曾有人评价,仁科芳雄博士将玻尔研究所那种创造探求的研究精神带回了日本,这种氛围和传统是旧的帝国大学所没有的。这种精神被接受过仁科博士教诲的人们传遍了日本。

其实,不独自然科学家,就是日本人文社会科学家,尤其是语言学学术类似"谱系"也不少,比如对东京大学现代语言学开拓者上田万年学术谱系的研究。19 世纪末叶,上田万年从德国、法国留学归国,在东京大学成为第一个"博言学",即语言学讲座教授,培养了第一代具有现代语言学思想的大家如桥本进吉、小川尚义、小仓进平、满田新造、有坂秀世、后藤朝太郎等,奠定了日本 100 多年来的国语语言学和汉语语言学研究的学术基础。

中国现代语言学第一代语言学开拓者,毫无疑问是赵元任等先生。王力先生作为他们的学生,不但传承了他们的学术思想,还"学贯中西",有所发扬光大,真正全面系统地建立了中国现代语言学的学术话语体系。1930年至今,我们中国的汉语语言学学术范畴定位、学术思维模式,基本上是王力等学者所奠定的学术根基,这是必须承认的。

但我认为,要真正梳理中国现代语言学的学术脉络,仅仅是简单地从学术影响或学术流派探讨还不够，因为这样太过于宏观，必须按照通行学术惯例，以严格的学术谱系规范来研究才是切实可行的途径。

王力先生作为人文社会科学大家，也有自己的汉语语言学学术"家谱"。王力汉语语言学学术谱系的脉络如何，表现形式、内在性质如何？这是许多人关心的。

按照一般的说法，人文社会科学家的学术谱系就是学术"学缘"关系脉络，它显现的是一个人文社会科学家及其学术群体中的学缘组合形式和承传关系，因此，王力的汉语语言学学术谱系，就是他的汉语语言学学术组合形式和承传关系谱系，它直接反映了王力汉语语言学学术活动，以及以他为代表的学术群体关系脉络。王力先生承袭赵元任等先生，以及法国诸多流派学者，并培养了大批的直接或间接的学生，其学生又培养了一批批学生，形成了当今汉语语言学界其他人无可比拟的学术网络和影响力，这就是王力先生学术精神谱系的真正"传承"和"光大"的形象体现，应该有人进行这个课题的研究。

研究王力的汉语语言学学术谱系的意义在于，通过梳理王力的汉语语言学学术谱系，能够明晰王力的汉语语言学学术传承的脉络，由此而探索未来中国汉语语言学发展的方向。具体来讲，就是通过这样的研究，能够系统地建立中国汉语语言学学术传承的基本脉络，理清汉语语言学发展的历史变化轨迹，从而找出中国汉语语言学学科发展的内在规律和演进方法；结合中国汉语语言学发展历史现实，科学预测中国汉语语言学学科发展的未来重点和突破方向。

除了通过研究王力汉语语言学学术谱系，找出中国汉语语言学的科学传统本质，或推动形成中国的汉语语言学科学传统，培育中国的汉语语言学文化和创新文化，以及研究探索汉语语言学人才成长的规律之外，不可忽视的是王力汉语语言学在世界各地的学术谱系，以及在海外传播的实际影响力到底如何，也应该有一个确切的文献依据。比如王力《中国文法学初探》，田中清一郎翻译，1937年由文求堂出版。王力《中国语文概论》，商务印书馆，1939年。（后来改为《汉语讲话》，文化教育出版社，1956年2月再版）由佐藤三郎治译，改名为《中国言语学概说》，生活社，1940年9月。同样一部书，猪误庄八、金坂博共译，也改名为《中国言语学概说》，三省堂，1941年10

月。还有王力的汉语音韵学在日本的影响，也非常之大，翻译和评介的就更多。已经有学者发表了《王力传》，现在又出版了《王力全集》，这是我们进一步深入研究的基础。王力语言学著作版本"谱系"就是一门学问，也应该有人去研究。今后应该着重发掘王力汉语语言学学术谱系文献，由此，展开相关的学术研究，这样，就能够使王力汉语语言学学术研究更为深入地进行下去。

2015年5月15日中华书局、北京大学中文系"《王力全集》出版座谈会暨王力学术思想研讨会"发言

# "人文大类"中文课程与传统文化
# "要素"配置

    这里我只就厦门大学中文系在"人文大类"框架下本科课程体系建设与中华传统文化"要素"配置问题谈谈自己的看法。

    厦门大学中文系本科课程体系建设,可以分两个阶段来谈:一个是"纯中文"课程框架时期,延续了 90 多年;一个是人文大类培养与文史哲分流结合的中文本科课程框架时期,刚刚实行了 3 年。

    "纯中文"课程框架时期,经过了 90 多年的修修补补,厦大中文系本科课程体系的结构相对稳定,与传统文化"要素"相关的课程设置,除了与同类大学基本一致外,主要是增设了一些与地方传统文化"要素"相关的课程内容。比如朱子学、地方戏剧戏曲影视、福建民俗、闽方言、台湾文学与方言、东南亚华文文学与语言、海外汉学等选修课程,这和厦门大学所处地理位置有关。在考虑课程体系建设时,大家也强调,一定要注意中华传统文化"要素"配置问题,而注意中华传统文化"要素"配置,就离不开安排与中华地域传统文化"要素"相关课程的配置。我们在选聘教师时,也有意识地注意选聘这方面的人才,比如引进具有相关知识背景的海内外博士、教授就是如此。同时,在邀请国内外学者举行讲座和举办各类学术会议时,也优先支持此类主题的安排。

    2013 年,厦门大学在校级层面设计改革本科培养机制,全面铺开"大类"招生计划。按照学校的要求,中文系被捆绑在整个人文学院"人文大类"培养框架之中。"人文大类"课程框架是:一、二年级,不分专业,全面"打通";三年级第一学期开始分流,仍然分为中文、戏剧戏曲影视、汉语言、历史学、哲学、人类学、考古学、艺术学理论八个专业课程。厦门大学"人文大类"课程以"中文、历史、哲学、人类学"四系为学科知识体系构架,这是一个基本原则。在四系联合讨论课程体系结构框架时,人文四家都想在"人文大类"课程体系结构中占据主导地位,但基础必修课只有六门,如何配置与选择?

这就成了人们关注的焦点问题。而如何体现中华传统文化"要素"的配置，也是需要谋划的。

中文系意见比较一致，以"两古"，即古代汉语和中国古典文学为进入"人文大类"课程体系结构中基础必修课的优先选择。我们的理由是，古代汉语是学好人文课程的重中之重，基础之基础，而中国古典文学则带有强烈文学与艺术色彩的素质基础，所以，不可替代。因为理由充分，获得了其他各系的赞同。在基础选修课中，我们还是要打地方传统文化特色牌，和朱子学、地方戏剧戏曲影视、福建民俗、闽方言、台湾文学与方言、东南亚华文文学与语言、海外汉学内容相关的课程应该有一定的位置。如此，强化传统文化课程体系建设，加大传统文化课程在"人文大类"课程框架结构中的比重，能使传统文化根植于老师和学生的思想意识中，从而获得理想的学问效应。

学生在三年级分流，中文系仍然分流为中国语言文学、戏剧戏曲影视文学、汉语言三个专业。仍然以这个思路，强化中文系传统文化课程体系建设。比如语言类课程，有传统"小学"，包括古文字、汉语音韵学、训诂学，再加上方言调查与研究，都成为"必修"，全面铺开。派遣中文系本科学生到各国和地区交流，也强调"海外汉学"学习与传统文化学习相结合的重要性，与强化中华传统文化意识息息相关。

我个人认为，在这样的中文本科课程体系框架结构中，中华传统文化得到了弘扬与强化，效果还是比较明显的，至少是嵌入了中文本科生的主流意识中。

当然，在构建中文本科课程体系框架结构的过程中，中华传统文化"要素"配置也出现了许多结构性的问题和矛盾。比如将"两古"，即古代汉语和中国古典文学作为"人文大类"课程体系结构中基础必修课的优先选择，是不是就降低了中文其他课程的地位，是不是与中华传统文化无关的课程就显得不重要，以至于受到了"冷落"？对此方案的不同意见肯定是会有的，有时争论还很激烈，但我们认为，坚持"两古"基础必修课的重要地位不动摇，终究还是会取得一些学者的理解和支持的。

此外，两年"人文大类"培养，是不是时间过长？如果仅用一年时间，是不是可以腾出时间来强化中文专业知识的学习？只要增加一年时间，就会明显体现出中文的专业性特点,中华传统文化"要素"配置是不是会更为合理一些? 这些是需要我们进一步考虑的问题。

"人文大类"与中文专业结合培养,还处于试验阶段,暂时不可能赢得人们的广泛赞同,或许也不是一个最优的选择,但人文各个学科之间"打通",中华传统文化"要素"更好地得到配置,却是发展趋势,这是没有异议的,培养出更多的"全才""优才",是一个基本的目标,出发点是好的,应该予以肯定。

2015年9月26日安徽大学文学院"全国重点大学第十七届中文发展论坛"发言

# 体验式古代文学文体写作教学刍议

## 一、话题引起

大学中文系的写作课似乎是个尴尬的"鸡肋",以此为题生发议论,往往会被研究深奥学问的学者当作"小儿科"而嗤之以鼻。如果设置它,许多老师不愿意教,因为写作课性质定位不清晰,是将它变成写作理论课程呢,还是将它变成写作实践课程? 抑或是文学创作课程的另类"翻版"? 还是确定为其他什么性质的课程? 但如果不设置它,目前的中文系大学生的写作实践能力实在是太差,学生们普遍缺乏写作过程的"快乐"体验,没有更为细腻的情感积聚,当然也就不能以认真的态度用笔墨来抒发与表达,连最基本的文体写作功夫都不到家,令我们这些当老师的实在不忍心置之不理而就这么听之任之下去。

将写作课程与继承中国优秀文化传统相结合,是写作课程走向"新生"的一个有效途径,这是"老话"。而教学理念具有创新性,功能定位明确,教学内容固定,教学方法与手段灵活而有效,且与相关课程衔接而有序,是衡量一门课程有效的必要标准,又使得这种写作课很容易引起人们的关注与共鸣。

## 二、体验式中国古代文学文体写作教学

厦门大学中文系一些老师的探索实践证明,体验式中国古代文学文体写作教学应该是我们一个比较合适的选择。为何如此说?

第一,教学功能定位明确。要让学生应对学习时代的要求教学方式就应该相应发生变化,尽管如此,学生的直接经验与反思是体验式教学不变的基本特征。从心理学角度看,学生体验式学习的优势在于它更多地涉及情

节记忆、情绪记忆、默会知识、实用智力以及学习过程中的自我决定性要素。根据学习目标、内容、过程的差异,可把体验式学习分为认知体验式学习、情感体验式学习、行为体验式学习三类。在学校教育情境中运用体验式学习,教师应重点把握经验情景构筑和学习过程反思两个核心环节(庞维国,2011)。将体验式中国古代文学文体写作作为一门课程对待,就能够实现发挥写作课在中文系课程体系中的基本实践功能,凸显写作课的重要地位。写作课的教学功能与目标,无非是以提高中文系学生写作理论水平与写作能力为主,兼具培养学生情感、意志等品格素质,综合性、实践性极强。其综合性肯定在于融语言学、文艺学、古今中外文学等学科知识为一体;其实践性,则表现为以教师主导调控为基础,以学生个人实际操作为主体的教学流程。体验式中国古代文学文体写作进一步强化了实践性"行为体验式学习"环节,立体化地展现了学生的参与、体验和感受的全过程,对空间和环境的要求也更高,对教师的教学设计和教学手段要求也更为苛刻。但不论怎么说,将写作课程与继承中国优秀传统文化相结合,是其基本原则。一些学者进行体验式教学,并推崇体验式教学,这是因为体验式教学具有如下优势:1.学生潜在的写作能力得到强化;2.有效缩短学生写作能力激发周期;3.学生与老师互动滞留时间长,在"协同互动"中提高写作能力和成长才干;4.对其他课程学习与教学起到了明显的促动作用。这也是现代很多开发课程老师和学生青睐体验式古代文学文体写作课的重要原因。

第二,教学内容基本固定。中国古代文学文体从大的方面来看,可分为诗歌、戏剧、散文、小说诸类,但再进一步细致区分类别,则可看到其包罗万象。如果以中国古代文学文体为教学内容,就不可能面面俱到,应选择其中具有代表性而常用的文体作为写作规范性内容,比如近体诗、词、序跋、书信、哀祭、碑志等。少而精,以点带面,就可以了。

第三,教学结构设计与教学方法灵活而有效。体验式中国古代文学文体写作,重要的是"体验"与写作。如此,在设计教学方案时,要打破过去僵化的"讲讲、写写、评评"的教学模式,灵活地创造出既体现当代先进教学理念与科学技术手段,又符合古代文学创作空间氛围与环境的教学形式。让学生在参与、体验和感受中完成教学过程,进而实现教学目标。比如诗歌创作行为体验式学习,一是让学生下载与古代诗歌创作相关的影像资料,通过剪辑等手段,建构与重组画面,再现古人"吟诗"过程,进行情绪酝酿、情感激发、构思、具象、推敲字句,完成整个过程的"模拟"实验。二是利用旅游、各种歌会、文学艺术大赛以及实物情景设置、人物生活片段"小戏"等"现场"体验,激发情感而创作诗歌。强调学生主动参与、模仿、亲身实践和体验领悟。实现老师与学生、学生与学生之间的沟通交流、互动协作,最终使学生主动获得写作能力。三是教学效果检验。采用教师对学生写作成果进行评定、学生之间互相评定、外请作家评定相结合的方式,完成教与学相互作用发展的动态过程。当代大学教学比较流行"慕课"或"翻转课堂"形式,实现信息技术与教育环境再造和变革信息技术,让学校教育(翻转课堂)、在线教育(MOOC)或家庭教育、社会教育"慕课"与"翻转课堂"呈现新的模式,实际上是信息技术与教育的深度融合,但在强调实践环节上,与体验式教学还是有着本质的区别的。

近年来,厦门大学中文系每年5月都会结合文学文体写作课教学,举办全校性的"中文有戏"文艺活动,历时一个月,各类节目制作,均由学生完成。其中,各类文学文体创作,就是写作实践课的延伸。而体验式中国古代文学文体写作,则是其中的一个环节。学生创作行为的体验式学习,与教师指导调控相协调,激发了学生们的创作热情,出现了不少的佳作,不断在全省性、全国性或国际性文学艺术大赛中获奖,成为厦门大学的一个重要的教学品牌,是将写作课堂搬到"现场"体验的成功范例。这是需要说明的。

第四,与传统文化相关"要素"课程衔接有序。体验式中国古代文学文体写作要有相关传统文化"要素"课程的铺垫,这是不可忽视的。以格律诗创作来说,无论是平仄格式,还是用韵,都要有古代汉语课中学到的汉语音韵学常识,比如对《切韵》的认知基础,否则,很难把握格律诗创作的要领。而对格律诗的形成与发展,以及其成就进行评价,包括格律诗的应用、繁荣,和科举考试中的"以诗赋取士"相关联,这又离不开中国古典文学课和文艺学课的帮助。闽南地方戏曲文体,比如南音戏剧创作方面,也在相关老师的指导下,利用南音戏剧舞台场景,并与演员们一起生活,进行实地体验,进而创作,获得了意想不到的效果。

在大的"写作课"范畴内,中国古代文学文体写作课与其他的文体写作,比如学术论文写作、现代应用文体写作、当代文学文体写作等课程,既要有

分工,又要有协同。而沟通信息,"互补"合作是十分重要的。其中,必须避免课程内容的重复教学是极其关键的。

### 三、体验式中国古代文学文体写作教学要做到培养作家与学者并重

体验式教学模式用在课堂教学中由来已久,比如杜威"在做中学"的实用主义教学理论、皮亚杰的"适应环境而改变思维方式"的认知心理发展理论、罗杰斯"以学生为中心"的人本主义"潜能论"的教育思想,以及陶行知"行是知之始,知是行之成"的生活德育理念等,早已深入人心。因此,在大学中文系进行体验式中国古代文学文体写作教学是有深厚的教学理论依据的,并不是空穴来风,是早就为人们所熟知且认可的一种教学方式。可惜的是,我们已经习惯于"封闭式教学"模式,遗忘了这个传统,使得本应该灵活多变的课堂变得十分刻板而无趣。

在贯彻体验式中国古代文学文体写作教学理念过程中,要突破已有的中文培养目标观念。比如有关大学写作课是不是以培养作家为己任问题。我们同意这个观点,大学中文系的培养目标应该理直气壮地宣扬,就是要为培养作家服务。有人形象地称之为作家"直通车",也未尝不可。中国古代文学文体写作教学,因为实践性强,更为具象而生动,突破了写作理论概念抽象的僵硬化教条"束缚",为培养具有较高理论素养又精通中国古代文学实践传统的作家创造条件,何乐而不为呢?

进行体验式中国古代文学文体写作教学何止是为培养作家服务?难道与培养学术研究家无关?进行体验式中国古代文学文体写作教学,能够使学生具有深厚的中国古代文学文体学术积淀,并且激发学生对中国古代文学文体研究的兴趣,比如中国古代文学文体作为一门学术,包括学术对象、学术范畴、学术分类、学术批评等内容,逐渐地形成了自己的学术领地、学术部落。以此为基点,展开中国古代文学文体学相关专题的研究。这是不是以培养学者为己任?

大学中文系培养人才,就应该做到培养作家与学者并重,而不应该偏于任何一方,更不应该以培养"通才"为前提,忽略了中文专业的特色,或者干

脆"扁平化",以培养高素质、综合能力强、能适应社会并服务于社会的优秀中文人才为"借口",淡化或模糊之。体验式中国古代文学文体写作教学,以培养作家与学者并重为教学目的,有效地突出了大学中文系的教学目标,应该会得到人们的认同。

**参考文献:**

［1］吴承学、沙红兵:《中国古代文体学学科论纲》,《文学遗产》2005 年第 1 期。

［2］钱志熙:《再论古代文学文体学的内涵与方法》,《中山大学学报》2005 年第 3 期。

［3］李建中:《中国古代文体学范畴的理论谱系》,《北京大学学报》2011 年第 6 期。

［4］褚斌杰:《中国古代文体概论》,北京大学出版社,1990 年(增订版)。

［5］庞维国:《论体验式学习》,《全球教育展望》2011 年第 6 期。

［6］张金华、叶磊:《体验式教学研究综述》,《黑龙江高教研究》2010 年第 6 期。

2015 年 10 月 14—16 日"2015 年教育部中文类教学指导委员会工作会议"(在山西大学文学院举行)发言

# 中文核心能力素质:《说文》与《广韵》

## 一、"四部"之学与"七科"或"百科"之学

张之洞在《书目答问》中说过:"由小学入经学者,其经学可信;由经学入史学者,其史学可信;由经学、史学入理学者,其理学可信;以经学、史学兼词章者,其词章有用;以经学、小学兼经济者,其经济成就远大。"[1]

这一段话,是很多学者经常引用的,都把它作为认识清代人文社会科学各学科"基础""核心"与"边缘",以及"交叉"等各类关系的理据。可以看出,张之洞道出了清代人文社会科学学者学科知识素质结构与能力培养取向的真谛,小学是核心与基础,但同时,与经学、史学又有交叉。逐级梯次扩大学术领地外延,蚕食式突进教学,从中国传统"四部"学科知识结构与能力教学体系来看,这是成立的。如果从现代"七科"之学去解释,还有些凌乱不整,二者很难一一对应,但文史哲法艺术不分,讲求博通百科的"通人之学",是总的趋势和特点。与今天所谓欧美通行的打通各个学科界限,进行"通识"或"淹博"教育的理念是一脉相承的。只不过,今天的"通识"或"淹博",已经不再局限于文史哲法艺术,还要扩大到理农工商医百科,全面铺开,空间更为广泛,是一个大科学教育理念,几乎涵盖了所有的学科教育范畴。

20世纪初叶,留日学生在中国开启的现代"七科"之学,即文、理、法、农、工、商、医(数、理、化、文、史、哲、政、经、法、地、农、工等),是当时学者借鉴西方学术门类划分,从学术研究的基本范畴来着眼的。清末民初,从"四部之学"到"七科之学"的转变,实际上就是由传统"四部"之学向近代分科治学的"专门之学"的转变。[2]自那以后,学科越分越细,学科之间的壁垒越来越坚厚。而1949年以后,我们接受苏联的那一套学科设置,已然成为思维定式,结果就是中国学者没有"大师",只有"专家"。近20年来,我们注意学习欧美大格局学术,一再强调要打破这个封闭状态,但这个封闭状态却十分

顽固,到现在还看不到被打破而重新布局的希望,很多人急迫地搞所谓通识教育,只不过学其皮毛而已。这让人们感到,长期积累的"封闭"包袱是多么沉重不堪啊!

回过头再去看张之洞的"可信"定律,会让人们重新燃起希望之火。为何小学是经学的根基?又为何经学是史学的根基?可以推知,主要是由中国传统知识结构与能力把握的"倒三角"层级形势教学规范决定的。小学等同于今天的汉语言文字学。要进行经学教学,就要从识字、读音、辨义开始,只有具备了汉语言文字学的知识结构与能力,才能扫清语言文字的表层障碍,然后才得以进入经学教学的深层次内容。而经学教学,以儒家经典著作所构成的知识结构与能力养成教育为构筑中国传统文化结构的核心,具备了经学的知识结构与能力,才有资格进入史学的教学范畴,所以,具备经学知识结构与能力是通向史学的必经之路。而具有史学知识结构与能力,才是传统教育最高的教学理想境地。我曾经给博硕士生讲"当代学术思潮"课,专门讲"顾炎武、戴震、王氏父子",以及"清华国学院四大导师"的超凡知识结构和能力,但他们无一不是以"小学"为根基的"通人"。他们才是传统"四部"之学和"七科"或"百科"之学人才培养的经典性标志。

## 二、《说文》《广韵》与中文核心能力素质

这里我想引用一点儿欧美理论来说明一下问题。1973 年,麦可利兰博士在《美国心理学家》杂志上发表了一篇文章 Testing for Competency rather than Intelligence。[3] 他把直接影响工作业绩的个人条件和行为特征,称为 Competency,应该翻译为能力素质。后来,随着进一步的研究,麦可利兰将 Competency 明确界定为:能明确区分在特定工作岗位和组织环境中杰出绩效水平和一般绩效水平的个人特征。Competency Model(能力素质模型)被定义为担任某一特定的任务角色所需要具备的能力素质的总和。麦可利兰把能力素质划分为五个层次:1.知识;2.技能;3.自我概念和态度,以及价值观和自我形象等;4.特质;5.动机。

麦可利兰认为,不同层次的能力素质在个体身上的表现形式不同。他把人的能力素质形象地描述为漂浮在海面上的冰山(冰山理论)。知识和技

能属于海平面以上的浅层次的部分,而自我概念、特质、动机属于潜伏在海平面以下的深层次的部分。研究表明,真正能够把优秀人员与一般人员区分开的是深层次的部分。因此,麦可利兰把不能区分优秀者与一般者的知识与技能部分,称为基准性素质(Threshold Competencies),也就是从事某项工作起码应该具备的素质;而把能够区分优秀者与一般者的自我概念、特质、动机称为鉴别性素质(Differentiation Competencies)。通常从能力素质的适用范围,将其分为核心能力素质(Core-competency)和专业能力素质(Specific-competency)。

如果把大学中文本科的知识与能力系统拆分开来的话,有一些能力素质,就应该是鉴别性素质,属于核心能力素质,而那些只涉及一般知识和技能的基准性素质就可以称之为专业能力素质。比如文学文体写作能力、文艺理论、汉语言文字学就被大多数学者认定为属于鉴别性的核心能力素质。其他学科知识和能力,大多是基准性的素质,属于专业能力素质。汉语言文字学,包括语音、语法、词汇、文字等内容。我们说,汉语言文字学知识门类虽然多,但又可以简化之,最核心的部分是文字学和音韵学,而文字学和音韵学最核心的内容集中在两本书里,那就是《说文》与《广韵》。关于这一点,就不去展开说明了。

《说文》与《广韵》的知识类型范畴,从所属传统“小学”学科知识和能力范畴来说,就包括了文字、训诂、音韵三种学术范畴。文字、训诂、音韵三种学术范畴知识结构和能力,作为核心能力素质,辐射和波及的范围是非常之广的,而且穿透力很强。就中文学科来说,几乎决定性地制约了属于专业能力素质的其他全部学科范畴。

对中国古典文学的认识与把握,自然离不开文字、训诂、音韵知识结构和能力。以诗词曲而言,离开了《广韵》知识结构和能力,如何理解唐诗格律?如何理解唐诗韵律与内在的形式,甚或理解其文学“意象”?高友工、梅祖麟合作的《唐诗的魅力》就是最好答案。[4]对中国古典文献学知识结构和能力的认识与把握,比如校勘、辑佚、版本、目录等,自然离不开文字、训诂、音韵知识结构和能力的助力,这是必然的。对中国现当代文学知识结构和能力的认识与把握,离不开文字、训诂、音韵的帮助。因为,文学是以语言为载体的符号系统。从符号学、解释学等角度,能离开《说文》与《广韵》去解释

315

带有韵律的诗歌与戏曲吗？对文艺学知识结构和能力的认识与把握，必然涉及中国传统文论当中的诗话学、词话学、曲话学，无论是钟嵘的《诗品》，还是严羽的《沧浪诗话》，还有胡应麟的《诗薮》、王国维的《人间词话》，哪一个与《说文》与《广韵》无关？就是对比较文学与世界文学知识结构和能力的认识与把握，也是同样如此。比较研究的基本方法就是超越时空的相互参照，其知识结构与能力决定着双向对应互动运动形式，接触、渗透程度，必然涉及核心能力素质的较量，而不会是专业能力素质的较量。

由此，基准性专业能力素质之外的核心竞争力指标就是核心能力素质是否达到了一定的高度，这就成了衡量中文教学质量必须考虑的要素之一。

## 三、核心能力素质：《说文》与《广韵》教学

在许多大学中文学科课程设置中，以《说文》与《广韵》为代表的文字、训诂、音韵三门课程被定位为与古代汉语课相配套的专业选修课。选修的意思，就是可以根据学生的个人兴趣爱好而定，由此，此类课的开设取决于学生的随机性行为和主动性自我意识行为。实际上，这就被打入一般性知识和技能的"冷宫"里了。如此这般，何谈中文本科学生能像老北大中文系学生那样具有核心竞争力？北京大学早年的课程设置，迄今仍然为后人所津津乐道，而且，台湾大学中文系还有意继承其衣钵，这是不是值得深思？我们现在是不是走偏了？是不是该停下脚步，回过头去仔细看一看曾经宁静而诗意般的深邃风景，去体会一下它的深刻意蕴？

如果我们还承认文字、训诂、音韵属于核心能力素质的话，就应该像当年老北大、老清华那样把它们设置为专业必修课，在一年级开设。我的设想是，最好做一个彻底的改革，将古代汉语课替换成《说文》与《广韵》课，这就避免了把古代汉语课讲成"文选课"或古汉语知识的"通论课"境地。现今古代汉语课很像人们所说的，其作为古汉语知识的"通论课"，属于"银样镴枪头"，是中看不中用"的"花架子"。设置《说文》与《广韵》课，这就是一步到位的做法，而且，真正回归到了中文"小学"的"核心"传统，与欧美的"通识"或"淹博"等国际主流教学思维模式接轨。

　　教师在具体的《说文》与《广韵》教学上,就不应该再以"通论"式的宏论代替严格而残酷"操作训练"。《说文》与《广韵》教学的操作方式就是:学《说文》,以段玉裁《说文解字注》为教材,把540个部首,9 000个字的形、音、义一体化地死记硬背下来,让学生全面而系统地掌握,而不是由老师包办代替。学生要做到会读、会写、解义,进而把《说文解字注》烂熟于心。然后,才去选择一定数量的甲骨文、金文、战国文字"原版"进行训练,同样让学生会读、会写,并能够疏通解义,做到融会贯通。而让学生学《广韵》时,以《宋本广韵》为课本,把26 000字的音韵地位、声母韵目声调摄等呼,基本上掌握下来,这也需要死记硬背,别无他法。与《说文》知识体系打通,立体学习,如此,才构成《说文》与《广韵》的核心能力素质。[5]

　　中文系学生具备了《说文》与《广韵》的鉴别性的核心能力素质,也就奠定了掌控一般知识和技能的基准性素质的基础,何愁中文本科学生不具有核心竞争力? 何愁中文系学生与其他专业的学生没有区别? 还有谁敢称中文系学生"百无一用是书生"?

　　中文系学生有别于其他专业学生的鉴别性的核心能力素质是什么? 我认为,就是《说文》与《广韵》两座柱石构成的传统小学基础与以文艺学为根基的分析性理论基础,还有就是挥洒自如的文学文体写作能力,这也是中文系学生看家本领的标志。由此而延伸到中文其他学科,比如语言学及应用语言学、中国古代文学、中国文献学、中国现当代文学等,对这些学科知识结构和能力的认识与把握就会变得容易而有效。在此基础上,可以进一步拓展中文之外,又与之相关联的学科空间,比如书法艺术,不仅仅是对庾肩吾《书品》、王僧虔《书赋》、孙过庭《书谱》、张怀瓘《书断》,就是对成公绥德《隶书体》、卫恒《四书体势》、索靖《草书状》等的知识结构与能力的认识与把握,也会变得触手可及,融会贯通,更不用说会对对子、即兴赋诗等"雕虫小技"。这就是核心能力素质的力量。真正做到了与培养作家和学问家的中文大目标共举,这才是中文系成功培养高素质学生的基本前提。

　　改革中文课程体系和教学方法,从提高学生《说文》与《广韵》等学科核心能力素质入手,必将会带来中文教学传统的理性回归,我们期待着一个以增强中文核心竞争力教学为变革目标的时代的到来。

**参考文献：**

［1］张之洞编撰，范希曾补正，孙文泱增订：《增订书目答问补正》，中华书局，2011 年。

［2］左玉河：《从"四部之学"到"七科之学"》，晒还书店出版社，2004 年。

［3］麦可利兰：Testing for Competency Rather than Intelligence，《美国心理学家》1973 年第 3 期。

［4］高友工、梅祖麟：《唐诗的魅力》，上海古籍出版社，1989 年。

［5］段玉裁：《说文解字注》，上海古籍出版社，1981 年。

［6］陈彭年等编：《宋本广韵·永禄本韵镜》，江苏教育出版社，2008 年。

2016 年 1 月 14 日于厦门大学

（刊载在《中国大学教学》2016 年第 3 期）

# 中文学科、中文素质、中文研究生

## 一、中文学科的价值、意义与推动社会进步的贡献

中国语言文学，顾名思义，指的是中国 56 个民族的语言和文学，包括的面很广，这是总的研究范围。"中国语言文学"不是"汉语言文学"。如果是"汉语言文学"，那就只能用汉文学科来指代。从广义的"中文"来讲，中国的56 个民族，每一个都有自己的语言和文学。语言承载和传承着一个民族的文明进程，文学也是如此。文学是承载中华民族情感和精神最重要的载体。所以，研究这样一个范畴的内容，从基本层面来看，一方面能够继承过去文化的优良传统；另一方面能使本学科不断地得到更好的完善，内容不断地得到充实和提高。从更广阔的时空间来看，中国的语言文学在世界的语言文学史上具有重要地位，研究中国语言文学，对促进整个人类文明向前发展发挥着不可替代的重要作用。

国学是我们民族精神文化的核心。中文具有国学的基本特质，它自身的这种特质，使得中国通过一个特定的窗口在世界文明史上突出地展现它光辉灿烂的一面，这是其他学科所不能替代的。过去，我们对中文的认识比较偏狭，封闭性地认为，汉语言文学是全部，而且，局限在国内视野。现在则不一样，中国社会面貌经过 30 多年的发展发生了巨大变化，政治经济地位前所未有，世界注视中国，中国也要理解世界，融入世界。中文十分需要"走出去"，中文"走出去"，与世界语言文学比肩而立，也是国家的基本发展战略之一。中文系要一马当先，负载这个历史重任，向世界各国传播中国的文化。通过语言这个符号，传递中华文明的无尽信息；通过文学这种形式，树立和展示中华文化的基本精神内核。在由近代向现代过渡的历史时期，西方文化传入我国以后，东西方文明的碰撞，使得人们对中文学科的认识不断深化。在世界范围内，"海外中国语言文学"的概念越来越清晰，可以转换我

们的思维方式。现在，中文学科的发展趋势是，常常将世界优秀的语言和文学成果拿过来，大大地丰富我们的语言和文学内涵，对中文学科的完善，对促进我们民族的语言文学的大发展大繁荣，无疑发挥了相当大的作用。现在，中文学科不但要把世界上各个民族优秀的语言和文学成果拿过来，而且还要把优秀的中国各民族语言和文学成果传播出去，让世界理解和吸取我们的语言和文学成果，让世界充分认识中国语言和文学的现代价值，这是今天人们对中文学科历史责任的意识与过去的人们存在很大差异的地方。今天，在推动人类文明进步与发展方面，中文学科有它独特的作用和意义，这是我们在认识上的一个飞跃，一定要十分清楚这一点。

中文学科就是要旗帜鲜明地亮出自己的学科培养目标，以培养具有优雅气质、卓越语言和文学才能的高素质研究型"精神贵族"为己任，国家重点大学尤其需要具有如此绝大的勇气，高调宣扬，一定不能流于世俗。

## 二、中文学生应具备哪些素质和专业能力？哪些具体学科的知识？经过培养，学成后的学生应具备哪些素质

我认为，所招收的中文研究生首先应该具有中文学科的专业素质，包括语言和文学两方面。语言学专业素质是中文学生必须具备的基础素质，中文系的学生，尤其是研究生一定要打好语言文字基础。具备语言文字基础，就是要掌握语言文字基本的知识和技能。过去做传统学问强调要打好"小学"的基础，"小学"就是文字、训诂、音韵等学科知识，打好这些语言文字的基础后才能进一步深入研究文学及其他学科知识。"由小学到经学，由经学到史学"，先贤学人依照这个次序循序渐进学习国学，又精通西学，以东西一对眼睛审视中文学科，学贯中西，获得了巨大的成功，成为大师级人物，给我们树立了光辉的榜样。他们成功的秘诀就是，超越前人，学贯中西，掌握了研究国学最基本的方式方法，赢得了与世界第一流学者平等对话的地位。这是从专业角度需要明确的语言和文学之间的关系。

其次，中文研究生需要具备专业之外的综合性知识基础。与过去单纯强调把握偏狭的中文学科知识和能力不同，时代要求我们一定要突破中文学科的视野局限，进而跨越局限，走出"周期律"，面向其他学科吸取营养。

第一步就是面向人文学科,包括历史、地理、外语、哲学、人类学、民族学等等。人文知识的会通,带来了视野的开阔,这是只关注中文学科一家领域所不可能做到的。

再次,中文研究生也要面向实际,就是要适应社会发展的需要,有目的地研究现实问题。这就需要与人文之外其他学科的知识能力结合,如政治学、法律学、经济学等学科,只有具备这些学科的相应知识和素养,才能够从"跨学科""跨国际"的视角研究语言和文学问题。比如语言学就有政治语言学、心理语言学、法律语言学、社会语言学、地理语言学、历史语言学、人类语言学、计算语言学、神经语言学、中外汉语语言学史等等。

这也就是我希望所招收的学生,不仅要形成自己的中文学科二级学科的知识结构,还要形成自己的更广泛的知识结构的原因之所在。可现在的问题是,很多学生连中文学科二级学科的知识结构要求都没有达到,比如,做古典文学研究的人不懂音韵,那么,他对古典诗词格律的认识就只能停留在表面上。连一首简单的诗的格律形式是什么都不知道,有什么资格研究古典文学呢? 这就体现了语言基础的基本功用价值。

在学术能力方面,无论具备怎样的专业知识结构和视野,最终还是要回到二级学科专业的研究上来。一个合格的中文研究生,所应具备的二级学科的专业知识能力,主要涉及以下几个方面:

第一,具有独立思考、独立科研的能力。面对二级学科专业涉及的纷繁复杂的各类问题,只有掌握整个专业的基本知识体系,才能够清醒地把握自己所学专业未来的学术发展趋势和方向。

第二,具有很强的创新能力。现在很多同学由于自身知识储备不足,在撰写学位论文时,必须依靠老师定选题,在这种情况下,学生就会在老师的思维方式内打转转,跳不出老师的思维范式,无法培养独立自主的思考和研究能力,最终影响学生个人未来的学术发展。我希望中文研究生具有创新能力,一个标志就是能够在老师的指导下独立选题,其学位论文表现出明确的创新意识。

第三,拥有广阔的学术视野。从学术视野这个角度来看,现在的许多学生具有外语水平高、信息搜索能力强等过去学生所不具备的优势,但是一回到专业学术领域,就明显出现短板了,即现在许多中文研究生强调的不是外语的应用能力，而是应试能力。应用能力应该包括收集外文资料，与国外学者沟通信息，以及换一种思维方式等方面的能力。我希望所招收的中文研究生能够把掌握外语作为一种拓展自己的学术能力和信息收集能力的手段，而不是基本目的。"多语时代"的到来，更应该强调外语应用能力的培养，千万不要把多语优势变成多语劣势，甚至是"多语累赘"。

我认为，经过培养，中文研究生学成后应该具备的素质是：

第一，中文研究生应具有从总体上把握本学科发展新方向的基本意识。

第二，中文研究生应该具有作为未来学术领袖的素质，具有明显的学术组织能力。与过去"个人英雄主义"式的奋斗不同，在现代学术大协作的时代，缺乏学术组织能力较难成大器，因为，现在很多的学术大项目都是多学科学者协作攻关完成的，如果不具备这种优秀的组织与协调能力，那么个人学术研究也不会有大的发展，更不会具有相当的学术影响力。

第三，中文研究生应该学会做人。让他人觉得你是一个信得过的人，你的人格魅力，比如具有"仁、义、礼、智、信"的儒者风范，可以让别人心服口服，否则，难以"立身"，更别说"立业"。"高调做事，低调做人"，谦虚、谨慎、戒骄、戒躁，不是空话，而是学术立身之本。

第四，中文研究生要想在将来取得学术成功，应该具有的最重要的素质就是，持之以恒。不管事业和生活上遇到多少坎坷，任凭风吹雨打，胜似闲庭信步。但凡在学术上取得成就的人，一定经过了几十年的艰苦努力，中文研究生最需要对学术有一种持之以恒的追求决心。

第五，中文研究生需要一种学术"定力"。在中国现代社会，各种各样的诱惑太多，意志力薄弱的人很容易掉入急功近利的"诱惑的陷阱"。绝对的自由是有害的，还是有一点学术定力为好。我认为，一旦认准了人生的学术目标，就要勇敢地排除一切干扰，"苦其心志，劳其筋骨"，克制自己，不然，欲望太多，肯定会有所得，但更会有所失。

第六，中文研究生应具有一定的学术视野和应变能力。不仅应具有国内视野，还必须具有国际视野，熟悉国内外的学术规则和规范。未来的学术领袖一定得具有国内和国际两个视野，一定不能偏狭。现在已经很少有人说，"学中文的干吗要到国外留学"之类的话了，但还是要警惕中文学者"故步自封""坐井观天"的学术思维观念。在具有国际视野的前提下，还要在复杂的国内和国际学术形势下,具有处理国内国际学术事务的应变能力和智慧。具有理性的头脑,是成功的第一要素。

### 三、最近几年的学生普遍存在的优点和问题是什么

现在的中文研究生普遍具有的优点是学术态度很现实。过去学生的理想往往比较空洞,激情冲动多于理性思考,过于泛化,而现在的学生则脚踏实地,知道自己缺什么,需要什么,更没有了过去的"天之骄子"的优越感。但也存在着过于现实的问题,比如,一切从自己的眼前利益出发,如待遇、住房、升职、地域等许多方面。当然,这种考虑和现代社会的发展息息相关,作为一个现代人,首先要生活在当代,不能脱离当代这个现实。

和 20 世纪 70 年代末 80 年代初或者那之后 10 年的中文研究生相比,现在的许多中文研究生存在着以下的一些问题:

第一,现在的许多中文研究生缺乏刻苦学习的态度。在专业知识学习方面,动力不足,普遍不用功。

第二,现在的许多中文研究生不读书或很少读书,这是当下中文研究生的一个致命弱点。不读书的直接后果是不愿意动脑思考,缺乏独立判断的能力,继而容易浅薄跟风。多读书利于知识的累积、能力的增强、人格的塑造、精神境界的提升。一些中文研究生在这些方面有缺憾,完全是由于不读书或很少读书造成的。

第三,现在的许多中文研究生过于自我。一切以自我为中心,缺少一种与周围人群和谐相处的能力与意识,一旦走上社会,就"水土不服",失去做人的底线,这完全可以料想得到。"自我设计"与"利他共赢"相结合,这并不矛盾。尽管有些理想化,但这样的理想和抱负不是空洞的,养成这种气质非常可贵。

第四,现在的许多中文研究生过多考虑物质层面的东西,往往忽略了精神层面的养成。即便是关注一些精神层面的东西,这种关注,也往往是建立在物质满足基础之上的精神愉悦。这一点与过去中文研究生有意磨炼精神气质明显不同。

第五,现在的许多中文研究生缺少吃苦耐劳的精神。由于种种原因,比如是独生子女,即使不是独生子女,也是出生在孩子很少的家庭,生活条件

都比较优越,父母都是"文革"时期过来的人,娇惯子女已经成为一种"时尚"。在这种环境下成长的一代中文研究生,缺少吃苦耐劳的精神已经是普遍现象。现在的一些中文研究生,十分"小气",斤斤计较,往往在枝节的小事上过不了心理关,说明他们生活在学术的真空里,虽然现实,却是一种虚幻的现实,这种虚幻的现实不是真正的现实。在当今,更需要从基本的小事做起,要培养"大气"气质,崇尚"英雄气概",这些并没有过时。

第六,现在的许多中文研究生未能充分利用现有的丰富学术资源。面对当今社会的海量信息,许多同学眼花缭乱,更有甚者,没有把获取信息的能力运用到学术上,而是用在了别的方面。很多同学被信息淹没,无法获取到有效的信息,因而,对学术资源的利用十分有限。面对这样的问题,现在的同学需要做到的是头脑冷静。冷静地面对自己和社会,冷静地学习获取有效信息的方法,虚心向老师求教,真正做到学术资源的"物尽其用"。

在解决中文研究生不读书这一问题上,我有指导学生的一些方法,比如让自己的硕士生和博士生读纸质书,做笔记时不允许他们用电脑"粘贴"。每一个学生入学,甚至是入学前三个月,就为他们开列经典性的必读书目,"逼"学生精读,让学生补课,强化培养学生动手和创新的意识。

## 四、对攻读学位的本学科研究生的具体建议

第一,要有为本专业研究奋斗一生的决心,不能把读研究生当作就业或者猎取虚名的台阶,这一点是最重要的。不然,真的会浪费大好时光,与其浪费大好时光,不如像某位北大学生,干脆去"卖猪肉"来得更实惠。

第二,既然要读研究生,就要以研为主,以学为辅。尽管我们可以抽时间去体验社会生活,但是体验社会生活不是目的。体验社会生活是为了更好地了解社会,然后反思自己作为社会当中的一员,如果从事学术研究应该居于什么样的位置,摆正自己的位置对今后的人生至关重要。

第三,静下来认真读书,读经典的书,思考前沿学术问题,不要急功近利。不仅要读本专业的书,还要读跨学科的书。还有,不仅要读本国经典的的书,也要读外国经典的书,扩大学术视野。就中文来看,现在中文的概念已经发生了巨大的变化,研究对象已经不再局限于用汉语写作的语言学论

著或文学论著,也包括世界其他各国学者研究中国问题的论著,即国际上的"中国学"著作。从这个角度看,中文学科的内涵非常广泛。从不同学科的角度来审视中文,那中文研究可以拓展的空间就更大了。在跨学科领域研究中文,才能成为一个真正的大学者,而不只是一个孤芳自赏的窄窄三级或者四级、五级小学科的"专家"。

### 五、专业推荐书目(含论文、必须关注的学术期刊、学术网站等)是什么

清末政治家、实业家兼学者张之洞,就曾做过一个影响力十分广泛的读书目录。我们现在做推荐中国语言文学学科经典书目工作,已经比较成型了,不过需要指出的是,虽然做了好多年,并且也集中了各学科专家的智慧,确定了一批经典的学习书目,但还是每年都不断地调整,目的是让学生一开始就跟上时代脚步"入境","入宝山不空手归"。至于中文学术期刊,我们还是鼓励学生阅读起点要高,选最优的学术刊物阅读,与最新的学术信息为伍,如《文艺研究》《戏剧》《中国语文》《当代语言学》《外国文学评论》《文学评论》《文学遗产》《世界汉语教学》《古汉语研究》等中文专业最优刊物。还有综合学科类的,比如《中国社会科学》《学术月刊》《北京大学学报》《复旦学报》《厦门大学学报》等学术名刊,以及《新华文摘》、中国人民大学复印资料《语言文字学》《美学》等与中文学科相关的资料刊物,当然还有国外一些研究机构和名校的学术期刊。我们也就如何利用网上学术资源进行了讨论,并推荐了一批与中文相关的学术网站。

### 六、对于已经通过入学考试,即将开始读研、读博的学生,建议他们做好哪些准备

第一,对于准研究生,我们要告诉他们的还是这样的一句话,就是一定要明确读研的目的。你读这个专业的研究生是为为之奋斗一生的学术目标服务呢,还是只为获取一个暂时的功名虚名服务?这个问题必须先想好。一旦想好了,马上就要进入"角色"。

第二,要做好持之以恒的吃苦准备。最好在一年级第一学期就把学位论文研究范围确定下来,及早定题。不然,真的来不及。尤其是博士研究生,有些博士研究生读了4年,论文还是写不出来,推迟答辩,心理压力非常大,苦不堪言。其中一个原因就是定题过晚,或者是学术论文题目太大、太难,一时难以做出来。还有,许多学校规定,在读博期间,一定要在核心期刊上发表2篇以上有学术分量的论文,而学术论文的发表周期通常很长,还有如何配合期刊编辑部工作的问题。这些都要及早准备。

第三,静下来,抓紧时间多读书。从本专业经典著作、基础性的学术著作读起,穷尽式地阅读。每个学科都有最基础的经典性著作,要从这些书读起,比如,对汉语言文字学来讲,《马氏文通》《说文解字》《广韵》这三本基础性经典,不但要精读,而且必要时还要背诵。读书必然要舍得花钱买书,电子版替代不了纸质版。当然,你也可以认为,买书不如借书,借书不如租书,现在则是,租书不如下载书。

第四,要有学术问题意识。现在有许多研究生没有学术问题意识,老师说什么就信什么。目前最应该提倡的是"吾爱吾师,吾更爱真理"的精神。这样的话才能在学术上有更大的发展,从而在学术上超越自己的老师和前辈。

最后一点,学会做人。无论是和老师、同学相处,还是与学术界同行相处,都要保持一种实实在在的与人相处的低调方式。不要学习那些所谓的权谋之类的诡异"为人之道"。如果那样的话,只会败坏人的本性,从而失去人们的信任,堵住自己的学术之路,阻碍自己的学术发展。我的理解是,要做一个真正的学者,就要有一种直面人生的学术理念和精神。

2013 年 5 月 23 日《中国研究生》访谈纪要

# 说中文系讲座制度

**记者问**：李老师，您能否从总体上对讲座制度，尤其是厦大中文系的讲座制度做一个介绍？

**答**：一般来说，大学师生获取信息有以下几个主要渠道：学术会议、师生课堂互动、在图书馆阅读书刊、浏览网上信息、与社会各类人士打交道、与亲朋好友沟通。除此之外，还一个渠道就是通过各种各样的讲座，这里主要是指从学校内的讲座获得信息。

讲座对于大学来说十分重要，讲座最能体现一所大学崇尚自由、民主、科学、进步之精神。

讲座在我国最早可以追溯到书院的"讲会制度"。中国传统书院比较能够体现学术研讨自由的精神，比如嵩阳书院、岳麓书院。书院在中国高等教育发展史上是十分重要的，书院比较强调学生自学，这就打破了传统的私塾教育中老师只是被动教书而没有主动激发学生能力的缺点。所以，中国传统的书院表现出很强的自由探讨之精神，只不过学科定位偏重于人文社会科学领域罢了。

书院有一个类似于讲座的制度——讲会制度。我认为讲会制度比现在的讲座制度还要厚重和深刻一些，因为它让不同的学术流派各抒己见，在讨论过程中还可以激烈辩论，在论争中求得问题的解决，开放性很强，灵活度很高。讲会制度是一种激发学生发散思维的有效方式，同时它更可以发挥师生的主观能动性。经过书院的培养和修炼，许多学生身上都会不由自主地散发着一种浓浓的书卷气，非常难能可贵。

从世界范围来说，许多古老而知名的大学在其建立之初，追求的就是办学自主权和学术自由。老师和学生在大学这样一个传授知识、创造智慧的殿堂，自由地讨论学术，实在是一道沁人心脾的亮丽风景。

老师有机会到世界各地去实地考察研究，然后回来在学术讲座上把自己的收获向学生们报告，让学生们一起分享学术成果，老师和学生都获得了精神上的无上愉悦和满足。许多学生在某个领域进行深入的研究后也可以把自己的所得通过讲座形式加以扩散，由此，也会获得学术上的进步和精神上的快乐。学术碰撞之后会产生学术的精灵之光，人类的智慧就体现在学术的传承和创造上，而讲座在其中所扮演的角色是十分重要的。

现在，厦门大学的学术讲座非常多，看起来，真的是精彩纷呈，主要有这样几种类型：

一是由学校方面举办的讲座，例如著名的南强讲座。

二是院系里的讲座。每个院、系、教研室都举办周期性的学术讲座，比如人文国际、中文系列。

三是学生团体和组织举办的讲座，包括学校范围内或院系范围内学生组织举办的讲座。主办方虽有不同，但办讲座的目的是相同的，就是把国内外最新的知识信息传递进来，再把我们的学术信息传递出去，通过信息的环流互动来形成真正的学术氛围。

厦门大学的学术氛围是非常浓厚的。一方面是因为厦门既是中国最早开放的通商口岸之一，外向型学术传统使然；又是改革开放的前沿，因此具有一种面朝大海的胸怀和气息。由于受东西方开放性思想文化的影响，厦门体现出海洋文明的特点，比内地更具有开放性，视野更为广阔。厦门大学地处厦门这个通商口岸，很自然也具有这个特点。另一方面，厦门大学的学术历史比较悠久，自 20 世纪 20 年代以来，有许多学术大家在厦大会聚，高层级、高起点、高智商，自然凝聚了很强的学术爆发力，铸就了"南强"学术之魂，它一直处在中国学术发展的前沿，亦是必然。20 世纪 20 年代中期，鲁迅、林语堂、顾颉刚在厦门大学举办的讲座是非常叫座的，学生们获益匪浅，所以，厦门大学具有悠久的讲座传统，厦门大学的讲座早已制度化，一点儿也不让人感到奇怪。

就我们厦门大学中文系来说，只要你关注中文系的网页，就可以了解到，我们现在的讲座仍然很多，真的是令人眼花缭乱。与厦门大学其他系一级单位相比，中文系的讲座最多，最灵活，也是最为活跃的。中文系举办讲座，所邀请的学者层次之高、范围之广、涉及内容之复杂、吸引眼球之能量，是全校公认的。易中天是中文系老师，这些年，在学校频频登台，身边往往被围得水泄不通。中文系的学术"明星大腕儿"不只易老师一个，人文学院院长、长江学者周宁就是个极有学生缘儿的教授。在频频上"电视讲坛"之余,他也常常在讲台上纵论中外,"粉丝"之多,一点儿也不亚于"易迷"。我在人文学院中文系担任系主任一职已经五年半多了,是目前人文学院全部系主任中在职时间最长的,因此,对讲座问题也比较有发言权,中文系的学术讲座的确是十分丰富多彩的。

**记者问**:您是基于什么样的目的邀请学者到本系举办讲座的?

**答**:关于举办讲座的目的,可以从三个层面进行说明。

第一,对于学生来说,我们邀请的演讲人都是在各自领域有很多建树的"高人"。这样做,主要考虑到,一方面可以给各类各层次学生补充课堂之外的知识,另一方面可以冲破本校老师的思维之藩篱,拓宽学生的学术视野。同时,通过这样的学术交流,使得学生在本校本学院之外,与校外各类学者建立起更为密切的学术关系。这对学生未来的发展是十分重要的,最起码弥补了学生方方面面的缺憾,这是我们举办讲座最主要的目的。

第二,对于老师来说,举办讲座,一方面可以弥补老师知识链条上的缺环,拓展他们的视野,尤其是让年轻老师迅速跟踪到学术最前沿信息,防止因为厦大的地理位置偏僻而造成信息闭塞;另一方面可以实现思维方式、研究方法或研究资料的相互渗透,学习别人的长处,弥补自己的短处,这也是我们举办讲座很重要的目的。

第三,从中文系的学科建设上来讲,举办讲座可以促进学科建设,推动学科有序向前发展。校外一些有资源的学者到中文系来,可以带来信息,分享资源,提出建议,同时也有助于提升厦大中文系在国内外的学术地位。自我担任中文系主任以来,和相关领导以及学术带头人一起努力,中文系的学科发展非常快。比如中文系原来没有一级博士点学科,现在已经有了两个一级博士点学科。这些成绩的取得和频繁的学术交流是分不开的,举办讲座只是学术交流的方式之一。不仅有学者到中文系来,中文系也有很多老师"走出去"。例如许多老师到国内外参加一些高水平的国际会议,到国外著名大学进修,同国外一流学者进行合作研究,到国外著名大学举办讲座,等等。所以说,中文系的学术交流,比如举办讲座,并不只是单向引进来,还包括"走出去",实现学术信息的双向交流。无论是"引进来",还是"走出去",对系内的老师都是一个铸就"学术品格"的过程。

**记者问**：您对讲座的基本要求是什么？

**答**：由于讲座的类型不同，我们对讲座的基本要求也有所不同。

第一，学术讲座。中文系举办的学术类讲座在厦大是最多的。在举办讲座的时候，我们希望受邀学者讲最前沿的东西、最拿手的学术成果；即使是一些还未成型的思考，也可以与老师学生进行交流，进行分享。当然，最希望的是有独特见解的人来讲最精道的东西，像清华大学国学四大导师之一的陈寅恪教授提到的"别人讲过的东西我不讲，以前讲过的东西我现在不讲"，我们希望尽量接近这样的学术水准要求。我们对演讲内容也不苛求，只要有新的内容就行。对于演讲人，我们没有固定的标准。最希望邀请到的是顶尖大学的顶尖学者。如果学校层次一般，但是学者所在专业的学术力量很强，或者是学校和专业层次都一般，但是学者本人的学术研究很有特点，在国内外具有一定的影响力，也在受邀之列。近几年，中文系邀请了很多国内外知名的学者到系内来举办讲座，例如中国社会科学院学部委员、副院长江蓝生，南京大学的鲁国尧，美国特拉华大学的杜锺敏，东京大学的藤井省三，复旦大学的陈尚君，北京大学的唐作藩、叶朗、蒋绍愚，台湾著名专栏作家陈若曦，著名系友刘再复等。另外，讲座的内容要覆盖中文系各个学科。我们希望12个博士点每年都能举办几场影响力大的学术讲座，这样才能实现学术资源配置的合理化。讲座还要讲究学科之间的渗透，不同学科、不同流派之间的碰撞，我们最为欢迎。我们系内的讲座都不是走过场，每个讲座都经过了认真细致的准备，追求的是讲座的学术效益最大化。

第二，综合类讲座。中文系内的综合类讲座有文化类的、热点类的，还有小型的专题性论坛。主讲人包括校外的老师，校内的年轻或年长的老师。这种讲座不能苛求，尽量使主题广泛化或专题化，精炼、灵活，以便满足大多数师生，甚至校内外各类各层次受众的需求。

第三，一些名人的讲座。例如我们最近请到的英国知名华裔女作家虹影女士做的讲座，就引起了非常大的轰动效应。通过作家们的讲座，可以培养学生的高尚情操，使他们能够对人生有更加深刻的认识，包括与作家之间的沟通，也能增加学生的见识。所以，我们尽量邀请各个方面的人到系内开讲座，将学术之外的各种思想引进来。尽管如此，我们还是有一些层次和内容上的限制,也不是随便什么人都能到中文系开讲座的。

**记者问**:您认为你们举办讲座的目的达到了吗?

**答**:讲座只要能部分地满足学生们的需要,就达到了举办讲座的目的。另外,讲座活跃了学院甚至是整个学校的气氛,因为,我们举办的讲座不仅对本院的学生有吸引力,也吸引到了一部分院外的学生,更有许多老师感兴趣。还有,因为开放程度很高,许多校外的人员踊跃参与,也让我们有一种成就感。只要讲座能够达到这种交流的基本目的,就可以了,我们并不追求每一场都有轰动效应。

师生们都一致地反映,中文系邀请到的学者层次很高,聆听这类讲座可以学习到他们把握信息的思路与方法。从学生层面的反馈来说,近几年学生通过讲座获得的收益比课程的还要大,并且,学生可以通过讲座和主讲学者进行互动,甚至有时候观点针锋相对,激烈碰撞。这种互动并不在于谁对谁错,关键是参与。通过参与,可以使得他们在学术的激辩中尝试着修订自己的思维方式,迅速地成长起来。所以,只要学生积极地参与到讲座中去,也就达到了举办讲座的目的。

另外,有些学生和年轻老师,也许平常根本就没有机会接近这些知名学者,但是,通过联系主讲人、接待主讲人等讲座之外的交流,他们就能够和这些知名学者有所接触和沟通,切实感受到他们的思想,这种参与本身就是一种收获。讲座能够为年轻老师和知名学者搭建起沟通的桥梁,这就超越了讲座本身的意义。一方面,讲座之外的交流,对学生、年轻老师,甚至是教授都是一种收获;另一方面,从学科建设角度来说,系内的学者和校外的学者可以通过讲座建立起联系,我们认为,中文系近几年学科发展迅速,很多情况下是得益于这种联系的。

**记者问**:您对演讲人和演讲题目有选择吗?如果有的话,您的选择标准是什么呢?

**答**:肯定是有选择标准的,主要根据讲座的类型而有所要求。如果是学校的南强讲座,那必须邀请到国际第一流学者。但南强讲座名额毕竟十分有限,有许多国际第一流学者,也乐意在人文国际或中文学术系列开讲座。有一些不是国内顶尖,但是在国际上有一定知名度的学者,可以安排院内的讲座或者是中文系内的讲座。所以,要求各个教研室推荐主讲人时,一定要以处于学术前沿为基本标准。从这个角度来说,中文系学术讲座门槛是很高的,厦门大学不是谁都能进来开讲座的。所邀请的学者一定要符合我们的高标准,要有专长,一定是在其研究领域处于前沿位置,这是毫无疑问的。

除了在学术上有要求外,还要有一些基本的人品和内容标准。百家争鸣、百花齐放要符合中国的国情,不能背离了国家和学校的基本要求。因此,在每次讲座举办之前,我们都会对主讲人的背景、演讲的内容及演讲目的严格地把关。这是一个严格的基本的标准,学术因素和政治因素都要放在第一位来考虑。作为主办方,必须有一定的敏感度,不然对学生和学校都会产生不好的影响。

**记者问**:有的学生觉得不感兴趣,可能就不会参加您牵头举办的讲座,您是怎么看待这件事的?

**答**:有的学生对讲座不感兴趣,是最正常不过的现象了,因为每个学生的兴趣点不一样,不能强求于人。应对这个问题,我们肯定要考虑学生的学术兴趣,并且对学生不感兴趣的原因进行具体分析。但从中文系的角度来讲,要尽量引导学生对学术讲座感兴趣,要把握讲座数量、质量的度。讲座如果太多,势必就会影响到学生的正常上课和科研工作。讲座毕竟不是学生进行学习的唯一方式。所以,不能为了举办讲座而推出讲座,要考虑到学生的接受程度。

我们尽量安排学生感兴趣的讲座,但对于什么讲座都不感兴趣的少数学生,系里也有一些相应的考虑。因为举办讲座,邀请学者是要花钱的,肯定要追求一定的学术效果。如果没有学生来听讲座,这个讲座也就没有举办的意义了。我们采取一种方式——叫讲座积分制度,把参加讲座所获得的积分作为学生成绩考核的依据之一。因此,在对学生采取灵活方式的同时,也不能放弃约束学生的行为。系里举办讲座,参加与否对学生而言没有绝对的自由。有的学生反感讲座,我们也会区别对待,一定要分析学生反感的原因,听取学生有价值的意见并加以改进。但同时,要求学生服从大局,跟进学术发展的主流,按照学校的学术要求以及自身学术成长的一般规律约束自己。

我们希望通过举办讲座这种方式为学生搭建一个和外界进行沟通交流的平台。现在的时代是一个大开放的时代,师生获得信息和开展研究的方式方法都是多元的。听讲座不是唯一的,但却是重要的方式。通过这种方式,肯定能够达到促进学生学术发展和学术思维转变的目的。无论今后社会如何向前发展,人与人近距离的接触所获得的信息是机器永远无法提供的,大学讲座形式的存在也正是基于这个理由而无法取消。

2014 年 1 月 5 日答厦门大学《凌云报》记者专访

# 五、温馨

凤凰树下随笔集

# 我的 1977

　　在气候宜人的海峡西岸厦门岛，在满是凤凰花、三角梅争奇竞艳的厦门大学校园，朝向大陆的最东北方——故乡延边遥望，我不禁回想起 30 年前参加高考的不寻常岁月……

　　1977 年 8 月 3 日，我被送别知青的亲友挟裹着，和二十几名同学一起冒着蒙蒙细雨站在"解放"牌大卡车外车厢上，随着汽车爬过蜿蜒的寒葱岭，进入茫茫无际的长白山林海，来到了距离吉林省敦化县城 140 里远的大蒲柴河公社——一个偏远的农村下乡，被分在大蒲柴河大队四队集体户。从那一天开始，我以为，我将一辈子当知青，像许多热血青年一样，真的会永远地在偏远的农村扎根。

　　10 月底的一天，在公社机关工作的父亲的一个熟人急切地跑到我们干农活的场院告诉我说，务必在第二天中午 11 点钟准时到公社办公室接电话。

　　第二天才知道，电话是父亲从县城打来的。还没等我开口，他的第一句话就急促地催道："你马上回家，准备考大学！"我当时连一点儿心理准备都没有，愣愣地问道："什么？考大学？我还能考大学？"父亲的口吻似乎不容讨论："不管你能不能考，你先回来再说！"那一刻，我哪里知道，那个逼我参加高考的长途电话意味着什么，也根本想不到它将使我的命运发生历史性的转折。

　　我只好向生产队的"山东盲流"阎队长请了假，"截"了一辆车回到家里。父亲严肃地对我说："你好长时间没摸书本了，马上刹下心来复习！"

　　父亲当时在敦化县教师进修学校当语文教师。虽然"文革"前他在敦化一中曾经"押中"了不少次高考语文题，曾经使无数的学生在高考现场激动地高呼"万岁"，被誉为敦化一中的高考"台柱子"，但"文革"十年的业务荒疏，加上处于偏远的小县城，信息闭塞，面对新高考，如何辅导也是有点束手无策。

　　父亲帮不了我太多的忙，那时根本没有现在这样红红火火的"高考补习班"，距高考又只有20多天时间，我只好凭着"文革"时冒风险偷看"封资修"书籍，写点"歪诗""臭手小说"的那点底子"自己动手，丰衣足食"。历史、地理，就翻箱倒柜地找出两本书皮已变黄的"文革"旧课本看看；语文，就自己拟了几个作文题，和父亲商量一下，先写起来，再由父亲讲评；政治，就按父亲不知从哪里搞来的油印的几页复习大纲先背着。至于数学，过去因为敦化一中过度"开门办学"，大部分时间都用在了"学工、学农、学军"上，而真正用在课本学习上的时间特别少，因此基本知识十分匮乏，连指数、对数都没有学过，更不用说三角函数之类的难题了，所以很犯愁。同学王平的妈妈王淑莲老师是1958年从东北师范大学毕业的数学系高才生，在第五中学任教，一连几天辅导我和王平，但怎么讲也不奏效。得出的结论是：基础太差，也就小学毕业水平。虽然如此，她还是耐着性子教我们答题的路子：先答简单的，后答难的。实在不会，列出计算过程，判卷老师也会给分。

　　眼见还有十几天就要高考了，我才知道，因为户口不在县城，所以我不能在县城考，必须到户口所在地大蒲柴河公社考点考。不知是安慰我，还是对我不放心，父亲在我临回集体户之前，当着全家人的面说道："我和你妈就当你练兵，不指望你这次能考上，寄希望于你明年能考上。我们觉得你姐姐这次考上的把握性挺大！"

　　对这话我并没有放在心上，本来我也没指望能有参加高考的机会。回到集体户后，白天照常干农活，累得一身臭汗，浑身筋骨疼，只是到了晚上强逼着自己利用临睡前的一点时间看看书。我知道，生产队是不会因为你要参加高考而特殊照顾你，给你时间复习功课的。

　　1977年11月28—29日，大蒲柴河的天空格外蓝，大地上覆盖着皑皑白雪，反射着刺眼的阳光。考场设在公社最高学府——大蒲柴河中学（初中）。180多人，鱼贯走进考场，开始了我们人生的又一次博弈，但我丝毫没有意识到这点。

　　高考题不是像现在主要是全国统一命题，而是由各省自己命题。人们已经十年没学习文化知识了，知识肯定会出现"空白"，恢复高考后的第一次高考题不可能出得很难，吉林省的命题也得遵循这个原则。我记得，语文卷，我做的作文题是《十月的胜利》。还有一小段文言文翻译，题目是《人有亡铁者》，出自《吕氏春秋·去尤》和《列子·说符》里的一则寓言，很简单，现在是小学课本里的内容，比如北京景山小学的语文课本就收了它。还有解释龚自珍《己亥杂诗》中的那首诗："九州生气恃风雷，万马齐喑究可哀。我劝天公重抖擞，不拘一格降人材！"让考生说明它的寓意。史地卷，有中东包括哪些国家这道大题；政治卷，也是紧扣时事，还有一些基本的哲学、科学社会主义常识，等等。这几科，我是自我感觉良好，可数学就惨了，自己觉得拿不了几分。但想不到的是，一走出考场，一位总在我旁边转悠的监考老师追上我，随口就丢给我一句话："整个考点就属你答得最好，你肯定能考上！"我顿时也变得自信心十足，回了一句："我也这么认为！"

过了春节，成绩出来了，总分已经远远超出本科录取线，其他三科很高，只是数学得了14分。按照成绩，完全可以考上第一志愿——东北师范大学地理系。当个地理博士，那也是我儿时的梦想。可是，突然有一天，父亲阴沉着脸回家，对我说，东北师范大学没有录取你，因为咱家成分是地主，政审不合格。听到这个消息，我只觉得心里一紧：又是成分搅的！它已经压得我们家人20多年都抬不起头了，难道就因为这个"成分"、我永远不得安生？眼前又浮现了"文革"中爷爷、父亲被批斗、我们家被"抄"、母亲痛苦地流着泪的凄惨情景；又想起了自己在中学里因为家庭成分有问题而被人揪斗的一幕幕……

那几天的情绪低落是可想而知的。不久，接到延边大学通知：让我立刻赶赴延吉，参加延边大学朝语系组织的面试。延边大学？朝语系？虽然身在延边，可是我对延边大学，对延边大学的朝语系却一无所知，更不知道"面试"是指什么。

我是如何被选中参加延边大学朝语系面试的，迄今仍是个谜。面试是在延吉市河南街繁华地带的延边教育学院（1978年以后父亲曾在延边教育学院担任教授、副院长）4楼州招生办进行的。两位30岁左右的老师，一位是女的，一位是男的，和蔼可亲，对我们十几位考生一一询问。每一个考生的面试过程都很简单，随意问了些与学习无关的小问题，几分钟就结束。这是我第一次和大学老师接触，大学老师对当时的我来说挺神秘的。

那个时候，也许是年纪小的缘故，没有想到要去打听面试结果，也不知道朝语系学生毕业以后能干什么。回到敦化县城后，很快就忘记了面试那码事儿。

我还得回大蒲柴河等候录取消息。经过没有被东北师范大学录取一事的打击，我已经对能否考上大学表示怀疑了。父亲说，你要是这次考不上，就到新建的敦化实验中学回读吧！回读一年时间太长，也没有面子，我对回读不感兴趣，但考不上以后的路如何走，我自己也不知道，前途似乎很渺茫。

虽然如此，心中还是怀有一丝希望的，有事无事总要到公社邮局跑跑，问问有没有自己的录取通知书。有一天，接到母亲的电话，说是没有被延边大学朝语系录取，什么原因不知道。她打听的结果是，有可能被延边大学中文系录取。延边大学中文系？又是一个谜。我当时想，不管怎样，延边大学也是个大学，总比上大专、中专强。唉，到了这个地步，我哪还有什么选择的余地？

1978年2月底的一天，我接到了沉甸甸的印有"李无畏"（1984年改为李无未）名字的延边大学中文系录取通知书，不用说，作为一个知青，心里自然很激动，立刻就到大队队部给父亲打电话向家里报喜。父亲在电话里的语气一改平常的严肃劲儿，显得比较温和。听后又略带兴奋地告诉我，姐姐也接到了延边大学数学系的录取通知书。一个家庭，出了两个大学本科生，在当时小小的敦化县城着实引起了轰动，父母亲也顿时成了焦点人物，到我家贺喜的人接连不断。经父亲提议，全家人到县城中心最好的照相馆合影，他还要求在洗出的照片上写上"大女二儿上大学"7个字以示纪念。十几年了，我们家第一次呈现出了欢天喜地的气氛，似乎真的一下子走出了"文革"挨整的阴影。1978年10月，哥哥以在职人员的身份考上了延边师范学院英语系，更是喜上添喜。有一天晚上，父亲把我们几个孩子叫到身边，语重心长地对我们说："最应该感谢邓小平，没有他就没有我们家的今天！"我至今还记得当时父亲的语气是庄重的，我十分相信那是父亲发自心底的话。我是大蒲柴河公社考点180多名考生中唯一的一名大学生，成了响当当的"状元"。据说，连续4年保持这个纪录。就是我们敦化一中同年级11个班的600多学生中，考上本科的连我在内也只有两人。真的，当时我觉得自己是十分幸运的。也和父亲一样，在内心里对邓小平充满了无限感激之情。

3月11日去延边大学报到后才清楚，1960年9月出生的我，是中文系学生中年纪最小的一个。36名同学中，老大是李玉林（毕业后当过延边州技术监督局副局长),延吉市委宣传部干事,1947 年 1 月出生,是两个孩子的爸爸。像他这样的"老高三"有三位,其他的人,一般比我大七八岁,小的也比我大两三岁。我们最大最小的之间相差 13 岁。记得报到那一天,在寝室里,我把秃顶的老李错当作老师,还向他深深地鞠了一躬呢!两代人一起上大学,当时感到真是不可思议。

后来才明白,那一年恢复高考,是由邓小平果断做出的重大决策;那一年高考在冬季,是中国高考史上的唯一一次;那一年全国有 570 万人参加高考,汇集了从 1965 到 1977 年共 13 届毕业生,录取大学生 27 万人,其中本科生才 16 万人,真可谓凤毛麟角。后来又了解到,那一年,我没有被延边大学朝语系录取的真正原因是政审不过关,还是因为家庭出身是地主。

三十年弹指一挥间,我也由当年满是稚气的 17 岁毛头小子,一步一步地,历经延边大学、北京大学、吉林大学、日本关西学院大学、厦门大学等著名大学深造与工作,受过许多老师的指点与提携,获得了博士学位,1988 年 12 月在延边大学被评为讲师,2000 年 1 月在吉林大学被评为教授,2001 年 4 月被延边大学聘为博士生导师,活跃在国内外汉语语言研究的学术殿堂。如今又被聘为厦门大学教授、博士生导师,已经可以说是满园桃李,溢芬吐芳了。

看看我们延边大学中文系 77 级同学 30 年以后的今天吧!虽然求学于 1949 年建立的偏远的一般性少数民族综合性大学,但 36 人中在吉林大学、厦门大学、中国农业大学、北京邮电大学、吉林师范大学、长春大学、延边大学、宁波工程学院,以及日本神户大学等高校任教的还是有 10 人之多,其中,教授就占了 7 位。有的还当上了高校的领导或院长、博士生导师、图书馆馆长。其他的同学也当了报社或电视台总编、公司老总、地方政府官员、中学校长,等等,基本上成了各个领域的"名流"或"顶梁柱"。有人说,现在是 77、78 级的"天下",这话似乎有点夸张,但 30 年后看 1977 年恢复高考"不拘一格降人材",它所显示的伟大意义,确实很难简单地用一两句话来概括。

父亲在 1998 年 8 月 8 日因患肝癌绝症,医治无效离我们而去,只有 68 岁,延边教育界、文化界、新闻界(父亲当过《延吉晚报》副总编)为之哀恸。我当时无论如何也不能接受这样的残酷现实,曾经是那样悲痛欲绝,但我一想起他老人家临终时说过的几句话就感到莫大的宽慰:"我一生没有什么遗憾,可以放心地走了,因为,我的孩子们都能自食其力,都学有所成。"是的,作为父亲,他很成功,在我们最需要他的时候,他的身影总是能及时出现,他的声音总是能及时在耳边回荡。他是庇护我们的参天大树,更是我们自由成长的五彩世界。他爱我们,用的是自己特有的亲近方式,让我们几个孩子参加高考就是这种爱的最好体现。

我常常在想,假如没有 30 年前邓小平恢复高考"不拘一格降人材"的决策,假如没有他掀起波澜壮阔的改革开放大潮,或者假如当初没有父亲一个急切的"逼"我参加高考的长途电话,我现在在做什么呢?我会在哪里呢?我的生活会是什么样呢?至少是不会像这样在一座山海环抱的海上花园学府里指导博士、硕士研究生!如此,实在不敢再设想下去。

历史不完全相信"假设","恢复高考"看似偶然又属于必然。那个时刻——我们的 1977 年冬季,永远是驻留在人们心底里的春天,因为它开启了一个属于我们这些人的生机勃勃的新时代。

2007 年 8 月 10 日刊载于《延边日报》

# 《黉门钟吕——李守田诗文集》编后记

父亲于 1998 年 8 月 8 日去世。在很长的一段时间里,我与全家人都难以从巨大的悲痛中走出来。一个家庭,没有了家长,犹如家中的擎天柱顷刻间倒塌,生活顿时陷入了困顿与迷茫之中,总在询问:哪里是凄悲的尽头?我们子女的精神世界已然空白,何况是与父亲生死相依、患难与共 45 年的母亲?

我们做儿女的努力比平时与母亲的心贴得更近,希望她不要因为父亲的辞世而倍感孤寂无援。母亲比我们想象的更为坚强,反而想方设法安慰我们。她不断地向我们重复父亲临终前对她的嘱咐:"你一定要健康地活下去! 你好好活着,孩子们才会千里万里聚拢回来,我们的家才是个完整的家啊!"也许这就是她坚强的理由,更是她活下去的动力。在母亲的心里,这一次父亲也许是出了一趟远门,或者是去参加有关语言学或者语文教学的学术会议,或者是和他晚年的精神家园——延吉晚报社的同仁到外地采访,很快就会回来的,而她则又一次倚门相望……

陈光陆教授、房今昌总编、张福林副主席,以及延边教育学院的领导,语文教研室、延吉晚报社的同事,还有父亲的一些生前好友、学生,尽心竭力地帮助料理后事,从省内外各地赶来的 400 多位亲友、同事、学生,汇集了爱戴他的一颗颗心,他们沉痛地和安详如常的父亲道别,父亲长眠在烟集河畔,守望着这片生活了 46 年的延边土地……

恍然间,父亲辞世已经十年整了,每当回味这段往事,我仍然痛苦不堪,常常泪流不止。

这十年,我的工作单位也由吉林大学变换到了厦门大学,和父亲一样,也是年复一年,日复一日地"黉门敲钟",一批一批的学士、硕士、博士从我的手里"放飞",又迎来了一批一批的"雏凤""璞玉"等待哺育或雕琢。尽管教学和科研工作十分繁忙,我还是不敢忘却十年前给自己设定的一个使命,就是收集父亲的遗稿,把它们整理出来,及早问世,让社会更好地、更系统地了解父亲的学术和创作,让关心父亲文稿出版事宜的亲友了却一份心事,也为研究父亲的学者们提供有益的资料。

父亲的文稿分为四类:一是专门著作或教材,比如《现代汉语语法》《中学语文教学法》等。二是论文,涉及语法、逻辑、语文教学、古典文学等。三是文学作品,包括诗歌、杂文、随笔等。四是古籍整理类著作。第一类和第四类,由于篇幅比较长,难以纳入本书中,所以,我把主要的目标放在了第二类和第三类上。

在搜集父亲的文稿时,我深深感到,我对父亲实在是太不了解了,也更知道了这项工作的难度。他的性格很豪放,也有些粗心,不太在意对自己的论著或创作作品进行编目,所以,就留给我们一道难题,好些文章和作品无处搜寻。在大海里捞针,肯定是茫然无所获的。我曾询问过最了解情况的张笑天老师,他也只记得 1961 年到 1966 年间部分作品发表的大致出处。我的硕士研究生张辉(大学老师)、郝天晓(科幻文学作家)协助我漫无目标地"大海里捞针",所获当然有限,所以,留下相当数量的文稿漏收这个遗憾是肯定不可避免的。我为自己的无能而深深觉得对不起父亲,只好留待将来有条件时再尽心弥补吧!

父亲善于与人和谐相处,体现在一些论著上就是合作研究,比如 20 世纪 60 年代诗文创作和 70 年代末期研究"语段"发表论文时就是如此。为尊重历史事实,我仍然按照最初署名标明,如此,也可以使那些合作者记起与父亲共同切磋学术、研讨作品的难忘温馨岁月!

父亲辞世后,一些父亲的生前友好为了表达自己对父亲的哀思,以各种形式深情回忆了与父亲友好交往的点点滴滴,其中,在报刊上发表文章的就有几位。他们是:父亲的敦化一中语文组同事张笑天老师,父亲在敦化一中教过的老学生刘德昌、陈光陆、陈维礼(已故)。张笑天老师提议,将他的一篇纪念文章作为序言,我们一家人非常感激。张笑天老师已经是海内外知名作家,吉林省文联主席,每一天都要处理大量的业务和杂事,却总是不厌其烦地叮嘱我要把诗文集编好,甚至一些细节也不放过。父亲的好友和同事佟士凡是全国知名语文教育家,也深情地回忆了与父亲共事的往昔岁月。父亲在敦化一中教过的老学生郭俊峰(原时代文艺出版社社长)、房今昌(原延吉晚报社总编),也是知名编辑和作家,与父亲亦师亦友,一辈子感情笃厚,执意献上自己的心意,写就纪念文章。大表姐朱彤当过地级市市委书记、市长,是我们李氏宗亲这一辈子女中地位最高的人,父亲从小看着她长大,她受父亲影响很深,对父亲崇敬有加,也表达了自己对舅舅的一份感情。哥哥慧于中而讷于言,所发表的纪念父亲的文章感人至深。我儿子李逊深情回忆爷爷,让人荡气回肠,当然是压卷之作。

需要说明的是,《李守田年谱》写得并不尽如人意,主要是材料不足,问题还在于我对父亲的学习、工作、生活、学术、创作经历缺乏足够的了解。若父亲九泉之下有知,肯定会责怪我的。对于家世谱系的了解也仅限于一本并不完备的《李氏家谱》,我们李家世系从何时开始,怎样一脉相承,以及相关的前人踪迹更是无从知晓,所以,我也有愧对列祖列宗的感觉,期待着将来有新的线索发现,再作弥补吧!

最后,我代表全家人向所有关心和帮助过父亲诗文集出版的人们表示由衷的感谢!

2008 年 3 月于厦门大学海滨寓所

# 误把敦化当他乡

妈妈名字叫禚桂荣,今年已经78岁了。妈妈的姓很少见,好多人遇字读半边儿,就读作"羔",我曾考过几位著名语言学家,没有读对的,可见,"禚"是个生僻字。20世纪60年代,妈妈曾在国家权威的文字改革期刊上发表过文章,就是从"禚"姓谈起的,以说明汉字改革的重要性。

有好几次,妈妈动情地跟我说,你什么时候有时间陪我去一趟敦化,我要看看敦化,也去你姥爷、姥姥的坟前祭奠一下,我很想念他们。

我理解妈妈的心情,惦记着给姥爷、姥姥上坟,也惦记着故乡敦化。于是我就和二姨家的二表哥孙玉富联系了一下,说明了我妈妈的想法,希望他们协助一下实现她的愿望,他愉快地答应了。

5月31日下午,延边大学和南开大学在延吉联合召开"跨文化交流与东亚合作2013高峰论坛",我是六位主讲人之一,应邀做了报告——《东亚语言学视阈的汉语史研究》。然后,就回到妈妈家,与妈妈商量行程。

6月1日,我和妈妈乘坐火车,花了3个小时时间,在敦化站下车。二表哥孙玉富和表弟孙玉志到车站迎接,并应我和妈妈的要求,乘车绕着敦化城转了一圈儿。

妈妈一路上好奇地打听着,观看着。一会儿说,敦化一中校园内两座旧楼不见了。那是她在20世纪50年代初上学时最难忘的青春记忆;爸爸李守田教授,在敦化一中任教长达17年,经历了人生最为痛苦和温馨的岁月,妈妈当然不会忘记。敦化一中校门西侧是马路,对过是敦化一中教师宿舍,我们曾在那里住过。现在马路拓宽了,原来的宿舍刚好位于马路中间,旧房肯定被拆掉了。一会儿说,敦化一小(现在叫敦化实验小学),大门原来是向北开着的,现在却向东开,原来的几栋平房教室也不见了,代之而立的是两座高楼,非常气派。她在那里上过小学,当时叫孔庙小学。她还在敦化一小当过十几年的教师,当然这是50年前的事儿啦。老人家嘴里叨咕着,老同事们还有几个健在?南关旧址,高楼林立,姥姥家的小房子早已经不见了踪影,妈妈叹息着。我们家曾住在南关小楼附近,也就是有名的程傻子胡同对面,即胜利街道办事处后院(现在则在敖东药业有限公司总部院内),无疑,旧房也不会保留着。

车过西门外,即当年枪毙死刑犯人的地方,那片荒地也已经变得繁华似锦,旧迹无处可寻。

且不说妈妈诧异故乡的惊人变化,就是我,从 1977 年 7 月到农村下乡当知青开始,就离开了敦化,36 年过去,也感到天翻地覆,恍惚隔了一世,现在看到的敦化,与我经常在梦中遨游的故乡面貌迥然不同,好似到了另一个城市一样,心情异样,无限惆怅。我禁不住和表哥讲,我在敦化生活了 17 年,在延吉生活了 13 年,在长春生活了 15 年,在厦门生活了 8 年。这期间还在日本东京和大阪生活不到 2 年,在北京生活了 1 年,总是四处漂泊,没有根的感觉。今天回到了故乡,又误把敦化当他乡,真的不知道该如何是好。表哥没有离开过敦化,当然不理解这句话的含义,在他的眼里,故乡敦化是天下最美的,也是最引以为豪的地方。他安慰我说,将来退休了就回来吧,这儿是你的故乡,亲戚多,我们老了还在一起,多么快乐!

不管你想与不想,退休这个词越来越经常地萦绕在我的耳边儿。我们这一代人是"过渡的一代",经历了无数沧桑变幻,即将退出历史舞台。实际上,大多数人已经退出历史舞台。如何度过晚年,已经是不得不考虑的事儿了。表弟说得更干脆,我承包了几百亩地,养了几千只鸡鸭鹅狗,还有满山遍野的果树,吃的喝的环保,呼吸的空气又好,为啥不来这里生活?

晚上,表哥、表弟张罗了一个家庭大聚会。大舅、四舅、二姨家的孩子们,二十九口,大多已经是五六十岁的中老年人,围坐在我妈妈的身边问东问西。我看着看着,总觉得妈妈很像旧式家族中的老祖宗,那神气劲儿,让晚辈们敬畏不已。

第二天早上 5 点 30 分,我和妈妈、表哥、表弟,不顾天气寒冷,乘车左拐右跑,来到了六顶山东侧。下车后,蹚过湿湿的露水,好容易找到了姥爷、姥姥的坟墓,按家乡的礼仪,祭拜了他们。大舅的坟墓也在旁边,我们也是以礼相待。

姥爷名字叫禚喜昌,1882 年生人,若活到现在该 131 岁了。姥姥户口上的名字叫禚刘氏,我小的时候看过,还曾经问她,为何没有自己的名字,却用夫姓娘家姓合起来表示名字?她说,当时女人都没有正式名字,只有小名,小名叫什么她没有说。姥姥是 1893 年生人,若活到现在该是 120 岁了。100 多年前,两个人挑着担子,从山东高密老家闯关东,经龙口坐船,渡海到了大连湾,然后步行来到了吉林省敦化县城扎根过活。妈妈曾自豪地告诉我说,清末的敦化县城,"胡子"横行霸道,十分猖獗。有一次,居然有几个人搭伙来姥爷家抢劫,姥爷临危不惧,奋起抗击,一个人用大刀大砍大杀,生生地把"胡子"们赶跑了。"胡子"们知道姥爷武艺高强,十分"蝎虎",再也不敢来"惹乎"姥爷家了。

在姥爷的 7 个孩子中,妈妈是最小的,也是目前唯一健在的。我 6 岁的时候,姥爷去世,对他的印象还是有的,姥爷喜欢我,但也嫌我太淘气。姥姥去世时我已经 16 岁了,所以,对姥姥的记忆非常清晰。姥姥疼我,宠着我,至今想起来还是那样温馨。奶奶死得早(1947 年),我对奶奶没有任何印象,所以,那一辈女性亲人中,唯独对姥姥记忆深刻。此时,很自然,勾起了对姥姥的种种回忆。姥姥个儿不高,小脚儿,驼背,总是背着手摇摇晃晃地牵着一个小小的铁轱辘平板车去集市上卖菜。看见我的时候,总是笑眯眯地眯缝着两眼,不停地叫我"好狗狗儿",那个亲热劲儿,很难用什么恰当的词儿来形容。

还是那句话,回到了故乡敦化,什么都是陌生的,但勾起的回忆却是十分亲切的。那份亲切,永远也改变不了,因为,故乡的水、故乡的山、故乡的人,已经深深地印在了我的脑海中,无论走到天涯海角,总是伴随着我,是永远无法磨灭的。我忽然想起了《荀子·礼论》中的一段话:"过故乡,则必徘徊焉,鸣号焉,踯躅焉。踯躅焉,然后能去之。"这说的不正是我此时的心境吗?我们为了生存,投奔他乡,不断地选择,不断地适应,久而久之,对生我们养我们的故乡陌生了。实际上,我们有多少的无奈,只有自己心里清楚,"反认他乡是故乡"却是常情。我真正的故乡在远方,却很难让我亲近,我只有在梦中饱含泪水呼喊了事。"为什么流浪,流浪远方?"这是个难以回答的命题,难道真的是为了那梦中的"橄榄树"?梦中的"橄榄树"是什么?我们并不知道,已经变成了模糊的概念。地球村越来越小,熙熙攘攘,拥挤不堪,在许多人的心中,故乡的概念越来越淡薄,反而发思古之幽情,真让人觉得怪异。尽管如此,我还是希望给自己留下一个思乡的空间,宁愿单纯地念叨它,惦记它,发现它,天真地遐想它。

我想,妈妈此时的心情也一定和我一样。

2013 年 6 月 6 日于厦门大学南光 1 号楼 304 室

# 美丽憧憬:《走向生活》

　　和妈妈聊起过去的岁月,她曾满怀深情地回忆起 60 年前观看苏联影片《走向生活》之后的情景。

　　1954 年长影译制的苏联电影《走向生活》描写了技工学校学生玛露霞的生活经历。玛露霞认为劳动是最光荣的事业,所以,她就以火一样的热情积极工作。当校长从莫斯科带回设计新立式钻床的国家订货任务时,她和同学们都无比兴奋,为能接到国家任务而感到莫大光荣。她们就在共青团会议上建议:增加产量,超额完成国家交给的任务。玛露霞勇敢、顽强,十分自信,很快就出色地完成了任务,为学校争得了荣誉。但是,在荣誉面前,玛露霞自满自傲,把个人的能力估计过高,对集体力量估计过低。为了显示自己的过人之处,开动两台车床,结果搞坏了一台。她的自尊心极强,不仅不承认错误,反而要到别的学校去。后来,在老师和共青团组织的帮助下,她认识到了自己的错误。毕业后,玛露霞和同学们一起参加了伟大的国家建设工作。

　　妈妈说,正是玛露霞劳动光荣的使命感,激发了她火一般的热情。尤其是那大机器"按钮"生产场景,让她觉得无限美好,因而十分向往,恨不得马上投入到那火热的劳动生活中去。初中一毕业,她就立刻报考了吉林化工学校(现吉林化工学院)。1954 年,她如愿以偿地和一群朝气蓬勃的年轻人一起,来到了吉林化工学校,开始了校园的学习生活,当然,也包括在工厂实习的大机器"按钮"生活。

　　后来,虽然阴差阳错,她听从了爸爸的建议,到敦化第一小学(原孔庙小学)任教(1955 年 9 月),在教师这个岗位上一干就是 30 年,直至退休。但一提起青年时代,她还是很怀恋那段大机器"按钮"生活,不用说,是《走向生活》点燃了她的理想之光。

　　妈妈的话,让我记起了令人激情四射的《青春万岁》序诗:

　　　　所有的日子,所有的日子都来吧,

让我编织你们,用青春的金线,

和幸福的璎珞,编织你们!

可是,1957年以后,火热的生活就逐渐地被不可思议的现实消磨了。随着爸爸被一些"政治红人"打成"准右派",到农村——吉林省敦化县黑瞎子沟劳动改造,妈妈那美丽的憧憬被彻底打碎了,妈妈由此才感到《走向生活》之后的残酷。幸亏一群善良的农民,包括全家人感激的董大爷(伯)保护了爸爸,爸爸幸运地躲过了"一劫"。

妈妈和爸爸无数次地讲过,1961年春天,他们背着我,一步一晃地从敦化县城步行几十公里,翻过好多道山梁,蹚过好几条河流,走到黑瞎子沟的情景。是董大爷(伯)送给他们的一小袋小米和一小袋黄豆,救了我们一家人的性命,我们还吃到了当时做梦也想不到的一盘热气腾腾的水饺。否则,我不但不会有奶吃,还会被活活地饿死,当然,也不只是我一个。"天灾人祸",谁都难以躲避过去。

走向生活的第一步,就是编织希望。尽管妈妈在后来经历了无数的磨难,但那青春的美丽憧憬还是永远地存留在她的心灵深处,只要有机会,就会从她的心底里汹涌喷出。青春的美丽憧憬冲淡了她近80年岁月的一切伤痛,也就变得如此之温馨,如此之美好。她脸上所洋溢的幸福笑容,深深地感染了我。我似乎也跟着她的思绪,沿着时空隧道,与《走向生活》一同,再一次拥有了玛露霞劳动光荣的使命感。

2014年2月18日

# 发小儿臧喜友

得知我要回家乡吉林省敦化市雁鸣湖参加"张笑天研究会首届年会"的消息，喜友十分高兴，接通电话，他立马就表态：我也从吉林坐汽车赶到敦化，陪你在家乡多待几天。

从北京机场到延吉机场，飞行不到两个小时。下午 1 点钟左右，喜友的"叔伯家"堂弟喜亮找了个朋友开车，用 1 个小时时间就把我从延吉接到了敦化，安排在敦化第一中学校门旁的首迩宾馆。我喜欢这个安排，因为在母校第一中学旁边住宿，我还是第一次。

两个小时后，喜友果然从吉林赶来了。没有说几句话，我就把路上和喜亮唠嗑的内容告诉了喜友，比如我们说起小的时候，喜欢玩的"铁镂（音lou，上声）""摔鞭炮""打纸炮""压悠悠""插（chua，上声）嘎剌哈""扇啪唧""藏猫乎""弹琉琉""火药枪""划冰车儿""弹弓""丢手绢儿""钓喇蛄""凿冰窟窿儿""打出溜滑儿""滚铁圈儿""跳绳""跳房子""踢毽儿""骑大马""摔泥泡儿""找朋友""骑脖颈儿""摸瞎忽"等玩法儿，现在的孩子们大多已经不知道了。喜友听后，郑重其事地对我讲：你离家多年，是不是可以为家乡做点事儿，比如写写这些老话儿？你要是没有时间，我先做，然后我们合作完成如何？

听了这话，我确实有点暗暗称奇。这话从当了 28 年消防兵，并且成为团级政委的喜友嘴里说出来，让我感觉不一般，这哪是"摆弄枪炮"的"武人"做的事儿？后来，我才知道，仅仅把喜友当作"武人"是不全面的，因为，他是地地道道的"文武双全"的老兵，不仅消防业务超群，得过全省"比武"冠军，还在各类报刊上发表了大量的诗歌，激情洋溢，丝毫没有当下文人的酸腐。不久前，他还拿出一部电子版的《诗画咏史》作品，用诗配画的形式歌咏中国历史上的名人，有诗、有画、有翻译、有注解，俨然一部中国历史名人画长卷，可谓大气磅礴！他的希望是，读者一部书在手，全部的中国历史便可了然于胸。给历史人物作传，画龙点睛，让读的人易懂、易记就可以了。我在想，如果有关部门把它用作中小学历史和语文辅助性教材,肯定能发挥重要的启蒙作用,最起码比起那些刻板而生涩的历史和语文教科书要活泛得多。

打开这个话匣子,我自然不甘落后。我在日本国会图书馆就发现了一些有关敦化的史料,还在东京神保町旧书一条街买了《满洲民间信仰》等书,也曾经立下一个志向——整理编撰散见在世界各地的敦化史料,但因为没有时间顾及,就搁置下了。由喜友起头儿,这么一说,我当然十分高兴,正合我意,我们俩自然一拍即合。我马上给书起了个名,就叫《敦化老话儿》。喜友一听,十分兴奋,马上应和到:"这个名字起得好,我们就叫它《敦化老话儿》!"

喜亮张罗晚上吃饭的地儿,就在敦化第七小学附近原北大院的东北农家饭庄。喜友张罗来吃饭的人,大多是他在敦化市第四中学学习时的同学,其中就有我小时候的邻居李茂川,家住在下坎儿,位于我们家东南边。那儿旁边有一条浅浅的南北向顺水沟。夏天我们打那儿经过时,总能闻到一股子熏鼻子的、腻香的泥土味儿。37 年之后,我第一眼儿看见茂川,脑袋形儿还在,但脸儿已经辨认不出来了,看到的皱纹,更多是岁月的沧桑和生活的艰辛。

喜友净挑敦化最有名的土菜点,比如:豇豆宽,连邓小平上长白山都爱吃;烀土豆苞米,就着大葱,蘸东北大酱吃;大酱炖敦化柳根子鱼;等等。敦化人实在,农家饭庄上菜,不是一碟一碟地上,而是一盆一盆地上,那个量大的呀,足以让南方人惊叹。敦化的土菜十分环保,味道又正宗,热气腾腾,更增添了几分浓浓的乡情。

酒过三巡,喜顺大哥也赶来热闹一番。几十年后见喜顺大哥,性格和面相都没有变,还是那么爽快、幽默,能张罗!

晚上与喜友在一个房间(0216 号)住下。很自然,发小在一起闲聊,肯定会勾起对 40 年前诸多往事的回忆。

喜友说:"当时,我们家读书人不多,我就常往你家跑。你家是敦化文化人聚集的中心,免不了我也受些熏陶。你爸告诉我要多读书,我也就从你家借了不少的书来看。我们俩天天在一起讲读书的内容,时不时还争论得面红脖子粗。有时还诗兴大发,随口胡诌几首。说实话,我的文化墨水就是从那时灌进脑袋来的。"

我则说，我家出身不好，是地主。爷爷天天扫大街，要劳动改造；爸爸是"反动学术权威""历史反革命"，得被红卫兵批斗。一些爸爸的同事，还有一些邻居和小朋友总是歧视我，我心里很自卑。你家是贫农，根儿红，但你爸、你妈，还有你哥、你都没有嫌弃我，把我当自家人看。我小时候没少在你家吃你家大娘做的饭菜，尤其是大娘烙的冒着热气儿刚出锅的煎饼，喷喷香，那个好吃劲儿甭提了！我一定要找时间看看我大娘，你领我去，你看怎么样？还有，每年三十晚上，我不都是在你家过的吗？一群小孩子打扑克、串门子，甚至到马路路灯下等大人放鞭炮后，不顾炸伤危险去捡没有爆炸的"小鞭儿"。我们穷，买不起"小鞭儿"，只好放这种炸后"小鞭儿"。我们在一起时间最多的还是同去砖厂、西飞机场、西门外等地"裂（lài）猪食菜"，比如"苣（qǔ，上声）荬菜""大叶车轱辘儿菜"等。那时，敦化县城里，每一户人家都要围一个猪圈，养上一口猪，这是为了让自己家人肚子里能有点油水儿。因为那时每个人一个月猪肉定量才半斤，豆油才3两，哪够吃？那个时候，老师不给学生留家庭作业，学校也不提倡读书，怕你走"白专道路"，所以就"放羊"，让我们可劲儿地玩儿。不过，我们也受到家长严厉的管束，就是没完没了地干家务活儿，比如到南关小楼挑水，还有劈"拌子"、溜窗户缝儿、挖菜窖、点炉子、架火做饭、烧炕。我们很少去想未来的事儿，真的不知愁得慌儿是啥滋味。

喜友懂得我的心思，第二天早上7点刚过，就领我到了敦化市委大院西侧一栋居民楼4层。门刚打开，我看到了一张十分熟悉的慈祥面孔，那就是我的大娘，我几十年来常常梦见的大娘！尽管她老人家已经是85岁了，可身子板儿硬朗得很。那个精气神儿，就像是50来岁，耳不聋，眼不花，手脚灵活。一见到我，眼睛一亮儿，仍然是那么快言快语、热情洋溢。对我像是多年没有见到的儿子似的，仔细地左看看，右瞧瞧，好像咋看都看不够。我仿佛在梦中一样，眼眶湿润了，涌满了泪水，大声呼唤一声大娘，就把我带回到了40年前那个穷困的时代。当时，除了我的妈妈之外，又有几个人如此疼爱关心过我？今天我和大娘得以相见，马上就顺遂了我几十年来的心愿。大娘告诉说，她每天都要一个人到五里之外的老朋友、老邻居家打麻将，而且，已经养成了习惯。输赢无所谓，就是通个人气儿，有个营生做。我问大娘，还摊煎饼不？她笑了笑，说道，这活儿生疏了，都什么年代了，谁家还自

已摊煎饼? 临分别时,我和大娘互道珍重,期待着在不久的将来,我们还能尽情地聊聊。走下楼,我顿时感到内心十分羞惭难过,很窝心儿地疼。就对喜友说,我早就应该来看看大娘,今天才来,愧对老人家啊! 我还讲,大娘年轻时,瘦弱的肩膀担起了几十口人大家庭的家务事儿,操劳了一辈子,却修来了福分,所以,晚年才如此幸福快乐,真的是让我们感叹不已! 喜友也同意我的如是说。

中午,喜友叫来了马铁石。马铁石是我小时候的同学,现在已经是市里某局的局长了。铁石家就在一小南边,四周都是空地,孤零零的一堂(去声)大房子。还有好朋友初新年,家就住在一小院内。铁石说,新年在长春461空军医院当院长。那时,我们三个人天天在一起,不是去你家串门,就是到我家玩儿,非常快乐。我记得,我们小学二年级时,班主任是赵春玉老师(也是我爸爸教过的学生),一位和蔼善良的女老师。后来,我们跳级到了三年级,王莲芬、吕岩平老师当我们班主任。这个"跳级",就是一个班抽十名同学升级,其余同学还在原班级不动,不升级。因此,有所谓"老二年新三年"之分。后来,我是1977年毕业,而那些没有跳级的同学,是1979年毕业。原本一个班级的同学毕业却相差了两年。

聊起敦化一小(现实验小学)的学习生活,印象最深的有四件事:一是天天跟着老师做防空袭、防原子弹演习。毛主席说,"深挖洞、广积粮、不称霸",但还要准备"打大仗",同学们的心绷得紧紧的。二是"炒炸药"。一小校园里,有一个供学生实习用的"制造炸药"的工厂。我们学生也像《地雷战》里面那样,按一硝、二硫、三木炭比例做炸药,真的支起几口大锅,架上柴草使劲烧,用木锨左翻右拨地炒。还摆弄"雷管儿"。现在想起来真是特别危险。这种"实习"生活,每年不少于两个月。三是姚银桥老师让我到学校的毛泽东思想文艺宣传队当队员。我出身不好,居然还能加入毛泽东思想文艺宣传队,真的是喜出望外。可是,跳了几次舞以后,我又被不明不白地退了回来。我曾猜想,这是不是和我的出身不好有关? 四是班级"天天读"《老三篇》,跳"忠字舞",大家一起演革命现代京剧《红灯记》《智取威虎山》《沙家浜》。我没有资格演李玉和、杨子荣、郭建光等"高大全"的英雄人物,只好跑跑龙套什么的,角色并不起眼儿。

我不仅见到了铁石,还见到了其他几位同学。其中,我的邻居于美霞和我聊得比较多，什么前屋蔡宝四、右屋王景惠、后屋姜晓蕙等小伙伴儿，都成了我们的话题。喜亮还说起了与我的另两位发小大奔儿了头和小奔儿了头不久前相遇的情景。在东北话中，"奔儿了头"就是前额头（东北土语还称为"前勺子"）大的意思。家里给孩子起这个小名儿，就是取其好记，抓住了长相的特点。

喜友补充说，咱们都住在南关小楼以南的程傻子胡同对个儿那嘎瘩。程傻子，60岁左右，个子很高，1.9米多。喜欢穿一身绿军装，走路一甩一甩的。据说，他在抗美援朝战争中，被美国炮弹给炸着了，震得脑袋出了毛病。他喜欢四处闲逛，动不动就爱管人家要好吃的。要好吃的之前，还给人行军礼，打立正，一个标准的军人姿势。他常到我们的胡同来，他一来，就吓得我们这些小朋友"轰"的一下跑开了。在敦化人心目中，程傻子就是敦化的一个代表性符号。你可以不知道张笑天是谁，但却不可以不知道程傻子是哪一位。20世纪70年代，程傻子在敦化的名气第一大，谁也比不上。我们在外乡的敦化人，第一次见面，先用知不知道程傻子这个常识来考对方。如果连程傻子都不知道，你马上就露馅儿了，完全可以肯定，你绝对是个假的敦化人。如今，南关小楼早就被扒掉了，那一带没有了明显的标志；程傻子也早就死了，现在很少有人再提起他。你别说，经大家这么一聊，小时候的"陈年烂谷子"的趣事，一股脑儿都被端了出来。

8月16日下午，喜友坚持要陪我去大山咀子（雁鸣湖）参加"张笑天研究会首届年会"，我又一次被他的热情感动着。

延边教育学院原副院长陈光陆，后为长白山开发区总督学，带领着延吉的与会学者，乘坐一辆大客车来到敦化渤海广场集合。在车上，我见到了许多老朋友，比如诗人刘德昌，延边大学教授于春海、邹志远、温兆海、于沐阳、王启东、郭玉玲，以及州文联副主席崔研、延边日报社高级编辑陈颖慧、延边教育学院于欣博士等，我一一介绍给了喜友。1个小时后，我们在大山咀子镇见到了张笑天老师、杨明谷老师，还有郭俊峰社长（时代文艺出版社）、诗人张洪波，以及敦化市副市长何孝义、敦化市文联主席贾少林、敦化一中校长苏玉海、敦化作协主席杨晓华、雁鸣湖镇镇长孙羚哲和镇书记王海军等。老友相见，分外亲热。晚宴上，聊起家乡，大家真的是"亲戚套亲戚"，无论是谁，都能挂搭上关系。我在外地闯荡了37年，第一次找到了这种"亲上加亲"的家乡感觉,我忽然明白,无论我走到哪里,血管里淌着的都是小石河的水,根儿还是扎在家乡敦化呐!

喜友见到张笑天老师,最希望张老师能给《诗画咏史》题字。我和张老师一提起,张老师二话没说,就欣然答应了。好多人不知道,张老师还是个书法大家呢!他的字被好多人裱糊起来做装饰或者收藏,但他更愿意给年轻人题字,可见,张老师对后辈学人是何等的重视!

17日上午,"张笑天研究会首届年会"在全国闻名的特色山村——原来名字叫小山,现在名字叫雁鸣的村庄召开。这个会议为何要在这里召开?因为40多年前,张笑天老师就在这里和王维臣老师一起写作了《雁鸣湖畔》,笔名用的是纪延华,取的是吉林延边敦化人的意思。40年后,在这里举办"张笑天研究会首届年会"意义当然非同小可,谁不知道张笑天老师是这里的一张烫金名片呢?

延边大学王启东老师主持了会议。大家对张笑天研究的规划、意义、角度、定性等问题展开了热烈的讨论,有时还不讲面子争论了起来。

我则讲了如何"从基础入手,推进张笑天研究系统化"问题,杂七杂八,共有12个方面。根据我了解到的情况,大家还是比较认可我的发言的,其实,我就是希望有关学者尽快落实这个计划,拿出好的成果。会后,延边日报社高级编辑陈颖慧还要去了我的发言提纲,希望刊载在《延边日报》上。

回到敦化后,喜友还是恋恋不舍,与我共同参加了我在敦化一中学习时同学的聚会。看得出来,喜友同我的同学们相处得十分融洽。尽管如此,他还是在酒兴之余不忘替我"打圆场",多次在危难中"救急"!

可惜的是,喜友没有参加我的"集体户同学会"。我与集体户同学1978年以后基本上没有什么联系,为了我们的相聚,同学王平主动联系到了他们。他们听说我到了敦化,非常想见我,其中有5位同学已经36年没有见面了,但见到了之后,还是让人感觉到"三岁看老"的老话是有道理的,大家的性格、面相没有太大的变化。我们在一起无拘无束地怀旧,依旧是使劲儿地"闹",依旧是一家人似的亲亲热热的,毕竟我们在一起"搅过勺子"嘛!

我在想,喜友要是参加了我的"集体户同学会",会有何感想呢?他看到这情景，一定会说，时光流逝，也许带走了许多许多东西，包括青春和记忆，但带不走的是我们之间的亲情和乡情。他肯定又是诗兴即席大发，用粗嗓门放声吟诵。遇到这种场合，他究竟能做几首诗，我还真的是拿不准呢！

2014 年 8 月 31 日于厦门五缘湾寓所

# 知青末班车

　　我仍然记得,1977 年 8 月 3 日,天空阴沉沉的,闷得直让人喘不过气来,就想着抓心发狂。

　　大清早,妈妈、妹妹和我用自行车驮着行李和包裹,来到了敦化县革委会大院儿。那儿人山人海的,汽车的鸣笛声、马车和牛车的吱扭声、人们的哭喊声和高呼口号声、大喇叭的音乐声交织在一起,混乱得很。我们好容易找到了县知青办送我们去大蒲柴河公社的解放牌大卡车。我的好朋友臧喜友、宋燕明也赶来送行。我们站到了卡车的外车厢上。由卡车组成的送知青队伍,伴随着喧天的锣鼓声绕敦化的主要街道一周,再出发。临行前,妈妈紧紧地抓住我的手,泪流满面,喃喃自语。车开了,那瘦高的身影儿立在那里,随着车的渐行渐远逐渐模糊。就这样,我们离开了敦化城。

　　我当时十分幼稚,不知道发愁,还理解不了妈妈为何哭得那么伤心。多少年以后,妈妈告诉我,你当时年纪那么小,又是第一次离家出远门儿。你不懂事儿,哪会照顾好自己?你出身不好,远离家乡,什么时候再返城都不知道,我担心你,你的前途在哪里,我实在茫然得很。

　　当时,只觉得那条通向大蒲柴河的碎石路是那么蜿蜒、曲折而漫长。大卡车行驶到了寒葱岭,黑云压顶,很像天塌了下来。突然间,天空下起了瓢泼大雨。站在大卡车外车厢上,我们是怎么都躲不过去的,就浑身淋个透儿,湿漉漉的。风在不停地刮着,当时才 8 月份,就冷飕飕的了,料峭寒意开始逼近。

　　过了 3 个小时后,我们的大卡车才开到了大蒲柴河公社。大蒲柴河大队郭书记、民兵队杨队长、王户长等一干人早就在一个旧式两间老房子前迎候我们。到了地儿,就有人安排居住事宜,男同学住在东屋,中间是厨房,女同学住在西屋,每个屋都是对面炕。我们吃的第一顿知青饭是大队招待的,队里准备充分,桌子上有肉,有山珍,有大米,真的很难得,我们吃得是那么香,这哪像民兵队长在会上所说的便餐呢?

吃过了饭，我们沿着公社中心街道闲溜达，很快，20多分钟的工夫，3里长的街道就算走完了。在大蒲柴河的大街上我们很少见到行人，空荡荡的。大蒲柴河公社本屯，被群山环抱着，到处都是参天古木，郁郁葱葱。它的最南端，横贯着一条缓缓流动的河流，名字叫富尔河，发源于长白山脉，环境优美，空气优良，含很高的富氧离子，这样的地方在全敦化你都找不到第二个。

我们的集体户被称为大蒲柴河大队四队集体户。这个集体户是由我们自己出面组织的。1977年5月份，我们九年四班班主任林连贵老师传达了县知青办指示，动员同学们积极报名上山下乡。这时候，我们要登上的已经是知识青年上山下乡运动的末班车了，全国正涌动着"知青返城"的激流，好多同学都打着如何避免报名上山下乡的主意。但不去上山下乡，留在城里是有条件的，比如有所谓的"五不下"，即符合身有残疾、独生子女、父母双亡、归侨学生、中国籍的外国人子女等条件。参照这些条件，全班竟然有25个人可以不去上山下乡，当然，"谎报军情"、开各种假证明的肯定不在少数。

但我是个老实人，掐着指头算一下，觉得哪条儿都够不上，只好报了名。并且在申请书上写道，"要求到祖国最艰苦的地方去锻炼成长"。激动之余，还用当时惯用的大字报形式，用毛笔写下了这个长篇申请，贴到了一中校园灰楼墙上，以表示自己的决心。但那个时候已经很少有人这样做了，是不是显得有些做作？

敦化本身就属于边疆地区，条件已经十分艰苦了。按国家规定，敦化知青只能就地消化，何需我们去外地插队？在敦化县地界里，大蒲柴河公社距离敦化县城140里，是敦化最为偏远、最艰苦的地区，基本上没有人愿意去那儿插队落户。我本来属于教育系统员工的子女，照理，应该就近去太平岭公社下乡落户。太平岭公社距敦化县城只有8里路，我姐姐李无娇就是太平岭集体户的知青。可我在当时，却不愿意离家太近，远走高飞的目的，无非是不想受到家里人的约束。

得到了县知青办的批准，我就和同班（九年四班）的王平、王英俩人一起，联络同班的李学娣、赵敏慧两位女同学，动员她们参加我们的集体户。因为本班同学响应的并不多，就四处动员外班的同学参加。你别说，还真的有人应承了，比如九年五班的几位同学，像张德林、张薇、孙延华、宋志勇等就参加了我们的集体户。再加上外校的徐福同学，等等，一共是13个人。

后来,不知道出于什么原因,王英退出了大蒲柴河集体户,参加到大山咀子集体户去了。

去年暑假,一个阳光灿烂、空气新鲜的日子,一个朋友开着小车,从长春出发,沿着长珲高速公路,把我送到了敦化城。到了六顶山下,我突发奇想,对他说,你做好人就要做到底,索性顺着这条路把我送到大蒲柴河镇怎么样?

小车在通往大蒲柴河镇的溜光儿国道上飞驰。我的眼前,突然又一次闪现了 1977 年 8 月 3 日下乡当知青时的情景……

不到 1 个小时工夫,小车儿就沿着国道进入大蒲柴河,大蒲柴河已经称为"镇"了。30 多年以后回到大蒲柴河,我有些迷迷糊糊,真的不辨东西南北了。放眼望去,天空还是那么湛蓝,大地却不再是漫山碧透的,山上的树木,是如此之稀疏,个儿矮矮的,已经见不到参天古木了。有些山峦,光秃秃的,一看就是人们无秩序挖山运土造成的。环境已经被破坏到了如此的地步,让人看着心里阵阵作痛!大蒲柴河倒是长大了几倍,高楼林立,街道宽阔,具有了迈向都市的宏大气魄,但我却疑惑了,这是我魂牵梦绕的"世外桃源"——大蒲柴河吗?

我努力在当年熟悉的主要街道上,走了几个来回,却还是找不到当年集体户的房子。又向蹲在街边纳凉的老头儿、老太太们打听,可他们都是外地来这里的客人,根本不知道大蒲柴河还有集体户这码子事儿,更别说能够指出当年的集体户老房子在哪里了!

我有些泄气,认定自己这回是白来了。虽然嘴里嘀咕着,但还是没有放弃,就抱着一线希望,信步推开一户人家靠着路边的木杖子门,走到院子里,向里面高喊:"有人吗?"不一会儿,一个 50 多岁的男子走了出来,他用骇异的眼光打量着我。我向他说明了来意,他脸上马上就"多云转晴",笑眯眯地,很有把握地说:"我没猜错的话,你就是李无未吧?"他看我一脸诧异的样子,忙解释说:"我是阎纯德的弟弟阎纯祥。你们集体户的人这几年和我来往特别密切,总通电话,一起喝了好多次酒,大家嘴里总叨咕你,就差见到你这个人了。"我大喜过望,真的遇到了故人!打过招呼后,就忙不迭地打听着我当年熟悉的人的情况。

阎纯祥告诉我,能"赛过赵本山"的"耍猴儿"、讲笑话儿的语言天才阎纯德已经去世了。那个瘸腿儿,总在做我工作,说我是个可以教育好的子女,安慰我"好好干,将来能当一个好社员"的贫农王户长也作古了。我们最恨的那个压制知青的"张老鳖"队长,也早就入土了。经常请我们吃饭的回乡知青张志敏,前几年搬到了敦化城里,他弟弟张志国还在镇上。曾是山东盲流的阎队长还活着,70多岁了,耳朵有点背。和我爸是好朋友的夏老师,也从镇上文教助理的岗位上退了下来,经常在自家承包的山头上转悠,挺得儿闲的,身体硬朗得很。

阎纯祥先领着我去看了我们集体户的老房子,住着集体户老房子的女主人十分热情。我重新瞅着我们当年的老屋儿,已经被装修得面目全非了。但仔细琢磨,还能依稀辨认出来,当年的格局和框架还在。尤其是我们知青生活的见证物——那棵老槐树,依然遮天蔽日,枝叶茂盛地树立在那里。

转过老邮局,向西走不远,在一个干干净净的院落,我们见到了阎队长。还是一口山东胶东半岛的腔调,只不过再也没有当年早上3点钟敲我们窗户,叫我们下地干活的劲头儿了。虽然如此,我仿佛又听见他用山东腔调在田间地头慷慨激昂地演讲:以华主席为首的党中央,一举粉碎了"四人帮",挽救了革命,挽救了党。因为押韵,好记!

他家墙上挂了一幅中国地图。他知道我从厦门来,就让我找到厦门的位置指给他看。看了后,使劲儿摇摇头,喃喃地说道:"太远了,我是去不了了。"听了这话,我心里酸酸的,真的不知道该说些什么好。

夏老师听说我来看他,特意从山上别墅下来,把张志国、阎纯祥等我认识的老人聚拢到了镇上最豪华的酒店,摆了满满一桌子当地的土菜。酒过三巡,夏老师说起我父亲,激情满怀:"你父亲和我亲如兄弟,他早就把你托付给我了。你要是没考上大学的话,我就安排你到公社中学当语文老师了。1977年11月高考,我在大蒲柴河考场当巡视员。我看你那答题的架势,一下子就知道你能考上大学。"

张志国已经没有了当年的帅气,一只眼失明了。他也说道:"你考上了大学,轰动了全公社,连续4年没有人能打破这个纪录。我现在还记得,你穿着那个帆布蓝警服大衣,挺着腰杆儿的样子。"

我则真诚地邀请他们有空闲的时间就到厦门来玩儿,我可以当导游。可他们却说:"我们这辈子走得最远的地方就是延吉,连吉林和长春都没去过,更别说到厦门了,我们连想都不敢想要去厦门逛逛。对我们来说,厦门就是天边儿,这辈子是不可能去了。我们习惯待在这个地方,青山绿水,空气新鲜,低头不见抬头见,熟人多,不会孤单。"

30多年没有见面,不用讲,有好多好多的话要说。那天我确实喝高了,许多年没有这样兴奋了,好在我的头脑还清醒,无论他们怎么使劲儿拽,都没有把我留住。眼看着天色黑了下来,我还是坚持乘车上路了。向他们挥挥手,热泪盈眶,我又一次告别了热情的乡亲们,告别了我的遥远的大蒲柴河。

2014年8月18日,趁到敦化参加张笑天研究会首届年会的机会,我还想再去大蒲柴河看看,更想看看我们集体户的那些同学。于是,打电话给王平。王平远在辽宁盖州鲅鱼圈,但还是被我的激情所感染,几经倒车,赶到了敦化。王平费了好大的劲儿,终于把集体户的同学给圈拢了来。当年户长是孙延华,特意赶到我住的宾馆来看我。30多年后,再看他,还是那个"精明的坏子",热情而沉着。我一见面就打趣地问,你还喜欢"裸睡"不?听到这话,他不好意思了,脸一红,摆摆手,说道:"那是我吗?不是我。"他拼命地矢口否认有这事儿,我们俩在一铺炕睡觉,肩靠着肩,哪能看不清楚?错不了。

孙延华的酒店位于"火道东",一座现代化新城在这里拔地而起。因为在高铁站旁边儿,新建的楼盘格外抢手。我和王平先到了,延华夫人笑吟吟地说道:"我爸爸妈妈都是你父亲李守田老师的学生,他们已经把家从官地搬到敦化来了。"

过了一会儿,李学娣、赵敏慧、张德林、张薇、徐福、张志敏等都来了。其中,我和张德林、张薇、徐福、张志敏从1978年后就再也没有见过面,这是这么多年后的第一次。毫无疑问,我们对彼此都是那个打量啊,总想从对方身上找出当年的影子,但已经很难了,不得不摇摇头,认输了。我们毕竟是年过半百,奔60岁的老人了。这些人大多已经退休或者马上面临着退休生活,基本都当上了爷爷、奶奶或姥爷、姥姥。

流逝的岁月,固然在我们每个人脸上留下了刻痕,还改变了我们的容貌,但带不走我们的记忆和激情。

李学娣说:"我是最后一个返城的,返城时已经是1981年了。穷困、孤独、痛苦、艰辛、寂寞，都没有把我的意志打垮，我咬着牙坚持着，硬挺着，终于，等来了回城的机会。回城后，我子承父业，当上了一名小学老师。1977年11月，我没有考上大学，但我认为，有过这一段考学'落榜'的痛苦经历是很好的，最起码在以后的生活、工作和学习中，心里没有过不去的坎儿了。"

张德林说："虽然我转户到了大山咀子，但也是很晚才回城。回城后，我当过瓦工、木工、力工，现在还在承包工程。当年梦想着能上大学，当一个坐办公室的工程师，可是，我们这一届学生，连初中课程都没有学到手，整天就跟着'开门办学'，'只红不专'。恢复高考时，我哪能符合要求？连着考了几年，考题越来越难，我后来硬是放弃了。"

张薇说："我自己算是走运，靠着获得过'速滑冠军'的牌子，后来，有机会上了延边体校，当上了体校教练，一直干老本行30多年。"

徐福说："我先是回城当了一阵子木匠，后来顶替父亲，到3305工厂当了一名'废旧炮弹引爆工'。走遍大半个中国，很多地方都留下了我的足迹。"

孙延华说："我自己干过国企，跑过买卖。几经周折，还是觉得开饭店是我的最爱，但因为集老板、厨师、采购、服务员于一身，围着灶台转，捆住了身子，不得自由。我也是牢骚满腹的。"

王平说："1980年，我随父亲去了辽宁盖州，不久就在广播电视局当了记者。后来，还是大学情结作祟，考上了广播电视大学中文专业，总算是圆了大学梦。"

只有我算是最顺利了，当年第一次参加高考，就一下子考上了延边大学中文系，成了77级学生。毕业后，几经周折，在几个大学当老师，30多年过去，熬成了语言学教授。

不知道是谁挑的头儿，让大家回忆起了1977年12月大冬天"救山火"的事情。那场大火把大蒲柴河山上的树林几乎烧了个透遍。晚上，只见山上闪着红光的火树，一棵接着一棵地扑倒在地。森林防火飞机从天空中投下"杠头"、麻花儿、面包，以及救生设备。我们就带着这些食品和设备，胳膊挎着水壶，跟在一个60多岁的老抗联战士的后头儿。到了火场，我们在几百度高温的灼烤下，冒着被烧死的危险，一字儿排开，用湿木杆儿拼命地打着"火道"，试图把火扑灭。可是，火势越打越大，我们一不留神，便被山火赶到了火场里面去了。就是最熟悉那一带山势的老抗联战士,也找不到火场出口了。他急得使劲儿地喊,还是不中用。女同学一见这情景,知道极其危险,就号啕大哭了起来。我们男同学心里直突突,却还硬充好汉,努力安慰女同学。我们十几个人在火场里足足瞎闯了三天,连冻带饿带渴,才走出了火场,幸免于难,这真是死亡场上走一遭啊!后怕不?

可是,与我们一起"救山火"的宋志勇已经在前几年病故了。大家无不感叹他走得太早,不知道是谁提议,为祭奠他,大家往地上洒一杯酒表示一下意思,大家郑重地照着仪式做了。

我们赶上了知青"上山下乡"的末班车,但自始至终,谁都没有说过一句抱怨"命运不公"的话。回忆过去,我们只有快乐和坚强,没有忧郁和悲伤。那一晚儿,我们大家都喝醉了,那是我们离别37年以后的第一次喝醉酒。虽然因为各种原因,比如他们当中有的要哄外孙、孙子,有的要上班不能请假,我们没能去成大蒲柴河,但大家约定,一定要去一趟大蒲柴河,去寻找一下属于我们过去的故事。

大家都说,这一次"集体户全家会"就是一个开始。既然大家已经联系上了,以后,有关大蒲柴河的活动肯定会更多的,只要身体还硬实,能跑跑颠颠,我们就会一起去大蒲柴河,因为,是大蒲柴河把我们的命运紧紧地联结在一起,再也分不开了。

2014 年 9 月 3 日

# 20世纪40年代敦化胡仙信仰史料

2011年3月,我在东京神田神保町图书一条街购买了一本书,名字叫《满洲街村信仰》,日本学者泷泽俊亮著,东京第一书房于1982年出版。翻看该书,从序跋可知,《满洲街村信仰》完成于1940年前后。作者泷泽俊亮,生于1894年12月,毕业于早稻田大学国语汉文科,曾先后任早稻田大学、樱美林大学教授。《满洲街村信仰》如实地介绍了当时中国东北民间宗教信仰的基本情况,其结论,是作者根据自己亲自到东北各地调查所获得的第一手资料进行整理而得出的,应该说,是可以信据的,对研究当时中国东北民间宗教信仰问题具有一定的参考价值。

让我感到惊奇的是,在《满洲街村信仰》第六章"祭祀生态"中,看到了有关家乡敦化胡(狐)仙信仰的调查报告,这就打破了我对家乡敦化只有胡(狐)仙信仰传说,而没有胡(狐)仙信仰实物的观念,改变了我对家乡敦化(狐)仙信仰的一些不正确认识。

为什么当时人们不叫狐仙而叫胡仙?泷泽俊亮引用了《安东县志》(1931年版,卷七《神道》)的说法,即中国民间俗称的狐仙,因为避讳"狐"字而改为尊称"胡仙"。一些人因为非常崇拜"胡仙",就在纸上写着"某某仙姓氏本名"或"某某仙辈分称呼",立为牌位,并把它供于神堂之中,烧香敬奉。据说,把"胡仙",称为"胡三太爷""胡三太奶"是最为灵验的。其他,还有称为"黄仙""常仙"的,不一而足。

泷泽俊亮的《满洲街村信仰》说,敦化是胡仙崇拜的繁盛之地,敦化县城及其附近农村,当时存在着多处"胡仙堂"或"胡仙牌位"。

其一,在敦化县城敦化街设有"灵仙堂"。堂中央立着两个高达1.3米多的"胡三太爷""胡三太太"的坐像。左右分别放置了高45厘米左右的两组小的"太爷""太太"立像。庙很宽,方三间,还增修了鞍式唐门,此处据说是属于李姓的家庙。

其二,在敦化县城关岳庙内设有"胡仙堂"。

其三，在敦化县城二道街土地庙西有一个小木龛，设有"胡、黄二仙之位"，加以祭祀。

其四，在敦化县城新开门以东，有一个"板茸小祠"，设有"胡三太爷、太太之位"，叫作"田氏胡仙"。

其五，在敦化县城兴隆街东国民学校里的墙内大殿，供奉着两个道姑。在大殿的西耳房，设有"胡仙堂"，放置了"胡三太爷、太太泥像"。

其六，在敦化县城东北沙河村，有一个老爷庙，里边也设有"胡仙堂"，立有"胡仙像"。

其七，在敦化城东关的娘娘庙里面设有"胡仙堂"，立有"胡仙像"。

家乡敦化人为何如此信仰"胡仙"？我不是这方面的专家，说不出什么道道，但有一点是可以肯定的，就是家乡人通过胡仙信仰，寄予了自己的一种心灵愿望，比如借以保佑整个家族平安，以及"学而优则仕"、生意兴隆、战胜疾病等，目的是很明确的，从而使得精神上获得无限的愉悦和满足。

《满洲街村信仰》所提到的街村地名，有好多人们已经不熟悉了，需要进一步考正才能够确认。

胡（狐）仙信仰作为敦化民间信仰文化的一个重要组成部分，我认为应该予以关注。泷泽俊亮仅仅把敦化胡（狐）仙信仰的实物形态告诉了我们，我们不能就此而满足。比如这些"胡仙堂"或"胡仙牌位"建造的过程如何？敦化胡（狐）仙信仰繁盛的原因何在？敦化人敬拜胡（狐）仙的礼仪形式如何？敦化胡（狐）仙信仰与东北其他地方的胡（狐）仙信仰有什么不同？敦化胡（狐）仙信仰衰落的表现是什么？流传在现代敦化的胡（狐）仙故事、音乐等文化形态还有没有人整理？当年敦化胡（狐）仙信仰的实物有没有必要作为敦化宗教历史文化的地方民俗特色进行恢复和进一步挖掘？这里所包含的物质文化遗产和非物质文化遗产内涵十分丰厚，真的需要有人去研究，而不是简单以"迷信"为由斥之了事。

2013 年 6 月 14 日